W0300005

La fille qui
aimait les
arbres

HOPE JAHREN

La fille qui aimait les arbres

Traduction
Lucile Débrosse

quanto

Version originale : *Lab Girl*
ISBN 978-1-101-87493-6
First published in the United States in 2016 by Alfred A. Knopf
Copyright © 2016 by A. Hope Jahren. All rights reserved.

Traduction française : Lucile Débrosse

Direction éditoriale : Sylvain Collette
Maquette : Kim Nanette
Illustration de couverture : Dawn Cooper

Première édition française 2019
Première édition française, version poche 2023
© Presses polytechniques et universitaires romandes, Lausanne
Quanto est un label des Presses polytechniques et universitaires romandes
ISBN 978-2-88915-522-4

Les presses polytechniques et universitaires romandes bénéficient d'un soutien structurel de l'Office fédéral de la culture pour les années 2021-2024.

Tous droits réservés
Reproduction, même partielle, sous quelque forme ou sur quelque support que ce soit, interdite sans l'accord écrit de l'éditeur

Imprimé en France

Tout ce que j'écris est dédié à ma mère.

« Plus je maniais d'objets, plus j'en retenais les noms et les usages, et plus j'étais heureuse et confiante, car je sentais d'instant en instant ma communion avec le reste de l'humanité se faire plus intime. »

Helen Keller

Sommaire

Prologue

Tout le monde aime l'océan. On me demande souvent pourquoi je n'en fais pas mon terrain d'étude, moi qui, après tout, vis à Hawaï. Je réponds que c'est parce que l'océan est un endroit vide et désert. Il y a six cents fois plus de vie sur terre que dans les mers, principalement en raison de l'existence des plantes. Les végétaux marins sont pour la plupart des organismes unicellulaires qui ne vivent qu'une vingtaine de jours. Sur terre, le végétal type est un arbre de deux tonnes qui dépasse les cent ans. Le rapport entre la masse végétale et animale dans les océans est de quatre alors qu'elle avoisine le millier sur la terre ferme. Le nombre de plantes est vertigineux : à elles seules, les forêts de l'Ouest américain abritent quatre-vingts milliards d'arbres. Aux États-Unis, on compte plus de deux cents arbres par être humain. De manière générale, nous vivons au milieu des plantes, mais nous ne les remarquons pas vraiment. Pour ma part, je ne vois plus qu'elles depuis que j'ai pris conscience de ces chiffres.

Puis-je vous demander de jeter un œil par la fenêtre ?

Que voyez-vous ? Probablement des choses créées par l'homme : d'autres personnes, mais aussi des voitures, des bâtiments, des trottoirs. Il suffit de quelques années, de l'extraction de la matière première au tracé des plans, en passant par l'usinage des pièces, les travaux de terrassement, la maçonnerie, l'installation des fenêtres, la plomberie, l'électricité, l'enduit et la peinture, pour construire un gratte-ciel de cent étages capable de projeter une ombre de plus de trois cents mètres. C'est très impressionnant.

Maintenant, regardez à nouveau.

Avez-vous vu quelque chose de vert ? Si c'est le cas, vous avez aperçu l'une des rares choses au monde que l'homme ne sait fabriquer. Une forme de vie apparue voici plus de quatre cents millions d'années, près de l'équateur. Peut-être avez-vous eu la chance de voir un arbre. Celui-ci a été conçu il y a près de trois cents millions d'années. De l'extraction des composants atmosphériques à l'agencement des cellules en passant par le déploiement des nervures, l'enduit de cire et la pigmentation, il ne lui faut que quelques mois pour produire un organe aussi parfait qu'une feuille. Et il y a autant de feuilles sur un arbre que de cheveux sur votre tête. C'est très impressionnant.

Observez maintenant l'une de ces feuilles.

Si personne ne sait comment fabriquer une feuille, nous savons en revanche très bien comment la détruire. Au cours des dix dernières années, nous avons abattu plus de deux cent cinquante milliards d'arbres. Un tiers de la Terre était autrefois recouvert de forêts. Tous les dix ans, nous faisons disparaître un pour cent de leur surface totale, soit l'équivalent de la superficie de la France. Une France après l'autre, pendant des décennies, a ainsi été effacée du globe. Plus de mille milliards de feuilles sont arrachées quotidiennement à leur source nourricière. Et il semble que personne ne s'en soucie. Alors même que nous devrions. Nous devrions, pour la simple et bonne raison qu'il est impossible de rester indifférent lorsque quelqu'un meurt et qu'il ne le devrait pas.

Quelqu'un est mort ?

Peut-être puis-je vous en convaincre. J'observe beaucoup les feuilles. Je les regarde et je me pose des questions. Je commence par regarder leur couleur : quelle est la nuance exacte de vert ? Le haut est-il différent du bas ? Le centre de la périphérie ? Et qu'en est-il des bords ? Sont-ils lisses ? Dentés ? À quel point la feuille est-elle hydratée ? Flasque ? Flétrie ? Épanouie ? Quel est l'angle entre la feuille et la tige ? Quelle est sa taille ? Plus grosse que ma main ? Plus petite que mon ongle ? Est-elle comestible ? Toxique ? Quelle est son exposition au soleil ? Est-elle souvent arrosée par la pluie ? Est-elle malade ? En bonne santé ? Est-elle importante ? Superflue ? Vivante ? Pourquoi ?

Maintenant, à vous d'interroger votre feuille.

Devinez quoi ? Vous êtes maintenant un scientifique. On vous dira sans doute qu'il faut connaître les mathématiques, la physique ou la chimie pour ça. C'est faux. Cela reviendrait à dire qu'il faut savoir tricoter pour être femme au foyer, ou connaître le latin pour étudier la Bible. Ça aide, bien sûr, mais chaque chose en son temps. Le point de départ, c'est de se poser une question, comme vous le faites en ce moment. Ce n'est pas aussi compliqué qu'on le prétend.

Alors, de scientifique à scientifique, laissez-moi vous raconter quelques histoires.

I
RACINES ET FEUILLES

1

Il n'y a rien au monde de plus parfait qu'une règle à calcul. Son aluminium poli procure une sensation de fraîcheur lorsqu'on l'applique contre ses lèvres et chacun de ses coins forme l'angle droit le plus parfait que Dieu ait créé. Qu'on l'empoigne par le curseur et elle devient une fabuleuse épée que l'on peut rengainer en un tour de main, et que même une petite fille peut brandir sans difficulté. Le souvenir de ces duels est si intimement lié aux premiers contes de mon enfance que me revient toujours, à leur lecture, l'image d'un Abraham désespéré sur le point d'abattre sa terrible règle à calcul sur un petit Isaac sans défense.

Le laboratoire de mon père a été mon terrain de jeu préféré dès mon plus jeune âge – je m'amusais déjà sous les paillasses en attendant d'être assez grande pour jouer dessus. Mon père y a donné son cours d'introduction à la physique et aux sciences de la terre pendant quarante-deux ans, dans un collège perdu au fin fond du Minnesota le plus rural. Il adorait son labo, et mes frères et moi tout autant que lui.

Les murs de parpaings étaient enduits d'une épaisse couche de peinture satinée de couleur crème mais, en fermant les yeux, on pouvait encore deviner sous les doigts la texture du ciment. Je me souviens m'être dit que le lambris de caoutchouc noir avait sans doute été collé au mur, car je n'y décelais pas la moindre trace de clou lorsque je m'amusais à le mesurer en déroulant le mètre ruban jaune sur toute sa longueur. Les vastes paillasses pouvaient accueillir cinq étudiants assis côte à côte, tous tournés dans la même direction. Ces plans de travail de couleur sombre avaient la fraîcheur de la pierre tombale et semblaient tout aussi intemporels et inaltérables, capables de résister à la brûlure de l'acide tout comme aux coups de marteau. Ils supportaient sans problème le poids d'un élève et la pierre la plus affûtée n'y laissait pas même une éraflure (mais mieux valait ne pas essayer).

Chaque paillasse était équipée de robinets à gaz et à air comprimé au métal rutilant, sur lesquels il fallait peser de toutes ses forces pour parvenir à les ouvrir. Le robinet à gaz n'était pas raccordé, mais lorsque le robinet à air finissait par céder, il crachait un souffle si puissant qu'il donnait envie d'y coller sa bouche (mais mieux valait ne pas essayer). La salle était impeccablement rangée, les plans de travail nets et dégagés, mais chaque tiroir contenait tout un bric-à-brac d'aimants, de câbles électriques et d'objets divers en verre ou en métal, tous utiles à quelque chose ; il fallait juste deviner à quoi.

Dans l'armoire près de la porte, on trouvait des rouleaux de papier indicateur de pH, et c'était encore mieux qu'un tour de magie, car ce tour-là permettait de résoudre un mystère : on pouvait voir la différence de couleur, et donc de pH, entre une goutte de salive et une goutte d'eau ou de bière ou d'urine dans les toilettes (ça ne fonctionnait pas avec le sang, qui masquait le résultat, alors inutile d'essayer).

Ce n'étaient pas des jouets pour enfants : c'était des choses sérieuses pour les grands, mais je me sentais privilégiée parce que mon père était celui qui détenait l'énorme trousseau de clés, que je pouvais jouer avec tous les équipements à chaque fois que je l'accompagnais et qu'il ne me disait jamais non quand je lui demandais de tout sortir.

Dans mon souvenir de ces sombres soirées d'hiver, mon père et moi régnions en maîtres sur tout le bâtiment des sciences et nous le parcourions comme un duc et son prince, trop occupés par ce que nous avions à faire dans notre château pour nous soucier de notre duché glacé. Tandis que mon père préparait le laboratoire pour le cours du lendemain, je testais les expériences pour m'assurer que les collégiens arriveraient bien au résultat prévu. Nous passions les équipements en revue, remettant en état ce qui devait l'être. Mon père m'a appris à démonter et à étudier le fonctionnement de chaque appareil pour anticiper la panne qui ne manquerait pas d'arriver. Il n'y avait aucune honte à casser quelque chose, me disait-il, seulement à ne pas être capable de le réparer.

À vingt heures, nous nous préparions à rentrer pour que je sois au lit à vingt et une heures. Nous passions d'abord par le bureau de mon père, une pièce minuscule sans fenêtre ni décoration, mis à part le pot à crayons en argile que je lui avais fabriqué. Nous récupérions nos manteaux, bonnets et écharpes, et tous les autres vêtements chauds que ma mère m'avait tricotés et qui lui avaient tant manqué lorsqu'elle était enfant. Pendant que je luttais pour enfoncer la double épaisseur de mes chaussettes dans mes bottes fourrées, mon père taillait les mines des crayons que nous avions utilisés. L'odeur de la laine chaude et humide se mêlait à celle des épluchures de bois. Il boutonnait ensuite à la hâte son long manteau jusqu'au dernier bouton, enfilait ses mitaines en peau de daim et me demandait de m'assurer que mon bonnet couvre bien mes deux oreilles.

Il était toujours le dernier à quitter le bâtiment. Avant de sortir, il parcourait les couloirs une première fois pour vérifier que toutes les portes donnant sur l'extérieur étaient bien fermées. Il revenait ensuite sur ses pas pour éteindre les lumières une à une. Je le talonnais, en fuyant la pénombre grandissante. Lorsque nous atteignions enfin l'entrée de service, à l'arrière du bâtiment, il me laissait me hisser sur la pointe des pieds pour appuyer sur les derniers interrupteurs. Une fois dehors, il tirait la porte derrière nous et actionnait la poignée à deux reprises pour vérifier que la serrure s'était bien enclenchée.

Désormais enfermés dans la froideur de la nuit, nous levions les yeux vers le ciel glacé et contemplions les lumières émises des années auparavant par des feux d'une ardeur inimaginable et qui brûlaient encore à l'autre bout de la galaxie. Je ne connaissais aucune de ces constellations qu'on appelait simplement « étoiles » et qui brillaient au-dessus de nos têtes, mais je suis certaine que mon père aurait su nommer chacune d'entre elles et me raconter leur histoire. Nous avions depuis longtemps pris l'habitude de parcourir les trois kilomètres du retour sans échanger un mot. Les familles scandinaves sont naturellement portées à la communion silencieuse, et peut-être est-ce ce qu'elles font de mieux.

Le collège se trouvait à la frontière ouest de notre petite ville, qui s'étendait elle-même sur sept kilomètres à peine et que délimitait à chaque extrémité une aire de repos pour poids lourds. Mes trois frères aînés, mes parents et moi habitions une grande maison en briques située au sud de l'avenue principale. Mon père avait grandi dans les années 1920 à quatre pâtés de maisons de là, ma mère dans les années 1930 à huit pâtés dans la direction opposée. Minneapolis était à cent soixante kilomètres au nord, et la frontière avec l'Iowa à huit kilomètres au sud.

Sur le chemin du retour, nous passions devant la clinique où le médecin qui m'avait mise au monde me faisait toujours tirer la langue à l'occasion. Nous longions le château d'eau bleu chewing-gum – la plus haute construction de la ville – puis le lycée, dont les professeurs avaient un jour été les élèves de mon père. Lorsque nous atteignions l'église presbytérienne où mes parents s'étaient donné rendez-vous pour la première fois lors d'un pique-nique dominical en 1949, s'étaient mariés en 1953, m'avaient fait baptiser en 1969 et où nous nous rendions tous les dimanches matin sans exception, mon père me soulevait pour que je décroche l'une des grosses stalactites de glace qui pendaient au porche. Je m'amusais à la faire glisser avec le pied comme un palet de hockey et nous l'entendions ricocher contre les flancs glacés des congères.

De part et d'autre du trottoir dont la neige avait été pelletée à la main, des maisons bien isolées abritaient des familles qui, sans doute, partageaient des silences semblables aux nôtres. Dans presque chacune de ces habitations vivait quelqu'un que nous connaissions. Du jardin d'enfants à mon bal de fin d'études, j'ai grandi avec les fils et les filles des filles et des garçons avec qui mon père et ma mère avaient joué lorsqu'ils étaient enfants, et aucun d'entre nous ne se souvenait d'une époque où nous ne nous connaissions pas, même si notre réserve naturelle était si profondément enracinée qu'elle nous empêchait d'en savoir beaucoup sur les uns et les autres. Ce n'est qu'à l'âge de dix-sept ans, en entrant à l'université, que j'ai découvert que le monde était principalement peuplé d'étrangers.

Lorsque sifflait le train à l'autre bout de la ville, je savais qu'il était vingt heures passées de vingt-trois minutes et que la bête éreintée quittait l'usine, comme elle le faisait tous les soirs. J'entendais le crissement métallique des freins se serrer puis se relâcher tandis qu'elle traînait son chapelet de wagons-citernes vides vers le nord. Elle partait se ravitailler à Saint-Paul, où l'on remplirait chacun de ses wagons de plus de cent mille litres de saumure. Le monstre épuisé reviendrait au matin, et on l'entendrait à nouveau soupirer quand les ouvriers pomperaient son chargement pour le déverser dans l'immense réservoir de sel qu'exigeait la production continue de bacon.

La voie ferrée courait du nord au sud, isolant du reste de la petite ville une zone sur laquelle se tient aujourd'hui encore ce qui est peut-être l'abattoir le plus important du

Midwest. Plus de vingt mille bêtes y sont tuées chaque jour pour leur viande.

Nous étions l'un des rares foyers qui ne fournissaient pas de main-d'œuvre à l'usine, mais beaucoup des membres de notre famille élargie y avaient travaillé. Mes arrière-grands-parents, comme presque tous ceux de nos voisins, avaient quitté la Norvège pour s'établir dans le Minnesota lors de la vague d'émigration qui avait débuté dans les années 1880. Et comme la plupart des habitants de la ville, c'était à peu près la seule chose que je savais d'eux. Je soupçonnais qu'ils n'étaient pas venus éviscérer des porcs à l'endroit le plus froid de la planète parce que tout allait bien en Europe, mais il ne m'est jamais venu à l'esprit de me renseigner à ce propos.

Je n'ai pas connu mes grands-mères – toutes deux n'étaient déjà plus de ce monde lorsque je suis née. J'avais un vague souvenir de mes grands-pères – l'un est mort lorsque j'avais quatre ans, l'autre à mes sept ans –, bien qu'aucun ne m'ait jamais adressé la parole directement. Mon père était fils unique, mais je croyais savoir que ma mère avait plus de dix frères et sœurs, que je ne connaissais pas pour la plupart. Des années entières s'écoulaient entre chacune de nos visites à mes oncles et tantes, bien que certains ne vivent qu'à quelques rues de là où nous habitions. Je n'ai pas vraiment senti la différence quand mes trois frères ont, l'un après l'autre, quitté la maison car il n'était pas rare que nous ne trouvions rien à nous dire pendant des jours.

Chez les familles scandinaves, la distance émotionnelle se forge très tôt et se creuse au fil du temps. Il était impensable pour nous de poser la moindre question de nature personnelle. Un simple « comment ça va ? » était considéré comme intrusif et n'appelait aucune obligation de réponse. L'usage voulait que l'on attende que l'autre évoque de lui-même ce qui le tracassait, alors même que l'on nous apprenait à ne jamais exprimer nos états d'âme. Peut-être était-ce là un héritage de nos ancêtres vikings, pour qui les longs silences permettaient d'éviter d'inutiles homicides, lorsque durant les interminables et sombres hivers nordiques l'espace comme la nourriture venaient à manquer.

Quand j'étais enfant, je pensais que le monde entier se comportait ainsi, et j'ai donc été troublée, lorsqu'après avoir quitté le Minnesota, j'ai rencontré des gens qui exprimaient le plus naturellement du monde la chaleur et l'affection qui m'avaient tant manqué. J'ai dû alors apprendre à vivre dans un monde dans lequel si les gens ne se parlent pas, c'est parce qu'ils ne se connaissent pas, et non l'inverse.

Une fois traversée la 4e Rue (ou l'« avenue Kenwood », comme disait mon père ; il avait appris le nom des rues dans les années 1920, longtemps avant qu'elles soient numérotées, et n'avait jamais adopté le nouveau système), nous arrivions enfin en vue de notre grande maison de briques. C'était celle dont ma mère avait rêvé toute son enfance et, après leur mariage, mes parents avaient économisé pendant dix-huit ans pour se l'acheter. J'avais beau marcher d'un bon pas – c'était toujours difficile de suivre le rythme de mon père –, mes doigts étaient si froids que je savais qu'ils seraient douloureux en se réchauffant. Au-delà d'une certaine température en dessous de zéro, même les gants les plus chauds ne peuvent rien pour vous et j'étais heureuse d'arriver à la maison. Mon père tournait la lourde poignée en fer et ouvrait la porte en chêne d'un coup d'épaule. À l'intérieur nous attendait une atmosphère tout aussi glaciale.

Je m'asseyais dans l'entrée pour retirer mes bottes, puis me débarrassais de mes couches de pulls et de manteaux. Mon père accrochait nos vêtements dans la penderie et je savais que je les y retrouverais chauds et secs le lendemain pour aller à l'école. J'entendais ma mère vider le lave-vaisselle dans la cuisine et les couteaux s'entrechoquer à mesure qu'elle les jetait dans le tiroir à couverts. Elle était toujours en colère, sans que je ne comprenne vraiment pourquoi. Comme tous les enfants, j'imaginais que ce devait être à cause de quelque chose que j'avais dit ou fait. À l'avenir, me disais-je, je tâcherais de mieux tenir ma langue.

Je montais dans ma chambre, j'enfilais mon pyjama en flanelle et me glissais dans mon lit. De ma fenêtre orientée plein sud, on pouvait voir l'étang gelé sur lequel je passerais mon samedi à patiner – si le temps se réchauffait un peu d'ici là. La moquette d'un bleu sombre était assortie au papier peint damassé. Conçue à l'origine pour accueillir des jumelles, la chambre disposait de deux bureaux encastrés, de deux coiffeuses, et ainsi de suite. Les nuits où le sommeil tardait à venir, je m'asseyais près de la fenêtre et m'amusais à suivre du bout du doigt les cristaux de glace ressemblant à des plumes qui se formaient contre la vitre. Je m'efforçais de ne pas regarder vers l'autre fenêtre et l'autre banquette, où une sœur aurait dû se trouver.

Si le froid et l'obscurité occupent une si grande place dans mes souvenirs, c'est car l'endroit où j'ai grandi était couvert de neige neuf mois par année. Nous enfoncer lentement dans l'hiver puis en émerger au printemps rythmait nos vies. Je supposais qu'on voyait partout ailleurs disparaître l'été avec la même confiance sereine en sa résurrection prochaine, pour avoir traversé tant de fois déjà l'épreuve de la glace.

Je voyais chaque année les premiers flocons de septembre s'enhardir pour devenir des tombereaux de neige blanche en décembre, bientôt pétrifiés de glace par la fin février et sur laquelle le grésil cinglant d'avril viendrait poser son vernis. Nos costumes d'Halloween, comme nos robes de Pâques, étaient cousus de sorte à être portés à l'intérieur de nos combinaisons rembourrées et Noël nous enveloppait de laine épaisse et de velours. Des mois d'été, je me rappelle surtout le travail au jardin avec ma mère.

Dans le Minnesota, le dégel est soudain. Les glaces cèdent du jour au lendemain aux rayons du soleil en laissant derrière elles un sol spongieux saturé d'eau. Aux premiers jours du printemps, on peut y puiser à pleines mains une terre aussi grasse et meuble qu'un gâteau au chocolat et observer les gros vers de terre qui s'en échappent en se tortillant. Il n'y a pas une once d'argile dans les sols du Sud de la région ; ils forment une couverture noire et épaisse sur la roche calcaire depuis cent mille ans, au cours desquels ils ont périodiquement disparu sous les glaciers. Ces terres sont plus fertiles que n'importe quel terreau du commerce : tout pousse sans arrosage ni engrais dans un jardin du Minnesota, les pluies et les vers pourvoyant à tous les besoins. Mais la belle saison est brève et il n'y a pas un instant à perdre pour les semis.

Ma mère attendait deux choses de son jardin : efficacité et productivité. Elle préférait les espèces robustes et indépendantes, comme la blette ou la rhubarbe, dont on pouvait espérer un fort rendement et qui produisaient d'autant plus qu'on en récoltait souvent. Elle n'avait ni le temps ni la patience de prendre soin des salades ou de tailler les pieds de tomates, auxquelles elle préférait les radis et les carottes qui poussaient tranquillement sous terre. Les fleurs étaient également sélectionnées pour leur résistance : les gros boutons de pivoines roses qui s'épanouissaient jusqu'à atteindre la taille d'un chou, les lys tigrés aux feuilles tannées comme le cuir et les solides iris barbus qui ne manquaient jamais d'émerger de leur bulbe, printemps après printemps.

Chaque 1er mai, ma mère et moi enfoncions nos graines une à une dans la terre humide. Au bout d'une semaine, nous remplacions celles qui n'avaient pas germé. À la fin du mois de juin, nos cultures étaient bien avancées et le jardin si vert qu'il semblait impossible qu'il en eût jamais été autrement. En juillet, la transpiration des feuilles saturait l'air ambiant d'une telle humidité qu'elle faisait grésiller les lignes électriques en surplomb.

Quand je repense à notre jardin, ce n'est pas tant son odeur, ni même ses couleurs qui me reviennent en mémoire, mais sa musique. Aussi incroyable que cela puisse sembler, on entend véritablement pousser les plantes dans le Midwest. Au plus fort de sa croissance, le maïs doux gagne deux centimètres et demi par jour et l'on peut percevoir, au cœur du mois d'août, le bruissement léger et continu des différentes couches de son enveloppe en expansion. Pendant que nous travaillions au jardin, j'entendais le bourdonnement paresseux des abeilles zigzaguant d'une fleur à l'autre, les pépiements indignés des cardinaux posés sur la mangeoire, le raclement de nos outils sur la terre et le sifflement autoritaire qui s'échappait chaque midi de l'usine.

Ma mère estimait qu'il y avait une bonne et une mauvaise manière de faire les choses, et que mal faire signifiait refaire, et de préférence plusieurs fois. Elle savait comment coudre chaque bouton de chemise de façon plus ou moins lâche selon l'usage auquel il se destinait. Elle savait comment récolter les baies de sureau pour que leurs queues ne bouchent pas les trous de la vieille passoire en métal dans laquelle nous les égoutterions, après les avoir fait cuire toute une journée. Elle pensait toujours à tout avec deux coups d'avance et ne doutait jamais d'elle-même ; je me disais qu'il n'y avait probablement rien au monde qu'elle ne sache faire.

En fait, ma mère savait faire – et avait continué à faire – bien des choses qui n'étaient plus vraiment indispensables, maintenant que le pays était sorti de la Grande Dépression, que les restrictions de guerre n'avaient plus cours et que, comme nous l'assurait Gerald Ford, notre président, tous nos cauchemars étaient derrière nous.

Elle voyait sa propre ascension sociale, de son enfance miséreuse à sa désormais relative aisance, comme une victoire arrachée de haute lutte à un ennemi indéterminé qu'il nous faudrait à notre tour affronter. Elle a donc entrepris de nous endurcir en vue de ce combat qui n'est jamais venu.

Chaque fois que je regardais ma mère, j'avais du mal à croire que la femme élégante et éloquente qui se tenait devant moi avait un jour été une fillette sale, affamée et terrifiée. Seules ses mains la trahissaient : elles étaient beaucoup trop robustes pour la vie qu'elle menait désormais, et je sentais qu'elles auraient pu attraper le lapin qui s'aventurait de temps à autre dans notre jardin et lui tordre le cou sans hésiter s'il avait été suffisamment stupide pour s'approcher d'un peu trop près.

Lorsque vous grandissez avec des gens qui parlent peu, les quelques mots qu'ils vous disent sont indélébiles. Ma mère avait été à la fois l'élève la plus pauvre et la plus douée du comté de Mower. Lors de sa dernière année de lycée, en 1950, elle avait reçu une mention honorable pour sa participation au neuvième Westinghouse Science Talent Search, un prestigieux concours scientifique d'envergure nationale. C'était une récompense inhabituelle pour une jeune femme issue d'un milieu rural. Parmi les autres prétendants au grand prix figuraient Sheldon Glashow, qui remporta quelques années plus tard le prix Nobel de physique, et Paul Cohen, lauréat en 1966 de la médaille Fields – la plus haute distinction dans le domaine des mathématiques.

Grâce à sa mention honorable, ma mère devenait pour un an membre honorifique de l'Académie des sciences du Minnesota, mais n'obtenait pas la bourse universitaire qu'elle avait espérée. Elle avait malgré tout décidé de s'installer à Minneapolis pour étudier la chimie à l'université du Minnesota, mais elle s'était rapidement rendu compte que son emploi du temps chargé ne lui permettait pas d'assurer suffisamment d'heures de baby-sitting pour couvrir ses frais de scolarité. L'université restait, en 1951, conçue pour des hommes, de préférence aisés, ou qui tout du moins disposaient de davantage de possibilités d'emploi que les femmes pour financer leurs études. Ma mère était rentrée chez elle, avait épousé mon père, avait donné naissance à quatre enfants et s'était occupée de les élever pendant les vingt ans qui avaient suivi. Elle était toujours restée déterminée à reprendre ses études quand le plus jeune entrerait à la maternelle et s'était inscrite à nouveau à l'université du Minnesota dès qu'elle en avait eu l'occasion. Puisqu'elle devait se limiter aux cours par correspondance, elle avait choisi le cursus de littérature anglaise. Nous passions la majorité de notre temps ensemble, et c'est donc naturellement qu'elle m'avait associée à sa formation.

J'ai appris à utiliser le dictionnaire de moyen anglais pour l'aider dans son étude de Chaucer. Une année, j'ai passé l'hiver entier avec elle à relever toutes les occurrences de symbolisme dans *Le Voyage du pèlerin*. Nous les notions sur de petits cartons et j'étais ravie de voir notre pile devenir plus épaisse que le livre. Quand elle posait ses bigoudis, elle passait en boucle des disques de poèmes de Carl Sandburg et m'apprenait à entendre les mots différemment à chaque écoute. Après avoir découvert Susan Sontag, elle m'a expliqué que le sens d'un texte lui-même était une construction de l'esprit, et j'ai appris à hocher la tête en faisant semblant de comprendre.

La lecture est une sorte d'exercice, disait ma mère, chaque paragraphe méritait nos efforts et c'est ainsi que j'ai appris à absorber des livres difficiles. Mais peu de temps après être entrée à l'école, j'ai aussi appris que la lecture de livres difficiles pouvait être source de problèmes. J'ai été punie pour avoir commencé à lire trop tôt et pour avoir refusé de parler et de me comporter « gentiment ». Je ne sais pourquoi je craignais et j'adorais tout à la fois mes institutrices, mais une chose était sûre, j'avais besoin en permanence d'attirer leur attention, que ce soit pour de bonnes ou de mauvaises raisons. Minuscule mais déterminée, j'apprenais à être telle que j'étais, tout en sachant que les autres ne m'en demandaient pas tant.

À la maison, lorsque ma mère et moi jardinions ou lisions ensemble, j'avais bien la vague impression qu'il manquait quelque chose à notre relation, quelque chose que les mères et les filles font naturellement, mais j'étais incapable de savoir quoi exactement, et ma mère non plus, je suppose. Nous nous aimons probablement, chacune à notre façon, mais je n'en suis pas tout à fait certaine, sans doute parce que nous n'avons jamais parlé ouvertement. Ce rapport mère-fille n'allait pas de soi pour nous, et nous n'avons jamais vraiment su comment nous y prendre.

À cinq ans, j'ai compris que je n'étais pas un garçon. Je n'étais toujours pas sûre de ce que j'étais, mais il était devenu évident que ce que j'étais, c'était moins qu'un garçon. J'ai vu que mes frères, qui avaient cinq, dix et quinze ans de plus que moi, pouvaient reproduire dans le monde extérieur les jeux qui étaient les nôtres au laboratoire. Au club de scouts, ils faisaient des courses de voitures miniatures et construisaient des fusées capables de décoller. En cours de travaux pratiques, ils utilisaient des outils gros et puissants, fixés au mur ou suspendus au plafond. Nos héros télévisés étaient l'astronome Carl Sagan, Spock et Doctor Who, mais l'infirmière Chapel ou Mary Ann ne suscitaient jamais le moindre commentaire. Le laboratoire devenait peu à peu mon refuge, dans lequel je pouvais librement explorer le monde mécanique.

Que je suive ainsi les traces de mon père me semblait d'ailleurs assez logique puisque, des quatre enfants, j'étais celle qui lui ressemblait le plus – ou du moins en étais-je convaincue, nos différences me semblant purement cosmétiques. Mon père était l'image même du scientifique tel qu'on se le représente : il était grand, pâle et rasé de près, sa silhouette élancée paraissant presque maigre dans ses éternels pantalons beiges et chemises blanches, que complétaient des lunettes à écailles et une pomme d'Adam prononcée. À cinq ans, j'ai décidé que la véritable Hope ressemblait exactement à ça, sous son déguisement de fillette.

Dans mon rôle de petite fille, je passais des heures à me faire belle devant le miroir et à bavarder avec mes copines pour savoir qui aimait qui et pourquoi eux ne s'aimaient pas. Je pouvais sauter à la corde, coudre mes vêtements et cuisiner sur demande n'importe quelle recette. Mais le soir venu, quand le bâtiment était vide, j'accompagnais mon père au laboratoire et tombais le masque. Je passais de la petite fille à la scientifique, comme Peter Parker devenait Spider-Man, mais en sens inverse.

J'avais beau désespérément vouloir ressembler à mon père, je savais bien qu'on me destinait à suivre les traces de mon indestructible mère : je serais pour elle comme une seconde chance d'accomplir la vie qu'elle méritait tant et qu'elle aurait dû avoir. J'ai décroché une bourse d'études et quitté le lycée un an avant le terme pour étudier à l'université du Minnesota – tout comme ma mère, mon père et mes frères avant moi.

D'abord inscrite en littérature, il ne m'a pas fallu longtemps pour comprendre que les sciences étaient ma voie. Le contraste entre les deux cursus était frappant : en cours de sciences, nous faisions des choses plutôt que de rester assis à discuter. Nous travaillions de nos mains et obtenions des résultats concrets et visibles presque chaque jour. Les expériences que nous reproduisions en laboratoire fonctionnaient parfaitement, chaque étape s'enchaînant avec une sorte d'élégance, et plus nous progressions, plus nous avions accès à des machines toujours plus grosses et à des produits chimiques toujours plus étonnants.

Les cours de sciences s'attachaient à résoudre des problèmes et non à détailler des systèmes politiques dont les défenseurs et les adversaires étaient morts bien avant ma naissance. Les sciences ne s'intéressaient pas à des livres qui avaient été écrits pour analyser d'autres livres qui répétaient ce qui avait été écrit dans des livres plus anciens. Les sciences parlaient de ce qui se passe aujourd'hui et maintenant et d'un futur qui pouvait advenir. Ce que mes précédents enseignants avaient toujours cherché à corriger chez moi – mon incapacité à laisser aller les choses et ma tendance à l'excès de zèle – était désormais salué par mes professeurs de sciences. Ils m'ont acceptée en dépit du fait que je sois une fille et ont confirmé ce que je soupçonnais déjà, à savoir que mon véritable potentiel avait plus à voir avec mon acharnement au travail qu'avec mes circonstances présentes et passées. J'étais à nouveau une petite fille dans le laboratoire de mon père, heureuse de pouvoir jouer avec tous mes jouets aussi longtemps que je le souhaitais.

Les hommes sont comme les plantes : ils poussent vers la lumière. J'ai choisi les sciences parce qu'elles m'apportaient ce dont j'avais besoin : un foyer au sens le plus littéral du terme, un endroit sûr où pouvoir vivre.

Grandir est pour chacun un processus long et douloureux et la seule chose dont j'étais certaine, c'était qu'un jour, j'aurais mon propre laboratoire, tout comme mon père. À l'échelle de notre petite ville, mon père n'était pas un scientifique, il était le scientifique, et scientifique n'était pas sa profession, mais son identité. Mon désir de devenir scientifique ne reposait que sur une intuition profonde : je n'avais jamais rencontré de femmes de science, je n'en avais jamais vu à la télévision ni même entendu parler.

En tant que femme scientifique, je fais aujourd'hui encore figure d'exception mais, au fond, je ne me suis jamais sentie autre chose. Au fil des ans, j'ai monté trois laboratoires à partir de rien, donné vie et chaleur à trois espaces vides, chacun plus grand que le précédent. Mon laboratoire actuel est proche de la perfection : situé à Honolulu, il se trouve dans un magnifique bâtiment régulièrement couronné d'arcs-en-ciel, au milieu d'hibiscus perpétuellement en fleurs, mais je sais que je ne cesserai jamais de construire et d'en vouloir plus. Je ne travaille pas dans la « salle T309 », comme l'indique le plan de l'université, mais dans le « Laboratoire Jahren », et ce sera toujours ainsi, où qu'il se trouve. Il porte mon nom parce que j'y suis chez moi.

Mon laboratoire est un endroit où les lumières sont toujours allumées. Il n'a pas de fenêtre, mais il n'en a pas besoin. Il est autonome, il est son propre monde. Mon labo est à la fois privé et familier, occupé par une poignée de gens qui se connaissent bien. Mon labo est l'endroit où je travaille avec mon cerveau au bout de mes doigts et où je fais des choses. Mon labo est un endroit où je suis en mouvement. Je me lève, je marche, je m'assois, j'attrape, je porte, je grimpe. Dans mon labo, mes insomnies sont une chance, car il y a tellement autre chose à faire que dormir. Mon labo est un endroit où je ne peux pas me permettre de me blesser. Des avertissements et des règles sont là pour me protéger. J'y porte des gants, des lunettes et des chaussures fermées pour me préserver de toute manipulation dangereuse. Dans mon labo, tout ce que j'ai l'emporte largement sur ce qui me manque. Les tiroirs sont pleins d'objets qui pourraient un jour être utiles. Chacun d'eux – aussi petit ou étrange soit-il – existe pour une bonne raison, même si elle reste parfois à découvrir.

Dans mon labo, la culpabilité de ce que je n'ai pas fait est supplantée par tout ce que j'y fais. Mes parents laissés sans nouvelles, les factures impayées, la vaisselle sale et mes jambes non épilées sont dérisoires comparé aux recherches que nous menons ici. Mon labo est l'endroit où je peux être l'enfant que je suis toujours. C'est l'endroit où je joue avec mon meilleur ami, là où je peux rire et être ridicule. Je peux y travailler toute la nuit pour analyser une roche vieille de cent millions d'années parce que j'ai besoin de savoir. Toutes les contraintes de la vie adulte – les déclarations de revenus, l'assurance auto ou mes frottis de dépistage – n'ont aucune importance quand je suis dans mon labo. Il n'y a pas de téléphone et donc aucune raison d'être triste si personne ne m'appelle. La porte est fermée et je connais tous ceux qui en possèdent la clé. Parce que le monde extérieur ne peut entrer dans mon labo, il est devenu l'endroit où je peux être moi-même.

Mon laboratoire est comme une église parce que c'est là où je fais le point sur ce en quoi je crois. Les machines bourdonnent pour me souhaiter la bienvenue lorsque je passe sa porte. Je sais qui j'y verrai et comment chacun se comportera. Je sais qu'il y aura du silence, je sais qu'il y aura de la musique, un temps pour saluer mes amis, un temps pour les laisser travailler. Il y a des rituels que j'accomplis, certains que je comprends et d'autres non. Poussée à donner le meilleur de moi-même, je m'efforce d'accomplir chaque tâche à la perfection. Mon labo est un lieu où se rendre les jours saints, comme on va à la messe. Les jours fériés, quand le reste du monde est fermé, mon laboratoire est ouvert. Il est un refuge et un asile. Il est l'endroit où je bats en retraite depuis le champ de bataille professionnel, où je panse mes blessures et répare mon armure. Et, tout comme l'église, parce que j'y ai grandi, quelque chose dont je ne peux vraiment m'éloigner.

Mon laboratoire est un endroit où j'écris. J'ai appris à produire une sorte de prose rare à même de résumer en six pages le travail de cinq chercheurs pendant dix années, dans une langue que peu savent lire et que personne ne parle. Ces écrits relatent avec la précision d'un scalpel les détails de mes travaux, mais leur beauté épurée est un artifice, un mannequin taille zéro conçu pour mettre en valeur une robe qui paraîtrait beaucoup moins parfaite sur toute personne réelle. Mes articles gomment certains détails. Ils ne disent rien de ces mois de travail perdus parce qu'une doctorante a démissionné en m'annonçant avec dédain qu'elle ne voulait pas d'une vie comme la mienne. Ils ne disent rien de ce paragraphe que j'ai mis cinq heures à écrire, pétrifiée de chagrin, dans le vol qui m'emmenait vers un enterrement auquel je n'arrivais pas à croire. Ils ne disent rien de cette première version que mon fils a recouvert de crayon et de compote de pommes alors qu'elle sortait tout juste de l'imprimante.

Si mes publications témoignent des cultures qui ont poussé, des tests qui ont fonctionné et des résultats obtenus, elles passent sous silence les plantations ravagées par les champignons, les signaux électriques qui ont refusé de se stabiliser et les cartouches d'encre obtenues en pleine nuit par des moyens peu avouables. Je sais parfaitement que s'il était possible de parvenir au succès sans passer par des désastres, quelqu'un l'aurait déjà fait, et que toute expérimentation serait inutile. Mais il n'existe encore aucun journal dans lequel je pourrais raconter que les sciences se pratiquent autant avec le cœur qu'avec les mains.

Une nouvelle journée commence. Le stock de produits chimiques demande à être réapprovisionné, les salaires payés, les billets d'avion achetés. Alors je baisse la tête et je rédige un nouvel article, tandis que la douleur, la fierté, les regrets, la peur, l'amour et le désir s'accumulent en silence au fond de ma gorge. Travailler dans un laboratoire pendant vingt ans est à l'origine de deux histoires : celle que je dois écrire et celle que je veux écrire.

La science est une institution à ce point convaincue de sa propre valeur qu'elle ne peut supporter de jeter quoi que ce soit. C'est le cas de mon père et de ses règles à calcul, soigneusement emballées dans une boîte, rangée au sous-sol de la maison et étiquetée « Règle à calcul linéaire, modèle standard (25 cm) – 30 cents ». Il y en a trente en tout, car il est important que chaque élève ait la sienne – les scientifiques sont capables de beaucoup de choses mais pas de partager leur équipement. Ces vieilles règles à calcul ne serviront pourtant plus jamais : elles ont été définitivement remplacées par les calculatrices, puis par les ordinateurs de bureau et plus récemment par les téléphones portables. Il n'y a rien d'indiqué sur la boîte, si ce n'est ce qui se trouve à l'intérieur. Quand j'étais petite, j'espérais de tout mon cœur, sans trop savoir pourquoi, que mon père y inscrirait mon nom. Mais ces règles à calcul n'appartiennent à personne, elles n'ont valeur que de règles à calcul. Et elles ne m'ont certainement jamais appartenu.

***

En 2009, j'ai eu quarante ans. J'enseignais alors depuis quatorze ans. C'est également l'année au cours de laquelle nous avons fait une percée importante dans le domaine de la chimie des isotopes : la mise au point d'une machine capable de fonctionner en liaison avec notre spectromètre de masse.

Vous possédez probablement, dans votre salle de bains, une balance capable de faire la différence entre un poids de quatre-vingts et un autre de quatre-vingt-deux kilos. Dans mon laboratoire, j'ai une balance capable de faire la différence entre un atome à douze nucléons et un à treize nucléons. En réalité, j'en ai même deux. Ce sont ce qu'on appelle des spectromètres de masse, et chacun coûte environ un demi-million de dollars. L'université me les a offerts contre la promesse pas si tacite d'accomplir des choses merveilleuses et jusqu'alors impossibles, et d'accroître du même coup le prestige de l'institution.

D'après mes calculs, pour que l'université couvre son investissement, il me faut accomplir, et ce jusqu'à la tombe, quatre choses merveilleuses et jusqu'alors impossibles par an. La tâche est d'autant plus compliquée que je dois me battre pour trouver de quoi payer les dépenses fonctionnelles du labo, comme les produits chimiques, les béchers ou les Post-it ; une grande partie de mon travail consiste donc à rédiger des suppliques écrites ou verbales pour obtenir des financements publics ou privés, par ailleurs en constante diminution à l'échelle nationale. Et ce n'est pas le plus stressant. Le salaire de chaque personne qui travaille au laboratoire – à part le mien – est soumis au même principe. J'aimerais pouvoir garantir son poste au-delà de six mois à un employé qui se donne corps et âme à la recherche et qui travaille quatre-vingts heures par semaine, mais ce n'est pas le monde dans lequel évolue le scientifique. Si vous lisez ceci et que vous souhaitez nous soutenir, n'hésitez pas à me contacter. Ce serait insensé de ma part de ne pas profiter de lancer cet appel.

Mon équipe travaillait déjà depuis plus de deux ans à la mise au point d'un dispositif capable d'extraire le protoxyde d'azote des gaz libérés lors de la détonation d'une bombe artisanale. Le but était ensuite de coupler cet appareil à l'un de nos spectromètres de masse pour effectuer des mesures. Le nombre de neutrons présents dans n'importe quelle substance faisant office d'empreinte, nous espérions procurer à la police scientifique un nouvel outil pour analyser les traces chimiques laissées par une attaque terroriste. Notre objectif était de comparer, et peut-être faire correspondre, l'empreinte chimique des résidus laissés par l'explosion avec celle de prélèvements effectués sur des surfaces où l'engin aurait pu être fabriqué – un plan de travail de cuisine, par exemple.

Nous avons « vendu » l'idée à la Fondation nationale pour la science en 2007, juste après que la presse eut annoncé que les EEI (engins explosifs improvisés) étaient responsables de plus de la moitié des décès de soldats mobilisés en Afghanistan. Non seulement nous avons obtenu le financement, mais celui-ci comportait plus de zéros que je n'en avais jamais vus. Je voulais étudier la croissance des plantes mais la guerre paiera toujours plus que le savoir. Mon plan secret était que nous consacrerions nos quarante heures de travail officielles par semaine au projet « explosifs », et que nous ferions ensuite quarante heures supplémentaires au noir pour nos expériences en biologie végétale.

Ce protocole a donné lieu à un épuisement exceptionnel et à un désespoir croissant au fil des revers et semi-échecs habituels. La réaction chimique que nous cherchions à provoquer nous donnait du fil à retordre. Nous parvenions relativement facilement à isoler l'azote présent dans les résidus de l'explosion, mais la conversion de l'oxygène qui devait suivre s'avérait beaucoup plus complexe que prévu, et les neutrons difficiles à suivre à la trace. En fait, quelle que soit la nature des échantillons que nous analysions, les résultats indiqués par le spectromètre de masse étaient toujours plus ou moins les mêmes. C'était exaspérant, un peu comme si l'on demandait à un patient d'identifier un feu rouge par rapport à un feu vert et qu'il nous répondait vert à chaque fois qu'on lui montrait un feu.

À quel moment décide-t-on d'en rester là et de raccompagner un sujet inextricable à la porte pour en choisir un autre plus prometteur? Eh bien jamais, quand on est aussi entêtée que moi. Nous avons tout repris en procédant beaucoup plus lentement, et afin d'éliminer la moindre imprécision susceptible de fausser les résultats. Les tâches initialement estimées à deux heures de travail nous prenaient désormais quatre jours complets – huit si l'on voulait être sûr de bien faire. Et il fallait encore trouver le temps d'arroser, de fertiliser et de suivre chaque jour la croissance d'une centaine de plantes.

Je me souviendrai toujours de cette nuit où nous avons enfin réussi à synchroniser notre analyseur d'explosifs avec notre spectromètre de masse, et qu'il a commencé à nous donner les valeurs standards attendues – même si cette nuit ressemblait à beaucoup d'autres dans ma vie. C'était un dimanche, à cette heure tardive où pointe le spectre du lundi matin. J'étais, comme toujours, en train de me tracasser sur l'avenir du labo. Comme le projet touchait à sa fin, je pouvais calculer le jour exact où le laboratoire allait se trouver à court de financement. J'étais assise dans mon bureau, à passer en revue le prix des produits chimiques, et à essayer de jeter des sorts d'alchimiste sur les pièces de dix cents pour les transformer en dollars ; je ne pouvais cependant espérer repousser la faillite plus de quelques mois.

La porte s'est ouverte et mon collègue de labo, Bill, est entré. Il s'est laissé tomber sur une chaise cassée et a jeté un tas de papiers sur mon bureau.

– OK, maintenant je crois qu'on peut le dire : cette saloperie fonctionne, et même foutrement bien !

J'ai feuilleté sa pile de résultats, et constaté sans surprise que chacun des échantillons de gaz affichait maintenant une valeur différente et cohérente. De nous deux, je suis en général toujours la première à déclarer victoire. Bill veut toujours faire un dernier essai, un dernier étalonnage avant d'admettre que nous avons gagné.

Lui et moi nous sommes souri : nous avions réussi, cette fois encore. Tout le projet était un parfait exemple de la façon dont nous travaillons ensemble : je concocte une idée chimérique, je l'embellis jusqu'à ce qu'elle devienne presque impossible, je la vends à un organisme public, j'achète le matériel et je balance le tout sur le bureau de Bill. À partir de là, Bill produit un premier, un deuxième, puis un troisième prototype, sans cesser de pester contre ce projet impossible. Quand la cinquième tentative s'avère prometteuse et que la septième fonctionne (mais si et seulement si, quand on allume l'appareil, on porte une chemise bleue et que l'on est tourné vers l'est), le parfum de la réussite commence à nous chatouiller l'esprit.

C'est alors le début d'une période où nous travaillons moi le jour et lui la nuit, dans un flot ininterrompu de tweets, SMS et messages Facebook faisant état de chaque nouvelle donnée, et jusqu'à ce que notre création maison prouve qu'elle est aussi fiable et précise que la machine à coudre à pédales Singer de ma grand-mère. Bill lance ensuite une dernière batterie de tests – ou deux, ou peut-être même trois –, et c'est terminé. À moi ensuite de réécrire l'histoire pour le compte rendu final, de raconter avec quelle facilité nous avons donné naissance au bébé, sans oublier de souligner à quel point cet investissement aura été profitable à notre bienfaiteur. À chaque nouvelle année fiscale, tout recommence – avec un défi toujours plus ambitieux, et un budget qui, avec un régime économe, nous conduira peut-être à mi-chemin.

Il n'y a rien de plus anodin qu'une série de données produites et interprétées dans les règles de l'art, mais à chaque fois que nous obtenons de tels résultats, nous nous sentons comme des Bonnie et Clyde tout heureux de s'être tirés d'affaire une fois encore. « Dans ta face, l'Univers ! »

Ce soir-là, j'ai levé deux poings victorieux vers le plafond, avant de passer mes doigts dans ma tignasse fatiguée pour oxygéner un peu mon cerveau, une habitude datant de mes années à l'université.

– On se fait trop vieux pour ce genre de nuits, tu sais ?

– J'ai jeté un œil à l'horloge en songeant que mon fils était déjà couché depuis plusieurs heures.

– Mais comment on va appeler cette machine ?

Bill, revigoré par le succès, voulait trouver un nom amusant à l'appareil, et qui pourrait donner un acronyme encore plus drôle. Peut-être un nom avec CATA, si on part de la réaction catalysée par le nickel...

Aucun écrivain au monde ne se tourmente autant sur le choix des mots qu'un scientifique. La terminologie est essentielle : nous identifions chaque chose par son nom consacré, nous la décrivons en utilisant un vocabulaire spécifique universellement établi, nous l'étudions de façon individuelle, puis nous faisons un compte rendu de nos observations dans un langage si complexe qu'il demande des années de pratique. Quand nous documentons notre travail, nous ne « supposons » pas, nous « émettons des hypothèses » ; nous ne « décidons » pas, nous « concluons ». Le mot « significatif » est si vague qu'il est inutile en lui-même, mais une fois associé avec « hautement », il peut vous rapporter un demi-million de dollars de financement.

Le privilège de nommer une nouvelle espèce, un nouveau minéral, une nouvelle particule atomique, un nouveau composé ou une nouvelle galaxie est le plus grand honneur et la plus noble tâche auxquels un scientifique puisse aspirer. Des règles et des traditions strictes propres à chaque domaine régissent les conventions d'appellation. Pour cela, vous devez rassembler tout ce que vous savez sur ce que vous avez découvert et sur le reste du monde, choisir ce dont vous vous souvenez, imaginer quelque chose qui vous fasse sourire, faire allusion à quelque chose à la fois de contemporain et d'éternel, et enfin baptiser le précieux objet du mieux que vous pouvez, en espérant, sans trop vraiment y croire, que votre étiquette traversera le temps. Mais ce soir-là, mon cerveau était incapable de se livrer aux joies de la sémantique ; tout ce que je voulais, c'était rentrer chez moi et dormir.

– On pourrait l'appeler « 480 000 dollars d'argent du contribuable », parce que c'est ce que nous a coûté cette foutue machine, ai-je pesté en direction des feuilles de compte que j'essayais de mettre en ordre.

Maintenant que le projet était achevé, je me demandais à qui j'allais bien pouvoir demander de l'argent ; nous avions déjà épuisé nos sources habituelles l'année précédente et les budgets publics ne cessaient de diminuer. J'ai beau aimer mon métier, je dois reconnaître que je suis fatiguée de devoir courir après ce qui ne devrait plus être un problème aujourd'hui.

Bill m'a observée un instant, puis s'est levé en claquant des mains sur ses cuisses.

– On n'a pas besoin de lui trouver un nom. Je vais simplement graver le tien à l'intérieur. Ça sera parfait comme ça.

Nous avons échangé un long regard et chacun a lu dans les yeux de l'autre le reflet de quatorze années de collaboration. J'ai hoché la tête en signe de reconnaissance, mais Bill est sorti de mon bureau avant que j'aie pu trouver les mots justes pour le remercier.

Il est fort où je suis faible et c'est pourquoi nous formons ensemble un individu complet, chacun trouvant dans le monde la moitié de ce dont il a besoin, et chez l'autre la moitié qui lui manque. Je me suis promis intérieurement de faire ce que je pourrais pour l'augmenter et nous permettre de continuer. Comme toujours, je n'aurais qu'à trouver une solution. Lui dans une pièce, moi dans une autre à côté, nous avons allumé nos postes de radio réglés sur deux stations différentes et sommes retournés au travail, maintenant que chacun avait une nouvelle fois assuré l'autre de son indéfectible présence.

2

Comme la plupart des gens, je me souviens d'un arbre qui a marqué mon enfance. C'était un épicéa bleu (*Picea pungens*) qui défiait les longs mois d'hiver de son feuillage persistant. Je revois ses aiguilles aiguisées se détacher contre la neige blanche et le ciel gris ; il était un parfait exemple du stoïcisme qui se développait en moi. L'été, je l'enlaçais, je l'escaladais et lui parlais ; j'imaginais qu'il me connaissait, et que je devenais invisible quand j'allais dessous pour observer les fourmis transporter inlassablement ses aiguilles mortes, comme des âmes damnées dans l'enfer des insectes. En grandissant, j'ai réalisé que cet arbre ne se souciait en réalité guère de moi, et on m'a appris qu'il pouvait produire sa propre nourriture à partir de l'eau et de l'air. Je savais qu'il ne percevait (au mieux) qu'une infime vibration lorsque je l'escaladais, et que les quelques branches que je lui arrachais pour mes châteaux de neige n'étaient pour lui que l'équivalent d'un seul cheveu arraché à ma tête. J'ai dormi près de lui pendant des années, à trois mètres à peine, avec la vitre de ma fenêtre pour seule séparation. Je suis ensuite entrée à l'université, laissant peu à peu ma ville natale et mon enfance derrière moi.

Depuis, je me suis rendu compte que mon arbre aussi avait été un enfant. Lorsqu'il n'était encore qu'un embryon, il a patienté des années au sol, tiraillé entre le risque de quitter sa graine trop tôt et celui de laisser passer sa chance. La moindre erreur lui aurait été fatale, dans cette nature bouillonnante et impitoyable, capable de réduire en pourriture la feuille la plus robuste en l'espace de quelques jours. Mon arbre aussi a été un adolescent. Pendant ses dix premières années, il a poussé de façon fulgurante, sans se soucier de l'avenir. Entre dix et vingt ans, sa taille a doublé, et il s'est parfois trouvé démuni face aux nouveaux défis et aux responsabilités dus à sa stature. Il s'est efforcé d'être à la hauteur de ses pairs et a même parfois osé les dépasser pour accaparer les rayons du soleil. Tout à sa croissance, il était encore incapable de produire des graines mais se trouvait déjà soumis aux aléas hormonaux: comme tout ado, il évoluait avec les saisons, poussant d'un coup au printemps, fabriquant de nouvelles aiguilles pour l'été, enfonçant ses racines à l'automne, avant de se résigner à un long et ennuyeux hiver.

Du point de vue de l'adolescent, la vie de ses aînés semblait aussi ennuyeuse qu'interminable. Cinquante, quatre-vingts ou peut-être cent années à ne rien faire d'autre qu'essayer de ne pas tomber, pas même ponctuées le matin par le renouvellement des aiguilles tombées la veille et le soir par l'arrêt des enzymes. Il ne connaîtrait bientôt plus les bouffées de nutriments qui marquent la conquête de nouveaux espaces souterrains, et se contenterait d'enfoncer un peu plus sa racine pivot, au gré des fissures laissées par l'hiver précédent.

Les adultes s'épaississaient un peu plus chaque année, mais c'était bien là tout ce dont ils faisaient preuve au fil des décennies. Leurs branches gorgées de nutriments chèrement acquis s'étalaient au-dessus des jeunes générations perpétuellement affamées.

Un environnement propice, riche en eau, au sol profond et surtout abondamment ensoleillé permet aux arbres de déployer leur plein potentiel. En revanche, ceux qui ne bénéficient pas de telles conditions n'atteignent pas même la moitié de leur taille maximale et ne connaissent pas de véritable pic de croissance à l'adolescence. Ils concentrent toute leur énergie dans leur survie et poussent deux fois moins vite.

Pendant les quatre-vingts années de sa vie, mon arbre a sans doute été malade plusieurs fois. Incapable d'échapper aux animaux et aux insectes qui menaçaient de le dévorer ou de le coloniser, il prévenait leurs attaques en s'armant de pointes coupantes et de sève toxique. Ses racines étaient les plus exposées, enfouies dans une couverture étouffante de végétaux en décomposition. Ces défenses lui coûtaient une grande part de ses maigres ressources destinées à des usages plus heureux : chaque goutte de sève était une graine avortée, chaque épine était une feuille qui ne verrait pas le jour.

En 2013, mon arbre a commis une terrible erreur. Croyant l'hiver terminé, il a étiré ses branches et produit un abondant feuillage de nouvelles aiguilles en prévision de l'été. Mais un blizzard printanier inhabituel a marqué ce mois de mai et la neige est tombée en abondance pendant un week-end entier. Les conifères résistent bien à la neige, mais pour mon arbre, qui portait déjà le poids de son feuillage, la charge était trop lourde. Ses branches ont d'abord ployé, puis se sont cassées, ne laissant plus qu'un grand tronc nu. Mes parents l'ont euthanasié en l'abattant, avant de broyer ses racines. Quand ils me l'ont appris au téléphone, des mois plus tard, je me tenais sous un soleil radieux, à six mille cinq cents kilomètres de là, dans un endroit où il ne neige jamais. L'ironie est que j'apprenais sa mort au moment même où je réalisais que mon arbre avait été vivant. Pour être plus exacte, mon épicéa bleu n'avait pas seulement été vivant, il avait eu une vie, similaire à la mienne, bien que différente. Lui aussi avait franchi des étapes. Il avait fait son temps, et le temps l'avait changé.

Moi aussi, le temps m'a changée. Il a changé ma perception de mon arbre, et ma perception de la perception que mon arbre avait de lui-même. La science m'a appris que tout est plus compliqué qu'on ne l'imagine à première vue, et que la découverte est l'une des clés du bonheur. Il m'a également convaincue qu'écrire est le seul véritable remède à l'oubli des choses importantes qui ont été et ne sont plus, comme mon épicéa bleu qui aurait dû me survivre mais qui est mort au printemps.

3

La graine sait attendre son heure. Elle patiente le plus souvent une année entière avant d'entamer sa germination – le noyau de cerise peut même attendre un siècle sans problème. Qu'attend-elle, au juste ? Elle seule le sait. Ce n'est qu'une fois les conditions spécifiques de température, d'humidité, de lumière et tant d'autres choses réunies qu'elle se décidera à faire le grand saut pour saisir sa seule et unique chance de pousser.

La graine en latence est vivante. Chaque gland tombé au sol est tout aussi vivant que le chêne trois fois centenaire qui le surplombe. Ni la graine ni le vieux chêne ne poussent : tous deux ne font qu'attendre. La graine attend d'éclore, le chêne de mourir. Lorsque vous vous promenez en forêt, vous levez sans doute les yeux vers les arbres les plus hauts, ceux qui sont parvenus à des sommets qu'eux seuls peuvent atteindre. Vous ne regardez pas vers le sol, là où sous chacun de vos pas, reposent des centaines de graines en attente. Elles espèrent, envers et contre tout, une opportunité qui ne viendra peut-être jamais. Plus de la moitié d'entre elles mourront avant d'avoir perçu le signal attendu. Certaines années peu propices, aucune ne survivra. Toutes ces morts n'ont cependant pas grande importance, car le bouleau qui vous domine produit à lui seul pas moins deux cent cinquante mille nouvelles graines chaque année. Pour chaque arbre qui vous entoure, une centaine au moins patientent dans le sol et n'aspirent qu'à s'élever.

La noix de coco est aussi grosse qu'une tête humaine et peut dériver à travers tout l'océan Atlantique depuis la côte africaine avant de s'enraciner sur une île des Caraïbes. Les graines d'orchidées au contraire sont minuscules : un million d'entre elles ne pèse pas plus qu'un trombone à papier. Grandes ou petites, la plupart des graines ne sont essentiellement que des réserves nutritives, destinées à nourrir l'embryon qu'elles abritent. Cet amas de quelques centaines de cellules est une véritable plante miniature, dotée d'une racine et d'une tige rudimentaires.

Au moment de la germination, l'embryon ramassé sur lui-même ne fait que se déployer : les ébauches de feuilles possèdent déjà leur forme adulte au cœur de la graine et peuvent enfin s'étaler librement. Le noyau rigide de la pêche, l'enveloppe de la graine de sésame ou de moutarde, ou la coquille de la noisette servent principalement à empêcher cette expansion. En laboratoire, il suffit de gratter ce revêtement et d'apporter un peu d'eau à la graine pour que celle-ci se mette à pousser. Au fil des ans, j'ai dû faire germer des milliers de graines, mais l'explosion de vert qui s'ensuit ne cesse de m'étonner. Il ne faut parfois qu'un petit coup de pouce pour que s'accomplisse ce qui paraissait si difficile. Au bon endroit et dans les bonnes conditions, il est enfin possible de se déployer pour devenir ce qu'on est censé être.

Après avoir ouvert une graine de lotus (*Nelumbo nucifera*) et isolé l'embryon pour le faire croître, des chercheurs ont eu l'idée de dater son enveloppe vide au carbone 14. Ils ont alors découvert que cette graine les avait attendus pendant près de deux mille ans, dans une tourbière, en Chine. Cette graine minuscule avait gardé obstinément foi en son avenir, tandis que des civilisations humaines entières croissaient et déclinaient. Et un jour, c'est dans un laboratoire qu'elle a finalement germé. Je me demande ce qu'elle est devenue.

Tout commencement est la fin d'une attente. Il nous est donné à tous une seule chance d'exister. Chacun de nous est à la fois impossible et inévitable. Chaque arbre majestueux a d'abord été une simple graine qui a su attendre son heure.

4

La première fois que j'ai réalisé une expérience hors du cadre scolaire, j'avais dix-neuf ans et je cherchais à me faire un peu d'argent.

J'avais bien dû occuper dix jobs différents pendant mon premier cycle à l'université du Minnesota de Minneapolis. Pendant ces quatre années, j'ai travaillé vingt heures par semaine et bien plus encore pendant les vacances pour compléter ma bourse d'études. J'ai été relectrice au service éditorial de l'université, secrétaire du doyen du département d'agriculture, cadreuse pour les vidéos des cours à distance et technicienne dédiée au polissage des lames de microscope. J'ai donné des cours de natation, récupéré des livres pour la bibliothèque et travaillé comme placeuse au Northrop Auditorium. Mais tous ces petits boulots étaient sans comparaison avec ce qui m'attendait à la pharmacie de l'hôpital universitaire.

Une fille de mon cours de chimie y travaillait et m'avait recommandée pour un poste à pourvoir. Ça payait bien, m'avait-elle dit, et on pouvait enchaîner seize heures de travail à la suite, les huit dernières rémunérées une fois et demie le tarif normal. J'ai été immédiatement engagée sans que personne ne prenne la peine de vérifier mes qualifications et me suis retrouvée l'heureuse propriétaire de deux blouses turquoise.

Le lendemain, je me suis présentée après les cours à quatorze heures trente, prête à assurer le service de quinze à vingt-trois heures. Je travaillerais au sous-sol de l'hôpital, à la pharmacie centrale, où l'on stockait, triait et suivait à la trace chaque traitement administré aux patients. C'était un vaste complexe autonome, équipé de son propre accueil, de son propre quai de livraison et de plusieurs réserves, y compris de frigos à basse température. La pharmacie était organisée autour d'un laboratoire ouvert de la taille d'un entrepôt et pleine de gens qui réalisaient des préparations sur-mesure pour les thérapies les plus complexes. Le chef de service adjoint m'a expliqué que je commencerais comme « coursière », c'est-à-dire que je remettrais en main propre et aux divers postes infirmiers les analgésiques intraveineux là où il le fallait.

À l'époque, les médecins devaient faire leurs demandes par écrit et sur la base d'une ordonnance, qui était ensuite personnellement escortée jusqu'à la pharmacie. Au laboratoire, une petite quantité d'antidouleur pur était diluée dans une poche de solution et immédiatement accompagnée d'une pile de paperasse qu'il fallait signer et tamponner à chaque fois que la poche changeait de main. Après que sa composition et la quantité de médicament qu'elle contenait eurent été vérifiées deux fois et certifiées par un pharmacien diplômé, la poche était remise à un coursier qui la réceptionnait contre signature puis la portait à l'infirmière, qui signait à son tour avant de l'administrer au patient.

Après le dépôt, le coursier avait également la responsabilité de relever les nouvelles prescriptions déposées dans la bannette du poste infirmier et de les amener à la pharmacie. J'étais si ravie que ma signature soit indispensable au bon déroulé de ce que je considérais comme un processus urgent que je me fantasmais en héroïne de l'ombre, soulageant au quotidien la souffrance des malades, sauvant les âmes et veillant sur mon passage à la dignité de la vie humaine. Comme toute étudiante ayant obtenu de bonnes notes en sciences, on m'avait encouragée à faire une école de médecine, et je commençais à y songer sérieusement, rêvant toutefois sans trop y croire à la bourse qui pourrait m'en ouvrir les portes.

Mon poste de coursière m'a permis de parcourir chacun des couloirs de l'hôpital et de me familiariser avec le fonctionnement de chaque poste infirmier, même si je faisais le plus souvent l'aller-retour entre la pharmacie et les soins palliatifs. J'ai appris à travailler de longues heures sans aucune interaction sociale, si ce n'est un bref regard et une signature. J'avais beau être entourée de mes collègues, de machines ronronnantes et d'une lumière dont l'intensité ne diminuait jamais, j'étais dans ma bulle et ne me sentais pas plus perturbée par l'agitation ambiante que par ma propre respiration.

J'ai aussi découvert que je pouvais faire travailler mon inconscient en arrière-plan, tout en laissant mon esprit conscient s'occuper des tâches à effectuer. Pendant mon entretien d'embauche, j'avais attentivement observé le laboratoire principal, où tant de techniciens travaillaient d'arrache-pied, prélevant, injectant, examinant des flacons ou déballant des tubes stériles. J'avais demandé à la pharmacienne ce qu'ils faisaient.

– Surtout des antiarythmiques, pour les troubles cardiaques, m'avait-elle expliqué.

Le lendemain matin, j'ai dit à mon professeur de littérature anglaise que le sujet de mon mémoire serait : « L'emploi et la signification du mot "cœur" dans *David Copperfield.* » Mon enthousiasme est toutefois vite retombé quand j'ai commencé à lister les centaines d'occurrences de ce mot et de ses dérivés dans les dix premiers chapitres du livre. J'ai donc décidé de restreindre mon analyse aux cas les plus significatifs. C'était une stratégie à double tranchant, comme je m'en suis rendu compte à la lecture de ces lignes au chapitre trente-huit : *Mais ce que je ne saurais décrire, c'est comment, dans les replis cachés de mon cœur, je ressentais une secrète jalousie de la mort même.* J'ai eu beau tourner et retourner cette phrase dans ma tête, impossible d'en saisir le sens. Quatorze heures ont sonné, et je suis retournée travailler.

Ce soir-là, je me suis rendue dix ou vingt fois aux soins palliatifs, mes yeux et mes mains répétant les mouvements et les gestes attendus. Du fond de la nuit et plus encore de mes pensées, il m'est alors apparu qu'en tant que personnel hospitalier, nous étions payés pour suivre la Mort, tandis qu'elle escortait des corps frêles et fatigués sur leur chemin de peine, et qu'elle entraînait leurs proches dans son sillage. Mon travail consistait à rencontrer ces voyageurs en des points de ravitaillement donnés, pour leur remettre de quoi poursuivre leur route. Lorsque le groupe disparaissait à l'horizon, nous faisions demi-tour, conscients que d'autres familles en détresse se présenteraient bientôt.

Les médecins, les infirmières et moi-même ne pleurions pas parce que les maris abasourdis et les filles désespérées le faisaient suffisamment pour nous. Impuissants et désarmés face au pouvoir irrévocable de la Mort, nous n'en poursuivions pas moins notre mission, injectant vingt millilitres de salut dans une poche de larmes que nous bénissions encore et encore, avant de la porter comme un nouveau-né vers les soins palliatifs. Le médicament coulerait dans une veine passive, la famille s'approcherait du malade et ce serait un bref répit au milieu d'un océan de douleur. À mon retour de l'hôpital, je me suis rendu compte que je pouvais écrire des pages et des pages de mon mémoire, alors que des heures entières passées derrière mon ordinateur n'avaient auparavant abouti à rien. J'ai alors mémorisé les passages difficiles du roman, puis laissé mon inconscient déceler leur sens pendant ma journée à la pharmacie.

Chaque employé de l'hôpital devait prendre trois pauses de vingt minutes par tranche de huit heures, mais c'était aux coursiers de les coordonner et de les échelonner pour que l'équipe ne soit jamais minorée que d'un membre à la fois et reste à tout moment capable de traiter un afflux soudain de commandes. Cette organisation imposait un rythme et une durée à mes propres divagations, et c'est ainsi que j'ai développé la capacité d'en émerger dès que nécessaire. Je pouvais concentrer tout mon esprit dans mes mains pendant des heures, faire à nouveau fonctionner mon cerveau dans ma tête pendant vingt minutes, puis le rappeler au bout de mes doigts, comme une sorte de va-et-vient.

Je profitais de mes pauses pour respirer un peu d'air frais et m'exposer à la lumière du jour dans les petites cours qui se nichaient entre les différents bâtiments de l'hôpital. Un matin, allongée dans l'herbe, les jambes surélevées, je comptais les mégots de cigarette au sol tout en essayant de drainer un peu de sang dans la partie haute de mon corps. *Le soleil du matin dorait de ses rayons le toit et les fenêtres de cette demeure, et mon cœur ressentait quelque chose de la paix qu'il avait connue autrefois*, me récitais-je, en me souvenant de cette phrase du chapitre cinquante-deux. J'ai vu alors mon responsable faire irruption dans la cour, me chercher du regard et me faire signe de rentrer. J'ai cru un instant avoir perdu la notion du temps, mais un coup d'œil à ma montre m'a confirmé qu'il me restait cinq bonnes minutes de pause. À l'intérieur du laboratoire, mon responsable et la pharmacienne en chef m'attendaient, l'air grave.

– Pourquoi tu ne passes pas par la porte de devant quand tu transportes une poche contrôlée ? m'a demandé l'un d'eux.

– Parce que je prends l'escalier de service.

– Mais on ne peut pas rejoindre la passerelle des soins palliatifs en passant par les escaliers, a objecté mon responsable.

– Si, si, on coupe par le quai de livraison de la cafétéria.

– Donc, tu ne prends jamais l'ascenseur ? a répondu, perplexe, la pharmacienne.

– C'est un raccourci, et il n'y a jamais besoin d'attendre. C'est vraiment plus rapide, j'ai chronométré. Et, je veux dire, il y a quelqu'un là-haut qui souffre et qui attend ces trucs, non ?

Mes chefs ont échangé un regard, levé les yeux au ciel et sont retournés à leurs occupations.

Réduire le délai de livraison n'était qu'en partie la raison pour laquelle j'avais mis ce trajet au point. J'avais aussi un besoin permanent de bouger pour brûler l'énergie inépuisable que j'avais à cet âge, qui me submergeait par vagues irrépressibles et qui m'empêchait parfois de dormir pendant des jours. L'hôpital me donnait un cadre et une mission à accomplir, et les tâches répétitives m'aidaient à canaliser le flux bouillonnant de mes pensées.

Quand approchait la fin de mon service de l'après-midi, il se trouvait toujours un coursier pour se faire porter pâle et me donner l'occasion d'enchaîner sur une nuit de travail, si je sentais que je n'allais de toute façon pas réussir à m'endormir. Quelle que soit l'heure, je rentrais chez moi enfin épuisée, apaisée par ma veille nocturne et la promesse d'une paie plus généreuse. *Les cailloux et les coquillages sur le rivage [...] ramenaient le calme dans mon cœur*, me remémorais-je du chapitre dix. J'avais aussi le sentiment de faire quelque chose d'important, du moins m'en étais-je convaincue.

Un mois environ après m'être expliquée sur mes itinéraires de livraison, et alors que je prenais mon poste, la pharmacienne en chef s'est écriée :

– Lydia, elle est là !

Elle s'est ensuite tournée vers moi.

– Lydia va t'apprendre à préparer des poches de perfusion.

Ma carrière de coursière venait de se terminer. Lydia s'est levée et a jeté un regard en biais à sa supérieure. Son expression ne semblait pas exactement saluer ma promotion, mais j'ai senti que cette formation à ses côtés était l'occasion d'une belle augmentation.

– Viens te détendre un peu ! m'a-t-elle crié de sa voix rauque, moins pour me souhaiter la bienvenue que pour agacer la pharmacienne.

J'étais pleine d'enthousiasme, et *le cœur me battait à l'espérance de ce nouveau plaisir*, comme dans le chapitre vingt. Plutôt que de livrer les poches d'intraveineux, j'allais maintenant les faire moi-même et les remettre à quelqu'un qui se chargerait de les contrôler et de les livrer. Je me voyais déjà installée à mon poste de travail et ajuster mon tabouret à la hauteur idéale, en train de faire des allers-retours vers la réserve, l'air absorbé, pour y choisir les petites bouteilles de médicaments dont j'avais précisément besoin, à la manière d'une femme riche qui sélectionne d'un geste sûr la teinte parfaite de son vernis à ongles avant sa manucure. Je me voyais m'asseoir bien droite à mon poste et commencer à opérer de ma magie, d'un geste calme mais rapide – car, après tout, la vie de quelqu'un était en jeu.

– Tiens, attache-toi les cheveux !

Lydia a interrompu ma rêverie en me balançant un élastique en caoutchouc sous le nez.

– Et tu ferais bien de t'habituer à ne pas mettre de maquillage. Tu crois quand même pas que je ressemble à ça tout le temps ? m'a-t-elle dit avec un sourire narquois.

Les cheveux défaits, le vernis à ongles et les bijoux étaient interdits à la pharmacie car ils étaient autant de nids de contamination potentiels. J'ai donc adopté le look « fatigué au naturel » typique du personnel hospitalier, et que je n'ai plus quitté depuis.

Les employés de la pharmacie se répartissaient à parts plus ou moins égales entre les étudiants en cours de professionnalisation et les techniciens de carrière, mais je n'appartenais ni aux uns ni aux autres. Comme les étudiants, j'avais des cours et des examens à préparer mais, comme les techniciens, je travaillais beaucoup trop, simplement parce que j'avais besoin d'occuper mon temps. Lydia était ce qu'on appelait une « historique », c'est-à-dire qu'elle avait commencé à la pharmacie bien avant que la plupart d'entre nous aient été embauchés. Pendant que je rangeais mes affaires, elle a informé notre pharmacienne qu'elle allait m'enseigner les différences entre les médicaments dans la réserve, où ils étaient classés selon leur formule chimique. Je n'ai été qu'à moitié surprise lorsqu'elle est passée directement devant la réserve sans s'arrêter, pour se diriger droit vers la cour intérieure.

Lydia était connue pour deux choses : ses pauses et sa voiture. Elle prenait toutes ses pauses en début de journée, pour fumer en quatre-vingt-dix minutes les trois paquets qu'elle aurait grillés en huit heures de son temps libre. Fumer soixante cigarettes en soixante minutes n'est pas une mince affaire, et même s'il était facile de la trouver dans la cour, Lydia était généralement trop occupée pour faire la conversation. Pendant sa deuxième heure de travail, elle était extrêmement alerte et productive, mais il valait mieux se tenir à distance cinq heures plus tard, quand la moindre remarque pouvait la faire sortir de ses gonds. Pendant les vingt dernières minutes de son service, même les pharmaciens n'osaient plus approcher son bureau, où elle restait assise en fixant l'horloge, le poing tremblant serré autour d'une seringue stérile.

C'était surprenant de la part d'un tel personnage, mais si vous étiez une femme, Lydia insistait toujours pour vous raccompagner en voiture si votre service se terminait de nuit. Une série d'injures incohérentes à propos de « ces salopards de violeurs » est la seule explication que j'aie pu obtenir. J'avais du mal à m'imaginer ces types, habillés pour résister à une température de moins vingt degrés, rôder autour de l'hôpital jusqu'à vingt-trois heures en attendant qu'un troupeau d'étudiantes infirmières fatiguées pénètrent enfin leur terrain de chasse, mais au mois de janvier, dans le Minnesota, l'offre de Lydia ne se refusait pas.

Une fois libérée du fumoir qui lui servait de voiture, il fallait retirer sa blouse dès l'entrée pour éviter que votre appartement empeste la fumée pendant une semaine. Elle ne repartait jamais avant de vous avoir vue entrer, et allumer et éteindre la lampe du porche.

– Fais-la clignoter plusieurs fois si y'en a un qui veut qu'on lui coupe les couilles ! me disait-elle de façon maternelle.

Elle ne remplaçait pas ma mère ; personne au monde n'aurait pu le faire, mais elle remplissait un vide dans mon cœur, me remémorais-je du chapitre quatre, en souriant.

Pour ma première heure au laboratoire, Lydia et moi sommes allées nous installer dans la cour à l'une des tables extérieures, sur des chaises en métal. Elle a sorti un paquet de Winston Lights du pli de sa chaussette et l'a tapé trois fois contre la paume de sa main avant de me le tendre. Elle a allumé sa cigarette avec le briquet commun attaché à la branche d'un petit bouleau qui peinait à pousser dans son bitume, a croisé les jambes et aspiré une longue bouffée en fermant les yeux. Je ne fumais pas, mais m'amusais à vider son paquet avant de remettre chaque cigarette à sa place.

À mes yeux, Lydia était déjà une « vieille », c'est-à-dire qu'elle devait avoir aux alentours de trente-cinq ans – dont trente-quatre avaient probablement été des années difficiles, vu comme elle se comportait. J'ai supposé qu'elle avait dû également être malheureuse en amour, car on l'imaginait parfaitement en mère de famille assise à sa table de cuisine, une tasse de gin à la main en attendant que les enfants rentrent de l'école. Le chapitre trente-six l'exprimait mieux que moi : *Elle me fit l'effet d'une bête fauve qui fait toujours le même chemin, jusqu'au bout de la chaîne qu'elle traîne sur son sentier battu, en se rongeant le cœur.*

À ma grande surprise, Lydia était curieuse d'en savoir plus sur moi et m'a demandé d'où je venais. Quand je lui ai dit le nom de ma ville natale, elle m'a répondu :

– Ouais, j'en ai entendu parler ; c'est là-bas qu'on massacre les porcs. Bon Dieu, mais tu viens vraiment du trou du cul du Midwest, ma parole !

J'ai haussé les épaules et elle a continué :

– Le seul endroit plus paumé que ça, c'est le trou à rat gelé où j'ai grandi, un peu plus au nord.

Elle a jeté son mégot fumant sur le sol, a regardé sa montre puis allumé une autre cigarette.

Les cinq minutes qui ont suivi se sont déroulées en silence.

– Prête à y retourner ? m'a-t-elle dit finalement, en soufflant sa dernière bouffée.

J'ai haussé les épaules et nous nous sommes levées toutes les deux.

– Tu fais ce que je fais, OK ? J'irai lentement, ça va bien se passer.

Et c'est ainsi que s'est achevée ma formation théorique en pharmacologie. Je n'avais toujours pas d'idée précise quant à la façon dont je devais faire une solution stérile destinée à être injectée dans la veine d'un patient gravement malade, mais j'ai supposé que j'allais apprendre sur le tas.

S'asseoir à côté de Lydia et reproduire soigneusement ses gestes s'est effectivement avéré un bon moyen d'apprendre à réaliser ces préparations, ce qui s'apparentait davantage à une chorégraphie manuelle qu'autre chose. L'air dans lequel nous évoluons, tant à l'intérieur qu'à l'extérieur de nos habitations, comporte énormément d'organismes minuscules qui n'attendent que d'envahir notre corps, mais ils ne posent en général pas de problème car ils ne peuvent atteindre nos organes les plus sensibles, comme le cerveau ou le cœur. Notre peau extérieure constitue une barrière épaisse et toutes les ouvertures comme celles de nos yeux, de notre nez, de notre bouche ou de nos oreilles sont recouvertes de sécrétions visqueuses ou de cire.

Cela signifie également qu'une aiguille constitue le potentiel billet gagnant de n'importe quelle bactérie suffisamment chanceuse pour se trouver dans les parages. Une fois passées les turbulences de l'injection, il ne lui restera plus qu'à se laisser porter par une rivière de sang qui la déposera *in fine* dans un cul-de-sac tranquille, comme les reins. Elle s'y multipliera alors, libérant au passage des flopées de toxines que nous aurons d'autant plus de mal à combattre qu'elles sont produites près de nos organes. Les bactéries ne constituent que l'une des cliques hostiles : les virus et les levures ont également développé des modes de colonisation similaires. Une aiguille parfaitement stérile représente donc la meilleure défense contre ce genre d'attaque.

La piqûre d'une injection ou d'une prise de sang est relativement rapide : l'aiguille entre et sort, puis la peau cicatrise et reconstitue ses défenses contre les intrusions extérieures. Pour éviter tout passager clandestin, on utilise une seringue équipée d'une aiguille stérilisée et encapuchonnée d'un plastique protecteur. On tamponne également un coton imbibé d'alcool (de l'isopropanol) sur la peau pour la débarrasser des bactéries que l'injection pourrait introduire dans l'organisme.

Quand un traitement est administré par voie intraveineuse, c'est un peu différent. On nettoie la peau puis on insère une aiguille qui restera en place pendant des heures. L'aiguille, le tube et la poche qui y est reliée deviennent alors une extension de la veine – et la solution perfusée, une extension du système sanguin. La poche est placée en hauteur pour inciter le liquide à s'écouler depuis celle-ci vers la veine, et non l'inverse. Si la simple gravité ne suffit pas, le médecin peut recommander l'activation d'une pompe pour assurer un meilleur débit. Le contenu de la poche se mélange au flux sanguin et l'excès est stocké dans la soupape de trop-plein que constitue notre vessie.

Cette configuration offre aux bactéries un champ d'action beaucoup plus vaste. Ce n'est plus seulement la pointe de l'aiguille qui pourrait être infectée, mais toute la surface interne de la poche et des tubes – sans parler de la solution elle-même –, une superficie plus de cent fois supérieure à celle de la simple seringue. Cela implique bien entendu que le matériel utilisé doit être stérile, tout comme chacun des éléments qui entre en contact avec celui-ci lors de la préparation des solutions médicamenteuses – et même encore avant, lors de la synthèse et du stockage des composés chimiques.

L'avantage d'une intraveineuse est qu'elle permet une administration rapide de médicaments et pendant une période prolongée. En cas d'arrêt cardiaque, par exemple, il faut agir vite : le cerveau privé d'oxygène ne peut attendre deux heures que le cœur reçoive, après l'estomac et les intestins, sa part des molécules contenues dans la pilule qu'on aurait réussi, on ne sait comment, à faire avaler au malade. Comment alors incorporer à un litre de solvant des substances actives dosées selon le poids et la taille du patient, tout en maintenant l'ensemble parfaitement stérile ? Si c'est pour les urgences ou les soins intensifs, vous avez dix minutes. Heureusement pour le patient, il y a, au sous-sol, une ado en manque de sommeil et en apprentissage auprès d'une barmaid tabagique, et prête à l'action.

***

La première étape consiste à créer un espace de travail aussi propre que possible. Aussi étonnant que cela puisse paraître, on peut débarrasser l'air de ses bactéries, levures et autres micro-organismes en le faisant passer à travers un filtre dont les trous sont trois cents fois plus petits que le diamètre d'un cheveu. Lorsque je prépare un traitement intraveineux, je m'assois devant un mur qui souffle de l'air filtré dans ma direction. La zone située entre le mur et moi est donc un espace aseptisé dans lequel je peux ouvrir, mélanger et refermer les produits stériles. Une fois mes gants enfilés, j'asperge abondamment mes mains et ma zone de travail avec mon vaporisateur d'isopropanol. Je les laisse humides, car je sais que le flux d'air stérile aura bientôt séché le tout.

Je vais au Télétype et récupère l'ordonnance médicale imprimée sous la forme d'une étiquette autocollante de cinq centimètres sur cinq, sur laquelle on peut lire le nom du patient, son sexe, son emplacement et un code qui indique le mélange de médicaments demandé. Je prends une poche souple de solvant, dont la forme et la sensation rappellent celles d'un filet de porc dans son emballage plastique. Un technicien l'a auparavant remplie de solution saline simple ou de liquide de Ringer – une solution saline légèrement sucrée à laquelle le scientifique britannique Sydney Ringer a donné son nom en découvrant, en 1882, qu'elle pouvait faire battre le cœur d'une grenouille morte. Tout en lisant l'ordonnance, j'enlève le dos de l'autocollant avant de le coller sur la poche, et de sorte à ce que le texte soit à l'envers lorsque celle-ci sera suspendue près du patient.

Je sélectionne les produits à diluer dont j'ai besoin et réapprovisionne mon stock personnel avec ceux que j'utilise régulièrement. Les petites bouteilles sont munies d'un bouchon en caoutchouc et d'un code couleur qui facilitent leur identification. Elles sont serties d'aluminium et le verre et le métal scintillent sous les lampes du laboratoire. Certains de ces flacons sont très précieux et ne renferment qu'une gouttelette d'un concentré de protéine liquide issu de généreux donneurs ou de malheureux cobayes. Chacun de ces flacons étincelants contient de quoi faire passer une sale journée ou une sale semaine à une tumeur impitoyable, ce qui sera peut-être suffisant pour la faire disparaître, tout du moins je l'espère.

De retour à mon poste de travail, je dispose mon matériel devant moi, sur ma paillasse. Je pose la poche de solvant à ma gauche en veillant à orienter la zone d'injection vers le flux d'air propre. L'étiquette me fait désormais face dans le bon sens pour me permettre une lecture facile. J'espace les différentes substances de gauche à droite, dans l'ordre dans lequel je vais les injecter dans la poche. Près de chaque bouteille, je place une seringue adaptée à la quantité à prélever. Je vérifie mon installation en partant de la gauche : je compare un à un les noms inscrits sur l'étiquette autocollante avec ceux de mes flacons en ne lisant que les trois premières lettres pour ne pas perdre un temps qui m'est compté.

Je prends une grande inspiration et attrape une pile de lingettes désinfectantes, celles que je préfère, légèrement pliées dans leur emballage déchirable. Je stabilise mes mains, contourne la poche par la gauche et ouvre l'embout de l'orifice d'injection orienté vers le mur. Je me saisis d'un sachet de lingettes imbibées d'alcool, le porte à ma hauteur et le déchire pour en saisir la lingette, dont je me sers pour nettoyer, en le tamponnant, l'embout caoutchouteux de la poche par lequel passera l'aiguille. Je veille durant toute cette manipulation à ne jamais intercaler mes mains entre la poche et le mur. J'essuie ensuite le premier flacon avec une nouvelle lingette, en opérant de la même façon.

Tandis que, de ma main gauche, je bascule la première fiole tête en bas, ma main droite décapsule la seringue. J'agrippe l'une et l'autre fermement mais de façon un peu étrange, en faisant en sorte que mes doigts restent à l'arrière, comme si je présentais ces objets à une sorte de divinité. Je prélève dans la seringue la quantité exacte de médicament indiquée sur l'étiquette en plaçant bien mes yeux au niveau de la graduation pour ne pas faire d'erreur de lecture. Je tire ensuite le flacon vers le haut, hors de la seringue, en contractant ma main gauche, tout en faisant attention à desserrer ma main droite pour ne pas faire perler la moindre goutte au bout de l'aiguille lors de la séparation.

Je repose lentement la bouteille et injecte dans la poche le liquide prélevé, l'aiguille pointant dans ma direction. Elle devient inutilisable à l'instant même où je la ressors. Je remonte le piston de la seringue sur la graduation correspondant à la dose injectée, et la dépose sur un plateau hors de ma paillasse. Je referme avec précaution la fiole pour la placer juste à droite de sa seringue. J'observe le même protocole pour chaque flacon, suivant la recette à la lettre et jusqu'au bout. J'ajuste enfin à nouveau le bouchon en plastique sur l'embout de la poche, que je dépose à son tour sur le plateau, du côté opposé aux aiguilles.

Je retire mes gants, attrape un stylo et indique mes initiales dans un coin de l'étiquette, assumant la responsabilité conjointe de je ne sais trop quoi. Je laisse mon plateau dans la file que passe méthodiquement en revue un pharmacien responsable. Il contrôle chaque étiquette, chaque seringue et chaque flacon pour s'assurer que la poche contient bien ce qui a été demandé. En cas d'erreur, elle est immédiatement jetée et l'étiquette réimprimée, avant qu'un préparateur expérimenté ne recommence le tout en urgence.

Peu importe que ce soit mon premier jour au laboratoire. Il n'y a pas de poche d'essai. Il n'est question que de bien ou de mal faire les choses. Pendant que nous travaillons, nous sommes surveillés en permanence afin de vérifier si nous ne favorisons pas les prescriptions les plus simples qui sortent du Télétype et que nous vidons bien chaque bouteille jusqu'à la dernière goutte avant d'en ouvrir une autre. On nous rappelle constamment que toute erreur de notre part peut tuer quelqu'un. Le nombre de commandes dépasse largement ce que nous sommes en mesure de réaliser et nous sommes constamment en retard. Plus il y a d'employés malades, moins nous sommes nombreux, plus vite nous devons travailler et plus nous accumulons les retards.

Nous n'avons pas le temps de discuter du fait que ce système horrible ne fonctionne pas ni de revendiquer le fait que nous ne sommes ni des criminels ni des machines. Seul compte le flux ininterrompu des ordonnances, rédigées par d'autres employés épuisés et qui n'ont d'autres que nous sur qui compter.

Travailler à l'hôpital vous apprend qu'il n'y a que deux sortes de personnes sur terre : les malades et les non-malades. Si vous n'êtes pas malade, bouclez-la et aidez les autres. Vingt-cinq ans plus tard, c'est toujours ma vision du monde.

***

À son poste de travail, Lydia était impressionnante d'efficacité, peut-être parce qu'elle y passait soixante heures par semaine depuis près de vingt ans. La regarder organiser sa paillasse, désinfecter et injecter était digne du spectacle d'une ballerine défiant la gravité. Je regardais ses mains et songeais à *Steerforth qui travaillait tout seul, en amateur, sans l'aide d'aucun livre (il les savait tous par cœur, me disait-il)*, au chapitre sept. Ce premier jour, je l'ai vue préparer au moins vingt poches devant moi, parfois les yeux fermés. Je ne l'ai jamais vue commettre d'erreur. J'étais persuadée qu'elle travaillait dans une sorte de transe, car je ne comprenais pas comment son cerveau pouvait être suffisamment oxygéné. L'une des pires choses qui puisse arriver dans un laboratoire stérile est d'éternuer ou de répandre des fluides corporels, quels qu'ils soient, et Lydia, pour qui le simple fait d'expirer revenait à tousser, faisait preuve d'une maîtrise de son souffle proprement surhumaine quand elle mélangeait ses produits.

Au cours des deux premières heures passées à mon poste de travail, j'avais réussi à préparer quelques poches d'électrolytes et mon superviseur a commencé à insister pour que je m'attaque à des commandes plus difficiles pour combler notre retard. Je me suis lancée dans la préparation d'une simple « poche de benzo », mais j'ai paniqué après avoir injecté le sédatif, sachant qu'une simple erreur de dosage pourrait bien guérir l'anxiété du patient de façon beaucoup plus définitive que prévu. Terrifiée comme un animal pris au piège, j'ai même envisagé de poser la poche sur le plateau comme si de rien n'était. Je me suis reprise et j'ai tout de suite réalisé l'aberration de cette idée. J'ai entaillé la poche au scalpel et vidé son contenu dans l'évier sous l'œil noir du pharmacien responsable. Je suis retournée auprès de Lydia et lui ai proposé qu'on fasse une pause.

– Je ne crois pas que je vais y arriver, lui ai-je dit en arrivant dans la cour. C'est la chose la plus stressante que j'ai jamais faite.

Lydia s'est mise à pouffer.

– Tu te mets beaucoup trop la pression. Dis-toi bien que ce n'est pas non plus une opération du cerveau.

– Oui, je sais, la chirurgie du cerveau c'est au cinquième, ai-je ajouté pour reprendre la blague que se lançaient les coursiers au moins cinq fois par jour. Mais si j'y arrive pas ? La moitié du temps je n'arrive pas à me souvenir si j'ai bien fait ou non.

Lydia a jeté un regard autour d'elle puis s'est penchée vers moi :

– Écoute, je vais te dire un truc sur la préparation stérile.

Elle s'est penchée vers l'arrière et a poursuivi à voix basse :

– Bon, c'est pas une raison pour commencer à lécher l'aiguille ou quoi que ce soit du genre, mais ce que je veux dire, c'est que si tu as quelque chose sur les mains capables de les tuer, ils en mourront, de toute façon.

Je n'avais rien à répondre et Lydia semblait penser qu'elle avait dit ce qu'il y avait à dire. Nous nous sommes donc assises en silence pendant qu'elle fumait. Au bout d'un moment, je me suis massé les tempes et j'ai dit :

– Mince, j'ai un sacré mal de tête. Ça ne t'inquiète pas, tout cet alcool qu'on respire ?

Une cigarette pendait alors de sa bouche et son regard m'a confirmé qu'elle avait maintenant définitivement la preuve que j'étais stupide. Elle a aspiré une longue bouffée, avant de me répondre :

– À ton avis ?

De retour au labo, je me suis jetée dans la mêlée et j'ai pioché une prescription de chimiothérapie compliquée, bien décidée à mieux faire pendant le reste de cette première journée. Une fois ma poche terminée, j'étais très fière de moi, jusqu'à ce qu'un pharmacien enragé s'approche de moi et me colle une petite bouteille d'interféron à deux centimètres du visage.

– Tu viens de gaspiller tout ça, a-t-il sifflé avec fureur.

Quelques minutes plus tôt, j'avais injecté ce précieux stimulateur immunitaire, puis retiré la bouteille de mon espace de travail sans la refermer, contaminant du même coup tout son contenu. En un seul geste, j'avais gaspillé près de mille dollars en médicament et engendré une montagne de paperasse. J'ai ressenti une poussée de honte comme ça ne m'était plus arrivé depuis que, petite fille, j'avais encore été prise à lire la mauvaise page par une institutrice qui en avait plus qu'assez de moi. Comme le protagoniste de mon chapitre sept, *je le regardai le cœur plein de regrets et de remords*.

Lydia, flairant l'opportunité, s'est interposée :

– Elle a juste besoin d'une pause, elle n'en a pas fait de la journée. Allez viens petite, on sort prendre l'air.

Elle m'a conduite dans la cour pour notre énième pause de la journée. Je me suis assise et me suis pris la tête entre les mains.

– Si je me fais virer, je ne sais pas ce que je vais faire, ai-je dit en hoquetant, sur le point de pleurer.

– Te faire virer ? C'est ça qui t'inquiète ? s'est esclaffée Lydia. Bon Dieu, relax ! J'ai jamais vu personne se faire virer de cet enfer. Au cas où t'aurais pas remarqué, ici, on démissionne bien avant d'être viré.

– Je ne peux pas démissionner, ai-je dit angoissée. J'ai besoin de cet argent.

Lydia a allumé une cigarette et a inspiré une longue bouffée en me regardant.

– Ouais, toi et moi on est du genre qui peut pas démissionner.

Elle m'a tendu son paquet de Winston Lights, que j'ai refusé par la sixième fois de la journée.

Quand Lydia m'a déposée chez moi ce soir-là, je lui ai demandé à quoi elle pensait pendant ces longues heures de manipulations silencieuses au labo. Elle a réfléchi un instant et m'a répondu :

– À mon ex-mari.

– Laisse-moi deviner... Il est en prison ? me suis-je risquée.

– Il aimerait bien ! a-t-elle grogné. Ce salaud vit dans l'Iowa.

Alors que cette blague vieille comme le Minnesota nous faisait encore rire, cet extrait du chapitre sept m'est revenu en tête : *et nous rions, pauvres petits chiens couchants que nous sommes ; nous rions, pâles comme la mort, et le cœur refoulé jusqu'au bas de nos talons.*

Quand le rythme des commandes ralentissait à la pharmacie et que j'en avais assez d'être assise, j'allais faire un tour à la banque de sang, au cas où ils auraient besoin de quelqu'un pour amener quelques poches aux urgences. C'était l'occasion de dépenser un peu d'énergie, car les multiples vérifications requises à chaque étape du transfert me donnaient largement l'occasion de faire les cent pas.

L'homme qui tenait l'accueil de la banque de sang s'appelait Claude. Bien que plus jeune que Lydia, il était également un « historique » du service et avait tout du senior à mes yeux, étant entré à l'hôpital à l'âge avancé de vingt-huit ans. Claude me fascinait, non seulement parce qu'il était la première personne que je rencontrais qui avait été un jour en prison, mais aussi parce qu'il était l'un des types les plus doux et inoffensifs que j'aie jamais connus. Il était physiquement marqué par la vie, mais il ne semblait pas avoir le moindre ressentiment – sans doute, me suis-je dit, parce que sa capacité d'attention était très courte et superficielle. Travailler à l'accueil de la banque de sang était de loin le travail le plus facile de tout l'hôpital, se vantait-il devant moi avec une sorte de fierté confuse.

Claude m'a expliqué qu'il n'y avait que trois choses dont il devait se souvenir comment faire : dégeler le sang, contrôler le sang et jeter le sang. Il commençait chaque journée de travail en tirant de la chambre froide négative plusieurs palettes de poches de sang congelées qu'il plaçait dans la chambre à 5 °C. Immédiatement après avoir été prélevé et traité, le sang avait été congelé et stocké, et il fallait maintenant le dégeler lentement pour le rendre utilisable. Les poches que Claude sortait chaque jour seraient prêtes à l'emploi vingt-quatre heures plus tard. Il tenait ensuite le comptoir pendant environ sept heures, en attendant que quelqu'un arrive avec une commande de sang. Il devait vérifier et revérifier le groupe sanguin de chacune des poches au regard du bon de commande avant de signer quoi que ce soit, appelant même parfois le bloc opératoire pour une ultime vérification. Il m'a appris qu'il y avait « au moins quatre ou six » types de sang différents et qu'une erreur de poche « pourrait gaspiller son contenu en tuant quelqu'un » ; j'ai été un peu troublée par le fait que les deux conséquences ne semblaient pas vraiment distinctes dans son esprit.

En voyant Claude entasser par trois les poches de plasma flasques et jaunâtres, je n'ai pu m'empêcher de repenser aux boucheries qui s'alignaient sur l'avenue principale de ma ville natale, et plus particulièrement au comptoir sur lequel M. Knauer faisait lourdement tomber ce qui figurait sur la commande de ma mère, avant de me renvoyer à la maison pour aider à la préparation du repas familial. En fin de journée, Claude jetait toutes les poches décongelées inutilisées, soit des litres et des litres de sang, avec les autres déchets médicaux dangereux pour être incinérées. Je trouvais que c'était un énorme gâchis, et je lui ai fait remarquer que c'était dommage de devoir jeter comme ça tout ce sang que de braves gens avaient généreusement donné.

– Sois pas si triste, m'a répondu Claude avec une sincère compassion. Tu sais, ce sont surtout des clodos qui font ça, contre un sandwich.

Les types de la banque de sang étaient tristement célèbres pour leur capacité à draguer les coursières, je ne me suis donc pas sentie particulièrement flattée quand Claude a commencé à avoir le béguin pour moi.

– Quand j'ai entendu toutes ces ambulances débarquer, je me suis dit que j'avais peut-être une chance de te voir ici, m'a-t-il dit un jour que je lui apportais une commande, m'obligeant à mentionner le petit ami imaginaire étudiant en école d'art que je m'étais spécialement inventé pour ce genre de situation.

– Si t'as un copain, pourquoi tu travailles ici ?

J'ai alors compris que sa vision du couple était manifestement beaucoup plus profonde que la mienne. J'ai trouvé comme excuse que les artistes sont souvent sans le sou, même quand ils ont une gueule d'ange et un regard légèrement troublé, comme Ted Williams sur les photos du All-Star Game de baseball de 1941.

– Oh, alors il a besoin de toi pour se payer son herbe, a dit Claude sans que je puisse deviner s'il plaisantait ou non et, puisque je ne trouvais rien à répondre pour défendre mon copain imaginaire, j'ai laissé dire.

J'ai commencé à travailler la nuit de vingt-trois heures à sept heures du matin et me suis fait un point d'honneur à venir les mardis et jeudis matin pour préparer et livrer les poches de sédatifs de l'unité psychiatrique. Elles contenaient un mélange de solution saline et de dropéridol qu'on utilisait comme anesthésiant pendant l'électroconvulsivothérapie, ou « ECT », c'est-à-dire ce que l'on appelle abusivement le « traitement par électrochocs ». Deux fois par semaine, au petit matin, les patients installés dans leur brancard étaient alignés dans le couloir en attendant leur tour. Ils entraient un à un dans une salle silencieuse où une équipe de médecins et infirmières leur administrait des stimulations électriques sur l'une des tempes, tout en surveillant de près leurs constantes vitales. Pendant toute la procédure, ils restaient endormis sous l'effet des anesthésiants que j'avais apportés.

On constatait par conséquent une nette amélioration dans le service les mercredis et vendredis, quand des malades qui semblaient presque morts la veille étaient à nouveau capables de se lever et de s'habiller. Certains pouvaient même me regarder brièvement dans les yeux. Les dimanches et lundis étaient au contraire les jours les pires, lorsque les patients se balançaient, se grattaient ou gémissaient allongés dans leur lit, soignés par des infirmières qui semblaient aussi compétentes que démunies.

La première fois que j'ai passé les portes fermées à double tour de l'unité psychiatrique, j'étais terrifiée, pensant que ce genre d'endroit abritait des tordus prêts à me sauter dessus à tout moment. Mais une fois à l'intérieur, j'ai découvert l'endroit le plus lent de la terre et des patients chez qui le temps s'était arrêté au plus profond de blessures qui semblaient ne jamais se refermer. La souffrance était si profonde et palpable que l'air semblait aussi lourd et saturé qu'un après-midi humide d'été, et j'ai compris que ce n'était pas tant des patients qu'il faudrait me méfier mais de mon indifférence croissante à leur égard. Ce qui m'avait semblé si énigmatique dans le chapitre cinquante-neuf m'apparaissait maintenant des plus banal : *ils se dévorent le cœur, et, comme il ne vaut rien, ça ne doit pas être régalant.*

Après quelques mois de pratique au labo, je suis devenue une préparatrice experte, à tel point que je pouvais égaler le rythme de Lydia et parfois même le dépasser. La double vérification du pharmacien qui contrôlait mon travail n'a bientôt plus relevé d'erreurs de ma part, et ma confiance s'est peu à peu transformée en ennui. Je me lançais des défis, en cherchant à perfectionner ma routine pour gagner du temps – de la façon dont j'alignais mes produits sur la paillasse jusqu'au nombre de pas que je faisais pour aller au Télétype. J'ai commencé à mémoriser les noms sur les étiquettes et à reconnaître les plus malades d'entre eux, qui avaient besoin du même traitement jour après jour. Je me suis attelée à la préparation des petites poches destinées aux prématurés, qui demandait des dilutions complexes. Leurs étiquettes indiquaient simplement « bébé garçon Jones » ou « bébé fille Smith », là où un nom complet aurait dû figurer.

Un deuxième Télétype plus silencieux imprimait occasionnellement un ordre d'abandon qui informait la pharmacie qu'un patient en cours de traitement était décédé et que sa commande était par conséquent annulée. Si un pharmacien venait me taper sur l'épaule en me tendant une de ces notes, je me levais, entaillais la poche sur laquelle j'étais en train de travailler et vidais son contenu dans l'évier avant d'attraper une nouvelle commande. Un jour, j'ai dû interrompre la préparation d'une poche pour chimiothérapie que je faisais pour un patient dont j'avais pris l'habitude de chercher le nom parmi les prescriptions. Je me suis arrêtée et j'ai regardé autour de moi. D'une certaine façon, j'avais l'envie de lui rendre un dernier hommage, mais qui aurait voulu m'entendre ?

Petit à petit, ce que je voyais auparavant comme le travail le plus important du monde m'est apparu vain et absurde : nous n'étions qu'une chaîne de forçats en blouse condamnés à produire sans fin, dans notre sous-sol, des traitements qu'il fallait amener aux étages supérieurs à chaque heure du jour. Vu sous cet angle, l'hôpital n'était rien de plus qu'un endroit où l'on confinait un malade pour lui injecter des médicaments jusqu'à ce qu'il meure ou qu'il aille mieux. Je ne soignais personne ; je ne faisais que suivre une recette et attendre de voir ce qui allait se passer.

Alors que ma désillusion atteignait son comble, un de mes professeurs m'a proposé un poste en alternance de longue durée dans son laboratoire de recherche. J'avais soudain la garantie de gagner suffisamment d'argent pour aller jusqu'au diplôme. J'ai donc quitté mon job à la pharmacie et renoncé à sauver la vie d'autres personnes. Au lieu de cela, j'allais travailler dans un laboratoire de recherche pour sauver la mienne. Pour me délivrer de la menace permanente de devoir abandonner mes études et de me retrouver, de retour chez moi, la propriété d'un garçon quelconque. Pour m'éviter la perspective d'un petit mariage provincial, des enfants qui s'ensuivraient et qui auraient fini par me détester pour avoir déversé sur eux toute ma frustration. Au lieu de cela, j'entreprenais un long voyage solitaire vers l'âge adulte avec la foi inébranlable du pionnier qui sait que la terre promise n'existe pas mais qui garde espoir que la destination sera plus belle que le point de départ.

Le jour où j'ai remis ma démission au bureau des ressources humaines, j'ai pris ma pause dans la cour avec Lydia. Elle me conseillait, tout en fumant, de ne jamais acheter de Chevrolet, parce que ce n'était pas une voiture suffisamment fiable pour une femme. Elle avait toujours conduit des Ford et aucune ne l'avait jamais lâchée. J'ai profité d'une pause pour lui annoncer que j'avais trouvé un boulot mieux payé et que j'allais quitter la pharmacie. Certes, je travaillais à l'hôpital depuis à peine six mois, mais j'avais commencé à voir cet endroit pour ce qu'il était vraiment : un enfer, comme elle me l'avait dit elle-même le premier jour où je l'avais rencontrée.

J'aurai un jour mon propre laboratoire de recherche qui serait encore plus grand que celui-ci, lui ai-je annoncé solennellement, et je n'y embaucherai personne qui ne soit autant passionné que moi par son travail. J'ai conclu de façon un peu grandiloquente, en m'inspirant du chapitre dix : il était évident que *je travaillerais de meilleur cœur chez moi que je ne pourrais le faire chez les autres maintenant*.

Je savais que Lydia m'avait entendue et j'ai donc été surprise quand pour toute réponse elle s'est contentée de regarder au loin en tirant sur sa cigarette. Au bout d'un moment, elle en a fait tomber la cendre avant de reprendre sa tirade sur les voitures exactement là où elle l'avait laissée. Après avoir toutes deux quitté le travail vers vingt-trois heures, je l'ai attendue un moment, avant de commencer à rentrer à pied chez moi.

C'était une nuit claire et si froide que la neige crissait sous mes pieds. La voiture de Lydia m'a dépassée quelques pâtés de maisons plus loin, tandis que j'avançais péniblement sur le trottoir, et je me suis sentie envahie d'une nouvelle forme de solitude. *La même perte douloureuse ou le besoin de quelque chose, avait, j'en étais conscient, à nouveau envahi mon cœur*, m'est revenu du chapitre quarante-quatre. J'ai regardé l'unique feu arrière de Lydia disparaître de l'autre côté du pont, j'ai baissé la tête face au vent et j'ai continué à tracer mon chemin.

5

Il n'y a pas plus grand risque que celui pris par la première racine. Si elle a de la chance, elle finira par trouver de l'eau, mais sa priorité est d'abord de s'ancrer. Ancrer l'embryon au sol, et mettre ainsi un terme définitif à sa mobilité, aussi passive soit-elle. Une fois enracinée, la plante n'aura plus aucun espoir de se déplacer sur un terrain moins froid, moins sec, moins dangereux. Elle devra faire face au gel, à la sécheresse et aux mâchoires avides, sans pouvoir envisager de s'enfuir. La petite radicule n'a droit qu'à une seule chance pour estimer ce que les années, les décennies – les siècles, peut-être – réserveront au coin de terre où elle se trouve. Elle sonde les conditions de luminosité et d'humidité, s'en remet à son programme interne et plonge, littéralement, dans l'inconnu.

Cet instant précis où les premières cellules (l'« hypocotyle ») émergent de l'enveloppe de la graine est le plus périlleux. La racine s'enfonce avant que la tige ne s'élève, alors que les tissus verts ne pourront alimenter la plante avant des jours, voire des semaines. L'enracinement épuise les dernières réserves de la graine. C'est un pari, et perdre signifie mourir. Elle n'a qu'une chance sur un million de réussir son coup. Mais si elle gagne, elle gagne gros.

Quand la radicule trouve ce dont elle a besoin, elle s'étoffe et devient une racine pivot – une ancre qui peut fendre la roche et pomper quotidiennement des litres d'eau pendant des années, comme aucune de nos machines n'en est capable à ce jour. La racine pivot développe des racines latérales qui s'entremêlent à celles des plantes voisines. Cette interconnexion permet aux végétaux de signaler un danger de la même façon que l'information circule entre les neurones par le biais des synapses. La surface totale de ce réseau racinaire est au moins cent fois plus grande que celle de l'ensemble des feuilles. Arrachez tout ce qui pousse au-dessus du sol – tout – et la plupart des plantes repousseront, à partir d'une seule racine intacte. Non seulement une fois, mais autant de fois qu'il sera nécessaire.

Les racines qui poussent le plus profondément sont celles de l'acacia. Lorsque le canal de Suez a été creusé, on a découvert les racines épineuses d'un petit acacia rabougri à « douze mètres », « quarante pieds » ou « trente mètres », selon qu'on se réfère à Thomas (2000), Skene (2006) ou Raven *et al.* (2005). Je suppose que les auteurs de ces études botaniques ont mentionné cette anecdote pour m'apprendre quelque chose sur l'hydraulique, mais ce que j'en ai retenu, c'est le côté sombre et humide.

Dans mon esprit, nous sommes en 1860, quelque part dans le désert égyptien, et un groupe d'ouvriers en loques tombe sur une racine vivante alors qu'ils creusent à plus de trente mètres sous terre. Je les imagine très bien, debout, haletant dans cet air fétide, et stupéfaits à l'idée que cette racine puisse appartenir à un arbre poussant bien au-dessus de leur tête. Leur incrédulité a sans doute été partagée : l'acacia a probablement été tout autant surpris de sentir ses racines libérées de leur gangue rocheuse et a produit un flot d'hormones en conséquence. D'abord localement, avant qu'elles ne se diffusent dans chaque cellule de son être.

Lorsque ces hommes ont déplacé terre et pierre pour percer une voie inédite entre la Méditerranée et la mer Rouge, ils ont trouvé une plante audacieuse, qui avait percé sa propre voie, tout aussi inédite. Ils ont trouvé un acacia qui avait déplacé sans succès terre et pierre pendant des années, avant de remporter son improbable pari.

Dans mon esprit, nous sommes en 1860, et je vois les hommes se féliciter de leur découverte et se rassembler autour de la racine le temps de prendre une photo avec elle. Et puis je les imagine en train de la couper en deux.

6

Les scientifiques s'entraident dans la mesure de leurs moyens. Lorsque mes professeurs décelèrent mon sincère intérêt pour leurs recherches, ils m'encouragèrent à poursuivre par un doctorat. J'ai donc postulé à l'entrée des universités les plus célèbres dont j'avais entendu parler, grisée à l'idée que si j'étais acceptée, mes frais de scolarité seraient non seulement pris en charge, mais je recevrais en plus une allocation me permettant tout juste de me nourrir et de me loger. C'est généralement ainsi que se déroule une thèse en sciences et en ingénierie : si elle répond à un sujet de recherche financé par l'État, votre subsistance est assurée, en quelque sorte, à la hauteur de vos besoins académiques. L'université du Minnesota m'a décerné mon diplôme *cum laude* ; dès le lendemain, je me débarrassais d'une énorme pile de vêtements d'hiver à l'Armée du salut de Lake Street, prenais l'avenue Hiawatha en direction de l'aéroport international de Minneapolis-Saint-Paul et m'envolais vers San Francisco. À mon arrivée à Berkeley, je n'ai pas vraiment rencontré Bill. Disons plutôt que je l'ai identifié.

Pendant l'été 1994, j'ai été désignée comme assistante pour ce qui m'a semblé être une interminable sortie de terrain dans la région de Central Valley. La plupart d'entre nous ne voyons aucune raison de regarder le sol plus longtemps que les vingt secondes qu'il faut pour ramasser quelque chose qui vient de tomber, mais les pédologues sont des êtres à part. Pendant les six longues semaines que nous avons passées sur place, nous avons creusé cinq à sept trous par jour pour les observer pendant des heures, avant de camper pour la nuit et de recommencer le lendemain. Chacune des caractéristiques de chacun des trous relevait d'une taxonomie complexe et il s'agissait de répertorier la moindre fissure causée par la moindre racine en se référant à l'inventaire officiel publié par l'Organisme de préservation des ressources naturelles.

Pour analyser leur tranchée, les étudiants utilisaient la *Clé de détermination des sols* – un guide pratique de six cents pages ressemblant à un petit annuaire téléphonique, mais beaucoup moins intéressant à lire. Des agronomes réunis en comité à Wichita (ou ailleurs) en donnent régulièrement de nouvelles mises à jour et interprétations, comme s'il s'agissait d'un texte araméen. La préface de 1997 décrit avec émotion les avancées du Comité international de la recherche sur les argiles de basse activité à l'origine de cette nouvelle édition, mais souligne qu'elle ne sera qu'un outil transitoire, car les résultats des travaux en cours du Comité international de la recherche sur les régimes hydriques rendraient inévitable une révision du contenu d'ici 1999. En 1994, nous devions nous contenter de l'ancienne édition de 1983, ignorant tout, dans notre naïve insouciance, des révélations fracassantes que s'apprêtait à faire le Comité international de la recherche sur l'irrigation et le drainage.

Notre enseignement se déroulait dans une tranchée, où nous nous entassions avec la dizaine d'étudiants qui nous avaient aidés à la creuser. Cette formation leur permettrait de prétendre à une carrière dans le monde des agronomes d'État, des fonctionnaires et forestiers de parcs nationaux et autres métiers en lien avec la gestion rurale. Le point d'orgue de la formation consistait à déterminer, en fonction des caractéristiques d'un sol, son « usage le plus approprié » : construction d'une « structure résidentielle », d'une « structure commerciale », d'« infrastructures » ou autres, qu'il fallait ensuite « spécifier ». Au bout de la quatrième semaine, vous finissiez par vous dire, en sondant un énième trou, que ce maudit terrain ne méritait même pas de devenir une fosse septique et ne rêviez plus que de le bétonner pour en faire un parking à perte de vue – ce qui explique sans doute pourquoi certaines zones des États-Unis ressemblent à ce qu'elles sont aujourd'hui.

Il m'a fallu à peu près une semaine pour remarquer qu'un de nos étudiants – celui qui avait un petit air de Johnny Cash et qui portait en permanence un jean et une veste en cuir, quelle que soit la température – s'isolait toujours du reste du groupe pour creuser son propre trou. L'enseignant principal était également mon directeur de thèse, et mon rôle d'assistante par conséquent plutôt accessoire : je naviguais d'un trou à l'autre pour superviser les progrès des étudiants et répondre à leurs questions. J'ai examiné la liste des inscrits et conclu par élimination que le solitaire s'appelait Bill. Je me suis dirigée vers lui et l'ai interrompu dans son travail :

– Tout se passe bien ? Tu as des questions ?

– Non, ça va, a dit Bill sans lever la tête.

Je suis restée là une minute, puis suis passée à un autre groupe pour évaluer leur progression. Une trentaine de minutes plus tard, j'ai remarqué que Bill creusait un deuxième trou après avoir soigneusement rebouché le premier et aplani la terre. J'ai regardé sa fiche d'évaluation, et constaté qu'il l'avait méticuleusement remplie, traçant même une deuxième colonne sur la droite de la feuille pour donner ses seconds choix de réponses. Tout en haut de la page, il avait coché la case « infrastructure » et précisé d'une écriture soignée : « Centre de détention pour mineurs. » Je suis retournée vers lui.

– Tu cherches de l'or ? lui ai-je lancé pour essayer d'engager la conversation.

– Non, j'aime bien creuser, c'est tout, a-t-il répondu sans s'arrêter. Avant, je vivais dans un trou.

J'ai compris au ton avec lequel il avait mentionné ce détail personnel qu'il parlait au sens propre.

– Et j'aime pas trop non plus qu'on soit dans mon dos, a-t-il ajouté.

Ne saisissant pas l'allusion, je suis restée là à le regarder creuser, et me suis rendu compte du volume de terre impressionnant qu'il parvenait à soulever à chaque pelletée et de la force que dissimulait sa carrure mince et nerveuse. J'ai également remarqué qu'il creusait avec ce qui ressemblait à une sorte de vieux harpon aplati à une extrémité – une sorte d'épée transformée en soc de charrue.

– Tu l'as trouvée où, cette pelle ? lui ai-je demandé, en supposant qu'il s'était servi dans le tas de ferraille que j'avais sorti des réserves du département des Sciences, au sous-sol de l'université, à côté d'une vieille caisse de charbon.

– C'est la mienne. Et elle est beaucoup plus efficace qu'elle en a l'air.

– Tu veux dire que t'es venu avec ta propre pelle ? lui ai-je répondu, étonnée, en riant.

– Bien sûr que oui. J'allais pas la laisser sans surveillance pendant six semaines.

– J'aime ta façon de voir les choses.

Voyant que je n'étais manifestement pas indispensable à ses côtés, j'ai ajouté :

– Bon, eh bien, fais-moi signe si tu as des questions ou si tu es coincé.

J'allais partir, mais me suis ravisée lorsque Bill a enfin levé les yeux.

– En fait, j'ai bien une question, a-t-il dit en soupirant. Comment se fait-il que ces crétins, là-bas, n'ont toujours pas terminé ? C'est au moins le centième trou qu'on analyse ! Combien de temps ça prend pour apprendre à repérer un putain de ver de terre ?

J'ai compati d'un signe de tête et en haussant les épaules.

– Je suppose que leur œil n'a point vu et que leur oreille n'a point ouï.

Bill m'a fixé pendant dix secondes.

– C'est censé vouloir dire quoi ?

J'ai haussé une nouvelle fois les épaules.

– J'en sais rien ! C'est la Bible, on n'est pas censé savoir ce que ça veut dire. Personne ne le sait.

Il m'a regardé d'un air suspicieux pendant une minute mais, voyant que je n'avais rien d'autre à ajouter, il s'est détendu et s'est remis à creuser. Ce soir-là, après que le repas préparé en commun eut été distribué, je me suis assise en face de lui, à l'une des tables de pique-nique. Il était en train de se débattre avec un morceau de poulet mal cuit.

– Oh là, je ne crois pas que je vais pouvoir avaler ça, ai-je dit en examinant mon assiette.

– Je sais, c'est dégueulasse. Mais vu que c'est gratuit, je m'en enfile tant que je peux tous les soirs.

– « Comme le chien retourne à son vomi », ai-je dit en faisant un signe de croix.

– Amen, a dit Bill la bouche pleine, avant de me porter un toast avec sa cannette de 7Up.

Après ça, nous avons commencé à nous chercher l'un l'autre, sans en avoir l'air. Nous nous plaisions tous deux à observer les choses en retrait. Nous avions notre place à part, en marge du groupe, sans nous en exclure totalement, et participions peu à l'activité générale. Il nous semblait naturel et facile de rester de longs moments assis l'un près de l'autre, sans beaucoup parler.

Chaque soir, pendant que je passais des heures à lire, Bill s'asseyait et frottait la lame de son vieux couteau de chasse avec de la terre pour rendre le tranchant aussi inoffensif qu'une spatule. Il m'a expliqué en détail pourquoi un couteau était bien plus efficace qu'une pelle quand on avait affaire à un sol très argileux.

– Ça parle de quoi, ton bouquin ? m'a-t-il demandé un soir.

Je lisais une nouvelle biographie de Jean Genet, un auteur qui me fascinait depuis que j'avais vu une représentation des *Paravents*, à Minneapolis, en 1989. Pour moi, Genet était l'incarnation même de l'écrivain authentique, au style le plus pur, qui ne faisait aucun effort de communication et n'attendait aucune reconnaissance. Quand celle-ci a fini par arriver, il n'en a jamais pris la véritable mesure. Il n'était pas non plus instruit, raison pour laquelle sa voix était si originale, et non une imitation inconsciente des centaines d'autres livres qu'il aurait pu lire. Je voulais absolument comprendre comment ses débuts dans la vie l'avaient mené au succès, tout en l'y rendant insensible.

– C'est sur Jean Genet, ai-je répondu prudemment, craignant de laisser entrevoir mon côté intello.

Bill n'a émis aucun jugement et a même montré un certain intérêt. Je me suis donc risquée à lui donner quelques explications :

– Il a été l'un des grands auteurs de sa génération, il avait une imagination complexe et sans limites. Mais même après être devenu célèbre, il n'a jamais vraiment réalisé à quel point il l'était.

J'ai mentionné quelques-uns des détails qui me dérangeaient le plus :

– Quand il était jeune, il a été emprisonné plusieurs fois pour des bêtises, et ça l'a amené à développer sa propre vision de la moralité.

Tout en expliquant, j'étais surprise par le plaisir que j'éprouvais à parler d'un livre avec quelqu'un. Être là, en plein air, à spéculer sur les motivations d'un auteur mort, m'a fait penser à ma famille, dont je m'étais éloignée dans tous les sens du terme. J'ai regardé Bill frotter son couteau dans la terre et me suis souvenue des jours d'été au jardin avec ma mère.

– Genet s'est prostitué, a volé ses clients et il a écrit ses livres pendant qu'il était en prison. Ce qui est bizarre, c'est que même après être devenu riche, il a continué à voler des trucs au hasard dans les magasins, et dont il n'avait même pas besoin. Picasso lui-même a dû payer sa caution pour le sortir de prison... Ça n'a vraiment aucun sens !

– Ça devait être parfaitement logique pour lui, a répondu Bill. On fait tous des conneries sans savoir pourquoi. Tout ce qu'on sait, c'est qu'on doit les faire.

J'étais là à songer à sa remarque, quand un étudiant éméché et dangereusement armé d'une guitare nous a interrompus.

– Hé, vous en voulez une ? nous a-t-il demandé, en agitant le genre de bière qu'on trouve à six dollars le pack quand on est vraiment au milieu de nulle part.

– Non, je veux pas, a répondu Bill. Ça a un goût de pisse, ton truc.

Je me suis alors sentie obligée de modérer la réponse de Bill :

– J'aime pas trop la bière, mais c'est vrai que celle-là a vraiment pas l'air terrible.

– Jean Genet n'aurait même pas volé cette merde ! lui a alors braillé Bill tandis qu'il repartait, et j'ai souri à cette blague que nous étions les seuls à comprendre.

Le petit groupe d'étudiants a commencé à chuchoter entre eux et à ricaner en nous jetant des regards. Nous nous sommes regardés, Bill et moi, et avons levé les yeux au ciel. C'était sans doute la première fois, mais certainement pas la dernière, que les gens se trompaient sur la nature de notre relation.

La semaine d'après, nous avons visité une citronneraie et nous avons été stupéfaits d'apprendre combien il y avait de façons différentes de faire tomber un fruit de son arbre. Nous avons également visité l'usine de conditionnement et vu des rangées de femmes debout devant des tapis roulants occupées à éliminer des sphères difformes ou hors calibre depuis un flot continu de fruits vert sapin qui passait devant elles à un rythme de dix par seconde. Je suis sûre que nous avons tous eu l'air étonné quand notre guide nous a annoncé d'un ton solennel que ces femmes étaient en train de trier des citrons ; il aurait été plus facile de croire que ces sphères étaient des boules de billard, compte tenu du bruit sec et puissant qu'elles faisaient en rebondissant sur le tapis roulant.

Le guide commentait d'une voix forte chaque stade de la visite, en insistant sur les bonnes conditions de travail des employés, qui bénéficiaient notamment d'un logement sur place, et j'essayais d'imaginer la drôle de petite ville que cela devait être. Il nous a fait entrer dans la « chambre de maturation » à 5 °C, qui ressemblait à un wagon sans fenêtre rempli de citrons durs et verts du sol au plafond. On fermerait la porte ce soir, nous a-t-il expliqué, pour remplir la pièce d'éthylène, un gaz qui forcerait les citrons à se bouger les fesses et à mûrir en dix heures. Nul doute que la chambre voisine contenait des milliers de fruits de taille identique, à la peau si parfaitement jaune qu'elle ressemblait à du plastique.

La visite terminée, nous nous sommes promenés avec Bill sur le parking.

– Bon sang, ce que c'était chiant ! Je ne me plaindrai plus jamais de l'école.

Bill faisait référence à la technique de sélection des citrons, et sautillait sur place pour se réchauffer après notre passage dans les chambres réfrigérées.

– Les chaînes de montage me dépriment. Là où j'ai grandi, il y en avait des kilomètres.

J'ai dit ça en me frottant les mains et en frissonnant au souvenir du récit sanglant de mon frère après sa visite d'école à l'abattoir, avant d'ajouter :

– En fait, c'était plutôt des chaînes de démontage.

– T'as déjà travaillé à l'usine ? m'a demandé Bill.

– J'ai eu de la chance, j'y ai échappé en allant à la fac. Je suis partie de chez moi à dix-sept ans, ai-je dit prudemment, en retenant mon envie de lui faire confiance.

– Moi, je suis parti de la maison à douze ans. Mais je ne suis pas allé bien loin, juste dans le jardin.

J'ai hoché la tête, comme si c'était la chose la plus normale au monde.

– C'était quand tu vivais dans un trou ?

– C'était plutôt une sorte de château souterrain. J'avais mis de la moquette et l'électricité et tout.

Il parlait avec désinvolture mais non sans une certaine fierté.

– Ça a l'air cool, mais je ne suis pas sûre que je pourrais dormir dans ce genre de truc.

Bill a haussé les épaules.

– Je suis arménien, tu sais. On se sent plus à l'aise sous terre.

Je ne m'en suis pas rendu compte à l'époque, mais Bill faisait là de l'humour noir en référence à son père qui, enfant, avait survécu au massacre de sa famille en restant caché dans un puits. J'ai compris plus tard que les fantômes de ces macabres ancêtres poursuivaient Bill au quotidien. C'était eux qui le poussaient sans cesse à construire, à planifier, à faire des réserves et – surtout – à survivre.

– C'est où, l'Arménie ? Je ne saurais même pas.

– En grande partie nulle part, c'est un peu le problème.

J'ai hoché la tête, sentant la gravité de ses paroles sans en comprendre vraiment le sens.

Vers la fin du voyage, je me suis approchée de mon directeur de thèse alors qu'il préparait le matériel pour le lendemain.

– Écoute, on doit embaucher ce type, Bill, au labo.

– Tu veux dire, le gars bizarre qui reste toujours dans son coin ?

– Oui. C'est le plus doué de tous. On a besoin de lui au labo.

Il a baissé à nouveau les yeux sur les outils qu'il était en train de trier.

– Hum... Et qu'est-ce qui te faire dire ça ?

– Je ne sais pas, mais je le sens, c'est tout.

Comme toujours, il a fini par céder.

– Bon, comme tu voudras, mais tu t'occupes de la paperasse. Je suis déjà débordé, il sera donc sous ta responsabilité. Ce sera à toi de le faire bosser, compris ?

J'ai acquiescé avec gratitude. J'étais tout excitée en songeant à l'avenir, sans savoir vraiment pourquoi.

Trois jours plus tard, lorsque nous sommes finalement revenus en ville à la fin de cette expédition, j'ai été chargée de ramener les étudiants et de les déposer un à un chez eux, avec tout leur équipement. Bill était le dernier, et il était déjà tard quand je suis arrivée à la station de train qu'il m'avait indiquée. Je lui ai alors parlé de cette possibilité d'emploi.

– Dis, je ne sais pas si ça t'intéresse, mais je pourrais te trouver une place au labo où je travaille. Ce serait payé et tout, quoi.

Il n'y a eu tout d'abord aucune réaction à ma proposition. Il a baissé les yeux, avant de me dire d'un ton grave, au bout d'un long moment :

– D'accord.

– D'accord, alors !

Je m'attendais à ce qu'il sorte de la voiture et me dise au revoir, mais il est resté là à fixer ses chaussures. Après un moment, il a levé la tête puis s'est mis à regarder par la fenêtre pendant de longues minutes, tandis que je me demandais ce qui pouvait bien le retenir. Il s'est finalement tourné vers moi et m'a demandé :

– On va pas au labo ?

– Maintenant ? Tu veux y aller maintenant ?

– J'ai nulle part où aller. Et puis, j'ai déjà ma pelle.

Comme ça m'arrive parfois dans ce genre de situation un peu étrange, une scène d'un livre que j'avais lu m'est revenue en tête et j'ai repensé à Dickens, cette fois aux *Grandes Espérances*. J'ai repensé à Pip et à Estelle, quand à la fin de l'histoire, ils se retrouvent au milieu de ce jardin poussiéreux et avec une maison en ruine à reconstruire, épuisés, mais confiants en l'avenir. Je me suis dit que même si aucun des deux personnages ne savait quoi faire par la suite, ils étaient quoi qu'il en soit certains de ne plus jamais se quitter.

7

La première vraie feuille est une nouvelle idée. Une fois la graine ancrée au sol, ses priorités changent, et elle consacre dès lors toute son énergie à s'étirer vers le haut. Ses réserves sont presque épuisées et il lui faut d'urgence capter la lumière pour alimenter le processus qui la maintiendra en vie. En tant que plus jeune pousse de la forêt, elle doit travailler plus dur que toutes les plantes qui la surplombent, tout en s'accommodant du peu de lumière dont elle dispose.

Repliés au cœur de l'embryon, les cotylédons se tiennent déjà prêts : ces deux petites feuilles se déploient à la germination pour un temps limité. Ils sont aussi modestes et limités que la roue de secours qui permet au mieux d'atteindre la station-service la plus proche. En se gorgeant de sève, ces cotylédons encore à peine verts amorcent la photosynthèse comme une vieille voiture par un matin d'hiver. Ces organes rudimentaires accompagnent le développement de la jeune plante jusqu'à ce qu'elle soit en mesure d'élaborer une véritable feuille, une première vraie feuille. Lorsque celle-ci voit le jour, les cotylédons se flétrissent et tombent ; ils ne ressemblent en rien aux autres feuilles que la plante va alors produire.

La première vraie feuille est élaborée selon un vague modèle génétiquement déterminé mais doté d'une marge d'improvisation presque infinie. Fermez les yeux et pensez aux ondulations épineuses de la feuille de houx, à la forme étoilée de la feuille d'érable, au cœur arrondi de la feuille de lierre, à l'éventail de la feuille de palmier, à la fronde triangulaire de la fougère. Songez qu'un seul chêne porte une centaine de milliers de feuilles lobées dont aucune n'est exactement identique – leur taille peut même différer du simple au double. Chaque feuille de chêne de la planète est une variation unique d'un même motif grossièrement défini.

Quelles que soient leurs innombrables déclinaisons, les feuilles partagent toutes une seule et unique mission, dont dépend la survie même de l'humanité : elles produisent du sucre. Les plantes sont les seuls organismes de l'univers capables de fabriquer du sucre à partir d'une matière inorganique non vivante. Tout le sucre que vous avez avalé dans votre vie a d'abord été fabriqué dans une feuille. Et sans apport permanent de glucose à votre cerveau, vous mourrez. C'est aussi simple que cela. En cas de force majeure, votre foie peut produire du glucose à partir de protéines ou de lipides, mais ces protéines et ces lipides ont eux-mêmes été fabriqués par un autre organisme animal à partir de sucres issus des plantes. En ce moment même, au cœur des synapses de votre cerveau, les feuilles alimentent vos pensées sur les feuilles.

Une feuille est un plateau de pigments traversé d'une dentelle de vaisseaux. Les nervures amènent l'eau du sol vers la feuille, où elle est déchirée par la lumière. L'énergie produite par cette scission de l'eau permet d'associer les sucres entre eux, après que leurs composants ont été extraits de l'air. Un autre groupe de nervures transporte la sève sucrée hors de la feuille jusqu'aux racines, où elle est traitée pour un usage immédiat ou un stockage à plus long terme.

La feuille grandit par l'accroissement d'une file de cellules situées le long d'une nervure centrale ; les cellules périphériques décident indépendamment du moment où stopper leur division. À partir de cette extrémité se développent des nervures plus petites qui ramifient le réseau vers la tige. La maturation se fait donc de la pointe vers la base. Une fois cette délicate élaboration achevée, la machine se met en marche et la feuille commence sa production de sucre. Celui-ci est expédié vers le bas, pour favoriser le développement des racines, lesquelles alimenteront davantage la plante en eau, laquelle permettra le développement de nouvelles feuilles, lesquelles produiront davantage de sucre, et c'est ainsi qu'il en va depuis quatre cents millions d'années.

De temps à autre, une plante a l'idée d'élaborer une feuille entièrement nouvelle et qui change tout. Les cactus du genre *Cylindropuntia* sont hérissés d'épines aussi acérées qu'un hameçon et suffisamment solides et aiguisées pour percer la peau épaisse d'une tortue. Elles réduisent également les mouvements d'air à la surface du cactus et limitent ainsi l'évaporation. Elles procurent un peu d'ombre à la tige et une surface sur laquelle la rosée se condense. Les épines sont en fait les feuilles du cactus, sa partie verte charnue correspondant à sa tige boursouflée.

Il y a probablement dix millions d'années, une plante eut une idée nouvelle : plutôt que de déployer sa feuille, elle a façonné une épine. C'est cette idée nouvelle qui a permis à un nouveau type de plantes de prospérer et d'atteindre des tailles invraisemblables dans un environnement aride où elles étaient par ailleurs la seule nourriture végétale à des kilomètres à la ronde – un succès presque inconcevable. Il suffit d'une idée nouvelle pour que la plante s'ouvre de nouveaux horizons et fasse son nectar d'un nouveau ciel.

8

Endosser la blouse du chercheur prend un temps infini. L'étape la plus délicate consiste à réaliser ce que signifie vraiment être un scientifique, puis de s'engager d'un pas hésitant sur cette voie, avant qu'elle ne devienne une route, puis une autoroute qui mènera peut-être un jour à destination. Le vrai scientifique n'exécute pas les expériences qu'on lui dicte ; il développe lui-même les siennes et génère ainsi un savoir nouveau. Cette transition entre faire ce qu'on vous dit et vous poser la question de quoi faire intervient généralement en cours de thèse. C'est, à bien des égards, la chose la plus difficile et la plus terrifiante que l'étudiant se doit d'accomplir, et beaucoup échouent par leur incapacité ou leur réticence à sauter le pas.

Le jour où je suis devenue une scientifique, je regardais le soleil se lever par la fenêtre du laboratoire. J'étais convaincue d'avoir vu quelque chose d'extraordinaire et j'attendais que le jour avance pour passer un coup de fil à une heure décente. Je voulais partager ma découverte avec quelqu'un, mais je ne savais pas vraiment qui appeler.

Ma thèse portait sur *Celtis occidentalis*, plus connu sous le nom de micocoulier. Cet arbre qui pousse dans toute l'Amérique du Nord est aussi banal qu'une glace à la vanille et, à première vue, tout aussi peu inspirant. Les micocouliers sont une espèce autochtone, et ont été plantés en nombre dans les villes après l'hécatombe qui a suivi la conquête européenne du Nouveau Monde.

Pendant des centaines d'années, des coléoptères ont émigré de l'Europe vers les États-Unis dans le sillage des hommes, pour débarquer sur le sol de la Nouvelle-Angleterre. En 1928, de téméraires pionniers à six pattes ont ainsi quitté les Pays-Bas pour s'installer sous l'écorce d'innombrables ormes, qu'ils ont au passage infectés d'un champignon mortel. Les arbres ont réagi en fermant un à un les vaisseaux de leur système vasculaire et se sont affamés jusqu'à en mourir, tandis que les nutriments inutilisés s'accumulaient dans leurs racines. Aujourd'hui encore, la graphiose ou « maladie hollandaise de l'orme » continue de ravager les États-Unis et le Canada, et les dizaines de milliers d'arbres qui y succombent chaque année portent le nombre total de victimes à plusieurs millions.

En revanche, rien ou presque ne semble pouvoir tuer un micocoulier, qui résiste aussi bien aux gelées précoces qu'aux sécheresses tardives sans même perdre une feuille. Cet arbre d'une petite dizaine de mètres ne sera jamais aussi majestueux que son prédécesseur de vingt mètres, mais il exige peu de son environnement et son humilité force le respect.

Ce qui m'intéressait plus particulièrement chez *Celtis occidentalis* était son fruit surprenant, qui, de l'extérieur, ressemble à une airelle. Mais si on l'écrase entre ses doigts, on s'aperçoit que cette petite baie est dure comme la pierre, et pour cause : sous sa peau violacée se cache un noyau plus solide encore qu'une coquille d'huître. Sa structure rocheuse joue le rôle de forteresse imprenable pour la graine, qui devra peut-être passer par le système digestif d'un animal, subir la pluie et la neige et résister aux assauts impitoyables des champignons pendant des années avant de pouvoir germer. Chaque micocoulier produisant des millions de graines au cours de sa vie, les sédiments de nombreux sites de fouilles archéologiques regorgent de ces petits cailloux fossilisés.

J'espérais, grâce à leur analyse, pouvoir déterminer les températures moyennes des étés qu'a connus le Midwest entre chaque glaciation.

Depuis au moins quatre cent mille ans, les glaciers s'étendent périodiquement depuis le pôle Nord vers le sud, avant de reculer à nouveau, avec la régularité d'une horloge. Pendant les courtes périodes intermédiaires durant lesquelles les Grandes Plaines ont été libérées de leur glace, les plantes et les animaux ont migré, se sont croisés et ont testé de nouvelles sources de nourriture et de nouveaux habitats. Mais à quel point ces étés intermédiaires étaient-ils chauds ? Les températures étaient-elles aussi caniculaires qu'aujourd'hui ou tout juste assez douces pour empêcher la neige de tomber ? Si vous avez déjà vécu dans le Midwest, vous savez que ce détail a son importance, mais imaginez à quel point il l'était pour les hommes de l'époque, qui vivaient en lien étroit avec la nature, se protégeaient de peaux de bêtes et s'alimentaient à partir de cibles mouvantes.

Mon directeur de thèse et moi-même avions déjà toutes sortes de réactions chimiques en tête pour déterminer la température ambiante au moment de l'agglomération d'un noyau depuis la sève du fruit. Notre théorie de reconstitution climatique par l'étude de ces fossiles était inédite et suffisamment complexe pour empêcher toute réponse trop évidente. J'ai mis au point une série d'expériences afin de subdiviser notre question principale en plusieurs petites tâches distinctes. La première consistait pour moi à comprendre le processus de formation du noyau de micocoulier et sa composition exacte.

Pour cela, j'ai posté une sentinelle autour de plusieurs micocouliers du Minnesota et du Dakota du Sud pour comparer les fruits produits dans un environnement froid à ceux produits dans un environnement (relativement) doux. J'avais prévu de collecter les baies à intervalles réguliers pendant une année. Une fois en laboratoire en Californie, je les couperais en lamelles aussi fines que du papier pour les observer et les photographier au microscope.

Quand je l'ai observée au microscope et à un grossissement de trois cent cinquante fois, la surface lisse du noyau de micocoulier ressemblait à celle d'un nid-d'abeilles dont les alvéoles étaient emplies de quelque chose de dur et friable. En me basant sur ce que je savais du noyau de pêche, j'ai trempé plusieurs noyaux de micocouliers dans un acide qui, je le savais, était capable de dissoudre un plein bol de pêches, et j'ai examiné ce qui en restait. Ce qui remplissait la structure en nid-d'abeilles avait disparu et seule restait la fine dentelle blanche de la structure alvéolaire. Lorsque je l'ai placée dans une étuve à 1500 °C, du dioxyde de carbone s'en est échappé, signe qu'il y avait là quelque chose d'organique dans ce treillis blanc – une nouvelle énigme.

L'arbre avait fait pousser une graine, tissé un filet autour d'elle et enduit le filet d'une sorte de squelette, avant de combler les interstices du même matériau dont sont faits les noyaux de pêche. Ce faisant, il protégeait la graine pour lui donner de meilleures chances de germer et donc de devenir un arbre, qui engendrerait peut-être lui-même quatre-vingt-dix générations de descendants. Si nous voulions obtenir des données climatiques sur le long terme à partir de ces noyaux fossilisés, ce treillis de dentelle blanche était clairement une précieuse source d'information. En découvrant de quoi était faite cette structure élémentaire du noyau, je serais alors sur la voie.

Tout comme chaque type de roche se forme de façon distincte, chacun se décompose également de façon différente. L'une des techniques permettant de distinguer les minéraux qui constituent une roche est de broyer un échantillon avant de le passer aux rayons X. Vu de très près, chaque grain de sel contenu dans une salière ressemble à un cube parfait. Si l'on broie l'un de ces petits grains en une poudre fine, on ne fait qu'obtenir des millions d'autres cubes minuscules. Cette géométrie est immuable parce que les atomes qui constituent le sel pur se lient ensemble en formant une sorte d'échafaudage carré qui se subdivise en d'innombrables petits cubes. Toute rupture dans cette structure interviendra nécessairement le long d'un plan de faiblesse, laquelle se traduira par davantage de cubes, répétant tous ce même modèle atomique jusqu'à leurs plus petits composants.

Les minéraux ont tous des formules chimiques différentes, qui reflètent les différences dans le nombre et le type d'atomes qu'ils comportent et la façon dont ces atomes sont liés entre eux. Ces différences donnent lieu à des différences de formes, qui persistent même sous la forme de poudre. Si l'on parvient à identifier les minuscules formes présentes dans une pincée de poudre minérale – même lorsque cette poudre est issue d'une roche laide et complexe –, on peut alors déterminer sa formule chimique. Mais comment voir la forme de ces petits cristaux ? Lorsqu'une vague océanique frappe un phare, une nouvelle ondulation repart en sens inverse. La taille et la forme de cette réverbération donnent des informations à la fois sur la vague et sur le phare. Si l'on se tient dans une barque ancrée à bonne distance, on peut distinguer un phare à base carrée d'un phare arrondi par la manière dont l'ondulation nous frappe, à condition d'avoir une idée très précise de la taille de la vague, de son énergie, de sa fréquence et de sa direction de propagation. On utilise à peu près le même principe en laboratoire pour déterminer les minuscules formes d'une poudre minérale, en utilisant les ondulations qu'elles réfléchissent – ou « diffractent » – en retour de petites ondes électromagnétiques qu'on appelle des rayons X. Une pellicule recueille les ondes diffractées à leur pic, et leur espacement et leur intensité nous permettent ensuite de reconstruire la forme sur laquelle elles ont rebondi.

À l'automne 1994, j'ai demandé la permission d'accéder au laboratoire de diffraction qui se trouvait à l'autre bout du campus, et on m'a accordé quelques heures pendant lesquelles je serais libre d'utiliser le tube à rayons X. J'attendais de pouvoir effectuer mes analyses avec la même impatience joyeuse que celle qu'on éprouve pour un match de baseball : tout pouvait arriver, mais cela allait prendre un certain temps.

Après bien des hésitations, j'avais choisi de réserver la machine pendant la nuit, mais je n'étais pas sûre d'avoir fait le meilleur choix. Il y avait un post-doctorant bizarre qui travaillait dans ce labo, et son comportement me mettait mal à l'aise. J'avais vu comme le moindre regard ou la moindre question pouvait mettre ce type en rage, et il semblait particulièrement menaçant quand une femme entrait dans son champ de vision. Mon dilemme était donc le suivant : si je venais en journée, j'étais sûre de le croiser, mais il y aurait d'autres gens pour me servir de boucliers humains ; la nuit, il y avait de fortes chances que je sois seule au labo, mais si par malchance il venait à passer, je serais une proie facile. J'ai finalement réservé le créneau de minuit et j'ai emporté avec moi une grosse clé à molette. Je ne savais pas très bien comment j'allais me défendre avec un outil pareil, mais le simple fait de sentir son poids dans ma poche arrière me rassurait.

J'ai placé une lamelle en verre sur le plan de travail pour préparer mon échantillon ; je l'ai recouverte d'époxyde, une résine fixatrice, sur laquelle j'ai parsemé ma poudre de noyau de micocoulier broyé. J'ai placé la lame dans l'appareil de diffraction en prenant soin de tout orienter correctement, et j'ai activé la source de rayons X en priant pour qu'il y ait suffisamment d'encre pour imprimer la totalité du diagramme. Il n'y avait alors plus qu'à attendre.

Quand une expérience ne fonctionne pas, remuer ciel et terre n'y changera rien ; de la même façon, il y a des expériences tout simplement inratables. Le diagramme présentait un pic net et sans équivoque au niveau du même angle de diffraction, et ce à chaque fois que je recommençais mes mesures.

La longue courbe, basse et ample, du tracé était totalement différente des pics raides et saccadés auxquels mon responsable et moi-même nous attendions, et ce qu'elle indiquait était sans équivoque : mon minéral était une opale. Je suis restée un moment à observer le tracé, tout en sachant qu'il était impossible que j'aie fait une erreur d'interprétation, tant le résultat était évident. C'était de l'opale, et c'était quelque chose que je savais, quelque chose autour duquel je pouvais tracer un cercle et en attester la réalité. En regardant le graphique, je me suis dit que je savais maintenant quelque chose qui, une heure auparavant, était encore totalement inconnu et j'ai alors lentement commencé à apprécier à quel point ma vie venait de changer.

J'étais la seule personne dans un univers infini et en expansion qui savait que cette poudre était de l'opale. Dans ce monde incroyablement vaste et peuplé d'un nombre incalculable de personnes, j'étais, en plus d'être petite et insignifiante, spéciale. Je n'étais pas qu'un paquet de gènes particulier, j'étais aussi unique d'un point de vue existentiel, puisque je connaissais désormais ce petit détail de la Création, parce que j'avais vu et que j'avais compris. Jusqu'à ce que j'appelle quelqu'un, le fait que l'opale était le minéral qui fortifiait chaque graine de chaque micocoulier n'appartenait qu'à moi. Quant à savoir si c'était quelque chose qui valait la peine d'être connu ou non, on verrait ça plus tard. J'ai intégré cette révélation tandis qu'une page de ma vie se tournait ; ma première découverte scientifique resplendissait, tout comme le font les jouets en plastique, même les plus bas de gamme, quand ils sont neufs.

Je ne voulais toucher à rien d'autre ici parce que je n'étais qu'un visiteur. Je me suis donc levée pour regarder par la fenêtre en attendant que le jour se lève, et quelques larmes ont fini par couler sur mon visage. Je ne savais pas si je pleurais parce que je n'étais la femme ou la mère de personne – voire parce que j'avais l'impression de n'être la fille de personne –, ou à cause de la beauté de cette ligne parfaite sur mon diagramme qui resterait pour toujours mon opale.

J'avais travaillé et patienté pour que ce jour arrive. En résolvant ce mystère, je prouvais aussi quelque chose, ne serait-ce qu'à moi-même, et je savais enfin à quoi ressemblait une véritable recherche. Mais aussi gratifiant que ce moment ait pu l'être, il reste l'un des plus tristes et solitaires de ma vie. En comprenant que j'étais capable de devenir une scientifique digne de ce nom, je prenais également conscience, au fond de moi-même, que j'avais définitivement et irrémédiablement raté ma chance de devenir une femme comme celles que j'avais connues.

Dans les années à venir, je me créerai une sorte de normalité à moi, dans mon propre laboratoire. J'aurai un frère dont je me sentirai plus proche que n'importe lequel de mes frères et sœurs, quelqu'un que je pourrai appeler à toute heure du jour ou de la nuit et avec qui je bavarderai sans retenue, plus que je ne l'avais jamais fait avec mes meilleures copines. Ensemble, on ne cessera de dénoncer les aspects les plus absurdes de notre travail et on en rappellera à l'autre les exemples les plus ridicules. Je formerai une nouvelle génération d'étudiants dont certains chercheront simplement à attirer l'attention et très peu seront à la hauteur du potentiel que j'avais vu en eux. Mais, cette nuit-là, je me suis essuyé le visage du revers de la main, me sentant ridicule de pleurer pour quelque chose que la plupart des gens trouveraient complètement banal ou profondément ennuyeux. J'ai regardé par la fenêtre et vu les premières lueurs du jour illuminer le campus. Je me suis demandé qui d'autre, dans le monde, vivait une aube aussi merveilleuse.

Je savais qu'avant midi, on me dirait que ma découverte n'avait rien de si extraordinaire. Un scientifique plus sage et plus âgé me dirait que ce que j'avais vu était quelque chose auquel il aurait pu s'attendre lui-même. Et que lorsqu'il m'expliquerait que cette découverte n'était pas tant une révélation qu'une simple confirmation de l'hypothèse la plus évidente, je hocherais poliment la tête. Peu importe ce qu'il dirait. Rien ne pouvait entamer cette douce euphorie qu'il y avait à détenir brièvement un petit secret que l'univers m'avait confié, à moi seule. Je savais instinctivement que si j'étais digne d'un petit secret, je pourrais un jour être digne d'un grand.

Quand le soleil s'est levé et que le brouillard de la baie de San Francisco s'est dissipé, mon humeur larmoyante avait également disparu. Je suis retournée à mon bâtiment pour commencer ma journée. Il n'y avait encore aucun bruit sur le campus, mais ce parfum d'eucalyptus que j'associerais pour toujours à Berkeley embaumait l'air frais du matin. J'ai ouvert la porte du laboratoire et fus surprise d'y trouver toutes les lumières allumées. J'ai alors aperçu Bill, assis sur une vieille chaise pliante au milieu de la pièce, en train d'écouter un talk-show grésillant sur son petit transistor, les yeux dans le vide.

– Hé, j'ai trouvé cette chaise dans la poubelle derrière le McDo, m'a-t-il dit lorsque je suis entrée. Elle a l'air de marcher, non ?

Il l'examinait avec satisfaction tout en restant assis dessus.

J'étais profondément heureuse de le voir. Je m'étais attendue à passer encore au moins trois heures seule avant de pouvoir parler à quelqu'un.

– Elle a l'air bien. Elle est pour tout le monde ?

– Pas aujourd'hui, a répondu Bill. Mais demain, peut-être.

Il a réfléchi un instant avant d'ajouter :

– Mais peut-être pas.

Je me suis dit que tout ce qui sortait de la bouche de ce type était décidément bizarre. Outrepassant ma réserve scandinave, j'ai alors décidé de lui raconter la chose la plus importante que j'avais jamais faite.

– Dis, t'as déjà vu le profil d'une opale aux rayons X ? lui ai-je demandé en lui tendant mon diagramme.

Bill a saisi sa radio et l'a éteinte en retirant ses piles de neuf volts, le bouton marche/arrêt ne fonctionnant plus depuis longtemps. Quand il eut terminé, il a levé les yeux vers moi :

– Je savais bien que j'étais assis là en train d'attendre quelque chose. C'était donc pour ça.

***

Maintenant que j'avais découvert que les noyaux de micocouliers contenaient de l'opale, mon objectif suivant était de trouver le moyen d'en déduire les conditions de température qui régnaient lors de leur formation. Si l'échafaudage de cette carapace était bien fait d'opale, le rembourrage friable était un carbonate, l'aragonite – soit le même minéral qu'on trouve dans les coquilles d'escargot. L'aragonite pure précipite facilement en laboratoire ; il suffit de mélanger deux fluides sursaturés pour que des cristaux émergent de cette solution, comme le brouillard se condense dans un nuage. Les formes isotopiques des cristaux sont étroitement corrélées à la température, ce qui signifie qu'en analysant la signature isotopique de l'oxygène d'un seul cristal, on peut déterminer la température exacte à laquelle les deux fluides ont été mélangés. Dans des conditions de laboratoire, l'expérience était infaillible. La prochaine étape consistait à montrer que ça fonctionnait également dans un arbre et que le même processus se déroulait à l'intérieur du fruit, où l'aragonite cristallisait à partir de la sève.

Mon directeur de thèse avait présenté cette idée sous la forme d'une demande de financement de quinze pages à la Fondation nationale pour la science (NSF) ; la commission d'examination l'avait trouvée intéressante et nous avions été recommandés pour un financement. Au printemps 1995, j'étais de retour dans le Midwest pour dénicher les plus beaux spécimens de micocouliers pour notre étude. J'ai choisi trois arbres adultes qui poussaient sur les berges de la rivière South Platte, près de Sterling, dans le Colorado, à moins d'un jour de route d'un ami chez qui j'étais toujours la bienvenue. Sous ce qui me semblait être le ciel le plus vaste et le plus bleu du monde, j'ai calculé comment la composition de l'eau de la rivière, conjointement avec la composition des fruits estivaux des micocouliers, me permettrait de déterminer la température moyenne de la saison.

Sûre de mon succès, j'ai entouré une corde autour de chaque arbre et j'ai commencé à les surveiller, comme un futur père se réjouissant par avance du dénouement tout en restant extérieur aux événements. J'ai été tout aussi déconcertée à l'heure de la naissance car, cet été-là, aucun des micocouliers que j'avais sélectionnés ou qui poussaient aux alentours n'a fleuri ou porté de fruits.

Il n'y a rien au monde de plus accablant et de plus agaçant qu'un arbre qui ne fleurit pas. Je n'avais pas l'habitude qu'on me résiste et ça a été pour moi un vrai coup dur. J'ai essayé d'analyser la situation avec la seule personne que je connaissais dans le comté de Logan : Buck, un ami qui travaillait derrière le comptoir d'un débit de boissons planté au carrefour des deux autoroutes qui traversaient la région. À vrai dire, j'étais davantage entrée pour profiter de la climatisation que d'une bière, mais, après avoir vérifié ma carte d'identité, Buck a admis que « je tenais plutôt bien l'alcool pour une vieille femme », ce que j'ai pris comme une invitation à traîner au bar. Plus l'été avançait, plus il s'étonnait d'avoir davantage de chance avec ses tickets à gratter que moi avec mes arbres, mais il se gardait bien de me rappeler les sermons que j'avais pu lui faire sur les probabilités de gagner aux jeux de hasard.

Buck avait grandi dans un ranch du coin, et j'avais donc le vague sentiment qu'il était en partie responsable de cette débâcle fruitière, ou du moins qu'il devait être capable d'en répondre.

– Mais pourquoi cette année ? l'ai-je harcelé.

J'avais épluché les archives météorologiques de la région sans trouver la moindre anomalie.

– Ça arrive parfois, c'est tout. Quelqu'un du coin aurait pu te le dire, m'a-t-il répondu avec une pitié assez inhabituelle chez les cow-boys.

J'étais convaincue que les arbres m'envoyaient un signe et que ma future carrière était en train de s'écrouler. Je paniquais en m'imaginant déjà devant ma chaîne, à découper des bajoues de têtes de porcs démembrés l'une après l'autre, six heures par jour, comme l'avait fait la mère d'une amie d'enfance pendant près de vingt ans.

– Je ne peux pas me contenter de ça. Il doit bien y avoir une raison.

– Les arbres n'ont pas de raison, m'a répondu Buck sèchement. Ils font ce qu'ils font, c'est tout. En fait non, ils ne font rien, ce ne sont que des arbres. Enfin, merde quoi ! Ils ne sont pas vivants, pas comme toi et moi !

Buck en avait marre, et moi et mes questions commencions à lui taper sur les nerfs.

– Nom de Dieu, ce ne sont que des arbres, répétait-il entre ses dents.

J'ai quitté le bar et n'y suis jamais retournée.

Je suis rentrée en Californie avec un sentiment d'échec.

– Si j'avais une voiture qui pouvait tenir jusqu'à Concord Bridge, je te proposerais bien qu'on aille mettre le feu à l'un de ces arbres, m'a dit Bill en récupérant les dernières miettes de chips au fond de son paquet avec un des entonnoirs du labo. On laisserait les autres regarder et puis on leur demanderait s'ils n'ont pas un peu plus envie de fleurir.

Bill était devenu une présence familière au labo. Il arrivait habituellement aux alentours de seize heures et restait tous les jours huit ou dix heures, selon son humeur et les besoins du moment. Il ne voyait pas en quoi le fait qu'on ne le paye que dix heures par semaine était un problème, et il semblait étonnamment ravi de m'écouter parler de mes arbres de manière obsessionnelle pendant des heures chaque soir. Avant mon dernier départ pour le Colorado, il a insisté pour que je prenne avec moi un fusil à air comprimé et que je passe quelques après-midi à me défouler sur les branches et les feuilles. J'ai refusé.

– Je ne suis pas spécialiste en arboriculture, mais je doute que ça améliore les choses, si ?

– Ça va te faire beaucoup de bien, crois-moi !

Cet été au Colorado a été un fiasco total en termes de collecte de données, mais cela m'a appris la chose la plus importante en sciences : une expérience n'a pas pour but d'amener le monde à faire ce que l'on veut qu'il fasse. Tout en pansant mes blessures cet automne-là, j'ai tiré de mon échec une nouvelle philosophie. J'étudierais les plantes d'une nouvelle façon, non plus de l'extérieur, mais de l'intérieur. Je chercherais à savoir pourquoi elles faisaient ce qu'elles faisaient, et j'essaierais de comprendre leur logique – ce qui me serait plus utile que de me plaindre lorsqu'elles ne se pliaient pas à la mienne.

Toutes les espèces de notre planète – passées ou présentes, de la bactérie unicellulaire au plus gros dinosaure en passant par les marguerites, les arbres, les hommes – doivent accomplir cinq mêmes choses pour subsister : grandir, se reproduire, se reconstruire, faire des réserves et se défendre. À vingt-cinq ans, je pouvais déjà envisager que ma propre reproduction allait être compliquée, si jamais elle devait avoir lieu. Il me paraissait délirant d'espérer que la fertilité, le temps, le désir et l'amour puissent tous être réunis au bon moment, mais la plupart des femmes finissaient pourtant par suivre cette voie. Au Colorado, j'avais été si obnubilée par ce que les arbres ne faisaient pas que je n'avais pas observé ce qu'ils faisaient. S'ils avaient reporté leur floraison et leur fructification cet été-là, c'était qu'ils devaient avoir une autre priorité que je n'avais pas su détecter. Les arbres font toujours quelque chose : c'était en gardant cette vérité bien à l'esprit que je commencerais à mieux cerner le problème.

Un nouvel état d'esprit s'imposait : peut-être pourrais-je apprendre à voir le monde comme le font les plantes, à me mettre à leur place et comprendre comment elles fonctionnent. En tant qu'étrangère à leur univers, à quel point parviendrais-je à les observer de l'intérieur ? J'ai essayé d'imaginer une nouvelle science de l'environnement qui ne s'attacherait pas aux attentes des hommes vis-à-vis des plantes mais aux plantes elles-mêmes, dans un milieu partagé avec les hommes. J'ai repensé aux différents laboratoires dans lesquels j'avais travaillé et aux merveilleux instruments, produits chimiques, microscopes et machines qui m'avaient donné tant de plaisir... Sur quel genre de science dure pourrais-je m'appuyer pour mener à bien cette quête étrange ?

Le côté subversif d'une telle approche avait de quoi me séduire ; qu'y avait-il pour me retenir, mis à part ma crainte d'apparaître comme « non scientifique » ? Je savais bien que si je disais aux gens que j'étudiais « ce que c'est que d'être une plante », certains jugeraient que c'est une blague, mais peut-être que d'autres pourraient s'engager dans l'aventure. Peut-être qu'un travail rigoureux pourrait consolider des fondations scientifiques encore instables. Je n'en étais pas certaine, mais j'ai ressenti les premiers picotements d'excitation de ce qui serait bientôt le frisson de toute ma vie. C'était une idée nouvelle, ma première vraie feuille. Et comme n'importe quelle graine audacieuse sur le point de germer, j'improviserais au fur et à mesure.

9

Chaque plante se compose de trois éléments : feuille, tige et racine. La tige fonctionne de façon similaire chez toutes les plantes, à la façon d'un fagot de pailles serrées les unes aux autres, ou d'une botte de canaux microscopiques, chargés du transport de l'eau du sol depuis les racines vers les feuilles, et de la sève chargée de sucre des feuilles vers les racines. Les arbres sont toutefois des végétaux à part, car leurs tiges peuvent dépasser cent mètres de longueur et se composent d'une substance extraordinaire : le bois.

Le bois est robuste, léger, flexible et non toxique ; il résiste aux intempéries, et aucun autre ni meilleur matériau de construction n'a encore été inventé par l'homme, même après des milliers d'années de civilisation. À surface égale, une poutre en bois est aussi solide qu'une poutre en acier trempé, tout en étant dix fois plus souple et dix fois moins lourde. Aujourd'hui encore, à l'ère des hautes technologies, le bois reste le matériau par excellence pour l'habitat. Si l'on mettait bout à bout toutes les planches de bois utilisées ces vingt dernières années aux États-Unis pour la construction, on relierait aisément Mars à la Terre.

Les gens découpent des troncs et clouent des morceaux les uns aux autres pour fabriquer une boîte dans laquelle dormir. Les arbres, eux, se servent de leur bois pour un tout autre usage : lutter contre les autres plantes. Du pissenlit à la jonquille, de la fougère au figuier, de la pomme de terre au conifère, chaque plante terrestre dispute à l'autre le même butin : la lumière, qui vient d'en haut, et l'eau qui vient d'en bas. Le sort d'une bataille entre deux plantes peut se décider en un mouvement : la plante capable de s'étendre à la fois plus haut et plus profondément que sa rivale emportera le combat. Le bois confère aux arbres un avantage énorme : armés d'un accessoire à la fois rigide et flexible, solide et léger, qui sépare et connecte les feuilles et les racines, ils dominent la compétition depuis plus de quatre cents millions d'années.

Le bois est un tissu statique et fonctionnel qui, une fois élaboré, cesse d'évoluer pour demeurer éternellement inerte. Le cambium est le tissu qui génère la gaine de bois vivant, juste sous l'écorce. Le tronc s'épaissit progressivement au fil des nouvelles gaines qu'il produit. Lorsque l'une d'elles apparaît, le squelette boisé de la précédente est abandonné en l'état, ajoutant un cerne supplémentaire à ceux que l'on aperçoit sur un tronc coupé, lorsque l'arbre est abattu.

Le bois d'un arbre est également sa mémoire : il suffit de compter les cernes d'un tronc pour déterminer son âge, car le cambium génère une nouvelle gaine chaque année. Ces anneaux de croissance disent bien des choses sur l'histoire de l'arbre, mais les scientifiques ne maîtrisent pas (encore) parfaitement leur langage. Un cerne anormalement épais peut être le signe d'une année d'abondance et de forte croissance, ou simplement la marque d'une poussée hormonale chez le jeune arbre, provoquée par un afflux de pollen inhabituel, issu d'une source lointaine. Si le cerne est épais d'un côté et mince de l'autre, il indique qu'une branche est tombée. Quand cela arrive, l'équilibre de l'arbre est perturbé, obligeant les cellules du tronc à renforcer la zone qui doit désormais supporter le poids inégalement réparti du feuillage.

Pour les arbres, la perte d'un membre est la règle, et non l'exception. La plupart de leurs branches se rompent avant même d'avoir atteint leur maturité, le plus souvent sous le coup de forces extérieures comme le vent, la foudre ou simplement la gravité. Les arbres possèdent la capacité de réagir à ce type d'infortune : dans l'année qui suit la perte d'une branche, le cambium dépose une nouvelle gaine sur la base cassée, et recommence année après année jusqu'à ce que plus aucune cicatrice ne soit visible de l'extérieur.

À Honolulu, au croisement de Manoa Road et Oahu Avenue, se dresse un gigantesque arbre à pluie (*Pithecellobium saman*). Son tronc s'élance à quinze mètres de hauteur et ses ramifications forment une arche géante qui s'étend au-dessus du carrefour. Des orchidées sauvages, dont les grappes de fleurs ressemblent à des ananas, poussent sur ses branches, sous lesquelles elles laissent pendre leurs racines nues. Des perroquets sauvages aux ailes vert citron passent de l'une à l'autre en poussant des cris pour invectiver les passants en contrebas.

Comme beaucoup d'autres espèces tropicales, l'arbre à pluie fleurit toute l'année : des bouquets de pétales soyeux et filiformes jaunes et roses pleuvent sur les touristes qui s'arrêtent pour le prendre en photo, avant de poursuivre leur chemin vers les chutes de Manoa, plus haut dans la vallée. On trouve sur les tables basses du monde entier des albums photos comportant un cliché de l'arbre à pluie de Manoa Road et Oahu Avenue, chacune de ces innombrables vues en contre-plongée tentant d'emprisonner les sept cents mètres carrés de son immense canopée tissée de fleurs.

Du point de vue des touristes, cet arbre possède sa forme parfaite : ils ne soupçonnent pas qu'il n'est pas tout à fait ce qu'il aurait pu être, ou qu'il a dû modifier sa croissance après avoir perdu certains de ses membres.

Si l'on coupait l'arbre à pluie de Manoa Road et Oahu Avenue, on pourrait compter les nœuds sur sa souche et découvrir les cicatrices des centaines de branches perdues au cours du dernier siècle de sa vie. Mais il est toujours debout, et tant qu'il le sera, nous ne verrons que les branches qui ont poussé, sans que nous manquent celles qu'il a perdues.

Chaque morceau de bois de votre maison – des appuis de fenêtres aux meubles en passant par les poutres de votre plafond – faisait autrefois partie d'un être vivant, prospérant à l'air libre et palpitant de sève. En observant ces objets en bois de plus près, vous distinguerez peut-être les contours d'un ou deux cernes. La forme délicate de ces veinures témoigne de l'histoire de l'arbre. Pour peu qu'on sache l'écouter, chaque anneau raconte la pluie, le vent et l'aube se levant chaque matin.

10

Les derniers mois de 1995 se sont écoulés rapidement. Après avoir passé avec succès l'oral préliminaire et éreintant de trois heures qui m'autorisait à présenter ma thèse, je me suis immédiatement attelée à sa rédaction. J'ai travaillé vite, pianotant longuement sur mon ordinateur, avec la télévision allumée en fond sonore pour m'aider à oublier ma solitude. J'ai obtenu mon titre de docteur peu de temps après. Ces quatre années de thèse avaient filé à une vitesse folle. Sachant que je devrais être deux fois plus stratégique et proactive que mes homologues masculins, j'avais commencé à présenter ma candidature à plusieurs postes de professeur dès ma troisième année, et j'étais parvenue à obtenir un poste dans une université publique en plein essor, Georgia Tech. Une nouvelle étape de ma carrière s'annonçait, comme on ne cessait du moins de me le répéter.

En mai 1996, Bill recevait son Bachelor et moi mon doctorat, à l'occasion d'une seule et même cérémonie des plus pompeuses. Aucun de nos proches n'ayant fait le déplacement, nous nous sommes tous deux retrouvés à l'écart, tandis que les autres diplômés étaient embrassés, félicités et photographiés. Au bout d'une heure, nous avons convenu qu'aucune coupe de champagne gratuite ne justifiait d'endurer pareille torture, et nous sommes retournés au laboratoire. Nous avons enlevé nos toges et les avons roulées en boule avant de les jeter dans un coin. Une fois nos blouses de laboratoire enfilées, tout sembla redevenu normal. Il n'était que vingt et une heures, la nuit commençait à peine et les premières heures de travail n'avaient pas encore débuté.

Nous avons alors décidé de passer la soirée à souffler du verre, ce qui était l'un de nos passe-temps nocturnes préférés. L'objectif était d'enfermer une petite quantité de dioxyde de carbone pur dans une trentaine de tubes en verre. Ils me serviraient plus tard d'échantillons de contrôle lorsque j'utiliserais le spectromètre de masse, chacun constituant une référence de valeur connue à laquelle je pourrais comparer mes propres échantillons lors de leur analyse. Constituer un tel stock était une tâche chronophage et qui devait être répétée tous les dix jours environ ; ce type d'opération n'était pas très intéressant, comme l'est en général la préparation de réserves, mais il demandait néanmoins une précision et une attention extrêmes.

Bill s'est installé à proximité et s'est lancé dans la première étape du processus, consistant à faire fondre l'une des extrémités d'un tube de verre. Pour cela, il utilisait un chalumeau dont la flamme était alimentée par la combustion d'acétylène et attisée par un flux d'oxygène pur. C'était un peu l'équivalent d'un barbecue chauffé à bloc et dopé aux stéroïdes, mais qui crachait toutes ses flammes par un seul et minuscule orifice et qu'il fallait prendre soin de garder loin du visage. La flamme qui sort de ce type de torche est si intense qu'elle peut endommager l'œil si on la regarde directement ; nous portions donc tous deux des lunettes de protection aux verres fumés.

À température ambiante, le verre est dur et cassant, mais il se ramollit en une sorte de caramel luminescent une fois chauffé à plusieurs centaines de degrés. Le verre fondu est suffisamment chaud pour enflammer le papier ou le bois par simple contact, et une seule goutte de verre en fusion tombée sur votre bras vous brûlera jusqu'à l'os tant qu'un afflux de sang ne l'aura pas refroidie. Il était probable que le règlement intérieur interdisait de confier ce genre d'opération à un étudiant de premier cycle, mais Bill avait rapidement maîtrisé les autres tâches, moins complexes, que je lui avais montrées ; il s'était ensuite lancé dans la réparation du matériel endommagé, avant de se rabattre sur la maintenance préventive – le tout, de sa propre initiative. Il manquait donc clairement d'occupation et je n'avais aucune raison valable de ne pas lui apprendre des manipulations plus délicates comme celle-ci.

Tandis que nous travaillions ce soir-là, je rêvais à ce à quoi allait ressembler ma vie, et je me voyais, grisonnante et rabougrie, en train de préparer comme chaque semaine et pour toujours mes échantillons de référence, en surveillant l'aiguille d'une jauge semblable à celle qui me faisait face. C'était à la fois déprimant et réconfortant. Une seule chose était évidente : aucun autre avenir ne me semblait envisageable.

Émergeant de ma rêverie, j'ai contrôlé la jauge, par-delà le piège à froid empli d'azote liquide, et constaté que l'aiguille était au point mort. C'était le signe qu'il n'y avait plus de gaz dans le conduit et qu'il s'était totalement condensé dans mon tube en gelant à l'intérieur du piège. J'ai scellé le tube en verre en le faisant fondre, et l'ai déposé de sorte à ce que l'extrémité encore molle refroidisse lentement, tandis que son contenu dégèlerait.

Quand je me suis retournée, j'ai vu Bill, absorbé par la préparation de ses tubes.

– On se met un peu de radio ? ai-je suggéré, histoire de casser un peu la monotonie ambiante avec, exceptionnellement, un fond sonore.

Par principe, la musique est interdite en laboratoire, et plus encore pendant les manipulations à risques et qui demandent une certaine concentration. Nous avions été suffisamment formés pour savoir que l'on ne peut se permettre d'être distrait par quoi que ce soit pendant une opération mettant en jeu à la fois notre sécurité et le succès de l'expérience.

– Bonne idée, mais tout sauf cette merde de radio publique. J'ai déjà assez de problèmes comme ça sans avoir à me taper ceux de pêcheurs de je ne sais quel bled paumé.

Je comprenais ce qu'il voulait dire, mais je n'ai pas fait de commentaire. Je l'avais peu de temps auparavant déposé au pied d'un immeuble miteux à la frontière d'un quartier d'Oakland réputé pour sa criminalité. Si j'étais maintenant à peu près sûre qu'il ne couchait pas dehors, je soupçonnais que tout ne devait pas être rose pour lui. Malgré le temps que nous avions passé ensemble, Bill restait un mystère pour moi. J'avais été suffisamment proche de lui pour savoir qu'il ne se droguait pas, qu'il ne séchait pas les cours et qu'il ne jetait pas ses ordures à la rue – ce qui était d'ailleurs assez étonnant vu son caractère –, mais ça s'arrêtait là.

J'ai enlevé mes lunettes de protection et me suis agenouillée derrière le poste de radio, pour partir à la recherche de musique. La molette était cassée et je devais manipuler le cadran comme je pouvais pour faire défiler les fréquences. La dernière chose que j'ai entendue a été une sorte de claquement terrible, puissant et cinglant, comme si quelqu'un venait de faire exploser un pétard à l'intérieur de ma tête. Après ça, je n'ai plus rien entendu pendant cinq minutes. Plus rien. Ni ma respiration, ni le bourdonnement de la ventilation, ni le battement du sang dans mes tempes. Plus rien.

Terrifiée, je me suis relevée, pour constater que la zone du laboratoire dans laquelle j'avais travaillé quelques minutes auparavant était couverte d'éclats de verre. J'ai balayé la pièce du regard, et me suis aperçu que j'étais désormais seule. Bill n'était plus là. J'ai senti une crise de panique intense monter en moi et me suis mise à crier son nom. Mon angoisse a augmenté plus encore quand j'ai réalisé que je n'entendais pas même le son de mes propres cris. C'est alors seulement que j'ai vu la tête de

Bill émerger du plan de travail, les yeux grands ouverts, comme des soucoupes. Quand il a entendu ce qui ressemblait à un coup de feu à bout portant, il avait plongé sous un bureau où il était resté jusqu'à ce que je l'appelle.

J'ai compris ce qui s'était passé. J'avais injecté beaucoup plus de dioxyde de carbone dans mon tube que ce que j'avais l'intention de faire. Lors de la minute de trop pendant laquelle mon esprit avait divagué, le tube s'était empli d'un volume de gaz supérieur à ce qu'il pouvait contenir. Une fois le verre scellé, le gaz gelé s'était rapidement dilaté en se réchauffant et avait explosé comme une bombe artisanale. Il avait également anéanti le stock d'ampoules de Bill et détruit l'équivalent de plusieurs jours de travail en projetant des éclats de verre à travers toute la pièce.

Des centaines de petits morceaux de verre, dont certains pas si petits, étaient venus se ficher à l'arrière du poste de radio. Il avait miraculeusement protégé mon visage de l'explosion, et si je n'avais pas été occupée à chercher une station, la pluie de verre m'aurait sans doute frappé les yeux. J'ai soudain été prise d'une peur irrationnelle que tout ce qui se trouve dans la pièce puisse exploser et je me suis mise à regarder frénétiquement autour de moi, avant de comprendre que nous étions en sécurité, ne serait-ce que parce que tout le verre était déjà cassé. Mon ouïe commençait à revenir, et avec elle un épouvantable mal aux tympans. Le moindre murmure me provoquait une telle sensation de brûlure à l'intérieur de la tête que j'avais l'impression que mes conduits auditifs étaient à vif et saignaient.

Je ne peux pas faire ça, me suis-je dit intérieurement. *Je n'ai rien à faire ici.* J'avais merdé, et c'était grave.

Bill a éteint les chalumeaux avant de faire le tour de la pièce pour tout débrancher. Je restais là, immobile, sans savoir quoi faire. J'avais l'impression que c'était tout mon monde qui avait explosé avec ces tubes. *Les scien-*

tifiques ne font pas ce genre de choses. Il n'y a que les ratés pour faire un truc pareil. Je ne pouvais même pas regarder Bill dans les yeux.

– Dis, je peux faire une pause cigarette? a-t-il demandé au bout d'un moment, avec un calme contrastant tellement avec la situation qu'il rendait celle-ci plus surréaliste encore.

J'ai hoché la tête en grimaçant. Mes oreilles me faisaient un mal de chien.

Il s'est faufilé à travers les éclats de verre qui jonchaient le sol comme des grêlons après une averse, et s'est retourné vers moi une fois arrivé à la porte:

– Tu viens?

– Je ne fume pas, ai-je répondu piteusement.

– C'est pas grave, je vais t'apprendre, m'a-t-il dit en désignant le hall d'un signe de la tête.

Nous sommes sortis et avons marché le long de quelques pâtés de maisons dans Telegraph Avenue, avant de nous asseoir sur le trottoir. Bill a allumé une cigarette, tandis que nous frissonnions dans nos T-shirts et la nuit froide de la Californie du Nord. Les zonards qui traînaient le soir autour de Berkeley étaient de sortie, et nous les avons observés un moment. Certains, agités, étaient en pleine conversation avec eux-mêmes.

J'ai relevé mes genoux jusqu'à ma poitrine et me suis mise à mordiller le dos de mes mains. C'était une sale manie que j'avais toujours fait en sorte de cacher aux autres. Au laboratoire, je pouvais toujours enfiler des gants, mais à cet instant, mon angoisse était telle qu'il m'était impossible de me retenir. J'ai commencé à mordiller les articulations de ma main droite jusqu'à ce que je sente les fines croûtes se rouvrir. Le goût du sang et la sensation de ma peau déchirée m'ont alors calmée, comme rien d'autre n'aurait été en mesure de le faire. J'ai enfoncé mes dents dans la peau écorchée entre mes doigts, tout en suçant désespérément mes os pour me réconforter. Dans quelques mois, je serais professeure mais, ce soir-là, j'étais convaincue de n'être qu'une bonne à rien.

Bill a tiré sur sa cigarette.

– On avait une chienne qui se mordait les pattes, a-t-il dit, méditatif.

– Je sais, c'est dégoûtant, ai-je répondu, honteuse.

J'ai mis mes mains sur mon ventre pour m'empêcher de les porter à nouveau à ma bouche.

– Non, c'était une super chienne. On s'en fichait qu'elle fasse ça. Quand on a un chien comme ça, on le laisse faire ce qu'il veut.

J'ai posé ma tête sur mes genoux, les yeux fermés. Nous sommes restés assis en silence pendant que Bill fumait.

De retour au labo, nous avons balayé le verre et fait en sorte de cacher toutes les traces de ce qui s'était passé. J'étais contente que cela soit arrivé au milieu de la nuit, mais je me sentais coupable de m'en tirer à si bon compte après une telle erreur.

– Dis, tu fais quoi l'année prochaine, tu sais déjà ? ai-je demandé à Bill tout en balayant.

Je n'avais pas été surprise d'apprendre qu'il avait décroché son Bachelor en sciences des sols avec mention, et j'imaginais qu'il devait avoir un poste qui l'attendait quelque part, notre département étant réputé pour sa capacité à placer ses diplômés.

– Mon plan, m'a-t-il répondu avec le plus grand sérieux, c'est de creuser un autre trou dans le jardin de mes parents et de m'y installer.

J'ai hoché la tête en signe d'approbation.

– Et de fumer jusqu'à ce que je n'aie plus de cigarettes.

J'ai hoché la tête une nouvelle fois.

– Et ensuite je suppose que je vais me mordre les mains, a-t-il ajouté en haussant les épaules.

J'ai hésité un instant avant de me lancer :

– Écoute, ça te dirait de déménager à Atlanta pour m'aider à monter un labo ? Je peux te payer. Enfin, je suis presque sûre que je peux, en tout cas.

Il a réfléchi un moment.

– On pourra emmener cette radio ? a-t-il fini par dire, en désignant le transistor déchiqueté par le verre que nous nous préparions à jeter.

– Ça oui, on va même en prendre plein d'autres.

***

Deux mois plus tard, nous avons chargé toutes nos affaires à l'arrière de mon pick-up – ce qui n'a pas été difficile – et avons roulé en direction de la Californie du Sud, où j'ai déposé Bill chez ses parents. Nous avions convenu que je déménagerais d'abord, avant le début du premier semestre, et qu'il me rejoindrait quelques mois plus tard.

Les parents de Bill se sont montrés extrêmement chaleureux, amicaux et généreux à mon égard, et m'ont traitée dès cette première rencontre comme une fille perdue de vue depuis longtemps. Son père avait alors aux alentours de quatre-vingts ans et racontait des histoires passionnantes sur sa vie de réalisateur indépendant. Il avait passé celle-ci à documenter le génocide arménien que sa famille et lui-même avaient fui alors qu'il n'était encore qu'enfant. Les subventions de l'État n'étant accordées qu'au compte-gouttes, toute la famille de Bill avait été mise à contribution pour la réalisation de ces films, et lui-même et ses frères avaient depuis toujours assisté leur père sur les tournages, tout en voyageant à la dure à travers la Syrie. Le montage se faisait dans le studio de la maison familiale, près de Hollywood, où ils cultivaient également un immense jardin. Le père de Bill savait tout faire pousser et sa mère a insisté pour que je ne mange que les oranges de leur plus bel arbre.

Le dernier soir de mon séjour, allongée sur mon lit, dans la chambre de la sœur de Bill, je fixais le plafond en pensant à mon avenir. Le lendemain matin, je roulerais jusqu'à Barstow, m'engagerais sur l'Interstate 40, l'autoroute qui traverse les États-Unis d'ouest en est, et quitterais la Californie pour de bon. Ce n'était pas la première fois que je laissais derrière moi tout ce que je connaissais et tout ce à quoi je m'étais attachée, en sachant que je ne pourrais plus jamais revenir. J'avais quitté la maison pour l'université du Minnesota, puis pour Berkeley : tout le monde était convaincu que j'étais prête à partir – sauf moi. Mais c'était la première fois que j'aurais un ami là ou j'allais, et c'était suffisamment important pour que j'en remercie le ciel.

***

Le 1er août 1996, je suis officiellement devenue professeure adjointe à Georgia Tech, et on attendait de moi que j'en aie l'air et que j'agisse comme tel, même si je n'avais que vingt-six ans et aucune idée de la façon dont il fallait s'y prendre. Il n'était pas rare qu'une heure de cours me demande six heures de préparation. Je me récompensais ensuite en m'asseyant à mon bureau pour choisir et commander des produits chimiques et du matériel, comme une mariée tout excitée par la préparation de sa liste de mariage. Lorsque mes commandes arrivaient, je les empilais au sous-sol, où elles ont bientôt formé une montagne de cartons. Le service central du courrier avait indiqué un grand « Jahren » sur chaque boîte, et je contemplais, adossée au mur, cette tour géante portant mon nom écrit par vingt mains différentes. Bill devait arriver en janvier et nous commencerions à tout installer pour faire de ce labo si souvent rêvé une réalité. Je m'interdisais d'ouvrir les paquets avant qu'on puisse le faire ensemble, mais je me sentais comme une petite fille impatiente à l'approche du matin de Noël. Je prenais une boîte, la secouais et j'essayais de deviner ce qu'elle contenait ; je commençais même parfois à l'ouvrir avant de m'obliger à la remettre sur la pile.

J'enseignais la géologie à des étudiants de première année et la géochimie à des troisièmes années, ce qui représentait un travail beaucoup plus important que ce que j'avais imaginé. Pendant ce premier semestre, j'ai probablement commis beaucoup plus d'erreurs que les étudiants eux-mêmes. J'ai fini par devenir ce personnage du prof sympa et indulgent qui ne demande qu'à donner la note maximale à tout le monde. Cela me convenait de toute façon beaucoup mieux que d'essayer de jouer la peau de vache, n'étant pas beaucoup plus âgée que la plupart des étudiants de première année, et encore moins qu'une bonne partie de ceux de troisième. Je n'avais de toute façon jamais aimé les cours magistraux – c'est avec mes mains que j'avais appris tout ce qu'il y avait d'important à savoir dans la vie.

J'ai quoi qu'il en soit consciencieusement rempli mon rôle d'enseignante. J'ai inscrit des équations au tableau noir, donné et corrigé des devoirs, travaillé des heures au bureau et fait passer leur examen final aux étudiants, bien que mon esprit fût tout entier occupé par la perspective du mois de janvier, quand Bill et moi commencerions à monter mon tout-premier-labo-rien-qu'à-moi.

Le jour de son arrivée, je me suis rendue à l'aéroport d'Atlanta avec une bonne heure d'avance et j'ai attendu dans la zone de récupération des bagages, hypnotisée par le carrousel des tapis roulants. J'ai soudain entendu une voix familière derrière moi :

– Hé, Hope, par ici !

Je me suis retournée et j'ai aperçu Bill deux tapis roulants plus loin. Il portait quatre grosses valises à l'ancienne, rigides, sans roulettes ni lanières.

– Oh, salut !

Je m'étais trompée de tapis. Désorientée, j'ai regardé autour de moi. Je ne me souvenais pas avoir vérifié sur l'écran le numéro du tapis de livraison. Je ne me souvenais pas non plus avoir garé ma voiture, mais j'étais pourtant là, un ticket de parking à la main, sur lequel j'avais moi-même inscrit l'emplacement « C2 ». Ce genre d'absences m'arrivait régulièrement : des bribes de temps s'effaçaient ici ou là, et même si j'essayais de le cacher, ça ne faisait qu'empirer. J'étais même allée voir un médecin qui, après m'avoir examinée pendant quarante-cinq secondes, avait déclaré que je travaillais trop et m'avait prescrit un léger tranquillisant.

– T'as changé, m'a dit Bill.

Il avait raison. Je ne dormais pas beaucoup et j'avais perdu pas mal de poids. J'avais toujours été très tendue, mais là, c'était différent.

– J'ai des troubles de l'anxiété. C'est mon nouveau truc, ai-je commencé à expliquer, en écarquillant les yeux. « Plus de vingt-cinq millions d'Américains en sont atteints », ai-je ajouté en citant la brochure que m'avait donnée le médecin.

– OK.

Bill a regardé autour de lui, avant d'ajouter :

– Alors, c'est ça, Atlanta ? Bon Dieu, qu'est-ce qu'on fout là ?

– « C'est notre ultime espoir de paix ! », ai-je répondu de la même voix pénétrante que dans la série de science-fiction *Babylon 5*, mais mon imitation n'a fait rire que moi.

Nous avons pris une passerelle pour nous rendre au parking. Bill a mis ses affaires à l'arrière de la voiture et s'est glissé sur le siège passager.

– J'ai jamais été aussi loin à l'est. Ils vendent bien des cigarettes, dans ce coin, j'espère ?

Je lui ai tendu le paquet neuf de Marlboro Lights que j'avais dans mon sac à main depuis des mois.

– Désolée, j'ai pas continué l'entraînement. Mais je suis en train de devenir une experte de ce genre de petites choses, lui ai-je dit en secouant mon flacon de Temesta comme un hochet.

– Chacun son truc, a marmonné Bill.

Il a allumé une cigarette, et baissé la fenêtre avant de jeter son allumette. J'ai inhalé sa fumée et son odeur familière m'a peu à peu détendue. Bill était heureux de constater que l'hiver était aussi doux ici qu'en Californie et nous avons roulé fenêtres baissées et sans ceintures. Tandis que nous nous engagions sur la rocade en direction d'Atlanta, je savourais le bonheur simple et profond de ne pas être seule.

Au bout de quelques minutes, j'ai réalisé que je n'avais aucune idée de l'endroit où j'étais censée le déposer. Je me suis souvenue de cette soirée lorsque, alors que nous rentrions de notre stage de terrain, deux ans et demi plus tôt, je l'avais raccompagné en dernier.

– Tu sais que tu peux squatter mon canapé le temps de trouver un logement.

– Non, merci, ça ira. Dépose-moi en ville tout à l'heure et je me débrouillerai. Mais d'abord, je veux voir le nouveau labo.

– D'accord, allons-y !

Nous nous sommes dirigés vers l'université et je me suis garée devant ce qu'on appelait encore le bâtiment de génie civil, bien que ce département ait depuis longtemps été déplacé ailleurs. J'ai escorté Bill au sous-sol jusqu'à la pièce qui nous servirait de laboratoire. Je pouvais à peine contenir mon excitation au moment de tourner la clé de la porte. Une fois ouverte, j'ai tout d'un coup réalisé que je n'avais en réalité pas grand-chose à lui montrer. Ce n'était qu'une pièce sans fenêtre d'environ cinquante-cinq mètres carrés et, en la visualisant à travers les yeux d'un visiteur, je me suis rendu compte à quel point elle ne ressemblait pas à l'espace high-tech et rutilant dont nous avions si souvent rêvé en Californie.

J'ai parcouru du regard la petite salle miteuse qui avait été si longtemps négligée avant d'être abandonnée. Le placo était criblé de petits trous et déchiré par endroits. Les interrupteurs pendaient au bout de leurs branchements depuis de grosses balafres dans le mur. Une prise murale arrachée et rattachée à ses fils électriques traînait par terre. Une couche de moisissure mêlée de rouille recouvrait tout, y compris les néons qui clignotaient au-dessus de nos têtes. Le lambris des murs avait disparu et ne restait, sur tout le périmètre de la pièce, qu'une couche jaunâtre qui devait être de la colle. La zone près de la hotte sentait le formaldéhyde rance, ce qui ne présageait rien de bon, le but d'une hotte chimique étant précisément d'éviter d'inhaler, et donc de sentir, des produits chimiques.

En regardant Bill, j'ai eu soudain envie de m'excuser. La visite ne faisait que commencer et j'avais déjà honte de n'avoir que cela à offrir à quelqu'un qui avait accepté de déménager à l'autre bout du pays sur mon invitation. Ça n'avait rien à voir avec le labo où nous avions travaillé à Berkeley, et ça ne le serait clairement jamais.

Bill a enlevé son manteau et l'a jeté dans un coin. Il a pris une grande inspiration, fait courir ses deux mains dans ses cheveux et s'est tourné lentement sur lui-même pour compter les prises ; il a alors aperçu le transformateur et le bloc d'alimentation électrique installés au hasard dans un coin, à proximité d'un bouton d'arrêt d'urgence rouge vif.

– Oh, c'est génial, avec ça on aura une tension stable de 220 volts. Exactement ce qu'il faut pour le spectromètre de masse. Tout simplement parfait, a-t-il ajouté.

C'était ce que c'était : le premier labo dont nous étions les seuls à posséder la clé. C'était peut-être un trou à rat mais il était à nous. J'étais émerveillée que Bill ne commence pas à comparer ce local dévasté avec ce que nous avions toujours prévu qu'il soit, mais qu'il le considère pour ce qu'il était et ce qu'il serait après l'avoir transformé. Malgré le fossé qui séparait nos rêves de la réalité, il était prêt à aimer notre nouvelle vie. J'ai décidé que j'allais essayer d'en faire autant.

11

Cela arrive rarement, mais un même arbre peut se trouver à deux endroits à la fois. Ces deux arbres peuvent pousser à plus d'un kilomètre l'un de l'autre, tout en appartenant au même organisme. Ils sont plus semblables encore entre eux que ne le seraient de vrais jumeaux ; ils sont même strictement identiques, jusqu'au moindre de leurs gènes. Si on les abattait pour compter leurs cernes, on s'apercevrait que l'un est beaucoup plus jeune que l'autre. En séquençant leur ADN, on ne trouverait cependant aucune différence, et pour cause : ils faisaient autrefois partie du même arbre.

Il est si facile de s'éprendre d'un saule pleureur. Raiponce du monde végétal, cet arbre ressemble à une gracieuse princesse aux longues tresses qui ne semble attendre que vous pour lui tenir compagnie sur la berge de la rivière. Mais ne vous faites pas abuser en croyant que votre saule de conte de fées est particulier, car il y a de grandes chances qu'il ne le soit pas. Si vous remontez un peu la rivière, vous en trouverez probablement un autre, et qui sera exactement le même que votre cher saule, bien qu'il en diffère par l'allure, la hauteur et la circonférence et qu'il aura sans doute séduit des dizaines d'autres princes avant vous.

Un saule ressemble beaucoup plus à Cendrillon qu'à Raiponce, dans la mesure où son sort dans la vie l'oblige à travailler beaucoup plus que ses sœurs. Il existe une étude célèbre, qui a consisté à suivre le taux de croissance d'un groupe d'arbres pendant un an. Les caryers et les paviers ont d'abord pris une bonne longueur d'avance, mais ont cessé de pousser après quelques semaines. Les peupliers ont fait bonne impression, en grandissant pendant quatre mois entiers. Mais les saules ont surpassé tout le monde en poussant pendant six mois, jours d'automne y compris et jusqu'aux portes de l'hiver. À la fin de l'étude, ils avaient gagné plus d'un mètre en moyenne, soit près du double que les arbres arrivés en deuxième position.

Pour la plante, la lumière est synonyme de vie. Au fur et à mesure qu'un arbre grandit, ses branches inférieures deviennent obsolètes, trop ombragées par les branches qui les dominent pour garder une quelconque utilité. Le saule les gorge alors de réserves, les engraisse et les renforce, puis déshydrate leur base pour que ces branches cassent facilement et tombent dans la rivière. Parmi les millions de rameaux emportés par le courant, un seul peut-être échouera sur la berge et s'y replantera; le même arbre commencera alors à pousser ailleurs. Ce qui n'était autrefois qu'une brindille va tout faire pour devenir un tronc, et dans des conditions qu'elle n'avait jamais envisagées. Chaque saule possède plus de dix mille points de rupture de ce type et perd ainsi dix pour cent de ses branches chaque année. Au fil des décennies, l'un d'entre eux au moins parviendra à s'enraciner en aval, pour devenir un sosie génétiquement identique.

La plus vieille famille de plantes qui subsiste sur Terre est l'*Equisetum*, la prêle. La quinzaine d'espèces qui ont survécu jusqu'à nos jours a connu trois cent quatre-vingt-quinze millions d'années d'histoire de notre monde. Elles ont vu les arbres monter vers les cieux; elles ont vu les dinosaures naître et disparaître; elles ont vu les premières fleurs s'ouvrir et se répandre rapidement à travers le monde. Il existe une prêle hybride stérile connue sous le nom de *Equisetum ferrissii* qui ne peut se propager qu'en se répliquant à la manière des saules, en se cassant et en s'établissant ailleurs. Bien qu'ancienne et stérile, elle pousse de la

Californie à la Géorgie. A-t-elle traversé le pays comme un nouveau doctorant venu s'établir dans une université technique tentaculaire et y découvrir les magnolias, le thé glacé et les nuits sombres et humides pleines de lucioles et d'incertitude ? Non. *Equisetum ferrissii* a traversé le pays comme le simple être vivant qu'elle était. Elle s'est retrouvée ailleurs, et elle a fait du mieux qu'elle a pu.

Partie II
BOIS ET NŒUDS

1

Le Sud américain a quelque chose du paradis terrestre pour la plante. Les étés y sont chauds, mais qu'importe : les pluies sont abondantes et le soleil prévisible. Les hivers sont plus frais que froids et il ne gèle que rarement. La forte humidité qui y règne est comme un nectar pour la plante ; elle lui permet de se détendre et d'ouvrir grand ses pores pour s'hydrater de l'humidité ambiante, sans craindre l'évaporation de sa propre eau. Les plantes poussent dans le Sud comme nulle part ailleurs : peupliers, magnolias, chênes, caryers, noyers, marronniers, hêtres, sapins ciguës, érables, platanes, copalmes, cornouillers, sassafras, ormes, tilleuls et tupelos dominent un tapis de trilles, podophylles, lauriers, vignes sauvages et sumacs vénéneux. Dans ce monde de feuillus, les doux hivers sont une période indolente et dépourvue de feuilles, qui ne rend que plus spectaculaire l'explosion de verdure du printemps. En février, le Sud éclate d'une profusion de feuilles, chacune d'elles devenant plus grande, plus verte et plus épaisse au fil de l'été. À l'automne, les fruits abondants mûrissent et dispersent leurs graines, jusqu'à ce que toutes les feuilles tombent à l'approche de l'hiver.

Si vous ratissez des feuilles mortes et les observez, vous remarquerez qu'elles présentent toutes une cassure nette à la base de leur pétiole. La chute des feuilles est en réalité un ballet savamment orchestré. Les pigments verts sont tout d'abord retirés à l'arrière de la fine rangée de cellules qui marque la séparation entre le pétiole et la tige ou la branche. Puis, le jour mystérieusement choisi pour cela, ces mêmes cellules sont déshydratées, et deviennent faibles et cassantes. Le poids de la feuille suffit alors pour la faire plier, jusqu'à ce qu'elle se détache de la branche. Il ne faut à l'arbre qu'une semaine pour se débarrasser du travail de toute une année, comme d'une robe à peine portée mais déjà trop démodée pour être réutilisée. Vous imaginez-vous jeter tous vos biens une fois l'an, confiant de votre capacité à les remplacer en quelques semaines ? Ces arbres valeureux déposent leurs trésors à terre, où les vers et la rouille s'en emparent aussitôt. Ils savent mieux que tous les saints et les martyrs réunis que le trésor de l'année à venir est au Ciel, là où réside le cœur.

Les plantes ne sont pas les seules à connaître un essor spectaculaire dans le Sud américain. Entre 1990 et 2000, l'impôt sur le revenu collecté annuellement par l'État de Géorgie a plus que doublé quand Coca-Cola, AT&T, Delta Air Lines, CNN, UPS et des milliers d'autres entreprises d'envergure internationale se sont relocalisées dans la région d'Atlanta. Une partie de ces revenus a été redirigée vers les établissements d'enseignement supérieur afin de répondre aux besoins éducatifs d'une population en pleine expansion. Les bâtiments universitaires ont poussé comme des champignons, le nombre d'enseignants a grimpé en flèche, tout comme les inscriptions d'étudiants. À Atlanta, dans les années 1990, toutes les formes de croissance semblaient possibles.

2

Bill et moi avons passé nos premières années à Georgia Tech à concevoir et à reconcevoir, nuit après nuit, le premier Laboratoire Jahren, comme une petite fille s'amusant à habiller et à déshabiller sans cesse sa poupée préférée. Nous avons recouvert les murs de placo, divisé l'espace en deux pièces de moins de vingt-huit mètres carrés et les avons bourrées d'appareils – spectromètre, analyseur élémentaire et quatre rampes à vide. Nous avons rénové la hotte de ventilation pour la rendre fonctionnelle, même en cas de manipulation d'un produit aussi dangereux que l'acide fluorhydrique. Bill a aménagé des espaces de rangement supplémentaires sous chaque plan de travail et dans chaque meuble pour y caser tout ce dont nous avions besoin, et plus encore, tout ce dont nous n'avions pas besoin.

Nous accumulions de façon instinctive tout le matériel possible, en prévision de temps difficiles que Bill entrevoyait déjà. À l'Armée du Salut, nous avons déniché du vieux matériel de camping et quelques toiles d'amateurs pour décorer mon bureau. Nous sommes ressortis des entrepôts publics de surplus, où tout employé de l'État de Géorgie peut venir se servir dans la montagne d'équipements déclassés provenant des divers organismes gouvernementaux, avec quatre appareils photo argentiques 35 mm, un miméographe couvert d'encre et deux matraques de police. Si nous devions être des scientifiques pendant cinquante ans encore, qui sait de quoi nous aurions peut-être besoin un jour ?

Un soir de début décembre de cette première année 1997 reste particulièrement gravé dans ma mémoire, même s'il ressemblait à bien d'autres avant et à venir.

– Joyeuses fêtes ! ai-je dit en entrant dans le laboratoire. Quoi de neuf ?

La tête de Bill a surgi de sous le spectromètre de masse.

– Le Lutin n'est pas passé aujourd'hui, si c'est ce que tu veux savoir ! a-t-il hurlé en essayant de couvrir le boucan du compresseur à air, qui ressemblait vraiment à celui d'une vieille voiture essayant de démarrer. Bon Dieu, cette foutue machine va me rendre sourd !

– Hein ? Quoi ? Parle plus fort !

Le « Lutin » était le surnom que nous avions donné à l'étudiant qui travaillait dans l'immense laboratoire situé à l'autre bout du campus et que Bill avait rebaptisé l'« atelier du père Noël » en raison de son atmosphère étrange : dès l'entrée, vous étiez pris dans une nuée d'étudiants s'activant dans tous les sens, tous beaucoup trop occupés pour même vous dire bonjour. Nous analysions pour leur compte de nombreux échantillons de gaz, qui nous étaient livrés chaque jour par le Lutin en chef.

– S'ils s'attendent à ce qu'on travaille gratuitement, ils pourraient au moins respecter les horaires, ai-je grommelé.

Bill a haussé les épaules.

– C'est une période chargée pour le Lutin, a-t-il dit en désignant le calendrier du menton. Et peut-être qu'il a pas le cœur au boulot : il paraît qu'il veut devenir dentiste, maintenant.

Tout ça ne m'inquiétait pas vraiment : je venais d'envoyer la version révisée d'un article à un coauteur et je savourais la sensation de ce poids en moins sur mes épaules.

– Prêt pour le dîner ?

– Pourquoi pas ! a dit Bill en me suivant vers la paillasse des microscopes. Allez, c'est moi qui invite.

Reba, mon retriever de trente kilos, s'est étiré avant de sortir de son panier posé dans un coin. Heureuse de me voir, elle s'est avancée vers moi en remuant la queue, son os dans la gueule.

– Salut, ma belle. T'as faim ? lui ai-je demandé en lui caressant le dessus de la tête, là où son os occipital formait une protubérance que nous appelions « la Nageoire de la Bête ».

Pendant mon déménagement de la Californie vers la Géorgie, je m'étais perdue à la périphérie de Barstow en essayant de quitter la I-15 pour rejoindre la I-40. Je m'étais arrêtée quelque part près de Daggett Road, à l'est de Barstow, pour demander mon chemin à un camping-car garé là, et qui proposait des chiots à vendre avec de grands panneaux placés le long de la route. Lorsque je me suis accroupie pour demander aux petites boules de poils laquelle d'entre elles voulait venir avec moi à Atlanta, un chiot moucheté et dégingandé s'est maladroitement approché de moi en me regardant dans les yeux, avant d'essayer de me monter sur les genoux. Cinquante dollars plus tard, il était mon chien.

Comme moi, Reba a passé la plus grande partie de sa vie de chiot dans un laboratoire, à dormir sous les paillasses et à supplier Bill de partager avec elle ses repas à base de toasts au thon. L'arrivée de chaque nouvel étudiant suscitait toujours le même débat entre Bill et moi, à savoir s'il était aussi intelligent que Reba. La chienne a toujours refusé d'intervenir, consternée sans doute par notre manque de professionnalisme ou convaincue que la comparaison était évidente, ou peut-être les deux.

J'ai sorti une petite télévision portable de l'une des armoires, avant de pousser trois microscopes pour lui faire de la place. Il était presque onze heures du soir, et le *Jerry Springer Show* allait commencer. J'ai mis du popcorn au micro-ondes et ouvert deux cannettes de Coca light. Bill est entré avec neuf cheeseburgers McDonald's surgelés : trois pour moi, trois pour lui et trois pour Reba. Il en avait un jour acheté une quarantaine pour profiter d'une offre spéciale à vingt-cinq cents sur le campus et nous avions heureusement découvert qu'ils supportaient plutôt bien la congélation.

Bill et moi avions tous deux quitté la Californie assez endettés, suite à des achats aussi dissemblables que stupides, et nous étions jurés de rembourser le tout au plus vite dès que nous aurions trouvé un « vrai travail ». Notre vie a donc vite pris des allures d'expérience à long terme pour mesurer le peu qu'il nous fallait pour vivre chaque semaine, et les surgelés étaient devenus la base de notre alimentation.

Nous avons mangé devant la télé, en regardant un type en couche-culotte qui invoquait son droit à vivre sa vie de « bébé adulte » en vertu du Premier amendement, tout en agitant son biberon.

– Tu sais, je ferais n'importe quoi pour participer à l'émission de Jerry...

– Tu me l'as déjà dit, m'a répondu Bill la bouche pleine, tandis qu'un reportage montrait l'invité en train de se faire changer et talquer.

– Hé, j'ai une idée complètement dingue. Si on passait la soirée à travailler sur nos propres échantillons, pour une fois ?

Bill a joué le jeu.

– Tellement dingue comme idée que ça vaut le coup d'essayer. Mais avant, « aération de la Bête ».

Nous sommes sortis, et avons tous trois regardé les étoiles pendant que Bill fumait.

– Bon Dieu, ce paquet m'a coûté plus de deux dollars, se plaignait-il. Je vais avoir besoin d'une augmentation.

Un campus est illuminé chaque nuit jusqu'à l'aube, ce qui accentue un peu plus la désolation qui y règne le week-end. Les jours de semaine, l'université n'appartient à personne : elle bourdonne et palpite au rythme de ses occupants. Mais dès le vendredi soir minuit, elle prend un tout autre visage et n'appartient plus qu'à vous. Persuadé que vous êtes désormais le seul à travailler dans un rayon de quatre-vingts kilomètres, vous en faites juste assez pour vous sentir autorisé à quelques écarts. C'est là, au creux de ces vendredis nocturnes, que bat le cœur humble et honnête de la science, et la raison pour laquelle découvertes et âneries sont souvent les deux faces de la même pièce.

– Tiens, un penny terni à moitié enfoui dans la poussière de la gouttière, ai-je songé à voix haute en nettoyant le filtre du compresseur à air.

– Un penny qui te permettra d'acheter un café au lait de soja, a ajouté Bill. Après que quelqu'un t'a prêté trois foutus dollars et quatre-vingt-quatre cents.

Nous avions passé la semaine à réaliser des extractions de carbone organique, quelque chose de beaucoup plus amusant qu'il n'y paraît. Pendant près de deux cents millions d'années, des troupeaux entiers de dinosaures ont régné sur le monde, mais seul un nombre infime a été préservé dans la boue et le limon de leur époque – notamment dans le Montana –, où des propriétaires terriens ont eu un jour la surprise de tomber sur des ossements, il y a près de deux siècles. Ils ont été soigneusement mis au jour, décrits en détail, préparés avec des colles spéciales, exposés au public et étudiés pour la postérité. Mais d'autres fossiles, moins charismatiques et moins valorisés présentent à mon avis un intérêt bien supérieur.

Chaque trace brune présente à l'intérieur d'une roche abritant un fossile pourrait être le résidu d'une plante qui poussait à la même époque, et qui assurait la nourriture et l'oxygène nécessaires à ces reptiles géants. Ces traces n'ont rien de spectaculaire ni de photogénique, elles n'ont ni anatomie ni morphologie, mais il serait possible d'en tirer des informations chimiques intéressantes si nous parvenions à les isoler d'une manière ou d'une autre.

Les plantes vivantes sont riches en carbone, contrairement aux roches qui les entourent. Mes collègues et moi étions persuadés que si l'on parvenait à capturer et à isoler tout le carbone contenu dans ces taches présentes à l'intérieur de roches comportant également des fossiles de dinosaures, on pourrait alors découvrir de nouveaux types de végétaux fossiles. La chimie de leur carbone pourrait nous renseigner sur ces plantes, même si nous ne connaîtrons jamais la forme des feuilles qui avaient laissé ces traces.

Pour libérer le carbone organique – et uniquement le carbone – d'une roche, on piège le gaz qui s'en échappe lorsque l'on fait brûler l'échantillon. Quand on manipule des liquides, on utilise des béchers pour les contenir ou les verser. Pour les gaz, il faut un dispositif en verre spécial appelé rampe à vide – du même genre que celle que j'utilisais avant de provoquer une explosion quelques années auparavant.

Travailler à une rampe à vide, c'est un peu comme jouer d'un orgue d'église : les deux ont beaucoup de leviers à tirer et de molettes à tourner, dans le bon ordre et au bon moment. Les deux mains bougent en même temps, généralement pour accomplir des tâches différentes, car le piège à azote liquide et le circuit d'évacuation fonctionnent indépendamment. À la fin de la journée, la rampe à vide tout comme l'orgue doivent être refermés et entretenus avec soin, car tous deux sont de véritables œuvres d'art ; la seule différence étant qu'un orgue ne vous explosera pas à la tête si vous faites une erreur de manipulation.

– Bon dieu, ce que je déteste ce truc ! Bill s'est couvert les oreilles pour étouffer le toussotement rauque et mécanique de ce qui était probablement le compresseur à air le plus bruyant du monde.

– Je sais, c'est insupportable, mais un neuf, c'est mille deux cents dollars.

– N'y a-t-il personne quelque part qui nous doive quelque chose ? Tu devrais peut-être écrire une lettre au père Noël.

– Bill, t'es un foutu génie, tu sais ?

Et je le pensais sincèrement.

Bill faisait référence à l'exploitation croissante dont nous étions victimes de la part du « Professeur père Noël » (le patron du Lutin) et dont j'étais grandement responsable, l'ayant moi-même initiée dans l'espoir éhonté de m'attirer les bonnes grâces d'une personne aussi influente que lui. Après avoir lu certaines des publications de cet éminent professeur sur la chimie de l'oxygène, j'avais proposé d'effectuer gratuitement quelques analyses d'isotopes, et le projet avait depuis lors fait boule de neige (les jeux de mots s'imposaient d'eux-mêmes cet hiver-là). Il avait jugé nos premiers résultats « très intéressants », avant de réorienter toute l'énergie de son laboratoire vers la production de nouveaux échantillons. Nous avions naïvement accepté de nous en occuper, sous-estimant largement le nombre de réactions à l'oxygène que pouvaient réaliser une bande de lutins travaillant en chantant avec un marteau en bois le long d'une chaîne de montage.

Un peu plus tôt cet hiver-là, j'avais envoyé de nombreux e-mails au Lutin pour insister sur la mise en place d'un protocole d'étiquetage des échantillons, exigeant qu'ils soient marqués à l'encre rouge ou verte puis rassemblés par lots de dix à l'aide d'un ruban argenté. Mes efforts ont enfin été récompensés le jour où les échantillons sont arrivés en nombre suffisant pour que Bill comprenne la blague.

À en juger par tous les échantillons qui portaient son nom, l'utilisateur « Rudolph », par exemple, avait demandé près de trois cents analyses qui lui auraient coûté trente dollars pièce si elles avaient été facturées à un laboratoire privé. C'était donc décidé : j'allais écrire une lettre pour demander au père Noël de nous apporter un compresseur à air tout neuf et silencieux. Bill et moi nous imaginions déjà descendre les marches du sous-sol le matin de Noël pour découvrir notre paquet orné d'un gros nœud rouge, au pied de l'incinérateur à déchets biologiques.

– Commence par rappeler que nous avons été très, très sages cette année, a dit Bill.

– Va chercher le dico, je m'occupe de trouver une feuille à en-tête du département des sciences. Il faut que ce soit parfait.

J'avais bien l'intention de rendre l'exercice aussi amusant que possible.

– Je me demande s'ils ont des crayons de couleur, à l'accueil... a dit Bill.

Je me suis mise à fouiller dans mon sac à main pour retrouver la clé du placard à fournitures de bureau et suis tombée, dans l'une des poches, sur un paquet de Dragibus à peine entamé.

– Tu vas pas le croire, il vient de m'arriver le truc le plus extraordinaire dans l'histoire du monde...

Nous avons immédiatement remis cette lettre à plus tard, nous sommes assis à terre pour partager les bonbons, en nous disputant les orange et en mettant les bleus à la framboise de côté pour Reba – ses préférés.

Les cinquante-six heures de week-end qui s'annonçaient paraissaient interminables. Au matin, nous avions l'intention de nous proclamer les héritiers légitimes du contenu du frigo du département, mais à part ça, il n'y avait rien de prévu. Peut-être irions-nous crocheter la serrure de l'atelier des machines, notre petit musée personnel, pour admirer les immenses scies, perceuses et outils de soudure. Peut-être organiserions-nous une projection privée du *Septième Sceau* dans l'auditoire principal. Et peut-être y avait-il quelqu'un quelque part dans le monde d'aussi heureux que je l'étais cette année-là, mais pendant des nuits comme celle-là, j'avais du mal à l'imaginer.

3

Les plantes ont davantage d'ennemis qu'on ne peut en compter. Une feuille verte est considérée par la quasi-totalité des êtres vivants de cette planète comme de la nourriture. Des arbres entiers sont dévorés alors qu'ils ne sont qu'une graine ou une pousse tout juste sortie de terre. Une plante ne peut fuir les innombrables légions de ses prédateurs, qui constituent pour elle une menace permanente. L'humus du sol forestier grouille d'opportunistes qui considèrent toute plante, vivante ou morte, comme une source alimentaire. Parmi eux, les champignons sont peut-être les plus redoutables. Les champignons de la moisissure blanche et de la pourriture noire possèdent des substances chimiques à même d'accomplir ce dont aucun autre organisme n'est capable : faire moisir le cœur le plus dur et le plus résistant d'un arbre. Quatre cents millions d'années de bois – à l'exception de quelques éclats fossilisés – se sont ainsi décomposées vers l'atmosphère, dont elles sont issues. Cette destruction est l'œuvre macabre d'un seul groupe de champignons qui se nourrit des membres ligneux et des souches. On compte pourtant dans leur famille certains des meilleurs amis – peut-être les seuls – que les arbres aient jamais eus.

Vous pensez peut-être qu'un champignon n'est qu'un champignon. Cela revient à considérer qu'un pénis est un homme. Chaque champignon, du plus délicieux au plus toxique, n'est qu'un organe sexuel attaché à quelque chose de plus vaste et de plus complexe, caché dans le sol. Sous chaque pied de champignon s'étend une toile d'hyphes filandreuses, parfois sur des kilomètres, enroulée autour d'innombrables mottes de terre, et qui stabilisent la structure du paysage. Le champignon qui pousse en surface n'est qu'éphémère, tandis que le réseau qui l'arrime au sol prospère pendant des années dans un environnement plus sombre et plus riche. Une petite minorité de ces champignons – à peine cinq mille espèces – a stratégiquement établi une trêve profonde et durable avec les arbres. Ces champignons déploient leurs toiles enchevêtrées autour de leurs racines, partageant ainsi la tâche d'alimenter le tronc en eau. Les filaments explorent également le sol à la recherche de métaux rares comme le manganèse, le cuivre et le phosphore, qu'ils présentent ensuite à l'arbre comme le feraient des rois mages.

La lisière d'une forêt est un *no man's land* hostile, et si les arbres ne s'y aventurent pas, c'est qu'ils ont leurs raisons. À quelques centimètres de cette frontière, le terrain est trop sec, trop sombre ou trop exposé au vent ou au froid pour permettre la croissance d'un arbre de plus. Il arrive pourtant parfois que la forêt s'étende et gagne en superficie, mais il faudra des siècles pour qu'une plantule parvienne à conquérir cette terre inhospitalière et supporte des années de pénurie. Pour cela, elle est toujours lourdement armée d'un champignon symbiotique souterrain. Tant de choses se liguent contre ce petit arbre, même si, grâce au champignon, sa fonction racinaire est deux fois plus importante.

Cette association a un prix: pendant les premières années de sa vie, la plus grande partie du sucre que la plante produira dans ses feuilles sera directement pompée par les champignons. Les filaments qui ont colonisé ses racines en difficulté ne les pénètrent pas, la plante et le champignon demeurant physiquement séparés tout en travaillant en étroite association. Ils s'ancrent l'un à l'autre. Ils travailleront ensemble jusqu'à ce que l'arbre soit assez haut pour atteindre la lumière, au sommet de la canopée.

Pourquoi sont-ils ensemble, l'arbre et le champignon ? Nous n'en savons rien. Le champignon pourrait très bien vivre seul, mais il choisit de s'entremêler à l'arbre plutôt que de mener une existence indépendante et plus facile. Il s'est adapté pour rechercher la douceur sucrée qui coule dans les racines de la plante – un de ces nectars étranges et concentrés qu'on ne trouve nulle part ailleurs dans la forêt. Peut-être le champignon pressent-il aussi que lorsqu'il fait partie d'une symbiose, il n'est plus seul.

4

Le sol est une chose étrange, dans la mesure où il n'est pas vraiment quelque chose en soi, mais plutôt le produit de la rencontre de deux mondes. Le sol est le « graffiti » naturel issu des tensions entre le biologique et le géologique.

De retour en Californie, Bill et moi avons décidé que nous enseignerions notre cours de pédologie différemment de ce que nous avions connu. Plutôt que de faire remplir des formulaires aux étudiants et de leur faire cataloguer des données, nous leur apprendrions d'où vient le sol et comment il se forme. Nous ferions en sorte qu'ils le regardent vraiment, le touchent, le dessinent et le décrivent avec leurs propres mots. Nous avions pour cela développé un protocole d'enseignement assez simple : choisir un endroit et creuser. Creuser jusqu'à ce que le sol apparaisse dans son entier, de sa base à sa surface. Exposer ce qui est caché, et en révéler les secrets.

Il est facile d'indiquer ce qui est vivant autour de soi : une feuille verte, un ver qui se déplace, une racine qui absorbe l'eau. En profondeur, on ne trouve qu'une roche dure et froide, tout aussi ancienne que les collines aux alentours : rien n'y respire, rien n'y bouge, rien n'y vit. Ce que nous appelons « sol » est ce qui se trouve entre ces deux extrêmes, vivant et non vivant. Au sommet, l'influence du vivant est la plus évidente : les débris de végétaux morts s'y décomposent en une boue sombre qui suinte et tache tout ce qui la touche. La couche la plus profonde du sol tient davantage de la roche : en s'infiltrant, les eaux l'ont peu à peu dissoute, créant une sorte de pâte que l'alternance de cycles secs et humides a transformée en une strate distincte de la roche intacte, située en dessous. Au milieu, entre le sommet et la base du sol, ces deux substances interagissent, zébrant parfois le sol de ces couleurs criardes qui nous avaient tant frappées lorsque nous avions traversé le Sud de la Géorgie en voiture.

Bill est un évangéliste né, capable de prêcher le sol grâce à son talent inné pour déceler ses subtilités chimiques, les nuances de ses couleurs et ses degrés de textures, que lui seul parvient à identifier depuis le fond de son trou. Il peut comparer le profil devant lequel il se trouve à des dizaines d'autres stockés dans sa mémoire, avec une précision aussi insupportable que déconcertante. Je l'ai vu plusieurs fois se lancer dans des monologues spectaculaires dans des pubs irlandais (parfaitement sobre), pour expliquer pourquoi la découverte de nouvelles couleurs dans de nouvelles combinaisons du sol était ce qu'il aimait le plus dans son travail.

Pendant l'été 1997, nous avons emmené cinq étudiants sur le terrain pour leur apprendre à caractériser et cartographier un sol. C'était une première pour eux excepté un, un étudiant de Bachelor qui consacrait une grande partie de son temps à faire du bénévolat au laboratoire. Bill et moi nous étions pris d'affection pour lui, et nous l'avions invité à nous accompagner dans chacun de nos déplacements en lien avec nos recherches ou notre enseignement.

En camping, le meilleur moyen d'éviter que les gens se plaignent de la nourriture est de leur confier la responsabilité de la cuisine à tour de rôle, et notre mascotte de premier cycle s'était immédiatement portée volontaire. Voulant à tout prix nous impressionner, il avait apporté des conserves, des épices et des pommes de terre qu'il avait pelées et fait ramollir ; il n'avait pu toutefois se mettre à ses casseroles avant onze heures du soir, après notre retour au campement.

Faire bouillir de l'eau sur un feu de camp est atrocement lent, et j'ai donc été consternée de le voir remettre une nouvelle et énorme casserole d'eau froide sur le feu pour la faire bouillir après avoir retiré les pommes de terre qu'il venait de faire cuire. Plutôt que de se contenter de nous les distribuer avec une fourchette, ce qui aurait déjà été de la haute cuisine selon nos critères, il s'est mis à les écraser en y ajoutant la farine qu'il avait sortie de son sac à dos. Je me suis inquiétée en voyant le processus de cuisson recommencer, et lui ai demandé ce qu'il faisait.

– Des boulettes de pomme de terre hongroises, m'a-t-il répondu. Ma grand-mère en faisait. Vous allez voir, vous allez adorer.

Nous avons mangé vers trois heures du matin.

– Hé, je crois qu'on a trouvé ton petit nom : Boulette ! me suis-je exclamée en m'asseyant enfin pour manger.

Le visage de l'étudiant s'est illuminé : il était ravi de l'intimité professionnelle qu'impliquait une blague que nous étions les seuls à comprendre.

– Je ne l'appellerai pas Boulette, a dit Bill avec un air renfrogné, en se penchant sur son assiette.

Il était fatigué, affamé et pas d'humeur à plaisanter.

La nuit était chaude et calme, et on entendait un chœur de grenouilles coasser quelque part dans l'obscurité. Nous avons tous mangé en silence et en avalant les délicieuses boulettes que notre étudiant avait préparées en quantités insensées. Pendant que nous débarrassions, Bill a été le premier à faire un commentaire.

– Bon dîner, Boulette, a-t-il dit solennellement en ramassant les bols vides.

Quel qu'ait été le vrai nom de cet étudiant, je l'ai oublié, car aucun de nous ne l'a plus jamais appelé autrement depuis. Et je n'ai jamais rien mangé d'aussi bon depuis non plus.

Nous avions choisi de creuser dans le comté d'Atkinson, que nous appelions notre « nirvana », car si la région ne semblait pas à première vue d'un grand intérêt, ses sols étaient sans égal, que ce soit dans l'un des quarante-neuf autres États ou l'un des cinq continents que nous avions visités. Nous avions découvert ce site de la même manière que la plupart des autres : depuis la fenêtre de notre voiture. Si vous traversez la Géorgie depuis la plaine du Piedmont, près d'Atlanta, vers le sud-est et l'océan Atlantique, vous longerez une traînée de poussière rouge, vestige de résidus broyés par le temps de ce qui fut probablement une chaîne de montagnes dans une ère géologique lointaine.

Alors que nous roulions sur l'autoroute 82 en direction des marais d'Okefenokee quelques mois plus tôt cette année-là, nous avions repéré un fossé de sable d'un blanc crémeux sur lequel on semblait avoir jeté des seaux de peinture abricot. À cette époque, Bill avait encore souvent besoin de pauses cigarette, ce qui nous donnait l'occasion de nous arrêter pour inspecter le paysage. Près de Willacoochee, la « peinture » s'est avérée être une bande de fer oxydé dans un oxisol, un type de sol rare, et cet endroit est immédiatement devenu un incontournable de nos formations de terrain.

Lorsque nous arrivons sur un site avec les étudiants, nous commençons par décharger les pelles, les pioches, une bâche, les tamis, les produits chimiques et un grand tableau noir avec des craies de couleur. Nous creusons un trou, de plus en plus profond, jusqu'à ce que nos pelles butent contre la roche dure, en faisant en sorte, sur un des côtés, de créer une face d'observation aussi plane que possible. Une fois notre trou suffisamment profond, nous l'élargissons pour ouvrir une « fosse » assez grande pour que trois personnes puissent y tenir, et qui pourront alors évaluer la continuité latérale des propriétés du sol. Il faut des heures pour creuser un profil pédologique complet, et l'opération est d'autant plus pénible que l'argile est épaisse et la terre gorgée d'eau.

Lorsque nous creusons ensemble, Bill et moi effectuons une sorte de danse : l'un « jette », l'autre « attrape » – l'un entaille le sol avec une pioche, pendant que l'autre recueille la terre dans une pelle placée en dessous. Lorsque la pelle est pleine, nous la remplaçons par une autre et vidons la première sur le côté. Contrairement à ce qui se passe lors de travaux de construction, toute la terre du trou doit être déblayée, de sorte que le fond soit libre et qu'il permette une observation complète du profil. Même si nous évitons de tasser le sol au niveau de notre coupe, il se trouve toujours un étudiant ou deux pour venir nous observer depuis en haut et le piétiner, avant que nous les chassions comme les écureuils qui s'aventurent parfois sur notre campement. Quand nous demandons des volontaires pour creuser, c'est généralement l'étudiant qui a grandi à la ferme qui se propose. Les autres n'ont en général pas vraiment envie de creuser. Avant l'apparition des téléphones portables, ils restaient les bras croisés à nous regarder pendant des heures, ce qui nous énervait. Aujourd'hui, ils se détournent discrètement pour essayer de capter le réseau.

Une fois que nous pouvons voir le sol de haut en bas, nous insérons nos « piquets » – de vieux crampons de chemin de fer repeints en orange vif – et les insérons à la limite de ce que nous estimons être des couches. Bill et moi discutons de l'orientation du soleil et de la question de savoir si chaque détail est réel ou n'est qu'une ombre, en nous efforçant de nous convaincre mutuellement, comme deux avocats réglant un contentieux en l'absence de juge et devant un jury profondément ennuyé.

Les frontières entre les strates d'un sol sont parfois aussi nettes que dans un marbré au chocolat, mais elles peuvent être au contraire aussi floues qu'un glissement de teinte dans un carré rouge de Mondrian. Bien qu'ils constituent la base de toutes les données qui suivront, le nombre et l'emplacement de ces « horizons » constituent l'étape la plus subjective de l'exercice, et chaque scientifique possède sa façon de faire en la matière. Certains estiment, comme moi, que nous créons de l'art moderne à partir du paysage, et qu'il est préférable que le résultat soit une sorte de grand tout dépourvu autant que possible de règles pour guider le regard. On nous surnomme les « agrégateurs », en raison de notre tendance à regrouper les détails au fur et à mesure de la progression de notre travail.

D'autres, comme Bill, ressemblent plus aux impressionnistes, convaincus que chaque coup de pinceau a son importance. Ce sont les « fractionneurs », car ils subdivisent les détails les plus subtils en catégories distinctes au fur et à mesure de leur analyse. La seule façon de réaliser une bonne analyse du sol est de jeter dans une fosse un agrégateur et un fractionneur et de les laisser se battre jusqu'à ce qu'ils parviennent à un résultat qu'ils estiment correct sans en être pleinement satisfaits. Livré à lui-même, l'agrégrateur creusera pendant trois heures, marquera les horizons en dix minutes et poursuivra gaiement son chemin. Livré à lui-même, le fractionneur creusera un trou pour ne plus en ressortir. Agrégateurs et fractionneurs ne sont donc productifs que lorsqu'ils sont obligés de travailler ensemble, et bien que leur collaboration produise d'excellentes cartes, ils reviennent rarement en très bons termes de leurs sorties de terrain.

Une fois les différents horizons du sol négociés avec succès, un échantillon de chaque couche est prélevé, transporté sur la bâche et soumis à une batterie d'analyses pour en déterminer l'acidité, la salinité, les niveaux de nutriments et autres attributs chimiques. À la fin de la journée, les résultats sont reportés sur le tableau noir sous forme de graphiques et de coupes schématiques, et une longue discussion s'engage sur ce que les propriétés visuelles et chimiques, considérées conjointement, impliquent quant à la fertilité de ce sol – la « fertilité » étant sans doute un des concepts les plus grandioses et imprécis que la science ait jamais produit.

Un stage dure typiquement environ une semaine, avec l'analyse d'un nouveau sol chaque jour et cent cinquante kilomètres de route à la suite, jusqu'au prochain site. Cinq jours et sept cent cinquante kilomètres sont suffisants pour donner une bonne idée de la diversité des sols d'un paysage à l'autre et pour sensibiliser les étudiants à l'état d'esprit à la fois réfléchi et chaotique dont il faut faire preuve dans ce domaine. À la fin du voyage, l'expérience se sera avérée aussi passionnante pour certains que pénible pour d'autres, et aura probablement décidé de leur spécialisation par la suite.

J'ai le sentiment d'apporter bien plus à mes étudiants en les traînant dans la boue pendant cinq jours qu'en restant tout un semestre derrière mon bureau, et c'est pourquoi Bill et moi avons des dizaines de milliers de kilomètres de formation au compteur.

Bill est l'enseignant le plus patient, le plus attentionné et le plus respectueux que j'aie jamais vu. Il prendra autant de temps que nécessaire, parfois plusieurs heures, pour aider un étudiant à assimiler un concept. Il ne se contente pas de recracher le contenu d'un manuel, mais montre concrètement aux étudiants comment fonctionne une machine, comment elle pourrait tomber en panne et comment la réparer au besoin. Quand ils l'appellent à deux heures du matin parce qu'ils n'arrivent pas à faire fonctionner un appareil, il s'extirpe de son lit pour venir les aider – quand il n'est pas déjà au labo, bien sûr. Il pousse inlassablement les plus lents à réussir, bien longtemps encore après que je me suis découragée ou ai estimé qu'ils ne faisaient pas assez d'efforts.

Bien sûr, les étudiants de vingt ans étant ce qu'ils sont, la plupart tiennent Bill pour acquis, saufs ceux qui comprennent qu'à la fin, leur thèse lui doit autant qu'à eux-mêmes. Quoi qu'il en soit, le meilleur moyen de se faire virer de mon labo est de lui manquer ouvertement de respect. On peut me traiter de tous les noms, mais Bill est intouchable. De son côté, il se plaint de chaque étudiant avec la même méchanceté dédaigneuse – ce qui ne l'empêchera pas de passer une énième journée à leurs côtés pour les aider.

Vers dix-sept heures ce jour-là, dans le Sud de la Géorgie, nous avons rebouché le trou que nous avions creusé et remballé tout notre matériel. Nous nous sommes arrêtés à Waycross pour faire le plein d'essence et de bonbons. Pendant que nous discutions des mérites comparés des barres de chocolat Hershey's et Starburst, Boulette s'est approché de nous :

– J'ai pas envie d'aller voir Stuckie. J'en ai marre de lui. Et je crois qu'il fait flipper Reba.

Lors de chacune de nos excursions, nous réservions un peu de temps à une activité « enrichissante », et Boulette n'avait pas envie de visiter une nouvelle fois celle que nous avions pris l'habitude de ne pas rater lors de nos passages dans la région. « Stuckie » est un chien fossilisé exposé au musée Southern Forest World, et plus unique encore qu'il n'y paraît. D'après l'expertise paléontologique, il s'agirait des restes d'un chien qui aurait couru jusqu'à un arbre creux, « probablement à la poursuite d'un animal » et qui y est resté coincé (*stuck*) jusqu'à sa mort. L'arbre s'est progressivement fossilisé avec le chien momifié à l'intérieur, préservant pour l'éternité une scène digne de *Tom et Jerry*.

Stuckie me fascinait, et j'adorais l'imaginer en Créon pénétrant dans la tombe d'Antigone, les traits déformés par la douleur et les remords. Lorsque je me suis souvenue que Reba refusait en effet toujours de s'approcher de la scène macabre, j'ai réalisé que de son point de vue, Stuckie était une sorte de Yorick canin dont l'odeur lui inspirait probablement de sombres méditations sur la place du chien dans l'univers. Je me suis promis intérieurement de m'excuser auprès d'elle quand je l'accompagnerais pour fouiner du côté de la benne à ordures – après avoir enfilé mon maillot des Orioles de Baltimore, dont l'orange vif était censé me rendre plus visible quand je me promenais au bord de l'autoroute.

– Je ne sais pas, ai-je dit. Bill a vraiment très envie d'aller voir Stuckie.

Bill était mitigé.

– Vous me gâchez le plaisir avec vos histoires de Grecs à la con. Et qui commencent à chaque fois un peu plus tôt, d'ailleurs.

– Bon, on fait quoi à la place? ai-je demandé à Boulette.

Bill m'a lancé un regard noir, furieux que je laisse un étudiant décider de la suite du programme. La tradition voulait que nous fassions un truc à touristes avant de rentrer chez nous.

– Et l'endroit qu'on voit toujours sur les panneaux d'affichage? La « Jungle des singes »? Ça a l'air cool, non? a proposé Boulette.

J'ai jeté mon sac à dos dans le minibus et sifflé pour rappeler Reba.

– Eh bien, ça sera la Jungle des singes, alors. En voiture! ai-je lancé au groupe.

– Pourquoi pas? Ça n'est qu'à huit heures d'ici, a grogné Bill en me fusillant du regard.

Je lui ai envoyé un sourire en retour et, une fois qu'il eût compris que je ne plaisantais pas, nous nous sommes mis en route.

C'est toujours Bill qui conduit le minibus. Une fois sur l'autoroute, il se place derrière le plus gros camion qu'il voit passer et le suit à une distance raisonnable sur autant de kilomètres que possible. Je n'ai jamais le droit de conduire parce que je n'ai pas la patience qu'exigent ces grands espaces : mon esprit vagabonde et l'asphalte de la route finit toujours par me sembler plus flexible qu'il ne l'est. Mon rôle consiste plutôt à parler pendant des heures en imaginant des histoires suffisamment aberrantes pour le faire rire, ce qui devient de plus en plus difficile au fur et à mesure du trajet.

J'ai longtemps cru que Bill roulait toujours au pas parce qu'il se sentait responsable de notre fret étudiant. Mais après avoir été informée des moindres détails de la vie de tous les véhicules qu'il avait un jour possédés, je me suis dit qu'il devait en fait ignorer qu'ils étaient capables de dépasser les cent kilomètres-heure. J'avais quoi qu'il en soit adopté l'attitude consistant à me dire que je pouvais voyager avec lui n'importe où dans le monde, tant que j'étais d'accord de me cantonner au siège passager. Une fois acté que nous n'irions pas voir Stuckie, il n'y avait rien d'autre à faire que de prendre l'autoroute et de filer vers le sud.

À une dizaine de sorties avant la Floride, nous avons vu un énorme panneau d'affichage tout noir avec ces deux mots écrits en rose néon : « CUL NU ». Ça me turlupinait de ne pas comprendre de quoi il s'agissait.

– Ça veut dire quoi ? me suis-je interrogée à voix haute. C'est un bar ? Un club de strip-tease ? Un vidéoclub ou un truc du genre ?

– Ça me semble assez clair, a dit Bill. Ça veut dire que si tu sors de l'autoroute, il y a un truc qui t'attend cul nu à la sortie ou pas loin.

– Mais je veux dire, c'est une femme, un homme, un rat-taupe ou quoi ? Ou ça veut dire que tu as la possibilité de te mettre complètement nu ?

– Ça doit être un code des tarés du coin pour un truc vraiment tordu, a suggéré l'étudiant du groupe, qui ne manquait pas une occasion de critiquer tout ce qui se trouvait au Sud de la ligne Mason-Dixon.

– Écoute, a dit Bill, si tu es le genre de gars qui va quitter l'autoroute après avoir vu un panneau comme ça, tu es probablement aussi le genre de gars qui se fout de savoir de quel genre de cul il s'agit. Dès que tu vois les mots « cul » et « nu », tu ralentis et tu y vas.

– Pourquoi supposez-vous que ce serait forcément un type qui irait dans un endroit pareil ? a fait remarquer l'un des étudiants les plus politisés du groupe.

Bill a secoué la tête et a gardé les yeux fixés sur la route, préférant ne pas répondre à la question.

Heureusement, le panneau publicitaire suivant a mis tout le monde d'accord : « Explorez la Jungle des singes ! Le parc où vous êtes en cage et les singes en liberté ! » Nous avons tous crié de joie.

– On ne doit plus être très loin, a dit un étudiant, plein d'espoir.

Bill a haussé les épaules

– En tout cas, on est en Floride.

Nous venions de passer un panneau marquant la frontière et nous souhaitant la bienvenue au Sunshine State. Le parc vers lequel nous nous dirigions se trouvait aux alentours de Miami, à sept heures de route encore vers le sud.

Lorsque nous sommes enfin arrivés sur le parking, à une heure du matin, la Jungle des singes ne nous a plus paru si engageante : toutes les lumières étaient éteintes et une lourde chaîne entravait l'entrée. À peine le moteur coupé, Bill a sauté de son siège pour inspecter le panneau de la porte, et inhaler des feuilles séchées de *Nicotiana tabacum*, comme il disait. Les étudiants ont jailli du minibus comme des billes s'échappant de leur sac, certains disparaissant à l'écart tandis que d'autres se regroupaient sur place. Bill est revenu vers nous et nous a proposé d'installer nos tentes sur l'herbe devant l'entrée, pour dormir jusqu'à l'ouverture du parc à neuf heures trente.

– J'imagine qu'à un moment ils nous réveilleront quand ils ouvriront la boutique, a-t-il dit en tirant sur sa cigarette.

– Comme ça, on sera les premiers ! a ajouté Boulette avec enthousiasme.

– Je sais pas si c'est une bonne idée, ai-je dit. Les singes, ça crie pas comme les coqs, au lever du jour ?

– À toi de nous le dire, a répondu Bill en éteignant sa cigarette. C'est toi qui couches avec un singe.

Il faisait allusion à mon dernier flirt – plus ou moins régulier – du moment, et qui n'était certes pas une lumière. Je me suis contentée de lui répondre avec un sourire narquois. Il a sorti les glacières du coffre et a commencé à monter ma tente avant de s'occuper de la sienne, signe qu'il avait simplement voulu plaisanter. Pour lui montrer que je n'étais pas vexée non plus, j'ai commencé à investiguer la glacière pour trouver une idée de repas.

– J'ai l'impression que ça va être « dîner au bâton », ce soir, ai-je annoncé après avoir fait le bilan du peu à disposition.

– Génial ! s'est exclamé Bill, qui avait monté les tentes en un temps record, c'est ce que je préfère, a-t-il ajouté sans sarcasme.

Il est revenu les bras chargés de bois et a commencé à allumer un feu. Avant chaque expédition, nous passions à l'atelier de menuiserie de l'université récupérer les chutes de bois destinées au broyeur, puis au centre de recyclage pour prendre quelques cartons. En quittant la ville, nous achetions autant de bûches allume-feu que de jours de voyage, et de la nourriture un peu au hasard ; nous étions alors prêts pour le camping. Tout ça servait à faire ce que j'appelais un « feu à la Andy Warhol », à savoir une bûche allumée et alimentée en continu avec ce que nous avions récupéré. Les flammes étaient toujours très vives et on pouvait parfaitement y faire cuire son repas, à condition d'avoir des manches ininflammables et d'être prêt à manger des trucs froids et crus au milieu.

Le principe du dîner au bâton était que chacun devait trouver un bâton, y enfiler ce qu'il voulait, le mettre sur le feu, le manger et voilà, c'était le dîner. La seule règle était que si vous tombiez sur quelque chose de vraiment bon, vous deviez ensuite en faire pour tout le monde, ou au moins essayer de le refaire et de partager le résultat. Boulette, décidément très en forme cette fois-là, avait réussi à pocher des poires en utilisant une cannette de Coca coupée en deux et ingénieusement piquée sur son bâton. Le groupe a unanimement désigné cette création enrobée de chocolat fondu comme le summum absolu de la cuisine de camping, à l'exception de ses boulettes, bien sûr, et tout le monde s'est endormi heureux.

Peu de temps après, j'ai été brusquement réveillée par quelqu'un avec une voix grave et une lampe torche braquée sur ma tente. J'ai glissé ma tête à l'extérieur :

– Je peux vous aider, Monsieur l'agent ?

Surpris de découvrir une femme à peu près propre et lucide plutôt que le type sale et incohérent auquel il s'attendait, le policier m'a demandé ce que nous faisions là. Je lui ai donné tous les détails de notre voyage, en insistant sur le devoir pédagogique qui était le mien, à savoir réaliser le souhait d'un étudiant particulièrement talentueux et qui était de visiter la célèbre Jungle des singes avant que sa brève jeunesse ne se soit envolée.

Comme souvent quand je me retrouve dans ce genre de situations, le scepticisme autoritaire de l'agent s'est vite transformé en hospitalité quand j'ai commencé à en rajouter sur la qualité exceptionnelle des sols merveilleux et incomparables de Floride. Quelques minutes plus tard, il nous offrait tout ce qu'il était en mesure de nous proposer, de la surveillance policière pour le reste de la nuit à l'escorte particulière pour notre retour vers Atlanta. J'ai refusé poliment son offre en lui assurant que je ne manquerais pas d'appeler le 911 si j'avais besoin de quoi que ce soit, et nous nous sommes séparés en excellents termes.

Après son départ, Bill a sorti la tête de sa tente.

– Magistral. Tu m'impressionnes.

J'ai levé les yeux vers le ciel étoilé et j'ai profondément respiré l'air humide.

– Mon Dieu... ai-je dit, contente de moi. J'adore le Sud.

Nous avons eu une nouvelle preuve de l'accueil incomparable des États du Sud le lendemain matin : le parc nous a ouvert ses portes bien que les cinquante-sept dollars que Bill et moi avions réussi à trouver au fond de nos poches étaient insuffisants pour nous acquitter de l'entrée. Une fois passé le hall qui menait à la « jungle », nous avons été immédiatement noyés sous les cris d'un groupe de singes qui nous avaient repérés.

– Bon Dieu, c'est comme si on arrivait au labo, a grimacé Bill avec cette expression typique de ses débuts de migraine.

Nous nous trouvions dans une vaste cour située à l'intérieur d'un complexe immobilier dont l'architecture n'était guère différente de celle d'un bâtiment administratif des années 1970. De larges bandes de grillage formaient une arche au-dessus de nos têtes et qui semblait avoir été rafistolée à plusieurs reprises.

La Jungle des singes était en effet une réplique de mon laboratoire, et plus j'y réfléchissais, plus la comparaison me semblait évidente. L'ambiance générale était peut-être un peu plus survoltée ici, mais chacune de nos activités de recherche trouvait là son équivalent simiesque. Trois macaques de Java, qui se creusaient la tête sur un problème qu'ils ne parvenaient ni à résoudre ni à abandonner, ont bondi dans notre direction en supposant que nous étions une partie de la réponse. Un gibbon à mains blanches était étendu de tout son long sur notre passage grillagé, soit endormi, soit mort, soit quelque chose entre les deux. Deux petits singes-écureuils semblaient rejouer leur propre version d'une pièce de Samuel Beckett, aussi dépendants l'un de l'autre qu'ils avaient l'air de se détester. À quelques centimètres à peine, deux autres de leurs congénères semblaient eux aussi, très bien s'entendre.

Un singe hurleur assis seul sur sa branche gémissait tout le Livre de Job dans sa langue natale, et levait régulièrement les bras au ciel dans une supplication séculaire implorant la raison pour laquelle le juste doit souffrir. Un tamarin aux mains rousses accroupi dans son coin et à l'air paranoïaque se frottait les mains en complotant quelque chose. Deux magnifiques cercopithèques dianes s'épouillaient mutuellement en laissant leur esprit dériver sur un océan d'ennui. Un petit groupe de capucins arpentait le périmètre d'un pas lent, fouillant compulsivement les mangeoires vides à la recherche du raisin sec dont ils étaient persuadés qu'il se trouvait là une minute auparavant.

– Tout singe est le singe d'un autre, me suis-je dit à voix haute.

J'ai alors remarqué que Bill se tenait immobile à l'autre bout de la cour, devant un singe-araignée. Seul les séparait le treillis de métal rouillé. Ils avaient tous deux la même coiffure, la même tignasse brune, brillante et hirsute qui partait dans tous les sens, Bill ne s'étant guère coiffé autrement qu'en se grattant vigoureusement la tête ces deux dernières semaines. La même toison sombre couvrait une partie de leur visage et, à la façon dont leurs bras athlétiques retombaient le long de leur corps, on devinait que leur nonchalance n'était qu'apparente. Les yeux sombres et limpides du singe-araignée étaient grand ouverts et on aurait dit à son expression qu'il était dans un état de choc permanent.

La fascination entre l'homme et le singe était telle que plus rien ne semblait exister autour d'eux. À mesure que je les observais, je sentais monter en moi les crampes typiques d'un fou rire à venir.

Sans détourner le regard, Bill a dit :

– C'est comme se regarder dans un putain de miroir.

Je n'ai pu retenir mon rire plus longtemps et me suis retrouvée pliée en deux, à n'en plus pouvoir.

Quand Bill en a eu assez, le singe et lui sont repartis chacun de leur côté. Dans la dernière salle du parc, un énorme gorille prénommé King nous attendait entre ses quatre murs de béton, qui ressemblaient aux cellules d'isolement des prisonniers de ma propre espèce. Sa masse de cent quarante kilos avachie sur le carrelage du sol, il tenait d'un pied un crayon de couleur qu'il frottait mollement sur un morceau de papier. Les murs de la salle étaient couverts de ses « œuvres » exécutées avec la même technique. Prises dans leur ensemble, elles témoignaient d'une impressionnante cohérence artistique.

– Au moins, lui, il publie, ai-je fait remarquer.

Un panneau décrivait le braconnage, les maladies et les divers dangers qui pesaient sur les gorilles des plaines dans leur Afrique natale, mais il était difficile d'imaginer un coin de Congo plus sinistre que le confinement abject dans lequel King se trouvait en Floride. Une deuxième plaque informait le visiteur que l'œuvre prolifique de King était en vente à la boutique du musée et qu'une partie des recettes irait à la rénovation et à l'agrandissement de son enclos. S'il avait eu un pistolet entre les mains, je suis prête à parier qu'il se serait fait sauter la cervelle, mais comme il n'était armé que d'un crayon, il semblait faire contre mauvaise fortune bon cœur. Tout en attendant que les étudiants finissent de distribuer leurs raisins secs aux singes, je me suis juré intérieurement de ne plus jamais me plaindre de mon sort.

– J'espère que ce pauvre bougre va se faire titulariser, a soupiré Bill, à l'autre côté de la pièce.

– Oh, je ne m'en ferais pas pour ça. On dirait que le parc le considère comme un permanent et qu'il rapporte de l'argent.

Bill m'a regardé.

– Je ne parlais pas du gorille.

Nous avons laissé nos dernières pièces de monnaie dans la boîte en plexiglas, mais avons traversé la boutique de souvenirs sans user de nos cartes de crédit pour acheter un tableau de King.

– J'y connais peut-être pas grand-chose en art, mais je sais ce que j'aime, a dit Bill en partant.

De retour sur le parking, j'ai demandé aux étudiants de profiter des toilettes avant le départ, car une longue route nous attendait. Je rêvais du jour où ma promotion me permettrait de me faire faire un T-shirt personnalisé avec l'inscription « JE NE SUIS PAS TA MÈRE » et que je pourrais porter au travail.

Une fois tout le monde installé dans le minibus et les portes refermées, j'ai enlevé mes chaussures de randonnée et ouvert une cannette de Coca light pour Bill.

– Nous sommes allés à la Jungle des singes pour en savoir plus sur les singes, mais en cours de route, c'est sur nous-mêmes que nous en avons appris, ai-je dit en riant et en prenant ma voix la plus mielleuse.

– Putain, je me suis rencontré moi-même, a marmonné Bill en levant le cou pour faire marche arrière.

Une fois sur l'autoroute I-95, j'ai mis les pieds sur le tableau de bord et m'apprêtais à reprendre mon rôle habituel consistant à faire passer le temps au groupe. J'étais sur le point de lancer un débat sémantique en leur demandant s'il fallait voir la Jungle des singes comme un parc de singes ou un parc pour les singes, mais j'ai finalement décidé de ne pas le faire après avoir jeté un œil dans le rétroviseur et constaté que Boulette dormait déjà comme un bébé.

5

La vie d'un arbre à feuilles caduques est régie par son budget annuel. Chaque année, entre la courte période allant de mars à juillet, il doit faire pousser un nouveau couvert de feuilles. S'il échoue à atteindre son quota, un rival occupera l'espace qui était jusqu'alors le sien, initiant du même coup le long et lent processus par lequel il cédera peu à peu du terrain, avant de finir par mourir. Si un arbre espère être encore vivant durant les dix années à venir, il n'a d'autre choix que de réussir sa feuillaison, cette année comme les suivantes.

Prenons par exemple un arbre plutôt modeste et banal, comme l'érable ornemental qui pousse peut-être dans votre rue. Un érable décoratif, à peu près de la hauteur d'un lampadaire – et non un érable majestueux, qui atteint sa pleine envergure en forêt – un arbre de quartier discret, dont la hauteur n'atteint que le quart de celle de son royal *alter ego*. Lorsque le soleil se trouve à la verticale, ce petit érable projette une ombre à peu près équivalente à la surface d'une place de parking. Mais si l'on arrachait toutes ses feuilles pour les étendre les unes à côté des autres sur le sol, on couvrirait trois de ces emplacements. En laissant pendre isolément chacune de ses feuilles, l'arbre décuple sa surface d'exposition à la lumière. Si vous observez son sommet, vous remarquerez que les feuilles y sont en moyenne plus petites que celles situées près du sol. Cela lui permet de capter la lumière du soleil près de sa base lorsque le vent souffle et écarte les branches supérieures. Observez encore : vous remarquerez que les feuilles de la partie basse sont d'un vert plus sombre et plus marqué que celles du haut ; leur concentration en pigments qui assurent la photosynthèse y est plus importante, et leur permet de tirer le meilleur parti des quelques rayons de lumière qui parviennent jusqu'à elles. Lors de l'élaboration de son feuillage, l'érable doit donc budgétiser chaque feuille individuellement, en fonction de la place qu'elle occupe par rapport à ses voisines. Un bon *business plan* lui permettra de s'imposer comme l'arbre le plus beau et le plus durable de sa rue. Mais ce n'est ni facile ni gratuit.

L'ensemble des feuilles de notre petit érable pèse environ quinze kilos. Chacun des composants qui forment cette masse doit être extrait de l'air ou du sol, et rapidement, c'est-à-dire en l'espace de quelques mois à peine. Le dioxyde de carbone capté dans l'atmosphère servira à produire du sucre et à construire l'ossature des cellules. Quinze kilos de feuilles d'érable n'auront sans doute pas un goût sucré pour vous et moi, mais ils contiennent pourtant suffisamment de saccharose pour préparer trois tartes aux noix de pécan, sans doute l'un des desserts les plus sucrés que je connaisse. Et avec toute la cellulose qui forme le squelette des feuilles, on pourrait fabriquer près de trois cents feuilles de papier, soit autant qu'il m'en a fallu pour imprimer le manuscrit de ce livre.

La seule source d'énergie à disposition est le soleil : les photons stimulent les pigments de la feuille et les électrons ainsi excités par la lumière transmettent leur énergie biochimique de proche en proche à travers la cellule, jusqu'à l'endroit exact où elle est nécessaire. Le pigment des végétaux, la chlorophylle, est une grosse molécule en forme de cuillère qui abrite dans sa partie creuse un unique atome de magnésium. Pour construire suffisamment de molécules de chlorophylle et alimenter ses quinze kilos de feuilles, l'arbre a besoin d'une quantité de magnésium équivalente à celle de quatorze gélules de compléments vitaminés, issue de la lente dissolution de la roche-mère. Le magnésium, le phosphore, le fer et tous les autres micronutriments que demande notre arbre ne peuvent être obtenus que par l'absorption de la solution extrêmement diluée qui circule entre les minuscules grains minéraux du sol. Pour accumuler tous les éléments nutritifs du sol nécessaires à l'élaboration de quinze kilos de feuilles, le petit érable doit ainsi absorber puis relâcher par évaporation plus de trois mille litres d'eau. De quoi remplir un camion-citerne. De quoi faire vivre vingt-cinq personnes pendant un an. De quoi guetter le ciel avec anxiété en se demandant quand il va pleuvoir.

***

La vie d'un enseignant-chercheur américain est gouvernée par son budget trisannuel. Tous les trois ans, il doit solliciter un nouveau contrat avec le gouvernement fédéral. Les fonds alloués serviront à couvrir les salaires des employés, les éventuels frais de déplacement, ainsi que l'achat du matériel et des équipements dont il aura besoin pour mener ses expériences et atteindre son objectif de recherche. Les universités accordent généralement une enveloppe « coup de pouce » à leurs jeunes professeurs pour les soutenir financièrement le temps qu'ils décrochent leur premier contrat – l'équivalent académique de la dot de mariage. Ceux qui ne trouvent aucun partenariat dans les deux ou trois ans ne peuvent exercer convenablement le métier pour lequel ils ont été formés et obtenir les résultats probants indispensables à leur titularisation. S'il veut encore être à son poste dans dix ans, l'enseignant-chercheur n'a d'autre choix que de réussir à obtenir un contrat. La tâche est d'autant plus difficile que les demandes d'aides excèdent largement le nombre de subventions accordées par l'État.

La science que je pratique s'appuie sur la curiosité. Elle part d'une observation, d'un questionnement, d'une hypothèse. C'est une forme de recherche exploratrice dont les résultats sont incertains et qu'on oppose souvent à la recherche dite « appliquée », car elle n'aboutira pas directement à un produit fini, une machine utile, une pilule thérapeutique, une arme redoutable. Mes résultats théoriques participeront peut-être un jour à l'élaboration, par d'autres scientifiques, d'une telle innovation pratique. Parce que jugés trop vagues ou pas assez concrets, mes sujets de recherche fondamentale ne sont pas une priorité dans le budget national. La seule source de financement possible pour mon laboratoire est la Fondation nationale pour la science (NSF).

La NSF est une agence fédérale dont les fonds proviennent des impôts des contribuables. En 2013, son budget s'élevait à 7,3 milliards de dollars. À titre de comparaison, le budget alloué au département de l'Agriculture – qui supervise l'importation et l'exportation des aliments – était environ trois fois plus élevé. Chaque année, l'État dépense deux fois plus pour son programme spatial que pour l'ensemble des autres travaux scientifiques : le budget 2013 de la NASA grimpait ainsi à 17 milliards de dollars. Ces disparités demeurent néanmoins négligeables au regard du fossé qui sépare les dépenses scientifiques et militaires. Le département de la Sécurité intérieure, créé en réponse aux attentats du 11 septembre 2001, dispose d'un budget annuel cinq fois plus important que celui de la NSF. À lui seul, le budget « discrétionnaire » du département de la Défense est, quant à lui, soixante fois plus élevé.

L'un des effets secondaires d'une recherche guidée par la curiosité est qu'elle inspire les jeunes générations. Les chercheurs ont généralement une passion excessive pour leur métier et rien ne leur plaît davantage que de la faire partager – et, comme toutes les créatures motivées par l'amour, nous ne pouvons nous empêcher de nous reproduire. Vous avez peut-être déjà entendu dire que les États-Unis manquent de scientifiques et que cette pénurie empêchera bientôt le pays d'être à la pointe de la recherche mondiale. Dites ça à un enseignant-chercheur et il vous rira au nez. Hormis les travaux consacrés aux technologies militaires, cela fait plus de trente ans que les fonds annuels pour la recherche sont gelés. D'un point de vue strictement budgétaire, les scientifiques ne sont pas trop peu mais trop nombreux, et nos universités continuent d'en former un peu plus chaque année. L'Amérique aime se raconter de beaux discours sur l'importance de la science, mais elle n'est certainement pas prête à mettre la main au porte-monnaie. Les effets dévastateurs de cet étranglement financier sont particulièrement visibles dans le domaine des sciences de l'environnement : dégradation des terres arables, extinction des espèces, déforestation... La liste est sans fin.

On pourrait arguer que 7,3 milliards de dollars représentent néanmoins une belle somme. Rappelons qu'il faut, avec ce budget, financer tous les travaux de recherche fondamentale – pas uniquement en biologie mais également en géologie, chimie, mathématiques, physique, psychologie, sociologie, ainsi que toutes les branches plus ésotériques de l'ingénierie et de l'informatique. Puisque j'étudie l'évolution des végétaux au fil du temps, mes travaux relèvent pour la NSF de la paléobiologie. En 2013, la part du budget de l'agence fédérale allouée à ce domaine d'étude était de 6 millions de dollars. Il s'agit de la somme totale allouée à tous les travaux de paléontologie du pays, dans laquelle les paléozoologues et leurs dinosaures se taillent la part du lion.

Vous me direz que 6 millions de dollars font toujours une belle somme. Imaginons, par souci d'équité, que ce budget soit réparti uniformément dans tout le pays et qu'on accorde une subvention à un paléobiologiste dans chacun des cinquante États. En divisant donc nos 6 millions de dollars par cinquante, nous obtenons une enveloppe de 120 000 dollars par contrat. Cette estimation est assez proche de la réalité : la NSF finance entre trente et quarante travaux de paléobiologie par an pour une dotation moyenne de 165 000 dollars. Il y a ainsi en ce moment même, aux États-Unis, une centaine de paléobiologistes subventionnés. C'est sans doute insuffisant pour répondre aux nombreuses questions que le public se pose sur l'évolution, même si on limitait les recherches aux espèces éteintes les plus charismatiques comme les dinosaures ou le mammouth laineux. Notons également qu'il y a bien davantage que cent paléobiologistes dans le pays, ce qui signifie que la plupart d'entre eux sont au chômage forcé.

On serait tenté de penser que la poignée de chercheurs qui reçoivent les 165 000 dollars ont là une belle somme pour mener leurs travaux. Mais que cela représente-t-il réellement ? J'ai la chance que l'université me verse un salaire la majorité de l'année (il est très rare qu'un enseignant soit rétribué en dehors des périodes scolaires, c'est-à-dire pendant l'été), mais c'est à moi d'assurer la rémunération de Bill. Si je choisis de le payer 25 000 dollars par an (ce qui ne serait pas excessif, au vu de son expérience professionnelle de vingt ans), je dois y ajouter 10 000 dollars d'avantages sociaux, ce qui porte le total à 35 000 dollars par an.

C'est encore sans compter le fait que l'université ponctionne le budget recherche de ses enseignants-chercheurs en prélevant une taxe sur les fonds publics. Je dois ainsi prévoir, en plus des 35 000 dollars, 15 000 dollars qui iront directement dans les caisses de l'établissement. C'est ce qu'on appelle des « frais de gestion ». Dans mon exemple, j'ai appliqué un taux d'environ 42%, mais il varie d'une université à l'autre – s'il peut atteindre 100% dans certaines écoles prestigieuses, je ne l'ai jamais vu descendre en dessous de 30%. Les frais de gestion sont censés financer les coûts d'infrastructure comme la climatisation, la réparation des fontaines d'eau potable ou l'entretien des chasses d'eau – ce qui est assez ironique quand on pense que rien de tout cela ne fonctionne correctement dans mon bâtiment.

Pour rémunérer Bill à sa juste valeur pendant trois ans, il me faudrait donc débourser 150 000 dollars, ce qui nous laisse en tout et pour tout 15 000 dollars à répartir entre les produits chimiques et le matériel indispensables au fonctionnement d'un laboratoire high-tech, l'embauche d'un ou deux étudiants pour nous aider au labo et les frais de déplacements pour assister aux ateliers ou conférences. Oh, et n'oublions pas que sur ces 15 000 dollars, seuls 10 000 dollars sont réellement mobilisables après déduction de la taxe prélevée par l'université.

La prochaine fois que vous croiserez une universitaire comme moi, demandez-lui si elle s'inquiète d'avoir fait une erreur dans ses résultats. Si elle craint d'avoir choisi un sujet d'étude impossible ou d'avoir négligé des éléments importants en cours de route. Si elle craint de s'être détournée d'un chemin qui l'aurait peut-être conduite à la solution qu'elle recherche encore. Demandez à une chercheuse ce qui l'inquiète. La réponse sera immédiate. Elle vous regardera dans les yeux et ne vous dira qu'un mot : l'argent.

6

Les lianes grimpantes improvisent au fur et à mesure. Leurs graines abondantes pleuvent depuis le sommet des arbres et germent facilement, mais ne s'enracinent que rarement. Vertes et malléables, elles recherchent éperdument quelque chose à quoi s'accrocher, une structure qui leur procurera la force qui leur fait défaut. Pour les lianes, tous les moyens sont bons pour atteindre la lumière. Elles ne jouent pas selon les règles de la forêt : leurs racines s'enfoncent là où le sol est idéal, mais leurs feuilles sont ailleurs, plusieurs dizaines de mètres plus haut, dans les arbres. Ce sont les seules plantes terrestres qui poussent davantage horizontalement que verticalement. Les lianes sont des voleuses. Elles volent les parcelles ensoleillées quand leurs occupants ont le dos tourné et accaparent les eaux de pluie. Elles ne créent aucune affinité symbiotique et saisissent toutes les chances de s'ériger, que leur appui soit mort ou vivant.

Le seul point faible de la liane grimpante est sa faiblesse. Elle veut à tout prix pousser aussi haut qu'un arbre mais n'a pas la rigidité nécessaire pour le faire poliment. À défaut d'un tronc de bois, elle mise donc sur son culot et sa détermination. Le lierre possède des milliers de vrilles vertes caoutchouteuses programmées pour s'enrouler autour de tout et n'importe quoi, pourvu que le support soit suffisamment solide pour tolérer son poids – tout au moins jusqu'à ce qu'une nouvelle occasion se présente. Le lierre est un rebelle, capable d'improviser comme aucun autre : si une vrille touche le sol, elle se transforme en racine ; si elle touche la roche, elle développe des ventouses et les cimente fermement contre la pierre. La liane devient ce qu'il faut et fait ce qu'il faut pour assouvir coûte que coûte ses prétentions.

Les lianes grimpantes ne sont pas malfaisantes ; elles sont simplement follement ambitieuses. Pour atteindre leur objectif, elles travaillent plus dur que toutes les autres. Une liane peut ainsi gagner trente centimètres en une seule journée ensoleillée et pomper l'eau du sol plus efficacement que n'importe quel autre végétal. Ne vous laissez pas berner par les feuilles rouges ou marron du sumac vénéneux en automne : il n'est pas en train de mourir, il trompe juste son monde avec ses pigments. Les lianes ont un feuillage persistant, elles ne connaissent donc jamais de repos : pas de longue trêve hivernale pour elles, contrairement aux arbres à feuilles caduques qu'elles escaladent. Les lianes grimpantes ne fleurissent ni ne fructifient avant d'avoir atteint le soleil, dans la canopée des arbres ; seuls se perpétuent ainsi les individus les plus coriaces.

En cette ère dominée par l'homme, les plantes les plus résistantes s'imposent un peu plus chaque jour. Les lianes ne peuvent s'emparer d'une forêt en bonne santé ; elles s'immiscent à l'occasion d'un dérèglement. Il faut qu'une balafre crée un espace inoccupé, un tronc creux, une tache de lumière pour qu'elles parviennent à s'introduire. Or, les hommes sont les champions de ce type de perturbations : nous labourons, bétonnons, brûlons, abattons et creusons. Les seuls végétaux désormais capables de se nicher dans les fissures de notre bitume sont les mauvaises herbes, qui poussent et se reproduisent vite.

Une plante qui s'installe où elle ne devrait pas est une simple opportuniste, mais une plante qui prospère là où elle ne devrait pas est une mauvaise herbe. Nous ne lui reprochons pas son audace – toutes les graines sont audacieuses –, mais son formidable succès. L'homme s'emploie à créer un monde dans lequel seules les mauvaises herbes peuvent vivre, et pourtant nous nous scandalisons d'en trouver partout. Qu'on le veuille ou non, cette révolution végétale est déjà en marche et les espèces invasives supplantent sans difficulté les autochtones dans tous les espaces modifiés par l'homme. Notre condamnation impuissante des mauvaises herbes ne stoppera pas cette révolution. Ce n'est pas la révolution que nous souhaitions, mais c'est celle que nous avons déclenchée.

La grande majorité des lianes qu'on trouve en Amérique du Nord sont des espèces invasives dont les graines ont été accidentellement importées d'Europe et d'Asie avec le thé, les étoffes, la laine et autres produits de première nécessité. Beaucoup de celles qui ont immigré au dix-neuvième siècle ont fait fortune dans le Nouveau Monde. Libérées du tourment des insectes qui exploitaient leurs faiblesses depuis des millénaires sur le Vieux Continent, elles ont colonisé l'Amérique sans entraves.

La liane que nous connaissons sous le nom de « kudzu » est arrivée à Philadelphie en 1876, offerte par le Japon à l'occasion de l'Exposition universelle qui a marqué le centenaire de la déclaration d'indépendance des États-Unis. Depuis, le kudzu a tant proliféré qu'il couvre désormais une surface totale équivalente à celle du Connecticut. Son épais manteau tapisse le bas-côté de milliers de kilomètres d'autoroutes dans tout le Sud américain. Le kudzu se développe dans les fossés où nous jetons nos canettes de bière et nos mégots de cigarette : il est le déchet vivant du monde végétal. Il pousse partout où il ne devrait pas, éclipsant le joli rose des cornouillers. Si l'on fouillait un peu dans l'enchevêtrement de lianes et de détritus, on s'apercevrait qu'une seule tige peut atteindre trente mètres de long, soit deux fois la taille d'un arbre de la forêt. Le kudzu s'est résigné à son sort de parasite, il ne connaît pas d'alternative. Tandis que le cornouiller fleurit tranquillement en attendant sur place le prochain été, lui continue obstinément de croître de deux centimètres et demi par heure, à la recherche de son prochain foyer temporaire.

7

Après notre passage à la Jungle des singes et avoir reçu la révélation que nous n'étions que des singes au travail dans leur fosse, les choses ont commencé à m'apparaître plus clairement. Lorsque je quittais le labo pour une conférence ou un séminaire, c'était les e-mails déjantés de Bill qui m'aidaient à me raccrocher à ce que j'aimais dans mon métier, en particulier lorsque je me retrouvais coincée au milieu de dizaines d'hommes d'âge moyen au teint blafard et qui me regardaient comme un chien galeux qui se serait introduit par une fenêtre du sous-sol. *Il y a un endroit quelque part où je fais partie du groupe*, me répétais-je, tandis que je me tenais seule dans mon coin, mon assiette de buffet à la main dans la salle de réception d'un hôtel Marriott, exclue des cercles où l'on se tape dans le dos en se racontant le bon vieux temps où l'on construisait les spectromètres de masse soi-même.

Je revenais de chaque déplacement avec la volonté de travailler toujours davantage. J'ai commencé à réserver une nuit par semaine (le mercredi) au traitement de la paperasse qui s'accumulait tandis que je siégeais dans des commissions chargées d'évaluer l'obsolescence potentielle des tableaux noirs du campus. J'ai appris que les enseignantes féminines et les secrétaires de département étaient les ennemies naturelles du monde universitaire, ayant eu le privilège d'entendre des discussions sur mon orientation sexuelle et les probables traumatismes de mon enfance, chaque matin de dix heures à dix heures trente, à travers la mince cloison de la salle de pause située à côté de mon bureau. C'est ainsi que j'ai pu apprendre que, même si j'avais vraiment besoin d'une gaine, j'étais mieux lotie qu'une autre des professeures, qui ne perdrait jamais ses kilos de grossesse en passant sa vie à travailler.

J'avais beau travailler dur, je ne parvenais pas à m'en sortir. Je ne prenais plus que deux douches par semaine. Mon petit-déjeuner et mon déjeuner se réduisaient à des canettes d'Ensure, des compléments alimentaires dont j'avais fait provision sous mon bureau, et il m'est même arrivé un jour de glisser l'un des biscuits pour chien de Reba dans mon sac à main pour avoir quelque chose à grignoter pendant un séminaire et éviter que mon ventre ne gargouille trop. L'acné dont je n'avais jamais souffert pendant l'adolescence a décidé de rattraper le temps perdu de façon spectaculaire, et je passais mes journées à me ronger les ongles. Mes brèves histoires d'amour m'avaient définitivement convaincue que je finirais un jour au rayon soldes. Aucun des célibataires que je rencontrais ne comprenait pourquoi je travaillais autant, et personne ne voulait de toute façon m'écouter parler de plantes pendant des heures. Tout dans ma vie était devenu chaotique et ne ressemblait en rien à ce qu'on m'avait raconté de l'âge adulte.

J'habitais en périphérie d'Atlanta, là où la ville se termine et où commence le Sud de la Géorgie. Je louais un mobile home planté au milieu de douze mille mètres carrés de terrain boisé à l'abandon dans le comté de Coweta, et je payais un supplément pour le privilège additionnel de prendre soin d'une jument grabataire nommée Jackie. Elle valait bien les trente-cinq minutes de transport qui me séparaient de Georgia Tech : j'avais toujours rêvé d'un cheval et maintenant que j'étais officiellement entrée dans la vie active, c'était devenu possible. Jackie était adorable et elle est devenue une source de réconfort pour moi. Elle et Reba sont rapidement devenues amies. Je n'avais aucune raison de me plaindre, si ce n'est de mon voisin et de mon propriétaire, aussi amicaux à notre première rencontre que vraiment bizarres une fois mes valises déballées.

Je m'étonnais que l'espace qui servait de garage au mobile home soit plein à craquer de cassettes vidéo amateurs. Mon propriétaire m'avait vaguement expliqué pourquoi il ne pouvait les garder chez lui, et j'avais juste haussé les épaules et fermé la porte, n'ayant de toute façon pas besoin de cet espace. Mais plus j'y réfléchissais, moins je pouvais imaginer de raison innocente justifiant de stocker autant de VHS à l'écart de sa femme et de ses enfants. Il arrivait toujours sans prévenir, me répétant à quel point il était fasciné de voir un petit bout de femme comme moi vivre seule dans les bois sans même une arme pour se défendre.

Dans le même genre, mon voisin avait pris l'habitude de passer me voir en soirée pour m'assurer que grâce à sa formation de secouriste, et même s'il n'en avait pas l'air comme ça, il était capable de découper mes vêtements en moins de quarante-cinq secondes s'il le fallait. J'ai aussi appris qu'en Géorgie, quand quelqu'un s'approche de vous en salopette et sans rien dessous, il valait mieux s'attendre au pire.

Au bout d'un an, le voyant « vérification moteur » s'est allumé sur le tableau de bord de ma toute première voiture. Comme je n'avais aucune idée de ce que cela voulait dire, j'ai décidé d'y voir un signe : je l'ai échangée contre une Jeep d'occasion, j'ai embarqué mon chien et je suis partie m'installer en ville, dans le quartier de Home Park. Mon nouveau logement était un appartement long et étroit en sous-sol, que Bill a rapidement baptisé le « Trou à rat ». Il était situé à côté du parc de stockage d'une aciérie, ce qui m'a permis d'apprendre beaucoup de choses intéressantes, notamment que la fabrication de l'acier exige de lâcher des rames entières de plaques de métal d'une hauteur de trois mètres à intervalles réguliers durant toute la nuit. J'ai passé beaucoup des soirées moites de Géorgie assise sur les marches de l'entrée du Trou à rat, à regarder l'extrémité de la cigarette de Bill briller au milieu des lucioles, tout en essayant désespérément de trouver un plan B, au rythme des tambours industriels qui m'accompagnait inexorablement vers la ménopause.

De son côté, Bill enchaînait les galères, mais il acceptait son sort avec beaucoup plus de désinvolture et d'endurance que moi. Il avait atterri à Atlanta, heureux de constater que le loyer d'une chambre miteuse en Géorgie n'était que le dixième du loyer d'une chambre miteuse en Californie, mais après avoir dû déménager dix fois de suite pour échapper aux armées confédérées de punaises de lit, il avait finalement déclaré forfait et s'était acheté un vieux combi Volkswagen couleur caca d'oie. Je l'avais aidé à s'y installer, ce qui m'avait semblé une expérience étrange, puisqu'on chargeait un véhicule avec des affaires à soi avant de partir vers... eh bien nulle part, puisqu'on était déjà chez soi.

Quelques mètres à peine après avoir démarré, nous avons entendu un bruit sourd suivi d'un hurlement de chat, signe que nous étions en train de passer devant la « Felisphère », un écosystème félin à part entière et que nous avions surnommé ainsi en référence au projet Biosphere de l'université Columbia en Arizona. C'était une vieille maison abandonnée où vivaient des centaines de chats, apparemment en autosuffisance complète, et qui patrouillaient dans le quartier sans que la présence humaine ne semble particulièrement les perturber. J'ai obligé Reba à baisser la tête, sachant que l'orgueil canin n'est jamais plus tragique que face à un adversaire en supériorité numérique.

– Ces chats ne m'ont jamais aimé, a dit Bill. Ils n'ont jamais voulu que je m'installe ici. Adieu, tas de trous du cul poilus ! a-t-il crié en passant la tête par la fenêtre. Vous ne pisserez plus dans mes chaussures !

Bill était difficile à localiser lorsqu'il vivait dans sa camionnette : les téléphones portables n'étaient pas courants à l'époque, et il n'avait par définition pas d'adresse fixe. S'il n'était pas au labo, je n'avais plus qu'à rouler en ville dans l'espoir d'apercevoir le combi, car il ne serait alors plus très loin.

– Bienvenue, puis-je t'offrir une boisson chaude? m'a-t-il proposé en m'accueillant un matin, confortablement installé dans le café qu'il considérait comme son « salon ».

Il lisait tranquillement le *New York Times* au coin d'une cheminée à gaz, un café crème à la main. Juste à côté se trouvait une laverie automatique (« mon sous-sol ») où il y avait de grandes chances de le trouver le dimanche.

– Tu t'es encore coupé les cheveux, ai-je remarqué. Je déteste ça.

– Ça repoussera, m'a-t-il répondu en se passant la main sur le crâne.

Bill avait un certain nombre de choses en horreur et qu'il faisait tout pour éviter, dont celle d'aller chez le coiffeur. L'idée même de la promiscuité physique qu'impliquait le processus lui paraissait insurmontable et, depuis que je l'avais rencontré en Californie, il portait de longs cheveux noirs brillants qui lui donnaient de faux airs de Cher. De dos, on le prenait souvent pour une femme, et il attirait régulièrement le regard des hommes avant qu'ils ne découvrent avec embarras sa barbe débraillée et sa mâchoire virile. Tout ça ne faisait qu'accentuer sa tendance paranoïaque et, peu de temps après avoir emménagé dans son combi, il a acheté une tondeuse sans fil, du même genre que celles des coiffeurs professionnels. Il m'a appelé un mois plus tard, à trois heures du matin, pour m'annoncer avec enthousiasme qu'il venait de se raser la tête.

– Ça fait un bien fou, je me sens libéré. Les cheveux longs, c'est tellement débile, je plains vraiment les gars qui en ont, m'a-t-il dit avec toute la conviction du converti de fraîche date.

– Je ne peux pas te parler maintenant, ai-je bégayé avant de raccrocher nerveusement.

Je n'aimais pas l'idée que Bill change aussi radicalement. Son coup de fil m'avait secouée. Bill sans ses cheveux serait-il toujours Bill ? Je savais que c'était irrationnel, mais j'ai ressenti le besoin de l'éviter pendant plusieurs jours. Je le reverrais bientôt et j'accepterais la situation, mais pas tout de suite. Les jours passaient, mais le choc me semblait encore trop dur à encaisser et j'ai continué à inventer des excuses pour ne pas le croiser. Bill s'en est aperçu, bien entendu, et en a été peiné.

Il a fini par m'appeler d'une cabine téléphonique au beau milieu de la nuit.

– J'ai gardé les cheveux, tu sais. Ça t'aiderait de les voir ? m'a-t-il demandé à peine avais-je décroché.

J'ai réfléchi un moment. Oui, ce n'était pas une mauvaise idée.

– Ça vaut le coup d'essayer. Passe me prendre.

Bill est arrivé avec son van, et je suis montée en évitant tout contact visuel.

– Ils sont près du bassin, a-t-il dit en tournant en direction du nord dans Howell Mill Road.

Trouver une place pour garer le combi pour la nuit était une épreuve de patience que Bill devait endurer au quotidien. La tâche était d'autant plus difficile que le van était à peine en état de rouler et que s'arrêter quelque part revenait à tomber en panne.

Plusieurs facteurs contribuaient à la complexité du problème. Le combi n'avait pas de marche arrière, si bien qu'il fallait toujours pouvoir se garer sur une place ouverte. Si quelqu'un vous bloquait devant, on était coincé là aussi longtemps que la situation le demandait, et il fallait toujours anticiper où les autres étaient le plus susceptibles de se garer. Il n'y avait pas non plus de première vitesse ; une légère inclinaison était donc nécessaire car un départ lancé était impératif pour pouvoir démarrer le van. Le pire, c'était que le démarreur ne fonctionnait plus une fois que le moteur était chaud ; peu importe donc où vous coupiez le moteur, il fallait ensuite attendre au moins trois heures qu'il ait suffisamment refroidi avant de pouvoir redémarrer. Un passage à la station-service était également quelque chose de risqué, puisqu'il était impossible d'arrêter le moteur. Je n'aurais jamais imaginé que faire le plein pouvait être une activité à ce point chargée en adrénaline, mais regarder Bill, cigarette au bec, glisser le pistolet à essence dans le réservoir du combi avait vraiment de quoi vous faire accélérer le pouls.

Il était près de quatre heures du matin quand nous sommes arrivés au belvédère qui surplombait le bassin. Pour être honnête, la vue n'avait rien d'extraordinaire. Bill a roulé sur une petite colline avant d'arrêter le combi (mais pas le moteur) le nez légèrement incliné vers l'avant.

– Ça te va, ici ? m'a-t-il demandé la main sur les clés.

Il me demandait en message codé si je pensais que c'était un bon endroit pour traîner pendant trois heures, avant qu'il ne coupe le moteur.

– *Je gagnai le réservoir parce que je voulais affronter les actes essentiels de la vie.* Je lui ai signifié mon accord en déformant les mots de Thoreau.

Bill appelait le réservoir son « escapade du weekend ». Techniquement, il s'agissait bien d'un plan d'eau entouré d'arbres que la police laissait sans surveillance le week-end. À la lumière crue du jour, ce n'était toutefois qu'un vilain bassin rectangulaire entouré d'une clôture rouillée et de quelques arbres épars envahis par le kudzu.

Bill a coupé le contact et a pointé sa clé droit devant nous.

– Les cheveux sont là-dedans.

– Où ça ? lui ai-je demandé, sans bien comprendre ce qu'il me désignait.

– Là-dedans, a-t-il répété en indiquant le grand copalme situé à trois mètres devant nous.

Je suis sortie du van et me suis approchée de l'arbre. J'ai alors compris qu'il m'indiquait l'une des cavités du tronc.

– Mets ta main, ils sont juste là.

J'ai hésité un moment.

– Non. Je ne crois pas que je vais le faire.

– C'est quoi ton problème ? a dit Bill, exaspéré. Tu te comportes comme si tu trouvais anormal qu'un type se rase la tête et garde ses cheveux dans un arbre mort à l'autre bout de la ville. Bon Dieu, ce que tu peux être coincée !

– Je sais, je sais. C'est pas toi le problème, c'est moi.

Je suis restée silencieuse un moment, à sonder mon inconscient.

– Je crois que j'ai du mal avec l'idée qu'une partie de toi soit coupée et jetée, ai-je essayé d'expliquer du mieux que je pouvais.

– Mais qu'est-ce que tu crois ? s'est exclamé Bill. Moi aussi, putain !

Sa gorge était serrée.

– C'est pour ça que je garde tout ici. Je ne suis pas un sauvage, bon sang !

Il a enfoncé son bras dans le trou avant de sortir une énorme poignée de cheveux noirs. Il l'a soulevée et agitée sous la lumière de l'ampoule grésillante d'un lampadaire couvert de graffitis. Je les ai regardés fixement :

– Ils sont magnifiques, ai-je dit avec ravissement.

J'étais impressionnée à la fois par l'éclat et le volume de cette masse. De loin, on aurait dit que Bill faisait au revoir à quelqu'un avec un chat mort dans la main.

Nous nous sommes regardés dans les yeux et avons éclaté de rire. À partir de ce moment, lorsque Bill se rasait la tête, il venait en déposer le produit dans l'arbre et nous passions le voir de temps en temps, tard le soir.

C'était un rituel réconfortant, même si j'étais persuadée que l'un de nous finirait un jour par se faire mordre par un raton laveur en plongeant sa main dans le trou.

Les soirs où nous visitions les cheveux, nous nous installions souvent près du bassin pour peaufiner un projet de livre pour enfants inspiré de la vie de Bill, et dont nous étions tous deux d'accord pour convenir qu'il s'agissait là du matériel le plus joyeusement inapproprié. Un des épisodes s'appelait « L'arbre à offrandes », et racontait comment une sorte de figure parentale arboricole cannibalise lentement sa progéniture au fur et à mesure de sa cupidité grandissante. Dans l'un des chapitres centraux, le garçon, ayant atteint l'âge de la puberté et celui des affres de l'adolescence, rend visite à l'Arbre pour trouver un peu de réconfort auprès de lui.

– Je vois que tu as des poils sur la poitrine, dit l'Arbre. Rase-les et donne-les-moi, lui demande-t-il de façon désinvolte.

Vers la fin de l'histoire, le garçon est devenu un vieil homme que l'âge et les soucis ont rendu complètement chauve.

– Les ratons laveurs ont encore eu des petits ; il me faut plus de cheveux, dit l'Arbre.

L'homme secoue la tête pour s'excuser.

– Je suis désolé, mais je n'ai plus de cheveux à te donner, je suis juste un vieil homme chauve.

– Alors mets ton bras ici, et les ratons laveurs le rongeront. Le bras d'un vieil homme est bon à ronger, de toute façon, suggère l'Arbre.

– D'accord, dit l'homme. Restons donc unis, je m'appuierai contre toi et les laisserai me grignoter un peu.

Le livre s'achève sur une scène poignante de sacrifice humain.

– C'est vraiment du pur Caldecott ! me suis-je exclamée un soir, après une session d'écriture particulièrement productive.

Moins de six mois après avoir emménagé dans son combi, Bill a frappé à ma porte à trois heures et demie du matin. Il est entré et je suis allé lui chercher le café que je venais de préparer.

Il passait un été plutôt pénible.

– Pas facile de vivre dans un minibus, soupirait-il.

En Géorgie, la température peut facilement dépasser les trente degrés dès huit heures trente le matin, ce qui rend tout à fait impossible de dormir dans un véhicule jusqu'à une heure normale. Bill ne manquait pourtant pas d'initiatives pour lutter contre la chaleur. Il avait repéré un saule pleureur au bord du parking P3 de l'université et s'était garé dessous pour profiter de l'ombre et de l'abri. Il avait obturé toutes les vitres avec du papier aluminium, y compris le pare-brise, face réfléchissante vers l'extérieur. Le van restait ainsi plus ou moins frais jusqu'à ce que le soleil se soit complètement levé.

Je croisais généralement Bill vers sept heures trente, titubant dans le laboratoire avec un bécher d'eau dans chaque main. Forcé de quitter son « four » une heure plus tôt, il était, pour reprendre ses mots, « complètement desséché ». Sa résolution de ne plus boire après six heures du soir n'améliorait pas la situation : il n'avait aucun moyen d'uriner dans le combi et il refusait d'utiliser les buissons.

– J'ai mes standards, disait-il avec une certaine arrogance.

La nuit où il est arrivé chez moi, son sommeil avait été interrompu de façon assez brutale. Nous avions toujours été étonnés que personne ne semble s'inquiéter ni se soucier de la présence permanente d'un véhicule aussi louche que le sien sur un parking de l'université, mais il s'est avéré que ce n'était en réalité pas le cas et que quelqu'un avait Bill à l'œil – en l'occurrence, la police du campus. Une nuit que Bill dormait dans une mare de transpiration, il a été réveillé par un tambourinement vigoureux sur le pare-brise. Dehors, il pouvait entendre la sirène d'une voiture de patrouille au-dessus du crachotement des communications radios. Il a ouvert la porte du van.

Il n'avait pas exactement l'allure du citoyen modèle : la batterie de sa tondeuse l'avait lâché la veille et il n'avait eu le temps de se raser qu'une moitié du crâne, ce qui lui donnait un air de psychopathe échappé de l'asile. Sa camionnette sentait aussi mauvais que d'habitude et les entrailles de sa télévision portable étaient éparpillées sur les sièges passagers – il l'avait démontée pour bricoler les branchements.

– Puis-je voir vos papiers, Monsieur ? avait demandé une voix désincarnée, tandis que la lumière d'une lampe-torche l'aveuglait.

Après s'être assurés qu'il n'y avait rien de suspect ou de dangereux dans le véhicule, les policiers ont vérifié son permis de conduire, sa carte d'identité universitaire, son passeport et même le contenu du sac en plastique dans lequel il avait mis les cheveux récupérés du côté gauche de sa tête. Quelques instants plus tard, j'ai reçu un appel de la police me demandant de confirmer qu'un certain Bill était bien mon employé.

– On l'a trouvé en train de dormir dans une fourgonnette sur un parking du campus, m'ont-ils expliqué au téléphone.

– Oui, je sais, au P3, sous le saule.

Une fois certains que Bill ne représentait pas une menace et qu'il n'avait rien fait de criminel, les policiers se sont excusés d'avoir perturbé sa nuit. Ils n'avaient pas vraiment d'autre choix que de le réveiller :

– C'est le travail, vous savez comment c'est, Monsieur.

Bill leur a assuré qu'il n'y avait aucun mal.

– Vous savez qu'il y a un téléphone d'urgence en bas de la colline ? lui a rappelé l'un d'eux d'un ton paternel. Appelez-nous si vous avez besoin de quoi que ce soit.

Après leur départ, Bill s'est habillé et il est venu chez moi, supposant que j'attendais une explication concernant ce coup de téléphone.

– Je ne sais pas comment tu fais pour prendre tout ça avec autant de calme.

J'étais bouleversée.

– Tu es exactement le genre du type à qui ils pourraient coller n'importe quoi sur le dos s'ils voulaient... un paumé un peu bizarre qui fourre régulièrement des parties de son corps dans les arbres.

– Oh, allez... J'ai rien à cacher. Je ne me drogue pas, je ne cause pas d'ennuis. J'irradie positivement la normalité.

Il fallait bien reconnaître que c'était vrai, d'une certaine façon. Aucun de nous deux n'avait jamais pris de drogue, même pendant nos années à Berkeley. En fait, nous ne buvions même pas de bière pendant nos sorties de terrain, ce qui était sans doute une première dans le domaine des sciences de la terre. J'avais bien fait quelques photocopies en utilisant le compte de l'utilisateur précédent, mais c'était là mon seul véritable délit ce semestre.

– Bon, tu jures beaucoup trop, lui ai-je répondu, refusant de lui donner raison.

Bill a admis que c'était sans doute foutrement vrai.

– Et regarde-toi: on dirait le retour d'Eraserhead. T'as de la chance qu'ils ne t'aient pas embarqué rien que pour ça.

J'étais en colère et j'avais peur.

– Écoute, je sais bien que c'est de ma faute, tout ça, ai-je ajouté en essayant de me calmer. C'est parce que je ne te paie pas assez. Mais je ne peux pas, du moins pas encore. Mais bientôt, bientôt, on va décrocher une grosse subvention, j'en suis sûre.

J'ai cherché quelque chose à ajouter pour que ma promesse sonne un peu moins creux.

– En tout cas, c'était vraiment la goutte d'eau. J'en ai marre de m'inquiéter pour toi tous les soirs. Il faut que tu te trouves un endroit pour vivre.

Je me creusais la tête pour trouver une solution.

– Je te donnerai de l'argent pour ça.

Bill a trouvé un logement... dès la semaine suivante, il emménageait au labo. Il dormait dans l'un des bureaux réservés aux étudiants – celui dont personne ne voulait ni même ne souhaitait ouvrir la porte. C'était une pièce sans fenêtre et sans aération, et qui avait absorbé les odeurs corporelles de tous ceux qui avaient un jour travaillé dans le bâtiment ; celles-ci fermentaient dans les dalles du plafond, lesquelles exsudaient en permanence ce bouquet si particulier. Bill l'appelait le « Sauna », parce qu'il y faisait toujours cinq degrés de plus que dans le reste du bâtiment.

Il a improvisé un lit et une commode au fond de la pièce, derrière un vieux bureau, et a pris l'habitude de dormir en T-shirt et en pantalons kaki (son « pyjaki ») pour pouvoir se lever immédiatement si une secrétaire ou un gardien entrait, et prétexter qu'il ne faisait que reposer un peu ses yeux au milieu d'une longue expérience au labo. C'était presque idéal, si ce n'est que le Sauna se trouvait près de l'entrée principale du bâtiment et que les hordes d'étudiants qui ouvraient et fermaient la porte en permanence l'empêchaient de dormir après neuf heures. Il a remplacé et huilé les gonds mais cela n'a pas changé pas grand-chose. Après une nuit particulièrement tardive, il a collé des affiches sur la porte indiquant « PORTES CASSÉES, MERCI DE PASSER PAR L'ARRIÈRE », mais ça n'a marché que jusqu'à l'intervention du service technique, qui a été bien incapable de déceler le problème.

Il utilisait les congélateurs destinés aux échantillons biologiques pour stocker ses plats surgelés et gardait le reste de ses courses dans le réfrigérateur des secrétaires

– jusqu'à ce qu'elles se plaignent des trois pastèques entières qu'il avait achetées en promotion chez Kroger. Dans l'ensemble, Bill semblait plutôt satisfait, mais il ne lui manquait vraiment qu'une chose : une douche privée. Il avait installé une sorte de bidet dans l'évier du local du concierge, mais il devait garder la porte ouverte pour ne pas se retrouver enfermé à l'intérieur. Nous avons eu beau nous creuser la tête, impossible de trouver une raison valable qui aurait permis de justifier pourquoi il était là-dedans, savonné et nu à trois heures du matin, et cette situation aggravait plus encore sa tendance naturelle à la paranoïa.

Un matin vers onze heures, l'alarme incendie s'est déclenchée dans le bâtiment et, en quittant mon bureau, j'ai vu Bill traîner vers la sortie au milieu des autres, pieds nus dans son pyjaki, les cheveux dans tous les sens et une brosse à dents dans la bouche. Une fois dehors, il a craché son dentifrice dans un des bacs de géraniums posés sur un appui de fenêtre.

Je me suis approchée pour lui dire bonjour.

– Beurk, mec. Tu ressembles vraiment à Lyle Lovett de retour de je ne sais où.

Bill a commencé à agiter son briquet vide pour essayer d'en tirer une dernière flamme.

– Si j'avais un bateau, a-t-il marmonné cigarette en bouche, je me tirerais au large.

Parce qu'il n'avait littéralement nulle part où aller, Bill travaillait au labo environ seize heures par jour. Sa disponibilité quasi permanente avait fait de lui le conseiller et le confident de tous. Il aidait les étudiants à réparer leur vélo, à changer l'huile de leur moteur et à remplir leur formulaire 1040EZ – en ne cessant bien sûr de râler. Quand les étudiants lui racontaient leur vie, comme seul un étudiant de dix-neuf ans sait le faire (« Tu sais quoi ? Le placard de ma chambre a une planche à repasser intégrée ! » ; « Tu le crois, ça ? Je vais devenir assistant pour l'émission post-reggae-punk du dimanche matin à trois heures quarante-cinq, sur la radio du campus ! » ; « À Thanksgiving, quand mon père a dit qu'il n'avait jamais entendu parler de Gertrude Stein, j'ai eu une réaction, genre, "mais c'est qui ces gens ?" »), il écoutait sans jamais porter de jugement. Il ne répondait jamais en évoquant sa vie privée, mais les étudiants étaient bien trop occupés à devenir de jeunes adultes pour s'en apercevoir.

En règle générale, Bill ne me racontait pas leurs histoires, sauf les meilleures des meilleures. Karen était une élève de premier cycle qui travaillait comme assistante au laboratoire pour enrichir son C. V. et augmenter du même coup ses chances d'intégrer l'école vétérinaire. Elle rêvait de travailler pour les animaux menacés qui avaient été sauvés de la captivité, pour les aider à réintégrer leur milieu naturel. Elle a décroché un stage très convoité au zoo de Miami pendant l'été, pour finalement découvrir que l'activité des gardiens se résumait principalement aux soins d'hygiène de routine, et que le pire n'était pas un animal réfractaire, mais bien l'inverse.

Elle a été affectée à l'enclos des primates, tout en bas de l'échelle des soigneurs. Son travail consistait à appliquer une crème anti-inflammatoire sur les parties génitales des singes, dont l'activité sexuelle débordante exigeait chaque jour des soins apaisants. Une fois identifiée par les singes comme la trousse de secours, ils l'assaillaient dès qu'elle entrait dans l'enclos. Lorsque Karen nous a raconté ses malheurs, Bill et moi avons eu du mal à croire à cette histoire, tellement elle était extraordinaire – mais le meilleur était à venir. Il fallait, semble-t-il, être un singe bien blasé pour rester insensible à un bon badigeonnage de bacitracine, et la plupart des primates accueillaient les soins de Karen avec beaucoup plus d'enthousiasme qu'elle ne le souhaitait.

Le zoo l'avait équipée d'une coque de protection en plastique pour dissuader les singes de venir se frotter frénétiquement à elle, mais le dispositif n'était pas efficace à cent pour cent. Par contre, ses cours sur le comportement animal lui avaient donné l'idée de conditionner les singes au concept du *glory hole* et à recevoir leurs soins à travers les mailles du grillage de l'enclos. L'inconvénient était que les voir alignés et « au garde-à-vous » dès le matin contre la clôture pour attendre leur tour avait suffi pour lui faire reconsidérer sa carrière vétérinaire. Elle est revenue dans notre laboratoire après avoir décidé qu'après tout, la botanique n'était pas si ennuyeuse.

Bien que nous passions tout notre temps sur le campus, nous ne connaissions pas tout le monde. Il y avait un type d'une pâleur extrême qui assistait à mon séminaire hebdomadaire, toujours assis seul au dernier rang, sur l'un des côtés. Son visage était d'un blanc cireux, et ses cheveux étaient longs et blancs, bien qu'il ne semblât pas avoir plus de cinquante ans. Il se glissait dans la salle à la dernière minute et était toujours le premier à s'éclipser à la fin, sans jamais se mêler au reste du groupe. Nous ne l'avons jamais vu ailleurs et ne l'avons jamais entendu dire un mot ni interagir avec qui que ce soit. Nous avons décidé qu'il vivait dans le grenier du bâtiment, et avons commencé à l'appeler « Boo Radley », comme le croque-mitaine dans *Ne tirez pas sur l'oiseau moqueur*. J'ai essayé de le suivre un jour, en esquivant la séance de questions des étudiants pour être prête à le suivre, mais il a réussi à m'échapper au milieu de la bousculade de la sortie.

J'ai spéculé à l'infini sur Boo – sur ce qu'il pensait de mon cours, son expertise dans le domaine, sa fortune personnelle – et j'inventais des stratégies pour le démasquer, violer sa vie privée et découvrir tout ce que je voulais savoir. Bill ne s'est jamais intéressé à mes plans. Un soir, il s'est assis calmement sur les marches de l'entrée du bâtiment tandis que je le pressais sur le sujet, en pointant avec excitation la seule lumière qui brillait encore dans un bureau du troisième étage.

Bill a levé les yeux vers la lumière, puis vers les étoiles. Il a inspiré une longue bouffée, expiré, et a dit :

– Je ne sais pas... Il est ce qu'il est. Je préfère ne pas savoir. Ça me suffit de savoir qu'il est là-haut et qu'il viendra nous aider si quelque chose de grave nous arrivait.

Il a écrasé sa cigarette sur le trottoir, m'a regardée et a enlevé sa veste en polaire. Il me l'a tendue avant même que je ne réalise que j'avais froid.

8

Le cactus ne vit pas dans le désert parce qu'il s'y plaît ; il y vit parce que le désert ne l'a pas encore tué. N'importe quelle plante que vous y trouverez poussera bien mieux là où vous l'emmènerez. Le désert est un peu comme ces quartiers mal famés : on y reste parce qu'on n'a pas les moyens de partir. Trop sec, trop lumineux, trop chaud : le désert cumule tous ces inconvénients, poussés à l'extrême. Les biologistes l'étudient peu, parce que les plantes ne présentent que trois intérêts pour l'homme : la nourriture, la médecine et le bois. Vous ne trouverez rien de tout cela dans le désert. Un botaniste du désert est donc un individu rare qui à terme, s'habitue à l'indifférence que suscite son sujet d'étude. Personnellement, je ne me sens pas le courage de porter une telle croix au quotidien.

Dans le désert, les facteurs de stress extrême ne résultent pas d'une crise : ils font partie du paysage et la plante ne peut ni les éviter ni les rendre plus supportables. La survie du cactus dépend donc de sa capacité à endurer des périodes de sécheresse intenses et répétées. Si un ferocactus (sa forme est celle d'un gros tonneau) atteint la hauteur de vos genoux, il a probablement plus de vingt-cinq ans : dans le désert, les cactus poussent lentement – tout au moins, les années où ils poussent.

Le corps charnu du ferocactus présente des plis semblables à ceux d'un accordéon, au fond desquels se trouvent des pores, par lesquels entre l'air et s'évapore l'eau. Quand la sécheresse est extrême et qu'il devient très sec, un cactus se sépare de ses racines pour empêcher le sol desséché d'aspirer le peu d'eau qu'il lui reste.

Un cactus peut ainsi vivre quatre jours sans racines et même continuer à pousser. Si, passé ce délai, la pluie n'est toujours pas tombée, il commence à se contracter, parfois pendant des mois, ou jusqu'à ce que ses plis se soient refermés les uns sur les autres. Ses épines forment une toison dense et dangereuse qui protège ce qui est désormais devenu une boule végétale dure et sans racines. Dans cet état, le cactus peut attendre la pluie pendant des années, sous un soleil de plomb. Quand enfin il pleut, il retrouvera ses pleines capacités dans les vingt-quatre heures – s'il n'est pas définitivement mort.

Il existe environ une centaine d'espèces que l'on appelle « reviviscentes ». Elles n'appartiennent pas toutes à la même famille mais ont étonnamment développé cette même capacité d'adaptation. Elles se dessèchent presque complètement, se font passer pour mortes pendant des années, puis reviennent à la vie en se réhydratant, leurs feuilles parcheminées et brunies reprenant progressivement leur couleur verte. Elles doivent cette prouesse à leur biochimie unique dans le monde végétal – une caractéristique fortuite, un heureux hasard, qu'elles n'ont pas choisi. Au fur et à mesure qu'elles se dessèchent, leurs feuilles se chargent en saccharose concentré. Ce sirop épais stabilise et préserve les feuilles, même lorsqu'elles se vident entièrement de leur chlorophylle verte.

Les plantes douées de reviviscence sont généralement de petite taille, pas plus grandes qu'un poing. Elles sont laides, inutiles et particulières. Lorsqu'il pleut, leurs feuilles se gonflent mais elles ne retrouvent leur couleur verte qu'au bout de quarante-huit heures, le temps que la photosynthèse se remette en marche. Durant les jours étranges au cours desquels elle se réveille, la plante vit de ses réserves de sucre pur et concentré, une infusion intense et continue de douceur, l'équivalent d'un an de saccharose coulant soudainement dans ses veines. La petite plante a réussi l'impossible : elle a transcendé le flétrissement brunâtre de la mort. Le miracle ne dure pas, bien entendu et, au bout d'un jour ou deux, tout revient à la normale. Cette vie aussi extraordinaire a toutefois un coût, et à longue échéance, même une plante reviviscente finira par faner et mourir pour de bon. Mais pendant un bref et merveilleux instant, elle aura possédé ce savoir inconnu des autres plantes : comment pousser sans être verte.

9

La crise maniaque vous montre l'autre côté de la mort. Sa survenue est toujours inattendue et profondément viscérale, quel que soit le nombre de fois où vous l'avez éprouvée. C'est votre corps qui le premier ressent l'urgence d'un nouveau monde sur le point de s'ouvrir. Vos vertèbres semblent se désolidariser les unes des autres et vous vous étirez, comme attiré par la lumière du soleil. Vous n'entendez plus que le bourdonnement intense de votre sang, propulsé dans votre tête par l'orgasme sans fin de votre cœur en folie. Pendant les vingt-quatre, quarante-huit ou soixante-douze heures à venir, vous devrez crier pour entendre votre voix au-dessus du vacarme. Rien, absolument rien, n'est assez fort, assez brillant ou assez rapide. Vous voyez le monde comme à travers une lentille : quelque chose de flou, aux bords étincelants. Votre corps tout entier, comme anesthésié à la Novocaïne, fourmille brièvement puis s'engourdit jusqu'à vous devenir étranger et irréel. Vos bras tendus vers le ciel sont les pétales charnus d'un magnifique lys prêt à fleurir. Vous réalisez intensément que ce nouveau monde qui s'ouvre, c'est vous.

La nuit noire n'est plus sombre, pourquoi avoir toujours pensé qu'il faisait sombre la nuit ? L'obscurité de la nuit n'est qu'un exemple de toutes ces choses si simples auxquelles vous avez cru mais qu'infirme la révélation de leur splendeur multidimensionnelle. Vous ne faites bientôt plus la différence entre le jour et la nuit puisque vous n'avez pas besoin de dormir. Vous n'avez pas non plus besoin de manger, ni de boire, ni de vous protéger du froid, d'ailleurs. Vous avez besoin de courir. Vous avez besoin de sentir l'air glisser sur votre peau. Vous avez besoin d'enlever votre chemisier et de courir pour sentir l'air et vous l'expliquez à celui qui vous retient, tout va bien, tout va bien, tout va bien pour qu'il vous lâche, mais il ne comprend pas et on dirait à son expression que quelqu'un est mort et vous êtes triste pour lui parce qu'il ne se rend pas compte comme tout est beau et comme tout va bien, bien, tellement bien.

Alors vous essayez de le lui montrer, mais il ne comprend pas, alors vous expliquez encore et encore d'une autre façon et il n'écoute pas vraiment et il dit que tu dois avoir un traitement pour ça et pourquoi tu n'en prends pas et vous dites que vous ne voulez pas, que vous voulez ressentir tout ça et il ne comprend pas, et il ne comprend pas et alors vous lui dites violemment de s'en aller, de s'en aller. Et c'est ce qu'il finit par faire. Mais ce n'est pas grave parce que ce n'est pas ce que vous vouliez dire et vous lui expliquerez plus tard et il comprendra parce que tout ça aura un sens et il sera heureux aussi quand il aura compris que quelque chose de merveilleux est sur le point d'arriver et que ce serait un péché que de l'en empêcher.

Puis arrive le meilleur. Le décollage final. Non seulement le poids de votre corps s'est dissous, mais avec lui tous les problèmes de ce monde ancien, morne et fatigué. La faim, le froid, la misère, le désespoir de chaque blessure humaine semblent possibles à résoudre. Il n'y a rien, rien, rien qui ne puisse être transcendé. Et vous êtes l'élue exaltée, l'unique, parmi des milliards d'humains, entièrement libérée du fardeau de la douleur de l'existence. Le futur sera radieux et miraculeux et vous le sentez tout proche.

Vous ne craignez pas la vie et vous ne craignez pas la mort. Vous ne craignez plus rien. Il n'y a pas de tristesse ni de peine. Vous sentez votre inconscient trouver les réponses à toutes les questions que l'homme s'est un jour posé. Vous avez la preuve irréfutable de l'existence de Dieu et de la création de l'univers. Vous êtes celle que le monde attendait. Et vous allez tout lui rendre ; vous allez déverser votre savoir et vous vautrer jusqu'aux genoux dans cet amour épais et visqueux, cet amour, cet amour.

Quand je mourrai, je reconnaîtrai le paradis à ces sensations et, surtout, parce qu'elles ne disparaîtront jamais. Tant que je suis coincée dans cette vie, elles finissent toujours par s'effacer, et ce qui vient ensuite, comme toute résurrection, a un prix.

Lorsque ce feu cosmique brûle dans vos veines et vous comble de révélations, vous ressentez le besoin impérieux de les consigner pour rédiger le guide des lendemains merveilleux. Malheureusement, c'est aussi le moment où la réalité vous rattrape et conspire pour vous contrecarrer. Vos mains tremblent tellement que vous ne pouvez tenir un stylo. Vous sortez alors un magnétophone, pressez la touche « enregistrer » et remplissez cassette après cassette. Vous parlez, vous parlez jusqu'à ce que votre voix devienne rauque et que vous toussiez du sang, vous allez de long en large comme un animal en cage avant de vous évanouir. Puis vous vous réveillez, vous changez de cassette et vous continuez car vous êtes si proche de quelque chose, une preuve ou un espoir éperdu que votre petite vie est en réalité destinée à quelque chose de plus grand, de plus utile.

Et soudain, il y a trop de tout, trop de bruit et trop de lumière et trop de choses trop près de votre tête et vous criez, criez, criez pour les faire disparaître. Et ensuite quelqu'un vous tient dans ses bras en disant mon Dieu comment est-ce arrivé, et tous ces cheveux et mon Dieu cette dent par terre et on nettoie votre sang et votre morve. Et on vous donne une seule pilule de somnifère et vous dormez jusqu'à ce qu'on vous en donne une autre, puis une autre encore, comme si on nourrissait au compte-gouttes un jeune rouge-gorge blessé tombé du nid. Des heures ou peut-être des jours plus tard, vous vous réveillez avec une tristesse grise qui vous fait plonger dans un état d'engourdissement silencieux et vous vous demandez en pleurant pourquoi, pourquoi, pourquoi vous êtes punie de la sorte.

Petit à petit, la peur finit par vaincre la mélancolie et vous repoussez la dalle, quittez la tombe pour évaluer les dégâts et faites ce qu'il y a à faire. La peur l'emporte sur la honte et vous prenez rendez-vous avec un médecin pour le supplier de vous prescrire de nouveaux somnifères, votre unique rempart contre la prochaine fois, et la suivante, et la suivante.

Et par chance, par un hasard complet, par un concours de circonstances, la Providence, le bon Dieu ou qu'importe, votre rendez-vous se déroule dans le meilleur hôpital au monde et un médecin vous regarde droit dans les yeux et vous dit : « Vous n'êtes pas obligée de vivre ça. » Il pose des questions jusqu'à ce que vous lui racontiez tout et il n'est ni horrifié, ni dégoûté, ni même surpris ; il vous dit que d'autres personnes ont ça et vivent avec. Il vous demande ce que vous pensez des médicaments et vous lui dites que rien de ce qui se fabrique en laboratoire ne vous effraie. Il sourit et vous donne des explications sur chaque médicament, et vous êtes si reconnaissante que vous pourriez vous jeter à ses genoux et lui lécher la main comme un chien. Il est si intelligent et si sûr de lui, il en a vu tellement d'autres comme vous, que vous commencez à espérer qu'il n'est peut-être pas trop tard pour enfin devenir celle que vous étiez supposée être.

Des années plus tard, alors que vous vous préparez à déménager à l'autre bout du monde, vous retrouvez la pile de cassettes audio au fond de votre armoire. Vous savez qu'elles ne feront pas partie du voyage. Les unes après les autres, vous éviscérez les cassettes et déroulez les rubans bruns et brillants de la bande magnétique.

Un enchevêtrement frisottant est tout ce qu'il reste des extases tentaculaires de ces voyages angoissants. Vous restez là pendant une heure à vous promettre d'aimer ce qui reste de la pauvre fille malade qui a enregistré ses propres cris de détresse, nuit après nuit, avec une machine pour seul confident. Vous décidez que ce tas de nœuds de plastique, bien que mort, est encore précieux, qu'il est le placenta auquel vous étiez attachée lorsque vous vous tordiez dans le noir en attendant de naître. Vous vous levez, l'emmenez à l'extérieur et l'enterrez au pied d'un magnolia. Vous rentrez, empaquetez ce que vous allez emmener et essayez de vous pardonner tout ce que vous laissez derrière vous.

Mais ce jour si particulier de guérison et de reconstruction est encore à des années de la trame de mon récit, alors revenons à Atlanta en 1998, et je vais continuer à décrire la façon dont le monde tourne quand la manie est aussi puissante et omniprésente que la gravité.

10

– T'étais passée où, bon sang ? m'a lancé Bill, à peine avais-je passé la porte du labo.

J'ai cligné des yeux, l'air hébété.

– Je ne suis pas en super forme, ai-je répondu en essayant d'avoir l'air aussi naturelle que possible, alors que j'étouffais de honte.

J'avais passé les trente-six dernières heures à pleurer dans mon lit, submergée par la dépression qui avait suivi ma dernière crise maniaque, déclenchée cette fois par une injection de corticoïdes après une réaction allergique sévère. Bill et moi voyagions depuis quelque temps à travers l'Arkansas, le Mississippi et la Louisiane pour étudier la végétation des rives du Mississippi, et nous devions à chaque fois nous frayer un chemin dans la jungle luxuriante des ramifications du sumac vénéneux avant de pouvoir prélever des échantillons.

Les plantes transpirent lors de la photosynthèse et les manuels nous apprennent que – comme c'est le cas chez nous – plus il fait chaud, plus elles transpirent. Le long du fleuve Mississippi, des milliers d'arbres de la même espèce poussent selon un gradient de température bien ordonné : plus on se déplace vers le sud, plus il fait chaud. Nous avions mis au point une méthode pour mesurer le taux de transpiration en comparant la chimie de l'eau présente dans la tige à celle de la feuille, où se déroule la transpiration (ou « évapotranspiration »). Nous avions été surpris de constater que plus le printemps avançait, plus les taux de transpiration diminuaient, alors même que les températures augmentaient. Cela n'avait aucun sens pour moi, et plus je transpirais sur le problème, moins les arbres le faisaient.

C'était notre quatrième expédition sur le terrain et mon allergie au sumac vénéneux allait en s'aggravant un peu plus chaque fois. J'ai toutefois continué à patauger jusqu'à la taille dans cette mer de lianes pour atteindre les arbres choisis pour l'étude. Il était hors de question que j'abandonne le projet et mes terribles démangeaisons étaient sans importance comparées à la contrariété de résultats pointant dans la direction opposée à celle que j'attendais.

Cette fois, l'urticaire s'était étendue depuis mon cou vers mon visage et un énorme œdème s'était formé sur ma tempe droite. Non seulement je ressemblais à Elephant Man, mais le gonflement comprimait mon nerf optique jusqu'à me faire perdre partiellement la vision. J'ai compris que la situation devenait grave quand, pendant le voyage retour depuis Poverty Point, en Louisiane, vers Atlanta, Bill a cessé de m'appeler du surnom débile de « tête de steak ». Il m'a déposée aux urgences de l'hôpital Emory.

Après avoir obtenu mon accord pour prendre quelques photos – parce que « quelque chose comme ça, on pourrait sûrement le publier » –, les médecins m'ont injecté de la méthylprednisolone avant d'apporter leurs appareils. Ils m'ont installée sur un drap d'examen pour immortaliser ma tête enflée sous tous les angles, pendant que j'essayais de ne pas rire bêtement en me disant que cette étude botanique désastreuse allait peut-être finalement aboutir à une publication.

Après quelques heures d'attente, je me suis aperçue que je n'avais pas de quoi me payer un taxi pour rentrer, et j'ai regretté ne pas avoir pensé à demander un peu d'argent à Bill avant qu'il ne reparte. D'après mes estimations, le Trou à rat devait se trouver à une petite dizaine de kilomètres à l'ouest.

Je suis donc restée blottie dans le nid de papier de mon lit d'hôpital, jusqu'à ce que je commence à me dire que j'étais absolument magnifique et fantastique. Je me suis levée pour me regarder dans le miroir de la salle de bains, et j'ai décidé que je ferais aussi bien de rentrer chez moi puisque mon visage ne serait certainement pas le plus étrange de l'avenue Ponce de Leon, surtout à cette heure de la nuit. Le temps que j'arrive au bureau des infirmières, j'étais également persuadée d'être le nouveau messie.

Elles ont accepté de me laisser sortir, et j'ai marché, sautillé, avant de me mettre à courir dans les rues de Druid Hills. Les idées se bousculaient dans ma tête à une vitesse telle qu'une pensée chassait l'autre avant d'avoir pris forme. Il fallait absolument que je retourne au labo parce que je venais de me souvenir de quelque chose d'important : pendant mes cours d'agronomie, on m'avait enseigné l'art subtil de l'irrigation et de la physique de l'eau dans les sols poreux. Je me souvenais que pour chaque gramme de tissu qu'il produit, un plant de maïs a besoin de près d'un litre d'eau. Il transpire de l'eau pour refroidir les machines biochimiques qui transforment l'atmosphère en sucre, puis le sucre en feuille. À mesure que la belle saison avançait le long du Mississippi, les arbres avaient certainement stoppé leur croissance parce qu'ils en avaient terminé avec l'élaboration de nouvelles feuilles. Ils transpiraient moins parce que le temps de la feuillaison était passé et que leur organisme avait atteint l'équilibre.

Oui, à mesure que l'été avançait, les températures augmentaient, mais les arbres se préparaient, eux, déjà à l'hiver : leur vitesse de croissance ralentissait, et ils transpiraient également donc moins. Ils ne se laissaient pas passivement dicter leur activité par la température de notre monde ; ils étaient entièrement tournés vers leur monde et leurs propres objectifs, comme la production de feuilles. J'ai commencé à penser au congrès de l'Union américaine de géophysique à San Francisco – des milliers de scientifiques importants réunis au même endroit. Je devais y aller pour prêcher l'évangile de ma révélation.

Je suis arrivée à bout de souffle au labo et j'ai raconté à Bill, pleine d'excitation, ma géniale inspiration : nous allions aller à la conférence, sans budget voyage personnel ou professionnel. J'avais tout calculé : on irait en voiture ! Bien sûr, la réunion avait lieu en Californie et nous étions en Géorgie, mais ce n'était qu'à huit jours de route, ce qui nous laissait largement le temps d'y arriver.

Mon raisonnement était simple : cinq mille kilomètres à cent kilomètres-heure ne représentent qu'une cinquantaine d'heures de route et nous pouvions les répartir en dix tours de conduite de cinq heures chacun. Ou cinq jours de trajet avec un seul tour de conduite chacun par jour, si nous prenions deux étudiants avec nous. Cinq jours de conduite facile. Tout ce que nous avions à faire, c'était de remplir les papiers pour louer l'un des minibus de l'université avec sa carte d'essence et de camper le long du trajet (ce qui était théoriquement illégal, mais tant pis). Le temps que la facture nous parvienne, des mois plus tard, j'aurais de quoi payer, d'une façon ou d'une autre, parce que l'une de mes demandes de financement allait forcément aboutir. Et puis, pour décrocher un financement si personne ne sait qui vous êtes, il faut bien se montrer aux conférences, non ?

J'avais déjà soumis aux organisateurs du congrès un vague résumé du projet Mississippi. J'y avais formulé l'hypothèse que les plantes utilisaient davantage l'eau pour soutenir leur croissance rapide que pour leur refroidissement. Il s'agissait d'une première tentative pour inverser l'idée selon laquelle l'environnement contrôle la plante, et de démontrer qu'au contraire, la plante contrôle l'environnement – un thème que je reprendrai souvent par la suite. Mais pour l'heure, je ne savais pas encore très bien ce que j'allais raconter. J'espérais juste réussir à mettre tout cela au point avant d'arriver en Californie – si nous y arrivions.

J'ai commencé à déblatérer sans fin sur le fait que depuis qu'Huckleberry Finn avait descendu le Mississippi, le *road-trip* était à la base de la littérature américaine. Et comme souvent pendant mes épisodes maniaques, ce que je perdais en cohérence était plus que compensé par mon enthousiasme. Bill a levé les yeux au ciel.

– Tais-toi bon Dieu et rentre chez toi dormir, m'a-t-il dit.

Je me suis précipitée chez moi, et peu de temps après, l'enfer s'est déchaîné dans le misérable huis clos de mon appartement, me faisant passer de sommets d'excitation et d'euphorie à des abysses de dépression.

J'étais donc de retour, quelques jours plus tard, et Bill me scrutait de la tête aux pieds. Il a fait son possible pour que j'oublie au plus vite mon embarras, et m'a poussée à me reprendre « parce que nous prenons la route ! »Il agitait d'une main notre vieille carte Michelin de la Géorgie et, de l'autre, les clés du minibus. J'étais stupéfaite. Pendant mon absence, il avait pris mes suggestions délirantes au sérieux, réservé le minibus et organisé tous les préparatifs. J'ai esquissé un sourire, reconnaissante de cette nouvelle chance de repartir à zéro et de mieux faire.

Le timing me laissait toutefois perplexe, car nous étions déjà mercredi et mon intervention était prévue à huit heures le dimanche matin. Si nous voulions avoir une chance d'être à San Francisco samedi soir, les cinq jours de route tranquille allaient se réduire à trois longues journées de conduite. Bill s'est mis à fouiller dans les cartons où se trouvaient toutes les cartes routières que nous avions volées à l'antenne locale de l'Association américaine des automobilistes, où nous nous rendions régulièrement dans ce but bien précis.

– Alabama, Mississippi, Arkansas, Oklahoma... Merde ! Il nous manque le Texas, a déploré Bill.

C'était, des cinquante États, le seul dont nous n'avions pas pensé à voler la carte.

– Comment on a pu oublier le Texas ?

– OK, alors on oublie le Texas et on passe par le nord. T'as déjà été dans le Kansas ?

Bill a secoué la tête.

– Eh bien tu vas y aller, ai-je dit en tirant le Kentucky, le Missouri, le Kansas et le Colorado de leur carton.

J'ai étalé les cartes bout à bout et mesuré les distances avec mes mains. En montant vers le Kentucky pour attraper l'autoroute I-70 en direction de la côte ouest, nous serions à mi-parcours aux alentours de Denver. J'avais des amis à Greeley qui seraient certainement prêts à nous accueillir, ce qui nous permettrait de repartir le vendredi matin. Il nous faudrait encore une quinzaine d'heures pour atteindre Reno, où nous pourrions camper à une altitude relativement basse, avant de passer par le col de Donner et de descendre vers San Francisco. La sœur de Bill nous hébergerait pendant la durée du congrès.

Bien sûr, nous étions début décembre, mais une fille du Minnesota comme moi en avait vu d'autres – tout se passerait bien.

– Salt Lake City ? Tu vas adorer ! ai-je dit à Bill. On dirait un océan de mercure gelé – c'est vraiment unique.

J'ai continué à m'extasier par avance sur les prairies, les plaines et les montagnes que nous allions traverser, avant de revenir au but premier de notre voyage.

– Ça ne peut tout simplement pas ne pas être une bonne idée, ai-je dit.

Le ridicule de la formule nous a fait rire, mais nous étions convaincus de sa véracité.

Tandis que nous chargions le minibus, Bill m'a annoncé qu'il avait suivi ma suggestion, invité des étudiants et réussi à en convaincre deux. Teri, mon étudiante de deuxième cycle, venait de reprendre ses études après avoir passé dix ans à travailler comme consultante. Il me semblait urgent qu'elle commence à se créer un réseau professionnel qui l'aiderait à lancer sa carrière. Nous la soupçonnions de ne pas connaître grand-chose en dehors de la Géorgie, et ce voyage allait nous prouver à quel point c'était le cas.

Noah, notre petit génie de premier cycle qui pouvait faire à peu près n'importe quoi sans jamais dire un mot, avait également accepté (en silence, j'imagine). Il n'avait pas son permis et ne pourrait donc nous aider pour la conduite, mais je me disais que ces cinquante heures de route lui donneraient l'occasion de s'ouvrir et nous, de mieux le connaître. Bill, qui avait déjà passé beaucoup de temps avec lui, ne se faisait guère d'illusions et avait déjà commencé à le désigner comme la « cargaison de bidoche ».

Après un dernier coup d'œil aux cartes et à notre équipement de camping, nous avons roulé jusqu'à la station d'essence pour remplir l'énorme réservoir du minibus de seize places. Au supermarché, j'ai bourré notre glacière de Coca light, de glace, de pain, de tranches de fromage fondu et de mortadelle, pendant que Bill s'occupait des bonbons. Nous avions convenu que les trois conducteurs se succéderaient au volant toutes les trois heures, pour que chacun dispose de six heures de repos complètes entre ses tours de conduite. Nous nous arrêterions donc approximativement toutes les deux cents minutes pour changer de place, faire le plein et passer aux toilettes. Le passager avant s'occuperait de la radio et de la préparation du sandwich du conducteur, selon ses indications. Bill s'était procuré quatre bouteilles vides de deux litres, les avait étiquetées à nos noms et déposées sous les sièges du fond, en cas d'urgence urinaire.

Tout s'est étonnamment bien passé pendant les vingt-quatre premières heures. J'étais au volant aux alentours de minuit lorsque notre van a quitté l'autoroute I-64 pour la I-70 avant d'entrer dans l'État du Missouri en traversant la frontière naturelle que forme le Mississippi. Bill s'est agenouillé sur le siège passager, le buste penché à l'extérieur par la fenêtre, pour mieux profiter de la beauté de l'arche monumentale de Saint Louis. Alors que nous tournions vers le nord et passions juste en dessous, la pleine lune l'a éclairée, complétant à merveille l'éclat des projecteurs. Quand Bill s'est réinstallé sur son siège, il a dit, pensivement :

– Ça, c'est un beau pays.

– Oui, c'est vrai, ai-je répondu au bout d'une minute ou deux.

À l'arrière, Teri et Noah s'étaient endormis. Cinq heures plus tard, l'aube se levait dans notre dos, baignant progressivement de soleil les champs du Kansas balayés par le vent et qui s'étiraient devant nous à perte de vue.

– Ça, c'est un beau pays, a répété Bill à voix basse.

Et j'ai de nouveau répondu :

– Oui, c'est vrai.

Il était environ dix-neuf heures, le lendemain soir, lorsque nous nous sommes arrêtés à Greeley, chez Calvin (« Cal ») et Linda. Nous étions tous soulagés d'être arrivés, et sommes sortis du van comme une meute de chiens fatigués de retour à la maison après une longue partie de chasse. J'avais passé un coup de fil rapide avant de quitter Atlanta pour les prévenir de notre passage, mais je n'avais fait que supposer que leur filiation de substitution nous assurerait à moi et mes amis un bon accueil. Je ne m'étais pas trompée : Cal et Linda étaient tous deux professeurs depuis des décennies et m'aimaient plus que je ne le méritais. Nous nous sommes dégourdi les jambes avant d'entrer et de faire honneur au repas chaud qu'ils nous avaient préparé.

– Alors, qu'est-ce qui vous amène dans le nord du Colorado en plein mois de décembre ? a demandé Cal.

– On n'a pas trouvé de carte du Texas, a répondu Bill, et je n'ai eu d'autre choix que de hausser les épaules pour valider son explication.

Linda a trouvé un lit pour chacun de nous dans leur immense grange et nous avons dormi comme des pierres pendant dix heures. Bill et moi avons été les premiers à émerger le lendemain matin. Cal nous a invités à l'accompagner pour une marche jusqu'au café du coin, ce que nous avons accepté avec enthousiasme. Pendant que nous buvions notre café, je lui ai parlé de mon plan consistant à prendre la direction nord jusqu'à Laramie, d'où l'on repartirait vers l'ouest jusqu'à Salt Lake City, puis direction Reno avant de traverser la Sierra Nevada et de redescendre vers Sacramento et la baie de San Francisco – tout cela en un jour et demi. Cal avait grandi dans un ranch, dans les années 1940. C'était un gars solide et qui parlait peu. Il m'a écoutée attentivement en hochant la tête, avant de dire d'une voix posée :

– Il y a une grosse tempête qui arrive. Vous devriez prendre la I-70 par Grand Junction pour éviter le Divide.

– Non, c'est plus long. Et de rajouter, pour me vanter : j'ai déjà fait le calcul.

– Pas tellement plus long, pour ne pas dire pas du tout, a répliqué Carl, avec son calme habituel.

Déterminée à avoir le dernier mot dans cette histoire, j'ai insisté :

– Non, je te montrerai quand on sera rentrés.

Nous avons déroulé les cartes du Colorado, du Wyoming et de l'Utah et utilisé une ficelle pour comparer les deux routes. Avec la satisfaction de la victoire, j'ai pu prouver que la ficelle était légèrement plus courte quand elle suivait la route de Cheyenne. Cal s'est contenté de secouer la tête et nous a demandé si nous avions des chaînes pour le minibus. J'ai expliqué pour la dixième fois que non, que nous n'en avions pas besoin parce que j'avais grandi dans le Minnesota. Il a de nouveau secoué la tête avant de sortir sous le porche pour scruter le ciel en direction du nord-ouest.

De tous les regrets que je peux avoir dans ma vie, gagner au jeu de la ficelle est sans doute le pire. Mon itinéraire était effectivement plus court d'une centaine de kilomètres que celui de Cal. Une seule heure de route : c'est ce que je pensais gagner, en nous précipitant la tête la première dans la pire tempête de neige de la décennie.

Pendant que nous chargions le minibus, Olivia, la fille de huit ans de Cal et Linda, a décoré l'intérieur avec des drapeaux qu'elle avait crayonnés en copiant l'atlas mondial. Alors que nous nous embrassions, je me suis demandé pourquoi il me fallait toujours quitter ceux qui m'aimaient ; j'ai chassé cette idée de ma tête et me suis installée au volant.

Je conduirais jusqu'à Rawlins, dans le Wyoming, où Teri prendrait la relève jusqu'à Evanston, près de la frontière avec l'Utah. J'ai entendu Bill et Teri se chamailler à l'arrière à propos de la glacière. À ce stade, la glace avait presque totalement fondu et ne restaient que quelques tranches de mortadelle et de fromage détrempées qui flottaient sur cinq centimètres d'eau froide. L'odeur était insupportable et Teri voulait instaurer une nouvelle règle : on ne pourrait ouvrir le couvercle – en ayant d'abord ouvert les fenêtres – que si deux personnes au minimum voulaient quelque chose. J'avais tendance à lui donner raison, d'autant que la puanteur n'irait pas en s'arrangeant, mais je me suis sentie obligée de me ranger du côté de Bill car il était le seul à se servir encore dans la glacière. Après la dispute, l'ambiance est devenue tendue et nous étions tous – peut-être même Noah – de mauvaise humeur quand je me suis arrêtée à une station-service de Rawlins pour que Teri puisse prendre le volant.

Pendant que j'attendais que tout le monde revienne des toilettes, je me suis levée et j'ai observé l'horizon, ayant remarqué que le ciel était devenu terriblement sombre pour ce qui n'était qu'une heure de l'après-midi. Je sentais également la température descendre en flèche tandis qu'un vent glacial se levait. Teri est sortie de la station-service pour s'installer sur le siège conducteur, et je lui ai demandé de klaxonner pour signaler aux autres que nous allions partir.

Bill et Noah se sont installés à l'arrière et Teri a démarré. J'étais fatiguée et j'en avais déjà marre, bien que la journée ne fasse que commencer; à en juger par la carte que j'avais sur les genoux, la route s'annonçait plate et monotone. J'ai retiré mes bottes pour poser mes pieds sur le chauffage du tableau de bord. J'ai hésité un instant à attacher ma ceinture, avant de décider de ne pas le faire: c'était l'endroit le plus plat de la Terre, que pouvait-il nous arriver?

En s'arrivant sur la I-80, Teri a donné un grand coup d'accélérateur qui a propulsé le minibus vers l'avant, comme si elle voulait se joindre à la course des banlieusards sur la rocade d'Atlanta. Je me suis raidie dans mon siège mais n'ai fait aucun commentaire pendant les deux ou trois kilomètres qui ont suivi. Au moment où nous avons traversé le Great Divide, le temps a complètement changé et j'ai vu tomber des flocons.

J'ai regardé la route humide et j'ai réalisé qu'elle allait devenir une patinoire d'un instant à l'autre. Je me suis alors tournée vers Teri avant de comprendre que son plan à elle était simplement de continuer à appuyer sur l'accélérateur pour garder un rythme de cent trente kilomètres-heure. J'ai pris une voix calme et posée, comme celle que j'utilise avec mes étudiants quand ils sont plongés dans une manipulation dangereuse et qui demande beaucoup de concentration.

– OK, donc, ça va devenir vraiment verglacé, alors il va falloir que tu roules beaucoup moins…

Je n'ai pas eu le temps de terminer ma phrase: au lieu de ralentir progressivement, elle avait donné un coup de frein, et sentant que la route était effectivement glacée, elle avait écrasé la pédale jusqu'à ce que les freins se bloquent. Quand nous avons commencé à glisser, elle a essayé de compenser avec le volant, envoyant le minibus valser dans de grands zigzags. Teri hurlait à ce moment-là, ayant complètement perdu le contrôle du véhicule et j'ai alors réalisé avec horreur que nous allions tout droit à l'accident.

La dernière chose que j'ai vue, c'est le panneau de limitation de vitesse, qui s'est brisé comme un bâton de sucette lorsque le van a heurté ce qui était la seule chose verticale à des kilomètres à la ronde. Nous avons longuement tourbillonné sur nous-mêmes avant de nous arrêter à contresens de la circulation. Ma crainte qu'une autre voiture nous percute n'a été que de courte durée, lorsque j'ai senti que le véhicule penchait anormalement d'un côté et qu'il était en train de se renverser. J'ai essayé de me préparer au choc en me collant au tableau de bord, tout en nous sentant lentement basculer dans le fossé, avec dans les oreilles le bruit ignoble de la tôle qui s'écrase, le craquement du plastique, les cris aigus de Teri et ce qui ressemblait aux premiers coups de feu des mousquets à l'ouverture de la guerre de Sécession.

J'ai été étonnée par la lenteur avec laquelle tout semblait se dérouler, un peu comme un wagon montant le long de la plus haute pente du grand huit. Ma tête a heurté la vitre froide du pare-brise avant de retomber sur la fine couche de feutre du plafond. Soudain, tout s'est arrêté. J'ai ouvert les yeux et me suis maladroitement levée, le plafond ayant désormais remplacé le plancher. Bloqués par leur ceinture, les trois autres passagers étaient suspendus à l'envers comme des parachutistes.

Je me suis précipitée de l'un à l'autre sur le plafond du van pour vérifier leur état. Par chance, aucun de nous n'était blessé, à part mon nez qui s'est mis à saigner avec d'autant plus de vigueur quand j'ai éclaté d'un rire de soulagement hystérique. Bill a été le premier à se détacher et il s'est écrasé sur le plafond sans sembler particulièrement touché par ce qui venait de se passer. Noah était tout au fond, et passait ses mains d'un air morose dans ses cheveux de hipster grungy. Teri restait tout simplement suspendue là, l'air abattu.

J'ai soudain eu peur que tout se mette à exploser, puisque c'est toujours ce qui se passe dans les films après un accident, mais je n'avais pas la moindre idée de ce qu'il fallait faire. Soudain, les portes arrière se sont ouvertes et une voix d'homme a demandé :

– Je suis vétérinaire. Tout le monde va bien ?

La voiture qui nous suivait nous avait apparemment vu tomber dans le fossé et son conducteur s'était arrêté pour nous aider.

J'ai eu du mal à contenir mon euphorie et j'étais prête à serrer ce type dans mes bras pour l'embrasser.

– Hé, ouais, tout va bien, lui ai-je répondu, rayonnante.

– Le temps se dégrade. Il vaudrait mieux aller en ville.

J'ai vu d'autres bons samaritains s'approcher de nous, feux de détresse allumés.

– D'accord, allons-y !

On nous a aidés à nous extirper et j'ai été la dernière à partir, non pas parce que j'étais le capitaine de notre navire échoué, mais parce qu'il m'a fallu retrouver mes bottes au milieu de la pagaille indescriptible du van. Deux par deux, nous sommes montés dans les voitures et sommes partis vers dieu sait où.

Nous ne connaissions pas les conducteurs, nous ne savions pas où nous étions, nous n'avions ni véhicule, ni argent, ni plan pour la suite – et je ne m'étais jamais sentie aussi bien. J'étais si heureuse d'être en vie que je sentais mon cœur prêt à exploser dans ma poitrine. J'étais si contente que personne ne soit blessé que j'aurais pu chanter à tue-tête. Quoi qu'il arrive ensuite, peu importe quoi, ce serait un cadeau que je n'espérais pas même mériter. Tandis que nous nous éloignions, j'ai jeté un dernier coup d'œil en arrière et j'ai vu les drapeaux d'Olivia voleter et se répandre sur la route. La croix jaune de la Jamaïque sur fond noir et vert a attiré mon attention et j'ai souri en la regardant s'envoler au loin.

Vingt minutes plus tard, on nous a fait descendre à la station d'essence de Spruce Street, dans la partie ouest de Rawlins. J'ai abondamment remercié nos sauveteurs, mais plus je parlais, plus je sentais que tout ce qu'ils attendaient, c'était de pouvoir partir. Teri boudait dans un coin avec l'air de celle qui va se suicider. Un des hommes a pris Noah à part et lui a dit : « Hé, t'inquiète pas pour ça. Vous avez eu une sacrée frousse, c'est normal. » Ce n'est qu'alors que j'ai réalisé à quel point nous étions sales. Quand le minibus s'est renversé, tout le reste a suivi, y compris la glacière. Il était aussi particulièrement regrettable que l'un de nous ait mal refermé sa bouteille de deux litres après usage. D'après son apparence et son odeur, j'ai supposé que Noah avait été aspergé de l'urine de l'un de nous pendant l'accident. L'homme en train de le rassurer croyait sans doute qu'il avait perdu le contrôle de sa vessie sur sa propre tête et j'ai failli intervenir pour rétablir la vérité, mais Bill a interrompu mes pensées.

– Hé, tu sais quoi ? On a une assurance trois étoiles !

Avant d'abandonner le véhicule, il avait eu la présence d'esprit de prendre la carte d'essence dans la boîte à gants et il en déchiffrait maintenant les petits caractères. En apprenant ça, je me suis tournée vers lui avec un grand sourire.

– Je vais les appeler pour qu'ils viennent nous tirer du fossé, a-t-il ajouté en se dirigeant vers le téléphone.

– Dis-leur qu'on est au Super 8 ! ai-je crié, en apercevant l'enseigne du motel situé en haut de la rue.

Quand Bill est revenu, nous avons ramassé nos sacs à dos et avons commencé à nous diriger vers le motel. À l'intérieur, le hall puait tellement que nous n'avions guère à nous inquiéter.

– Bonjour, ai-je dit à la femme derrière le comptoir. On va passer la nuit ici, si c'est possible.

– Trente-cinq dollars la chambre simple, quarante-cinq la double, m'a-t-elle répondu sans lever les yeux ni retirer la cigarette de sa bouche.

J'ai jeté un œil à Teri. Elle était encore en état de choc.

– Disons trois chambres, alors. Une simple pour eux deux, et nous on va partager, ai-je dit en désignant Bill. Ça fait cent quinze dollars, c'est bien ça ?

– Plus les taxes.

– Plus les taxes, bien sûr, ai-je dit en souriant et en lui tendant à tout hasard ma carte de crédit.

À ma grande surprise, elle l'a acceptée et l'a glissée d'un geste brusque dans le lecteur.

– Eh bien voilà, tout s'arrange ! Qui veut dîner, maintenant ?

Teri était toujours aussi maussade.

– Je veux juste aller me coucher, a-t-elle dit.

Je n'aurais su dire si elle était en colère contre elle-même ou contre moi. J'aurais voulu lui demander si elle allait bien, mais je me suis dit que ce n'était peut-être pas le bon moment pour ça. Je suis donc restée là sans rien dire, ce qui, je le savais bien, n'était pas non plus ce qu'il fallait faire. Quant à Noah, il avait disparu à l'instant même où il avait récupéré sa clé. Bill et moi avons donc quitté le motel et descendu Elm Street à la recherche d'un restaurant. Nous avons trouvé un grill graisseux, commandé deux faux-filets et deux Coca que nous avons engloutis, réalisant à quel point nous étions affamés.

Notre retour au motel ressemblait à toutes ces marches que nous avions faites ensemble et pourtant quelque chose avait changé. Nous nous sentions comme deux gangsters qui auraient descendu le mauvais type : quelque chose dans cette débâcle presque fatale nous avait liés pour toujours. Dans notre chambre d'hôtel, un dessus-de-lit matelassé à gros motifs bordeaux recouvrait un grand lit dont les draps n'avaient manifestement pas été changés. Les murs au lambris sombre et les épais rideaux en polyester empestaient la cigarette et le désinfectant bon marché. La moquette était tachée et suffisamment collante pour nous convaincre de garder nos bottes.

Il était tard, j'étais épuisée, mais mon cerveau était en pleine effervescence. Quelques bleus avaient fait leur apparition et j'avais remarqué du sang dans mon urine lors de mon passage aux toilettes du restaurant, mais cela ne m'avait pas préoccupée. Ce soir-là, il me semblait que plus rien de ce qui se passerait dans le monde ne vaudrait plus jamais la peine de s'en inquiéter.

Bill et moi nous sommes allongés côte à côte sur le lit, fixant le plafond taché d'humidité, faiblement éclairé par l'unique lampe de chevet. Le robinet de la salle de bains gouttait à un rythme lent et régulier. Au bout d'une vingtaine de minutes, Bill a dit :

– Eh bien voilà, c'est enfin arrivé. Un des étudiants a essayé de nous tuer.

L'idée était si ridicule, dite comme ça, qu'elle m'a fait m'esclaffer, avant de me faire franchement rire. Puis de plus en plus fort et de plus en plus profondément. J'ai ri jusqu'à ce que mon estomac se contracte et que je ne puisse plus respirer correctement. J'ai ri jusqu'à ne plus pouvoir me contrôler et mouiller un peu ma culotte. J'ai ri jusqu'à ce que mon rire devienne si douloureux que je suppliais de ne plus rire tout en continuant à rire. J'ai ri jusqu'à ce que mon rire se transforme en sanglot. Et Bill riait aussi. Nous avons ri de joie d'avoir trompé la mort, et de façon aussi grandiose. Notre chance incroyable était un don du ciel et nous avait révélé que le monde était trop doux pour qu'on veuille le quitter. Un nouveau jour nous était accordé sans que nous ayons fait quoi que ce soit pour le mériter, et nous le vivrions ensemble. Si nos rires ont fini par se calmer, ce n'est que par épuisement. J'ai soufflé un moment avant que je ne sente un rire me monter à nouveau dans la gorge. Puis j'ai commencé à rire, et Bill aussi. Et tout a recommencé. Nous étions là, allongés l'un à côté de l'autre, et nous riions et riions, nos bottes au pied.

Bill s'est levé pour aller à la salle de bains mais il en est ressorti aussitôt.

– Devine quoi. Les toilettes sont bouchées. Je savais bien qu'on aurait dû prendre les bouteilles.

– T'as qu'à pisser sur la moquette. Comme tout le monde.

– T'es un animal ou quoi ? m'a-t-il répondu avec dégoût. La baignoire a l'air de marcher.

Je me suis levée à mon tour pour suivre sa suggestion, puis nous avons recommencé à fixer le plafond, allongés côte à côte sur le lit.

– Tu sais, je m'en veux pour Teri. Elle doit me détester.

– Tu veux rire ? Elle devrait être contente d'être encore en vie ! a répondu Bill.

– Elle devrait être contente qu'on soit tous en vie.

Mais je n'étais pas tranquille.

– Je suis sûre qu'elle m'en veut pour tout ça. Et en fin de compte, j'imagine que c'est de ma faute : c'est moi qui l'ai inscrite à ce congrès.

– Tu lui as permis de voyager gratis à travers tout le pays, pour rencontrer des gens qui pourraient lui donner du boulot après ses études ? Ça oui, t'es une vraie salope. On aurait dû rester à Atlanta, que je me tape tout le boulot de labo à sa place comme d'habitude, a dit Bill, exprimant un ressentiment profond que je ne lui connaissais pas. C'est une adulte ! Merde alors, elle a dans les trente et quelques ; c'est beaucoup plus adulte que nous !

– Ça ne veut rien dire. Mais c'est vrai que personne n'en a jamais eu rien à foutre que j'aille à une conférence quand j'étais étudiante, ai-je ajouté en me retranchant dans mon propre ressentiment.

– Écoute, tu ne seras jamais amie avec les étudiants, alors mets-toi ça dans la tête une bonne fois pour toutes. On va tous les deux se casser le cul pour eux, leur apprendre des tas de trucs, risquer nos putains de vies pour eux, et à tous les coups ils vont nous décevoir. C'est comme ça, c'est le boulot, c'est pour ça qu'on est payés.

– T'as raison, ai-je soupiré en abondant dans son cynisme, sans grand enthousiasme. Mais c'est pas vraiment ce qu'on pense, hein ?

– Pas du tout, a dit Bill. Mais ce soir, oui.

J'ai fermé les yeux et compté les gouttes qui tombaient doucement du robinet de la salle de bains, jusqu'à ce que Bill ajoute :

– Tu sais aussi qu'on ne peut jamais être amis avec les gens avec qui on travaille.

J'ai ouvert les yeux parce que ses paroles m'avaient piquée au vif de façon inattendue.

– Et nous, alors ? Je veux dire... on est amis, non ?

– Nan, a-t-il répondu. Toi et moi, on est juste deux connards perdus au milieu de nulle part qui essaient d'économiser vingt-cinq dollars sur leur note d'hôtel. Alors ferme-la et dors.

Et c'est ce que nous avons fait, chacun de son côté du grand lit, avec nos vêtements et nos bottes. J'ai décidé que ce devait être ça, la famille, et j'ai remercié Dieu pour cette journée que nous venions de vivre – et pour la suivante aussi, tant que j'y étais.

Le lendemain matin, nous nous sommes réveillés tard, et lorsque nous sommes sortis de notre chambre, le jour était clair et ensoleillé. Teri m'attendait dans le hall, apparemment en rogne. Elle ne semblait pas avoir fermé l'œil de la nuit.

Nous avons partagé une assiette d'œufs au bacon chez le routier d'en face, et qui a largement suffi pour nous nourrir tous les quatre. Après que Bill a commandé son huitième café, Teri m'a regardée et m'a dit :

– Je veux que tu me déposes à l'aéroport de Salt Lake City, que je puisse rentrer chez moi.

J'ai acquiescé de la tête et m'apprêtais à répondre que je comprenais parfaitement et que ce ne serait pas un problème, mais avant que j'aie pu ouvrir la bouche, Bill a explosé.

– Quoi ?

Il a jeté ses couverts dans son assiette et a empoigné la table comme si la terre tremblait.

– Tu renverses le minibus et tu veux nous planter là et nous laisser nous démerder tout seuls, c'est bien ça ? Alors ça, c'est fort ! Foutrement fort, répétait-il en secouant la tête avec consternation.

Teri s'est levée brusquement avant de partir, sans doute pour aller pleurer dans les toilettes. J'ai failli la suivre pour lui dire que tout irait bien, qu'on fait tous des erreurs, que ce voyage avait été une très mauvaise idée et que nous allions tous rentrer chez nous, mais mon intuition de scientifique me disait que ce serait une erreur d'abandonner si vite.

Je suis revenue à table et j'ai laissé la tension retomber. Comme tout ce qui concernait le labo, l'accident était de mon ressort et j'en assumerais l'entière responsabilité. En me couchant la nuit dernière, je savais bien qu'il me faudrait régler tout ça dès que j'aurais mis un pied hors du lit, ce qu'il me restait donc à faire. Je n'avais aucune idée d'où se trouvait le van – ni même ma valise, d'ailleurs. J'ignorais aussi à quelle distance nous nous trouvions de Salt Lake City. Je ne savais qu'une chose : il restait moins de vingt-quatre heures avant ma présentation, et nous avions encore trois États à traverser pour y arriver. Mais j'étais surtout heureuse d'être suffisamment vivante pour pouvoir régler ces problèmes. Je ne voyais rien à l'horizon qui puisse me tuer aujourd'hui – et ne pas me faire tuer était devenu ma nouvelle échelle de valeur d'une bonne journée. Il n'y avait rien d'autre à faire que de manger du bacon et d'improviser.

Bien que je sois d'accord avec lui, la réaction de Bill m'avait surprise. J'ai réalisé qu'il s'était sans doute lui aussi posé la question – sans passer à l'acte – de me quitter, et il m'est apparu pour la première fois qu'il avait la possibilité d'abandonner notre vie en Géorgie. Il avait géré ce dernier épisode, à la fois bizarre et effrayant, avec son pragmatisme habituel, et avait fait ce qu'il fallait pour se sortir d'une catastrophe dont il n'était pas responsable. En fait, rien de tout cela ne semblait le déranger. Ce qu'il ne supportait pas, en revanche, c'est que quelqu'un d'autre songe à nous abandonner – l'idée même le mettait en rage comme nulle autre chose.

Et j'arrivais alors à la conclusion de ce à quoi j'avais commencé à songer avant de m'endormir la veille : c'était ça, ma vie, et Bill, ma famille. Les étudiants iraient et viendraient, ils seraient ce qu'ils sont – certains seraient doués, d'autres non, mais nous ne nous y attacherions pas. L'essentiel, c'était Bill et moi, et ce que nous pouvions faire ensemble. Tout le reste n'était qu'accessoire. Je me suis soudainement sentie libérée du poids des exigences cupides et vaniteuses du monde académique. Je n'allais pas changer le monde, ni former une nouvelle génération de scientifiques exceptionnels, ni glorifier une institution. Ce qui importait, c'était de faire vivre le labo et de le conserver corps et âme. Quand je m'étais extirpée vivante de ce minibus, j'avais fouillé mes poches et trouvé la seule monnaie qui compte vraiment : la loyauté. Je me suis levée, ai payé notre addition et tenu la porte ouverte le temps que tout le monde sorte.

– Allez les gars, ça va s'arranger. On n'a pas le choix de toute façon.

Tandis que nous revenions au motel, il m'a semblé voir quelque chose qui ressemblait à notre van, garé sur le parking. Une illusion sans doute, car celui-ci était en parfait état. C'était pourtant bien lui. En parfait état en effet, mais seulement du côté passager. L'autre était enfoncé comme une canette de bière écrasée, le rétroviseur arraché, tout comme l'un des essuie-glaces. Aucune vitre n'était toutefois brisée et les portes du côté passager s'ouvraient et se fermaient normalement. Bill a jeté un œil à l'intérieur et a fait quelques commentaires sur le « luxe subtil » du véhicule. La glacière s'était complètement répandue pendant l'accident, et l'habitacle empestait la pisse, la viande avariée et le fromage rance. Tout cela s'était étalé sur les fenêtres du côté où le van s'était renversé et avait gelé pendant la nuit.

Bill nous a annoncé que nos valises étaient toutes là et s'est installé au volant pour essayer de démarrer. Il a tourné la clé et le moteur s'est immédiatement mis à rugir avant de ronronner une fois au point mort. J'ai vu le visage de Bill se fendre d'un large sourire.

– C'est reparti ! a-t-il crié.

Je me suis pincé le nez pour m'asseoir en chien de fusil à l'avant, tandis que Teri et Noah se glissaient à l'arrière.

De retour sur l'autoroute, nous avons pris la direction de Rock Springs, dans le Wyoming, Noah faisant office de rétroviseur en signalant d'un geste silencieux que la voie était libre. J'ai réalisé qu'il n'avait pas dit un mot de tout le voyage. J'ai mis ma ceinture et l'ai vérifiée à plusieurs reprises pour m'assurer que le mécanisme s'était bien enclenché.

J'ai calculé le nombre d'heures qui nous séparaient de San Francisco : seize, peut-être dix-sept tout au plus – ça irait. Je n'avais pas tenu compte du blizzard qui faisait rage dans la Sierra Nevada, mais ça ne serait un problème que plus tard. Pour le moment, tout allait bien.

– Oh merde ! s'est exclamé Bill. On a oublié d'aller récupérer le rétroviseur. Tant pis, on fera ça au retour.

Sa remarque m'a abasourdie. J'étais si obsédée par l'idée d'arriver à San Francisco à temps que j'avais oublié que nous allions devoir à nouveau traverser tout le pays avec cette épave. Comme s'il lisait dans mes pensées, Bill a pointé son doigt vers moi.

– Non, je ne veux rien entendre. Toi, tu restes assise ici et tu te concentres sur ta présentation. Après tout ce qu'elle nous a coûté, elle a intérêt à être bonne.

Comparés au voyage aller, les cinq jours de conférence nous ont paru bien tranquilles, et dès celle-ci achevée, nous sommes retournés à Atlanta, cette fois par la I-10 puis la I-20, en traversant l'Arizona, le Nouveau-Mexique et les trois cents kilomètres du Texas, sans carte routière. Chaque jour, Bill faisait observer que c'était un bien beau pays, et j'approuvais. Le temps d'arriver à Phoenix, Teri était redevenue elle-même, et le reste de l'histoire ancienne.

Le soir de notre arrivée à Atlanta, j'ai garé le minibus sur le parking de location avant de glisser les clés dans la boîte prévue pour les retours hors horaires. J'ai ensuite dû affronter les foudres des administrateurs pendant tout le mois qui a suivi. J'ai insisté sur le fait que c'était moi qui conduisais et je les ai assurés de mon manque total de remords, arguant que j'étais beaucoup trop heureuse d'être en vie pour pouvoir critiquer le miracle qui nous avait permis de nous en sortir. Ils n'ont rien compris à ça, et j'ai cessé d'espérer que ce soit le cas. Il n'y avait qu'une seule personne qui voyait très bien ce que je voulais dire et je réalisais la chance que j'avais de l'avoir à mes côtés.

11

La petite ville de Sitka est sans doute l'endroit le plus charmant d'Alaska. Elle se trouve sur l'île Baranof, face au golfe, et jouit d'une douceur permanente grâce aux courants chauds de l'océan Pacifique. La température mensuelle moyenne ne descend jamais en dessous de zéro, et le climat y est particulièrement agréable pour les quelques milliers d'habitants qui y vivent. Sitka a toujours été une ville paisible et sans histoire – excepté pendant la courte période de 1867, durant laquelle elle a brièvement attiré les regards du monde entier.

L'achat de l'Alaska par les États-Unis s'est tenu à Sitka, à l'occasion d'une cérémonie officielle à laquelle avaient été conviés des diplomates russes (les vendeurs) et américains (les acheteurs). Ils célébraient le traité ratifié par le Sénat américain en vertu duquel les États-Unis achetaient un nouveau territoire de 1600000 km^2 au prix de 4,5 dollars le mètre carré. Le montant total de 7200000 dollars paraissait alors exorbitant à l'Américain moyen, qui peinait à joindre les deux bouts dans un pays dévasté par la guerre de Sécession qui venait alors tout juste de prendre fin. L'opinion était divisée: certains voyaient là une première étape vers l'annexion de la Colombie-Britannique; d'autres se désespéraient de voir le pays s'encombrer de nouveaux territoires vides qu'il faudrait peupler. Dans le contexte difficile de l'après guerre civile, le traité était également une échappatoire, un feuilleton dramatique exacerbant une énième lutte entre le bien et le mal qui se jouait cette fois dans une contrée étrange et lointaine.

Sitka connut un autre bouleversement dans les années 1980. Il ne s'agissait plus alors d'un traité entre nations, mais d'une guerre entre espèces.

Les arbres aiment Sitka. Les étés longs et doux et le climat tempéré de l'île Baranof en font un endroit particulièrement agréable à vivre, même si les hivers froids et sombres limitent leur croissance. On y trouve l'épinette de Sitka, l'aulne de Sitka, le sorbier de Sitka et le saule de Sitka, tous découverts lors de l'exploration de la région. Ces arbres ont colonisé avec succès la Colombie-Britannique, puis l'État de Washington, l'Oregon et la Californie. Ce sont pourtant des arbres modestes : le saule de Sitka, par exemple, n'est pas exactement ce qu'on pourrait appeler un géant des forêts : il culmine au mieux à sept mètres. Mais comme souvent chez les plantes, il ne faut pas se fier aux apparences.

Lorsqu'on se promène dans un bosquet d'eucalyptus, on est immédiatement saisi par son parfum unique : une odeur âcre, épicée, fraîche et légèrement savonneuse. Ce que notre nez perçoit sont des molécules que les arbres synthétisent et libèrent dans l'atmosphère. Elles sont ce qu'on appelle des « composés organiques volatils » ou « COV ». Les COV résultent du métabolisme « secondaire » de la plante, c'est-à-dire qu'ils ne participent pas directement à sa nutrition, et ne lui sont donc pas essentiels pour vivre. Ils ont cependant d'autres fonctions importantes. Certaines sont aujourd'hui bien connues, mais beaucoup nous échappent encore. Les COV émis par l'eucalyptus jouent par exemple un rôle d'antiseptique et protègent l'écorce et les feuilles blessées de l'infection.

La plupart des COV ne contiennent pas d'azote et leur production ne coûte donc pas grand-chose à la plante ; les arbres peuvent se permettre d'en inonder la forêt, d'où l'odeur d'eucalyptus si caractéristique à notre nez. La vaste majorité des COV est cependant imperceptible à l'odorat humain – ce qui importe peu, puisque tel n'est pas leur objectif. La quantité de composés présents dans l'atmosphère d'une forêt fluctue, car la sécrétion de chacun peut être induite ou stoppée par un simple signal perçu par l'arbre. L'un de ces signaux les plus répandus est l'acide jasmonique, que les plantes diffusent abondamment lorsque l'une d'elles est blessée.

Dans la guerre entre végétaux et insectes qui fait rage depuis quatre cents millions d'années, les victimes se comptent dans les deux camps. En 1977, les hectares boisés de l'université de Washington, dans le comté de King, ont été dévastés par une attaque de livrées des forêts, un papillon nocturne typique de l'Amérique du Nord. Leurs chenilles menaient la charge : ces larves sont d'insatiables combattantes, capables de défolier des arbres entiers et d'en endommager mortellement plus encore. La population de feuillus s'est alors effondrée. Mais si les arbres avaient perdu une bataille, ils n'avaient pas pour autant perdu la guerre, comme ils le prouveraient si souvent au cours de leur histoire.

En 1979, les chercheurs du campus ont étudié la croissance de chenilles nourries avec les feuilles des individus qui avaient survécu à l'assaut. Ils se sont aperçus qu'elles grossissaient beaucoup moins que la normale – en tout cas beaucoup moins que celles qui avaient dévoré ces mêmes arbres deux ans auparavant. La raison en était simple : ces feuilles comportaient un composé chimique qui rendait les chenilles malades.

Mais il y avait plus étonnant encore : les feuilles de saules de Sitka situés à près d'un kilomètre – des arbres qui n'avaient jamais été attaqués – ne convenaient pas mieux à ces chenilles. Ainsi affaiblies et maladives, elles auraient été bien incapables de détruire toute une forêt comme elles l'avaient fait si facilement de l'autre côté de la colline deux années auparavant.

On savait les arbres adjacents capables de communiquer par leurs racines, mais les deux groupes de saules de Sitka étaient beaucoup trop éloignés l'un de l'autre pour envisager tout dialogue souterrain. Il fallait donc bien qu'un signal ait été transmis et capté en surface. Les chercheurs ont conclu que lorsque les premières feuilles avaient été attaquées, les plantes avaient réagi en concentrant dans leurs feuilles un poison pour les chenilles, et que cette production avait également déclenché celle de composés organiques volatils. Ils ont également émis l'hypothèse que ces COV s'étaient disséminés sur au moins un kilomètre à la ronde et qu'après avoir perçu ce signal d'alerte, les arbres situés aux alentours avaient eux-mêmes stocké du poison dans leurs feuilles, par mesure de prévention. Tout au long des années 1980, génération après génération, les chenilles sont ainsi devenues de plus en plus faibles, et mouraient fréquemment de faim. Grâce à leur stratégie à long terme, les arbres ont fini par inverser le cours de la guerre.

Des années d'observation ont convaincu les chercheurs qu'une communication aérienne entre les saules de Sitka était l'explication la plus probable. Ils savaient bien sûr que les arbres ne sont pas des êtres humains et qu'ils n'éprouvent pas de sentiments. Pour nous, tout du moins. Les arbres se fichent pas mal des hommes. Mais peut-être prennent-ils soin les uns des autres, pendant les périodes de crise. L'expérience du saule de Sitka a été une étude magnifique, brillante, et qui a tout changé. Le seul problème, c'est qu'il fallut attendre vingt ans pour qu'elle soit prise au sérieux.

12

Je parvenais à m'endormir, mais pas à le rester longtemps. Depuis plusieurs semaines en ce début de printemps 1999, je me réveillais par intermittence vers deux heures et demie du matin, et mon incapacité à me rendormir me rendait de plus en plus nerveuse. Bill s'occupait parfaitement du labo, chaque expérience fonctionnait comme une horloge, ce qui rendait d'autant plus frustrant les refus, les uns après les autres, de toutes mes demandes de financement. Pour qu'un contrat de recherche soit approuvé, il doit être examiné par une commission scientifique. Son évaluation dépend beaucoup de vos antécédents, c'est-à-dire du nombre de découvertes significatives issues de vos précédents contrats. Ce critère constitue évidemment un handicap sérieux pour les chercheurs qui débutent leur carrière.

Il arrive également que les membres du comité d'attribution se servent de ces évaluations pour régler des comptes personnels. Je recevais ainsi de temps à autre des commentaires comme : « Cet examinateur est consterné de constater que les apparentes capacités du postulant ont été jugées à la hauteur du diplôme accordé par l'institution qu'il a lui-même fréquentée. » Pendant la conférence de San Francisco à l'occasion de laquelle j'avais présenté mes idées sur les plantes et l'absorption de l'eau, un scientifique furieux (qui, des années plus tard, se révélera être quelqu'un d'agréable) était monté sur sa chaise pliante pour me crier : « Je ne peux pas croire que vous racontiez des choses pareilles ! », alors que j'essayais de parler. Choquée et prise au dépourvu, j'avais bredouillé dans le micro : « Vous devez avoir un problème », ce qui n'avait pas contribué à détendre l'atmosphère.

En réalité, mes ennuis avaient commencé bien des années auparavant. À l'époque où je rédigeais ma thèse, je m'étais accordé une pause pour rendre visite à l'enseignante dont j'avais impatiemment attendu l'arrivée, en raison de son expertise en paléobotanique. Je l'avais aidée à déballer sa vaste collection de fossiles, à les étiqueter et à les ranger. Ces roches comportaient des traces des toutes premières fleurs terrestres. Elle avait été les chercher, au péril de sa vie, dans la jungle aux alentours de Bogota, en Colombie. Les sédiments remontaient à cent vingt millions d'années et ma collègue prévoyait d'en isoler les minuscules grains de pollen et les spores de fougère encore préservés sous les pétales fossilisés. Après les avoir observés au microscope, elle décrirait méticuleusement la forme de chacun de ces grains et suivrait l'évolution de leur nombre d'une roche à l'autre. Les données récoltées lui permettraient de savoir dans quelle mesure l'apparition des fleurs avait été liée à l'évolution des populations de fougères, et de mesurer le degré d'ombre présent dans le sous-étage végétal obscur où avait eu lieu cette révolution botanique.

Les échantillons de roche étaient si friables, si irréguliers et si sombres que je me suis demandé si leur teneur en carbone organique serait suffisante pour être détectée par le spectromètre de masse. Mes premiers tests ont confirmé qu'il y en avait en réalité plus qu'assez – en fait, il y avait même de quoi réaliser une nouvelle forme d'analyse chimique, une technique qui mesurerait le rapport entre atomes de carbone lourds et ceux plus modestes et fréquents.

Notre travail s'est avéré être l'une des toutes premières analyses du carbone-13 présent dans des roches terrestres préhistoriques, et bien que j'aie réussi à achever le travail de laboratoire en moins de deux ans, il m'en fallut six de plus pour interpréter les données et publier mes résultats. J'ai ainsi passé mes premières années de chercheur à essayer de convaincre le monde que j'avais utilisé une méthode inhabituelle sur des échantillons peu orthodoxes pour obtenir un résultat surprenant sur la base d'une interprétation non validée. Et j'avais la naïveté de croire que cela serait suffisant pour convaincre des chercheurs qui avaient dix fois plus de crédibilité scientifique que moi. Les premiers temps de ma carrière universitaire ont en réalité davantage ressemblé à un long et inexorable naufrage.

Alors que je passais mes premières années à me heurter encore et encore à un mur de scepticisme académique, j'ai fini par comprendre qu'il me faudrait bien des conférences, bien des échanges et une bonne dose d'introspection intellectuelle pour réussir à convaincre suffisamment d'experts que je savais ce que je faisais. Le problème, c'est que je n'avais pas des années devant moi pour cela. Une fois épuisés les fonds alloués par l'université pour lancer mon labo, nous avons dû aller nous servir en produits chimiques, gants, éprouvettes – et n'importe quoi d'autre qui n'était pas sous clé – dans le sous-sol poussiéreux et abandonné du bâtiment pour pouvoir continuer à travailler. Mes arguments du genre « au moins ça sert à quelque chose » ont commencé à sonner creux quand nous avons ensuite dû, en désespoir de cause, aller fouiller dans les poubelles et les bacs de recyclage, avant de nous attaquer aux labos d'enseignement des bâtiments d'ingénierie – ils semblaient si riches, que nous nous sommes dit que telle ou telle chose n'allait pas leur manquer.

L'argent du salaire de Bill a été le dernier à s'épuiser, et bien qu'il feignît toujours l'indignation et l'offense morale quand un étudiant avait le culot de lui demander s'il était « ce type qui habite dans le bâtiment », la situation commençait à nous user l'un et l'autre. Au début, il considérait son dénuement comme une nouvelle aventure, un genre d'épisode bohème, mais les maigres charmes de la situation avaient rapidement disparu au fil des mois. Quand il vivait encore dans son van, les petites attentions que j'avais pour lui, comme les repas que je lui cuisinais tous les soirs, suffisaient à apaiser ma culpabilité, mais il était évident que j'étais maintenant en train de gâcher notre vie à tous les deux.

J'étais également terrifiée sur le plan existentiel. Depuis que j'étais petite, j'avais toujours voulu devenir une vraie scientifique ; je risquais maintenant de tout perdre alors que j'étais si près du but. Je cumulais les heures supplémentaires, mais mes nuits blanches au travail n'amélioraient guère la situation.

Un soir, pensant venir éteindre une lumière laissée allumée, le gardien de nuit est passé au labo.

– Vous aurez beau aimer votre travail par-dessus tout, il ne vous le rendra jamais, a-t-il marmonné en m'y découvrant à cette heure inhabituelle.

Il a secoué la tête avec pitié avant de refermer la porte. J'ai bien sûr refusé de lui donner raison, mais je commençais à comprendre ce qu'il voulait dire.

J'étais d'autant plus terrifiée à l'idée de perdre le labo qu'il avait toujours été mon seul et véritable rêve. Sur les bancs de l'université, je m'étais accrochée à la conviction qu'une fois devenue chercheur (ce qu'attesterait un labo avec mon nom sur la porte), le monde entier reconnaîtrait mon sérieux, une découverte scientifique majeure suivrait naturellement et la vie serait belle. Je m'étais jetée corps et âme dans mes études, confiante en la récompense à venir.

J'étais donc abasourdie par l'échec de ces premières années. Je redoutais, pour la première fois de ma vie, que ma destinée cosmique ne se réalise pas et de décevoir les espoirs qu'avaient placés en moi toutes mes aïeules frustrées – que je m'imaginais toujours en train de laver les draps, les bras jusqu'aux coudes dans leur lessive. Pendant le mélodrame angoissé de mes nuits blanches, je me mettais à penser à saint Étienne, ce pauvre gars. Comment il avait commencé, pétri d'excitation, de volonté et du Saint-Esprit, avant de finir lapidé par son auditoire avant même d'avoir pu mettre un pied hors de Jérusalem. Quelques jours avant, Étienne avait eu l'honneur d'être choisi comme l'un des sept qui prêcheraient la bonne parole de par le monde. Lui avait-on dit qu'il y avait de grandes chances qu'il énerve les gens avec sa nouvelle vision des choses ? Bien sûr, il était suprêmement pieux et tout ça, mais tout de même, ne s'est-il pas senti un peu idiot ?

La Bible est toujours avare de détails. Pourquoi l'instinct de survie inné d'Étienne ne l'avait-il pas sauvé du martyre ? Quand on vous jette une pierre à la tête, n'a-t-on pas le réflexe de l'esquiver ? De s'en protéger avec les bras ? Ou ferme-t-on plutôt les yeux en attendant que l'une d'elles vous frappe la tempe ? Et d'où venaient ces pierres, d'ailleurs, quand on lapidait les gens ? Les ramassait-on en chemin vers le lieu d'exécution ? De combien de pierres chaque lanceur estimait-il avoir besoin ? Les examinait-il chacune avec attention pour ne garder que celles répondant à certains critères ? Les femmes pouvaient-elles participer au lynchage, ou ne faisaient-elles que sourire en arrière-plan, comme chez Raphaël ? Je songeais à Saul, l'aîné, qui fut témoin de toute l'affaire, et comment il finit par se rallier à la pensée d'Étienne, avant de se tailler une belle célébrité en voyageant en missionnaire à travers tout l'empire – tout cela après qu'Étienne fut mort et enterré.

Plus mon esprit tournait vainement en rond, plus je devenais nerveuse et plus je sentais une douleur insupportable apparaître dans mes genoux et dans mes coudes, avant de s'étendre à mes chevilles et à mes épaules. Je m'asseyais alors au bord de mon lit et me massais les articulations en me balançant d'avant en arrière pendant une demi-heure. Quand je n'en pouvais plus, j'appelais Bill. La sonnerie du vieux téléphone accroché au mur de son bureau-dortoir ressemblait à une alarme incendie, et il répondait toujours rapidement, davantage par besoin de la faire cesser que par souci pour moi.

– C'est déjà le milieu de la nuit? a-t-il dit en décrochant.

– Je ne me sens pas très bien, ai-je murmuré d'une voix tremblante et qui trahissait mon anxiété galopante.

– Ouais, j'entends ça. T'as mangé quelque chose depuis que tu m'as déposé?

– J'ai pris un Ensure.

Bill a soupiré avec exaspération. S'en est suivi un long silence.

– Je suppose que c'est le moment où je te répète que tout va s'arranger, a-t-il fini par dire.

J'essayais de ne pas craquer.

– Et si ce n'était pas le cas? Et si on n'obtenait jamais de subvention? Et si je n'étais tout simplement pas assez bonne? Et si on perdait tout?

– « Et si? » On s'en fout des « Et si »! Qu'est-ce que ça changerait, de toute façon? a braillé Bill. Pas de subvention? Tu ne peux de toute façon pas me payer moins que tu le fais déjà, au cas où t'aurais pas fait les comptes depuis un moment. Et si tu te fais virer? On a les foutues clés du labo, j'irais faire des doubles demain. À mon avis, pas besoin d'être engagé ici pour venir travailler tous les jours. Alors tu vas continuer à enfiler ton costard et à nous vendre du mieux que tu peux à la prochaine occasion pour nous sortir de là, bon sang! Si on a réussi à construire tout ça, c'est que c'est possible. Sinon, on aura juste à faire nos foutues valises et à dégager pendant la nuit – et toi, tu tourneras la manivelle de l'orgue pendant que je ferai le singe avec mon chapeau et ma tasse en ferraille.

Bill avait réussi à me faire rire un peu avec son sermon.

– On se lit un bout du *Livre de Marcie* ? ai-je proposé après un long silence.

– Enfin quelque chose de sensé !

J'ai repêché l'épais volume sous mon lit et l'ai ouvert au hasard.

« Marcie » était une de mes élèves de master que nous avions surnommée ainsi en référence à son personnage préféré de *Snoopy et les Peanuts*. Elle ressemblait pourtant beaucoup plus à Peppermint Patty, car elle acceptait avec la même résignation débonnaire ses notes d'évaluations catastrophiques. Elle avait récemment quitté le labo sans animosité, ayant renoncé à améliorer son travail pour le rendre au minimum passable. Le cadeau de départ dont elle nous avait gratifiés était le brouillon de sa « thèse », qui avait pris des proportions énormes au fil des révisions, et dont j'étais persuadée qu'il inaugurait un nouveau style littéraire. Tout y était ridicule, de la police Palatino taille 14 aux pages parfois laissées à l'envers avant la reliure. En attendant que mon insomnie disparaisse, j'ai lu à Bill un paragraphe de trois pages de la prose de Marcie, suivi d'un passage de *Finnegans Wake* de James Joyce. Je l'ai ensuite mis au défi de me dire qui avait écrit quoi et de justifier son choix par une analyse critique. La nuit d'avant, j'avais fait l'analyse comparée de la section « Méthodes » du *Livre de Marcie* avec le monologue de Lucky dans *En attendant Godot*.

Nous réjouissant tous deux à l'avance de la catharsis singulière propre au fait de se livrer à quelque chose de moralement répréhensible, Bill et moi rivalisions d'érudition feinte. Ces derniers temps, ces longues conversations téléphoniques étaient devenues la seule chose capable d'endiguer le flot de mes pensées et de me permettre de dormir.

À un moment, notre conversation s'est arrêtée quelques instants ; j'ai regardé par la fenêtre et n'ai vu encore aucun signe annonciateur de l'aube. J'ai jeté un œil au réveil.

– Wow, quatre heures du matin. Je crois que c'est bon. Nouveau record.

Mon anxiété s'était calmée.

– Tu sais ce qui est le pire pour moi ? C'est que je suis sûr que tu empêches la Bête de dormir, m'a dit Bill.

J'ai regardé Reba, couchée dans son panier au pied de mon lit, effectivement éveillée et attentive.

Après une nouvelle pause, Bill m'a dit, d'une voix presque tendre :

– Bon Dieu, pourquoi tu ne vas pas voir un médecin, ou du genre ?

J'ai immédiatement balayé sa suggestion.

– Pas d'argent, pas le temps et pour quoi faire ? Pour qu'il me dise de moins stresser ?

– Pour qu'il te prescrive du foutu Prozac.

– Je... J'en ai pas besoin.

– Alors n'en prends pas. Et donne-le au SDF qui squatte ton labo.

Une nouvelle vague de culpabilité m'a submergée, alors que je sentais Bill tout proche de m'avouer, pour la première fois, qu'il n'était pas heureux.

– Je vais y réfléchir, ai-je dit.

J'ai posé ma main sur le téléphone pour qu'il ne m'entende pas retenir les mots que je voulais lui dire.

– Merci d'avoir décroché, lui ai-je dit doucement.

– C'est pour ça que tu me payes un salaire de ministre, m'a-t-il répondu avant de raccrocher.

***

Les choses ont effectivement fini par s'arranger. Six mois plus tard, nous avons loué une camionnette, y avons entassé tout notre équipement scientifique, installé Reba sur le siège avant, attaché – pour une fois – nos ceintures et roulé vers le nord, en direction de Baltimore. J'avais trouvé des postes à l'université Johns-Hopkins et convaincu les deux universités qu'il était plus logique de transférer notre matériel plutôt que de le jeter. Après notre déménagement, j'ai suivi le conseil de Bill et j'ai consulté un médecin. J'ai pris les bons médicaments, commencé à manger sainement, à dormir plus régulièrement et j'ai repris des forces. Bill a arrêté de fumer. Nous avons continué à travailler ensemble et à frapper aux portes dans l'espoir qu'elles s'ouvrent un jour.

L'amour et le savoir ont de commun qu'ils ne sont jamais perdus. J'ai quitté Atlanta en sachant davantage de choses qu'à mon arrivée. Aujourd'hui encore, il me suffit de fermer les yeux pour retrouver l'odeur de la feuille de copalme écrasée, comme si je l'avais dans la main. Indiquez-moi n'importe quel objet dans mon laboratoire et je vous dirai combien il a coûté au centime près et quelle marque propose le moins cher. Je peux expliquer le mécanisme de l'ascenseur hydraulique de sorte que n'importe quel étudiant présent dans la salle me comprenne du premier coup. Je sais qu'il y a plus de deutérium dans l'eau des sols de la Louisiane que dans ceux du Mississippi, même si je ne sais pas encore bien pourquoi. Et parce que je connais la valeur transcendante de la loyauté, j'ai été dans des endroits auxquels on n'accède qu'à cette condition.

Partie III
FLEURS ET FRUITS

1

Pendant plusieurs milliards d'années, la surface de la Terre a été celle d'une roche nue et stérile. Même après que la vie eut abondamment peuplé les océans, il n'existe aucune preuve évidente de présence de vie sur la terre ferme. Alors que des colonies entières de trilobites peuplaient les fonds marins, chassés par le monstrueux *Anomalocaris* – un insecte aquatique énorme, au corps segmenté et de la taille d'un labrador –, la surface de la Terre demeurait vide. Les éponges, les mollusques, les escargots, les coraux et les étranges crinoïdes ont colonisé les profondeurs et les eaux côtières – et toujours rien. Les premiers poissons avec et sans mâchoires sont apparus et ont évolué vers les formes osseuses que l'on connaît aujourd'hui – et toujours rien.

Encore soixante millions d'années se sont écoulées avant que la vie terrestre dépasse le stade de quelques cellules collées les unes aux autres au fond d'une anfractuosité rocheuse. Mais une fois que la première plante est parvenue on ne sait comment à s'implanter sur la terre ferme, il n'a fallu que quelques millions d'années pour que tous les continents se couvrent de végétation, tout d'abord sous la forme de zones humides, puis de forêts.

Trois milliards d'années d'évolution n'ont produit qu'une seule forme de vie capable de renverser ce processus et de rendre notre planète considérablement moins verte. L'urbanisation est en train de décoloniser les sols que les plantes ont laborieusement conquis il y a quatre cents millions d'années, et de les transformer à nouveau en surfaces âpres et stériles. Aux États-Unis, on estime que les zones urbanisées doubleront dans les quarante prochaines années, et qu'elles remplaceront une surface totale de forêt équivalente à celle de la Pennsylvanie. Dans les pays en voie de développement, l'urbanisation est plus rapide encore et implique des espaces beaucoup plus vastes et une population plus importante. Sur le continent africain, une zone de forêt de la taille de la Pennsylvanie est transformée en ville tous les cinq ans.

Baltimore est la ville la moins boisée de la côte est des États-Unis, une zone où le climat relativement humide entretenait autrefois la présence de forêts denses. Cette ville ne compte qu'un arbre pour cinq habitants. Vues du ciel, les taches de verdure ne représentent que trente pour cent de la ville, le reste n'étant qu'asphalte à l'infini. Le jour même où Bill et moi sommes arrivés à Baltimore, j'ai fait un emprunt sans mise de fond et acheté une vieille maison mitoyenne près de l'université. Bill s'est installé dans le grenier et s'est rapidement habitué à ne plus vivre dans un bâtiment public. Notre départ de Géorgie nous laissait un goût doux-amer – c'était là-bas que nous avions tant mûri et tant grandi tous les deux. Mais comme les toutes premières plantes terrestres, nous avions besoin de conquérir de nouveaux espaces ; nous avons donc décidé que cette dalle de roche nue serait désormais notre foyer.

2

– Tu crois vraiment que c'est illégal ? ai-je demandé à Bill sur la CB.

– Bon Dieu, ce que j'en sais. On n'a qu'à en discuter sur le canal public, on verra bien…

La voix de Bill était parfaitement claire, ce qui n'était pas vraiment surprenant vu qu'il conduisait le véhicule qui se trouvait juste devant moi. Nous étions sur le chemin du retour vers notre encore toute nouvelle maison de Baltimore, après un voyage rapide à Cincinnati, et l'un de nous conduisait un camion de déménagement.

– Je me pose juste la question. On a encore au moins six cent cinquante kilomètres à rouler, et si un flic nous arrête et qu'il découvre qu'on transporte pour des centaines de dollars d'équipements marqués « propriété de l'université de Cincinnati », je ne suis pas sûre que nos permis de conduire du Maryland suffisent pour prouver que nous sommes les propriétaires.

– T'as pas une copie des dernières volontés de Ed, disant « désormais retraité de corps et d'esprit, je lègue tous mes biens de laboratoire, contaminés ou non, à ma petite-fille académique, pour qu'elle poursuive mon œuvre et fasse fructifier mes découvertes » ?

Bill était en réalité très heureux de discuter, et j'avais reçu la consigne de continuer à bavarder tout le long du trajet après qu'il eut découvert que sa radio ne fonctionnait pas.

– Non, j'ai pas ça, et je ne pense pas qu'il veuille mettre quoi que ce soit par écrit. Mais je suis peut-être parano. Je veux dire, je vois pas bien quel crime un flic pourrait nous accuser de préparer avec un chargement de béchers ?

– Je sais pas, andouille, peut-être celui de l'ouverture du dix-millième labo de méthamphétamine de Virginie-Occidentale ?

Bill m'impressionnait toujours par sa présence d'esprit.

Mais cette fois il ne m'était pas d'un grand secours, alors qu'il avait été tout aussi enthousiaste que moi à l'idée de ramener tout ce bazar. N'avait-il pas lui-même arrangé et réarrangé la disposition des cartons trois fois de suite pour en entasser le plus possible dans le camion ?

– Écoute, tu as raison, mais ce qui compte, c'est ce qu'on va faire de tout ça, et que tout ce bordel nous a été donné, a-t-il conclu pour clarifier moralement la situation.

Le lendemain, nous continuerions de transformer la vaste salle au sous-sol du département de géologie de Johns-Hopkins en un superbe laboratoire, comme nous le faisions depuis notre emménagement, à l'été 1999. Entre-temps, nous avions fait le tour de toutes les conférences nationales de biologie, écologie, géologie et tout ce qui pouvait toucher de près ou de loin à notre domaine, pour nous faire connaître, moi et notre nouveau labo. À l'automne 1999, alors que nous traînions dans le hall des exposants de la conférence de la Société américaine de géologie, à Denver, nous étions tombés sur mon « oncle académique » préféré, Ed, qui cherchait un cadeau d'anniversaire pour sa femme. Cela faisait un bout de temps que je ne l'avais pas vu. Il était devenu un peu plus grisonnant, mais il avait toujours cette allure qui me rappelait celle de mon père. Lorsque je me suis approchée pour le saluer, il m'a tout de suite serrée dans ses bras.

Ed avait été un camarade de fac de mon directeur de thèse (d'où le surnom d'« oncle » que je lui donnais) et l'un des scientifiques qui sont parvenus à expliquer les variations du niveau de la mer au cours des âges. Lui et son équipe ont analysé des milliers de ces minuscules coquilles laissées au fond de l'océan par les animaux marins microscopiques qui ont vécu et sont morts à sa surface. Ces travaux ont débuté dans les années 1960 et ont abouti à une méthode permettant de connaître la quantité de glace présente au pôle Nord à partir de la composition chimique des coquilles et de diverses relations indirectes.

Lorsque les étés arctiques sont froids, la neige qui tombe durant l'hiver ne fond pas mais s'accumule et se tasse jusqu'à ce que d'énormes langues de glace soient expulsées de la base de l'amoncellement. Des vestiges de ces traînées de glace ont été découverts jusqu'en Illinois, ce qui nous a amenés à nous demander si un froid persistant pendant l'été pouvait transformer notre planète en une boule de neige couverte de glace d'un pôle à l'autre. Parce que les précipitations commencent par l'évaporation, une Terre recouverte de vastes étendues de glace polaire est aussi une Terre avec moins d'eau de mer, et un niveau d'eau inférieur de plusieurs centimètres. S'il y a moins d'eau de mer, de nouvelles terres apparaissent, qui sont autant de nouveaux espaces pour les plantes, les animaux et les hommes. Quand les étendues d'eau qui séparent des espèces depuis des millénaires se tarissent, tout commence à se mélanger. Un monde glacé est un monde nouveau, riche en terres à conquérir et de nouveaux rapports de force à redéfinir.

Ed et ses collègues ont eu l'audace de croire que ces périodes de refroidissement et de réchauffement suivaient une alternance cyclique. Chaque nouvelle génération de glace ayant effacé les traces de la précédente, ils ont dû trouver le moyen de remonter le temps au-delà du dernier hiver interminable qu'a connu la planète. Au fond de nos océans s'accumulent les coquilles vides de minuscules organismes qui ont passé leur courte vie à la surface de l'eau, et les foreuses qui recherchent du pétrole extraient des couches et des couches de roches dans lesquelles ces coquilles se sont solidifiées.

Chacun de ces petits coquillages baignait dans l'océan de son époque, et par conséquent dans l'eau à disposition, c'est-à-dire celle qui n'était pas sous forme de glace. Au cours de ce bain, la chimie de l'océan a été imprimée dans celle de la coquille, ce qui est à l'origine de la théorie selon laquelle l'analyse des coquilles fossiles au fil du temps raconte l'histoire de la glace, et donc des cycles de glaciation. Pendant des décennies, Ed a travaillé sur cette théorie, qui, d'une intuition fantaisiste est devenue une réalité avérée, et qui figure aujourd'hui dans tous les manuels d'introduction à la géologie. Le grand laboratoire qu'il dirigeait était à l'époque à la pointe de la technologie – cette époque étant celle des années 1970.

Ed m'a demandé ce que je faisais actuellement, et je lui ai dit que je mettais sur pied un nouveau laboratoire à Johns-Hopkins. Je lui ai présenté Bill, qu'il ne se souvenait pas avoir croisé à Berkeley. Je savais que depuis notre dernière rencontre, il avait été promu doyen de l'université et je lui ai demandé s'il se plaisait dans ses nouvelles fonctions.

– Non, m'a-t-il répondu, tout en fouinant dans un étal de cristaux précieux. Je prends ma retraite à la fin de l'année.

Bien qu'il dût avoir dans les soixante-dix ans, cette annonce m'a fait l'effet d'un choc. Je ne me sentais pas du tout prête au départ de la génération de ceux qui avaient été mes mentors. Je me demandais ce que le Club des Vieux Garçons allait faire de moi si le peu d'alliés que j'avais encore dans le monde académique n'était plus là pour me défendre.

– Et ton labo ? ai-je demandé, incrédule.

– Il va accueillir un cluster d'ordinateurs pour le nouveau géophysicien qu'ils viennent d'engager, m'a-t-il répondu avec une pointe de tristesse. Tout mon matériel va être jeté. Pourquoi, tu veux récupérer quelque chose ?

Le sang m'est monté à la tête. J'ai regardé Bill, qui restait là, bouche bée. La semaine suivante, nous roulions vers l'Ohio, et en arrivant à Cincinnati, nous avons loué un camion de déménagement pour le retour.

Lorsque nous avons retrouvé Ed à l'entrée de son bâtiment, c'était un mardi en milieu de matinée. Il nous a emmenés à l'intérieur et nous a présentés à tous ses collègues, en racontant fièrement qu'il me connaissait depuis mes débuts à la fac, que j'étais maintenant devenue professeure et que je faisais de grandes choses et que j'étais là parce que son équipement avait trop de valeur scientifique pour être jeté. Il a raconté les mêmes histoires qu'il me répétait à chaque fois qu'on se voyait, et probablement aussi quand je n'étais pas là. La longue lettre que je lui avais écrite après avoir lu l'un de ses articles, pour connaître le moindre détail de ses expériences, ratages y compris. Il a raconté la sortie de terrain pendant laquelle j'avais dormi dans la voiture parce que je ne voulais pas perdre une seule heure de lumière du jour à monter une tente. Il leur a dit que j'étais l'étudiante la plus bosseuse qu'il avait jamais connue et qu'il avait su dès notre première rencontre que j'étais spéciale. J'ai gardé la tête baissée pour que personne ne remarque mon sourire embarrassé, en attendant qu'il finisse.

Après qu'il eut terminé, j'ai levé les yeux vers Ed et lui ai dit « Merci ». Je me suis ensuite sentie très mal à l'aise lorsque, un par un, tous ceux à qui on me présentait m'ont dévisagée de la tête aux pieds, avec à chaque fois ce regard que je connaissais bien. Ce regard qui dit : « Elle ? Pas possible, il doit y avoir une erreur. » Des institutions publiques et privées dans le monde entier ont étudié les mécanismes du sexisme dans le milieu scientifique et ont montré qu'ils sont complexes et multifactoriels. Vu de ma propre et modeste expérience, il se résume à quelque chose de très simple : le poids cumulé de toutes ces fois où l'on vous a dit que vous ne pouvez pas être ce que vous prétendez.

« Faut dire que tu ne te rends pas vraiment service non plus, avec tes couettes et tes T-shirts tachés », me rappelait Bill à chaque fois que j'avais l'impression d'être persécutée, et il n'avait sans doute pas tort.

Ed nous a conduits au sous-sol et a ouvert la porte de son labo. Il était évident qu'aucune expérience n'avait été menée ici depuis des années, mais la grande salle d'une centaine de mètres carrés était pleine d'instruments poussiéreux et de stock de matériel. Bill s'est posté dans un coin et, à son air concentré, j'ai compris qu'il était en train de comparer mentalement le volume de la pièce à celui du camion. Je savais que son premier réflexe serait de transférer tout le contenu de l'un à l'autre et que j'allais devoir batailler pour le convaincre de laisser quoi que ce soit, y compris le tiroir plein de bouchons d'oreilles usagés.

– Bon, tu ferais bien de nous dire tout de suite ce qui te manquerait si on te le prenait.

L'avidité qui s'était emparée de mon esprit m'empêchait d'être diplomate.

Ed a souri.

– Tu sais, je ne saurais même plus te dire à quoi sert la plupart de tout ça. Le type qui bossait pour moi – un gars brillant – il s'appelait Henrik – dommage que tu ne l'aies pas connu – a fabriqué lui-même la plupart de ces instruments. On a travaillé ensemble pendant trente ans, il est parti à la retraite il y a trois ans et il vit maintenant à Chicago, mais tu pourras le contacter si tu as besoin d'un coup de main pour quoi que ce soit. Même ce qu'on commandait en usine, il fallait toujours qu'il l'adapte un peu. Il n'avait qu'un bras.

Un long silence a suivi, qui n'a été rompu que lorsque Bill a levé les deux mains au plafond en braillant :

– Bon Dieu, un manchot, vous voulez dire ? S'il y a bien une chose que je trouve insupportable, c'est l'idée d'un type pas normal dans un labo ! Quelle horreur !

Pendant les minutes étranges qui ont suivi, Ed s'est tourné vers moi pour me jeter un regard qui semblait dire : « Tu l'as trouvé où celui-là ? » Je suis restée là, paralysée, avec ce sourire serein que j'affiche dans ce genre de situation. Ed a secoué la tête et a regardé sa montre.

– Bon, je dois retourner au bureau. Les employés du service technique vous donneront un coup de main pour les machines les plus lourdes, si vous avez besoin d'eux. Passez me voir dans mon bureau quand vous serez prêts à partir – la secrétaire de l'étage vous dira où me trouver.

Il a sorti une cravate de sa mallette et enfilé sa veste de costume avant de sortir du labo.

J'ai fait un grand sourire forcé à Bill quand nos regards se sont croisés.

– T'es vraiment pas sortable, ai-je soupiré.

Bill a perdu une partie de sa main droite, qui est aussi sa main dominante. Mais même ceux qui travaillent tous les jours à ses côtés mettent des années à s'en apercevoir – quand ils s'en aperçoivent. Sa peau cicatrisée indique clairement que sa main était entière à l'origine, mais qu'un morceau a été coupé à un moment donné. Il devait être très jeune quand c'est arrivé, car il n'en a aucun souvenir. Ses parents sont probablement les seuls à savoir ce qui s'est passé, mais ils n'ont jamais voulu en parler. La mère de Bill a du sang suédois et je connais bien cette incapacité à communiquer.

Bill peut faire davantage avec une main trois quarts que la plupart d'entre nous avec deux mains valides, et le seul moment où cette particularité anatomique prend de l'importance, c'est quand elle est matière à plaisanterie. Je prends un certain plaisir à faire croire aux gens que Bill a été blessé pendant une expérience qui a mal tourné ; quant à lui, l'un de ses passe-temps préférés est de se glisser derrière un étudiant qui travaille avec un scalpel tranchant et de lui aboyer « Fais gaffe à tes doigts ! ».

Une fois nos cartons et nos rouleaux de papier bulle descendus au labo, nous avons poussé les meubles pour dégager un espace où empaqueter tout ce que nous allions emmener. Il a été décidé que Bill démonterait les appareils volumineux pendant que je me chargerais de trier, protéger et emballer le petit matériel. Nous avons travaillé pendant des heures, en sélectionnant tout d'abord les éléments dont l'utilité était évidente : boîtes de gants non ouvertes, verrerie sur-mesure, transformateurs, pompes et alimentations électriques. Nous sommes ensuite passés à ce qui était moins utile mais coûteux, comme des containers capables de ralentir l'ébullition des fluides super froids lorsqu'ils sont exposés à la température ambiante. À chaque fois que j'emballais quelque chose, je pensais aux centaines de dollars économisés et je faisais le total dans ma tête. Avant de démonter les machines, Bill les a dessinées dans son carnet et les a prises en photo sous tous les angles, sachant que ce serait le seul guide de montage à disposition à Baltimore. Il faisait par ailleurs preuve d'une impressionnante polyvalence en critiquant à peu près tout ce que je faisais pendant qu'il travaillait.

– Ça va pas ? T'es en train d'utiliser tout le papier bulle. Vas-y doucement, m'ordonnait-il.

– Oh, pardon. Quelle idiote je suis. Je croyais me souvenir d'un truc que j'ai appris en thèse, comme quoi le verre peut casser. Mais je suppose que tu étais déjà plus calé que moi au collège.

– Mets moins de papier bulle, il faut l'économiser, et emballe plus serré, ça prendra moins de place dans le camion, m'a-t-il répondu en grognant. Je conduirai lentement.

– Pourquoi t'es de sale humeur ? Tu devrais être content que j'aie trouvé tout ça, non ?

– Oh, je sais pas. Peut-être parce que j'ai roulé toute la foutue nuit pendant que tu dormais.

– Oh, et j'ai oublié de te remercier pour ça? ai-je minaudé. Eh bien trop tard; ce qui est fait est fait.

Nous évitions d'aborder la question du spectromètre de masse artisanal qui se trouvait à l'autre bout de la pièce, craignant la perspective d'une discussion tendue. Bill avait tout autant envie que moi de l'emmener, mais nous savions que c'était impossible. Nous nous en sommes finalement approchés pour le regarder sous tous les angles, comme des rapaces tournant autour d'une proie qui pourrait leur échapper. C'était une grosse machine de la taille d'une petite voiture, avec sur le devant, un panneau d'affichage analogique dont les aiguilles avaient depuis longtemps cessé de fonctionner.

– Cette chose est moitié verre, moitié métal et moitié agglomérée, a dit Bill pour plaisanter, pendant que nous essayions d'identifier le trajet de l'entrée de l'appareil vers le détecteur, à travers les fils, les jauges et les avertissements comme « NE PAS SERRER TROP FORT » inscrits à la main à l'extérieur de la machine.

Je compare souvent mon spectromètre de masse à un pèse-personne. Tous les deux peuvent être utilisés pour mesurer la masse d'un objet et rapporter le résultat en fonction de la position de l'aiguille dans une fourchette donnée. Sur votre balance, cette valeur se situera peut-être entre dix et cent vingt kilogrammes. Quand on monte dessus, un ressort se comprime et transmet cette force mécanique à un cadran gradué qui tourne sous une aiguille. Les nombres ont été imprimés sur le cadran de sorte à augmenter avec la force exercée.

Un pèse-personne permet de savoir de façon précise si un objet fait une vingtaine de kilos ou s'il est beaucoup plus proche des cent kilos. Il fera parfaitement la différence entre le poids d'un enfant et d'un adulte, mais il ne sera pas assez précis pour vous dire comment affranchir vos cartes de vœux. Pour ce genre de questions plus pointues, il vous faudra utiliser la balance de votre bureau de poste. Les anciens modèles mécaniques fonctionnent avec des masses qui se coulissent sur une réglette pour contrebalancer le poids de la lettre sur le plateau.

Le pèse-personne et la balance du bureau de poste sont deux machines, chacune parfaitement conçue pour fournir le même type de mesure. Et s'il s'agissait maintenant de peser deux groupes d'atomes pour savoir lequel a été lesté de manière aléatoire de quelques neutrons supplémentaires ? Il faut pour ça construire une machine. La bonne nouvelle, c'est qu'il suffira de le faire une fois seulement, car personne d'autre que vous ne voudra d'un tel engin dans sa salle de bains ou son bureau. Autre avantage : vous serez libre de le rendre aussi laid, stupide, encombrant et inefficace que vous le souhaitez – tant qu'elle répond à vos attentes. Et c'est comme ça que tous les instruments de recherche scientifique sont conçus.

Ce processus créatif donne naissance à des réalisations souvent décalées et tout aussi uniques que leurs concepteurs. Comme toute œuvre d'art, elles sont le produit de leur époque et sont autant de tentatives de répondre à des problématiques contemporaines. Et comme toute œuvre d'art, elles paraissent démodées et obsolètes quand on les considère depuis le futur qu'elles ont participé à engendrer. Ces créations sont fascinantes et on ne peut être qu'émerveillé par leur souci du détail, tout comme on le serait face aux centaines de coups de pinceau grâce auxquels un peintre pointilliste parvient à représenter un petit bateau à l'horizon.

Cinquante ans plus tôt, des chercheurs comme Ed ont sculpté leur œuvre autour d'énormes aimants qui constitueraient le cœur battant de la machine finale. Le champ électromagnétique que génère un aimant est proportionnel à sa masse ; un gros aimant crée ainsi un champ suffisamment puissant pour que des atomes y réagissent selon leur nature. Les scientifiques ont eu un jour l'idée de propulser deux ensembles d'atomes devant le même aimant, de mesurer comment ils déviaient de leur trajectoire en traversant le champ électromagnétique et, à partir des trajectoires de vol, de déterminer quel groupe comportait le plus de neutrons.

La corrélation entre masse et champ magnétique étant connue depuis des siècles, des calculs relativement simples ont confirmé, sur le papier, le principe imaginé par les chercheurs. La question pratique de l'accélération des particules et de la mesure de leur déviation – la fabrication concrète de la machine – a été assurée par un petit groupe de chercheurs de l'université de Chicago. Leurs étudiants ont ensuite repris le flambeau et perfectionné le prototype à l'Institut de technologie de Californie. Les techniques qu'ils ont mises au point ont ensuite été adoptées dans d'autres centres de recherche comme Cincinnati, et des années plus tard, elles ont été automatisées sous la forme de versions plus simples d'utilisation comme celle dont mon laboratoire est équipé.

À l'époque, comme aujourd'hui, l'échantillon était introduit sous forme gazeuse puis ionisé avant d'être accéléré. La déviation magnétique du faisceau de particules projetait l'échantillon sur une cible, chaque impact produisant un petit signal électrique. Une rangée de détecteurs recueillaient ces signaux électriques et les positionnaient sur une échelle linéaire, dont les pics correspondaient à la masse. Comme un pèse-personne, ces spectromètres devaient être calibrés grâce à des échantillons dont le poids était connu, mais ils pouvaient ensuite être utilisés pour presque tout, y compris des coquilles du fond de l'océan, tant que l'échantillon pouvait être transformé en état gazeux.

Le modèle que nous avions sous les yeux – le vieux spectromètre de masse de Ed – ressemblait à un assemblage de ferraille high-tech qui devait bien peser une tonne. Avant d'introduire l'échantillon, il fallait faire le vide en pompant mécaniquement l'air du foyer métallique et du tube analyseur. À l'époque, cette opération était réalisée par l'équivalent d'un moteur de moto enfermé dans une boîte en acier, et capable de tourner suffisamment vite pour créer une forte aspiration. L'opération pouvait durer aussi longtemps qu'on l'alimentait en courant et qu'on était capable d'en supporter le bruit.

Le gaz progressait à l'intérieur comme une péniche passant les écluses d'un barrage, patientant dans une chambre jusqu'à ce que la suivante soit débarrassée de son atmosphère. Du mercure liquide servait de paroi isolante entre le gaz en attente et la chambre à vider. Incompressible, conducteur et dénué de tout risque d'interaction chimique avec l'échantillon, le mercure pourrait être un matériau idéal s'il n'était pas aussi toxique. Bill et moi contemplions cette magnifique antiquité, sachant l'un et l'autre que nous n'en aurions pas l'utilité, mais fascinés par les litres de mercure métallique étincelant encore présents dans les jauges de verre.

Une seule goutte de mercure échappée d'un vieux thermomètre demande un dispositif spécial de traitement des matières dangereuses. La simple vue de ces bidons de mercure de quelques litres nous emplissait d'un certain effroi mêlé d'admiration. Nous pensions aux risques qu'avait dû prendre Ed (ou, plutôt, le brillant Henrik, comme l'a précisé Bill) en travaillant avec de telles substances pendant des années. Un brassard de tensiomètre avait été intégré à l'appareil pour créer un ingénieux clapet permettant d'injecter ou d'aspirer le mercure – et qu'on pouvait vraisemblablement actionner d'une seule main. La peinture était écaillée sur certaines valves à force de manipulations minutieuses, et les soudures témoignaient d'un certain amateurisme. La machine elle-même procurait des conseils paternels à son utilisateur, comme « Est-ce que le H2 est coupé ? », ou « À fermer en DERNIER », inscrits au marqueur rouge ou noir sur les valves. Dans un coin, un nœud de ficelle rouge avait dû servir de pense-bête – ou peut-être de porte-bonheur.

– Quel dommage de jeter ça, ai-je dit après avoir observé le spectromètre. Quelqu'un devrait le mettre dans un musée quelque part.

– Personne ne le fera, a dit Bill.

Alors que nous allions partir, j'ai remarqué quelque chose, derrière la machine. C'était une planche en bois de trente centimètres carrés, traversée de part en part par une dizaine de vis dont les diamètres étaient indiqués au feutre. Les extrémités pointues formaient ainsi une sorte de grille de correspondance. Elle permettait d'évaluer d'un seul geste la taille d'un écrou, d'un joint ou d'un boulon et de trouver ainsi plus facilement son origine ou son usage possible.

– Pas étonnant que Ed soit à l'Académie nationale. Il faut absolument qu'on emmène ça.

– Non, ça reste ici, a dit Bill avec un ton si catégorique qu'il m'a surprise.

– T'es dingue ? Ça ne prend pas de place et on n'a même pas besoin de l'emballer !

Bill regardait pensivement la planche.

– Non. C'est à eux. Il faut que ça reste avec Ed.

– Mais c'est du pur génie ! Avec ça on pourrait révolutionner la civilisation occidentale, et tu le sais très bien.

– Calme-toi, je t'en fabriquerai un. Je te le promets.

Une fois le camion chargé, nous sommes partis à la recherche du bureau de Ed. Quand il m'a ouvert, je lui ai tendu quatre feuilles de papier.

– J'ai fait la liste de tout ce qu'on a pris, que tu sois au courant.

Ed nous a suivis à l'extérieur, a jeté un coup d'œil au camion et nous a aidés à sécuriser le chargement une dernière fois. Il était maintenant temps de partir.

– Merci pour tout, ça représente tellement pour nous, lui ai-je dit, et alors que je voulais ajouter quelque chose de vraiment mieux, mais sans trop savoir quoi. Tu viens de m'offrir deux années supplémentaires avant de me faire virer, ai-je dit en souriant.

Ed a secoué la tête en riant.

– Oh, quelque chose me dit que tu t'en sortiras très bien. Fais seulement attention à ne pas t'épuiser en cours de route, d'accord ?

Cette reconnaissance indirecte de toutes mes années de travail n'a fait qu'accroître mon émotion et j'ai senti ma gorge se serrer. Là, sur ce parking, se déroulait une cérémonie de passation des outils scientifiques d'une vie – d'une carrière – à la mienne.

Lorsqu'il était jeune, imaginer que l'évolution de la composition chimique des océans puisse être un jour déterminée était une idée des plus téméraires, et il avait passé des nuits blanches à étudier la question pendant que ses contemporains regardaient les matchs de Joe DiMaggio ou se disputaient à propos des procès McCarthy. Quarante ans plus tard, cette théorie faisait partie des connaissances sur lesquelles je pouvais m'appuyer pour me frayer un chemin vers mon avenir encore incertain. C'était un peu tragique, me suis-je dit, que nous passions nos vies à travailler sans jamais pouvoir totalement exceller dans notre travail, ou encore moins le terminer. J'allais simplement marcher sur les pierres qu'il avait jetées dans la rivière, me pencher pour en retirer une depuis le fond de l'eau et la jeter un peu plus loin en espérant qu'elle serait une prochaine étape pour quelqu'un dont j'aurais peut-être la chance de croiser le chemin. D'ici à ce que cela arrive, je garderais nos béchers, nos thermomètres et nos électrodes, en espérant qu'ils ne soient pas détruits quand je partirais à mon tour.

Plongée dans mes pensées, j'ai regardé Ed et j'ai soudain été submergée par la peur panique qu'il disparaisse avant que je ne le revoie. Je l'ai serré très fort dans mes bras. J'ai évité de le regarder quand il a serré la main droite de Bill pour lui dire au revoir, mais je me suis aperçue que leur poignée de main s'était transformée en une véritable accolade lorsque je me suis installée derrière le volant.

Nous nous sommes perdus en essayant de sortir de la ville, et une fois sur l'autoroute, j'ai entendu la voix de Bill sur la CB :

– Merde, il va falloir que je remette de l'essence d'ici pas longtemps. J'aurais dû faire le plein pendant que tu te prenais pour Boucle d'Or.

– Tais-toi, espèce de nain, et sois un peu reconnaissant que ton boulot ressemble à un vrai conte de fées. Tout le monde ne peut pas s'en tirer comme tu le fais, en mordant la main nourricière de Blanche-Neige.

– Ouais, eh bien ces camions ne se remplissent pas tout seuls, alors tu ferais bien de te rappeler qui sont tes vrais amis.

J'ai souri en remarquant le slogan de la plaque d'immatriculation de la Pennsylvanie du camion que Bill conduisait (« C'est ici que commence l'Amérique ! ») et je n'ai pas répondu. J'ai glissé le CD de la musique de la série *Dawson* dans le lecteur et enroulé du chatterton autour de ma CB pour maintenir le bouton « parler » enfoncé. J'ai ensuite posé le micro devant l'un des haut-parleurs, en sachant que Bill allait devenir fou au bout de trois morceaux. Nous avons pris la voie lente et roulé vers l'est, sans savoir qui suivait qui.

3

Pour les arbres qui vivent dans la neige, l'hiver est un voyage. Les plantes ne parcourent pas l'espace comme nous le faisons : en règle générale, elles ne se déplacent pas d'un point à un autre. Au lieu de cela, elles parcourent le temps, endurant chaque événement l'un après l'autre, et en ce sens, l'hiver est un périple particulièrement long. Les arbres suivent donc le conseil habituel pour toute expédition prolongée en zone rustique : bien faire ses bagages.

Rester nu et sans bouger à l'extérieur par un temps glacial pendant trois mois équivaut à une condamnation à mort pour la plupart des êtres vivants, sauf pour les nombreuses espèces d'arbres qui le font depuis au moins cent millions d'années. L'épicéa, le pin, le bouleau et les autres essences qui recouvrent l'Alaska, le Canada, la Scandinavie et la Russie supportent jusqu'à six mois de gel par année.

Vous ne serez pas surpris d'apprendre que la clé de survie est de ne pas mourir de froid. Les organismes vivants sont principalement constitués d'eau, et les arbres ne font pas exception. Chacune de leurs cellules n'est qu'une petite boîte emplie d'eau et l'eau gèle à exactement zéro degré Celsius. Quand elle gèle, l'eau se dilate – à l'inverse de la plupart des autres liquides – et cette dilatation peut faire éclater quoi que ce soit qui comporte de l'eau. C'est ce qui se produit si le fond de votre réfrigérateur est un peu trop froid : après un léger gel, votre botte de céleri va devenir flasque et aqueuse. La raison en est que les parois des cellules ont éclaté lorsque l'eau de la cellule a gelé, détruisant du même coup le légume.

Les cellules animales peuvent tolérer des températures négatives sur de courtes périodes parce qu'elles brûlent du sucre en permanence pour produire de l'énergie sous forme de chaleur. Les végétaux, au contraire, fabriquent du sucre en captant l'énergie de la lumière. Si le soleil n'est pas suffisamment fort pour maintenir la température de l'air au-dessus de zéro degré, l'arbre gèlera lui aussi. L'axe de rotation de la Terre est tel que le pôle Nord s'éloigne du soleil pendant une partie de l'année ; la quantité de chaleur transmise aux zones de hautes latitudes diminue, ce qui engendre l'hiver dans l'hémisphère Nord.

Afin de se préparer au voyage de cette longue période hivernale, les arbres entament un processus appelé « endurcissement ». La perméabilité des parois cellulaires augmente tout d'abord considérablement, laissant l'eau pure s'échapper et permettant à la cellule de concentrer les sucres, les protéines et les acides. Ces substances agissent comme un véritable antigel : même si la température de la cellule descend sous la barre du zéro, le liquide qu'elle contient persiste sous forme sirupeuse. Les espaces entre les cellules sont par ailleurs emplis du distillat d'eau ultra-pure provenant de la cellule, si pure qu'il ne comporte aucun atome étranger à partir duquel les cristaux de glace pourraient se former. La glace est un cristal moléculaire tridimensionnel, et pour que ce passage à l'état solide se produise, il faut que la structure de l'eau liquide soit propice à la nucléation – c'est-à-dire qu'elle présente une aberration chimique à partir de laquelle le nouveau motif pourra se développer. De petites impuretés suffisent généralement pour cela, mais une eau parfaitement pure peut rester en « surfusion » et descendre jusqu'à −40 °C sans geler. C'est dans cet état « endurci », avec des cellules enrichies en substances chimiques et protégées par de l'eau purifiée qu'un arbre entreprend son voyage hivernal, immobile face au gel, à la neige et au blizzard. Les arbres ne poussent pas pendant l'hiver ; ils se tiennent simplement debout et chevauchent la planète jusqu'à l'autre côté du soleil, où le pôle Nord, en s'inclinant vers la source de chaleur, ramènera l'été.

La grande majorité des arbres nordiques sont parés à cette traversée, et les décès dus au gel sont très rares. Un automne froid entraînera le même endurcissement qu'une arrière-saison douce, parce que les arbres ne se fient pas à la température. C'est le raccourcissement progressif des jours, perçu comme un déclin régulier de la durée de lumière à chaque cycle de vingt-quatre heures, qui déclenche le processus. Contrairement à l'hiver qui pourra être soit doux, soit éprouvant, la façon dont la lumière change à l'automne est exactement la même chaque année.

De multiples expériences ont montré que cette évolution de la « photopériode » est le signal qui déclenche l'endurcissement ; il peut être induit en juillet si on trompe l'arbre avec de la lumière artificielle. Ce mécanisme de protection fonctionne depuis la nuit des temps parce que l'arbre peut faire confiance au soleil pour lui dire quand l'hiver approche, même quand la météo est trompeuse. Les plantes savent que lorsque votre monde change rapidement, il est important d'avoir identifié la seule chose sur laquelle on peut toujours compter.

4

J'étais couverte de feuilles plates et sèches. Mes cheveux en étaient pleins, et je sentais leurs petites tiges cassantes sur mon cuir chevelu et dans mon cou. Mes bottes en étaient remplies et certaines s'étaient même glissées à l'intérieur de mes chaussettes. Mes poignets étaient noirs de saleté, la poussière des feuilles mortes s'infiltrant chaque fois que je mettais ou enlevais mes gants. Leur fine paille pénétrait jusque dans mes narines et je sentais son goût terreux dans ma bouche. À chaque fois que je me servais de mon couteau, un flot de feuilles sèches et compactes me tombait dessus. Je n'essayais même pas de m'en protéger – je creusais les yeux fermés.

Bill et moi passions notre été à plus de mille kilomètres au nord des côtes de l'Alaska, sur l'île Axel Heiberg, dans le vaste territoire canadien de Nunavut. Nous savions, grâce à notre GPS, où nous nous trouvions à quelques centimètres près, mais nous avions pourtant le sentiment de nous trouver au milieu de nulle part. Nous étions, avec les dix autres chercheurs de notre équipe, les seules âmes à cinq cents kilomètres à la ronde. L'armée canadienne venait de temps à autre s'assurer que tout allait bien, mais entre leurs visites, nous étions seuls, avec nos pensées et nos collègues.

Paradoxalement, l'une des choses les plus étranges que l'on ressent quand on est isolé de la sorte est un sentiment de sécurité extraordinaire. Rien de surprenant ne peut vous arriver. Impossible de tomber sur quelqu'un que vous ne connaissez pas. Aucune chance de croiser un inconnu. L'eau qui ruisselle du permafrost en dégel rend la terre si spongieuse et si molle qu'il est même impossible de se blesser en tombant. En théorie, des ours polaires affamés pourraient venir rôder et vous dévorer, mais les scientifiques qui travaillent ici depuis des années n'en ont jamais observés si loin dans les terres.

Le paysage est plat et l'air est si pur que le regard porte à plus de quinze kilomètres. Il n'y a ni herbe, ni buissons, et encore moins d'arbres. On n'y aperçoit guère d'animaux non plus, car il n'y a presque rien à manger. Les formes de vie que l'on croise – un lichen collé à son rocher, un bœuf musqué traversant le paysage, un oiseau non identifié volant loin au-dessus de votre tête – sont rares et exceptionnelles.

Le soleil ne se couche jamais. Il tourne sans fin autour de vous, bas dans le ciel, comme s'il chevauchait un cheval de bois alors que vous vous trouvez au centre du manège. La vie est calme et surréaliste. Vous perdez la notion du temps, vous ne savez plus ni l'heure ni le jour. Vous dormez jusqu'au réveil, vous mangez jusqu'à satiété, vous cessez de travailler quand le sommeil est là et vous passez sans fin de l'une à l'autre de ces activités. Peu importe le temps que vous serez resté en Arctique pendant l'été, il ne vous semblera qu'une seule et même journée. Puis vous rentrerez chez vous pour éviter l'hiver : une nuit de trois mois pendant laquelle le soleil ne se lève jamais. Vous ne serez pas là, mais le lichen, le bœuf musqué et l'oiseau y seront, cherchant inlassablement dans l'obscurité de quoi manger.

L'arbre le plus proche du campement est à plus de mille six cents kilomètres, mais cela n'a pas toujours été le cas. Les sols du Canada et de la Sibérie regorgent des restes des forêts luxuriantes de conifères à feuilles caduques qui se sont étendues au nord du cercle arctique il y a environ cinquante millions d'années, et qui ont perduré pendant des dizaines de millions d'années. Des rongeurs arboricoles observaient alors depuis les plus hautes branches les énormes tortues et les reptiles ressemblant à des alligators qui rampaient au sol. Toutes ces espèces ont aujourd'hui disparu, mais elles formaient un écosystème plus proche du pays des merveilles d'Alice que n'importe où ailleurs sur la planète. Le climat des régions polaires était alors évidemment beaucoup plus chaud, et on ne trouvait nulle trace des étendues gelées d'aujourd'hui.

Ce qui intrigue les botanistes que nous sommes est la capacité des forêts d'autrefois à survivre à trois mois consécutifs d'obscurité totale en hiver, puis à trois mois de soleil ininterrompu en été. Un tel régime de luminosité constituerait un stress important pour les plantes actuelles, qui ne survivraient pas plus d'une année à un tel traitement. Il y a quarante-cinq millions d'années, l'Arctique abritait pourtant d'abondantes forêts de feuillus qui prospéraient dans des conditions d'ensoleillement passant d'un extrême à l'autre. La découverte d'arbres capables de vivre dans le noir serait aussi extraordinaire que celle d'humains pouvant vivre sous l'eau. Il faut donc en conclure que soit les arbres du passé étaient capables de quelque chose dont ceux d'aujourd'hui sont dépourvus, soit que les arbres actuels n'utilisent plus cette capacité et qu'ils la gardent en réserve, comme un atout adaptatif dans leur manche évolutionnaire.

Bill et moi, ainsi que dix autres chercheurs du département de paléontologie de l'université de Pennsylvanie, avions été déposés sur l'île en hélicoptère, par groupes de quatre, après avoir enchaîné pendant plusieurs jours les vols en avion et en bimoteur depuis Toronto à Yellowknife puis Resolute. Les pieds dans la boue, nous avons regardé l'hélicoptère s'en aller, puis nos sacs à dos, posés à nos pieds. Nos regards se sont ensuite croisés, et nous avons réalisé à quel point nous étions profondément à part dans notre petit groupe.

Les paléontologues ont passé cinq semaines sur place au même endroit pour exhumer des spécimens uniques d'arbres fossiles. Ils ont travaillé d'arrache-pied à creuser une tranchée avec dix brosses à dents. Ils ont découvert des fossiles étonnants, comme des troncs d'arbres de près de deux mètres de diamètre dans un parfait état de conservation. En raison du sol gelé, ils devaient attendre que le soleil ait fait fondre la couche de glace supérieure pour commencer à gratter, centimètre par centimètre, les sédiments qui recouvraient les fossiles. C'était comme de racler un bac de glace qui aurait trop durci au congélateur. Ils utilisaient pour cela de petites cartes en plastique, comme quand on dégivre son pare-brise avec son permis de conduire. Ils passaient d'un arbre à l'autre, avec le soleil permanent pour les aider patiemment dans leur tâche.

Les troncs fossiles avaient conservé leur bois, ce qui les rendait exceptionnels. Les fossiles que l'on retrouve d'habitude sont pétrifiés, car les fluides qui les ont traversés pendant des siècles ont peu à peu remplacé toutes leurs molécules par des minéraux, jusqu'à ce que l'arbre soit complètement transformé en roche. Les fossiles de l'île Axel Heiberg présentaient un bois encore intact, à tel point qu'on aurait pu les utiliser pour se faire chauffer un bain, ce que semble-t-il ont fait les sauvages de géologues qui les ont découverts pour la première fois dans les années 1980, si on en croit la légende.

Les paléontologues de notre expédition étaient un peu moins rustres que ne l'est le géologue typique, proche de l'« homme des bois », mais ils étaient tout autant portés sur le travail et la bouteille, et le fusil que les autorités canadiennes nous avaient donné pour nous protéger des ours polaires les fascinait. J'avais appris à me tenir à distance de ce genre de collègues, car je savais que ma présence ici ne serait jamais légitime à leurs yeux, bien que notre organisme de financement en ait décidé autrement. Pour eux, je n'étais qu'une sale gamine incapable de soulever vingt kilos et accompagnée d'un tordu, et j'avais pris le parti de jouer ce rôle, en espérant qu'ils me mépriseraient suffisamment pour me laisser tranquille. Nos cycles de sommeil se sont naturellement décalés ; Bill et moi travaillions pendant qu'ils dormaient et inversement.

Nous avions également adopté une approche du site fondamentalement différente de la leur. Ce n'était pas les superbes fossiles qu'ils exhumaient l'un après l'autre qui occupaient mon esprit, mais plutôt l'extraordinaire longévité et stabilité de la forêt tout entière. Cet écosystème improbable n'avait pas été qu'un feu de paille ; sa configuration biologique avait persisté pendant des millions d'années, pendant lesquelles d'énormes quantités de carbone et d'eau avaient alimenté l'Arctique, avant d'être transformées en feuilles et en bois et de se répandre chaque année sur le sol en un flot de tissus végétaux. Comment ce cycle avait-il pu fonctionner aussi longtemps ? On ne trouve plus aucune source d'eau douce et liquide de ce genre aujourd'hui en Arctique – sans parler de la pauvreté des sols en éléments nutritifs.

Bill et moi avons donc décidé que plutôt que de nous limiter à un instantané temporel sur la base de quelques troncs isolés, nous allions creuser à la verticale pour déceler tout changement dans la composition chimique du bois, des feuilles et des branches momifiés au fil du temps. Ce qui voulait dire faire nos trous à l'écart et échantillonner toutes les couches de débris compressés qui s'étaient accumulés pendant des millions d'années. Nous avons donc creusé à travers des couches et des couches de feuilles sèches et décomposées, prélevé un échantillon à chaque nouveau centimètre et marqué précisément où nous en étions dans notre progression. Au bout de trois sorties estivales sur le terrain, nous avions collecté des échantillons sur un total cumulé de trente mètres et identifié au moins un grand bouleversement climatique auquel les forêts étaient parvenues à s'adapter. Nous en avions conclu que ces anciens écosystèmes arctiques se caractérisaient davantage par leur résilience que par leur stabilité.

Cet été-là, nous avions choisi un site de l'autre côté du bassin, à bonne distance des paléontologues, et avions creusé pendant des semaines à travers des couches de sédiments de plus de trois mètres d'épaisseur entrecoupées de strates de gravier et de limon. Chaque semaine, nous faisions un nouveau tas de compost vieux de plus de quarante millions d'années. Nous travaillions souvent accrochés à une petite falaise en pente douce dont le sol meuble ne cessait de se dérober sous notre poids, nous envoyant dégringoler au pied de la colline, couverts d'une avalanche de débris.

En dépit du manque d'appui, nous avions essayé d'obtenir une image aussi nette que possible de nos coupes et de suivre notre progression par rapport à une altitude de référence. Mais dans un environnement pareil, la tâche était si difficile qu'elle en devenait absurde et nous prenions ces roulés-boulés tantôt à la rigolade, tantôt avec une frustration rageuse. Un jour que je travaillais à un affleurement au pied de l'une des falaises, la pointe de mon marteau a tapé contre quelque chose d'étrange, et des kilos d'ambre clair et étincelant se sont déversés sur ma tête.

– Alors, c'est donc à ça que ça ressemble la vie de ver de terre... a dit Bill un jour, après une nouvelle avalanche particulièrement importante, et je me souviens m'être arrêtée en me disant que ses observations tombaient toujours à pic.

Au moins une fois par jour, nous nous accordions un petit plaisir : celui de nous laisser tomber jusqu'à la taille dans les gravats de feuilles pour faire une pause sucrée. Il n'y a rien de meilleur qu'une barre de Snickers et un thermos de café chaud quand on se retrouve échoué au milieu de nulle part, et nous consacrions toute notre énergie à savourer pleinement ce moment simple et partagé.

Un jour, alors que nous venions d'avaler notre dernière bouchée, Bill a levé le bras et l'a pointé en silence en direction d'une tache grise, à plusieurs mètres devant nous. Je n'ai tout d'abord pas compris de quoi il s'agissait, avant de réaliser qu'il me montrait un lièvre arctique. Croiser un animal – n'importe quel animal – est un privilège rare dans cette région du globe, parce qu'un herbivore doit parcourir de longues distances avant de pouvoir se nourrir des rares mousses et lichens à disposition, et qu'un carnivore doit, en conséquence, se déplacer en permanence pour suivre sa proie.

Le lièvre s'est approché, furetant parmi les rochers, puis s'est éloigné petit à petit. Bill et moi nous sommes levés et l'avons suivi à bonne distance en laissant notre matériel derrière nous. Nous avons marché en silence pendant un bon kilomètre, et profité au maximum du caractère exceptionnel du spectacle qui nous était donné, à savoir d'avoir la chance d'observer un animal dans ce paysage terne et monotone. C'était un beau lièvre, gros comme un chien shetland, aux oreilles longues et au corps mince et élancé. Notre présence lointaine ne semblait pas le déranger et nous l'avons donc suivi pendant plus d'une heure. Aucun risque de nous perdre : nous aurions pu marcher toute la journée, il nous aurait suffi de nous retourner pour apercevoir les tentes orange fluo de notre campement.

Lorsqu'on se retrouve isolé en compagnie de quelques personnes, la sensation d'étouffer peut survenir assez rapidement, mais ce n'est pas ce qui s'est passé avec Bill. Avant ce voyage, je n'avais jamais vraiment passé vingt-quatre heures sur vingt-quatre avec qui que ce soit pendant des semaines, mais plus le séjour avançait, plus cela nous semblait facile à tous les deux. Nous n'étions jamais à plus de quelques mètres l'un de l'autre, de jour comme de nuit, même si nous dormions dans des tentes séparées. Certains jours, nous bavardions sans cesse ; d'autres, nous ne disions que quelques mots, puis tout cela n'eut bientôt plus aucune importance : nous ne savions plus ce que nous nous étions dit ou pas, ou si nous avions beaucoup parlé ou non. Nous étions juste nous-mêmes.

Le jour où nous avons suivi le lièvre, nous nous sommes retrouvés sur une zone un peu surélevée ; quand je me suis retournée, nos collègues n'étaient plus que des silhouettes troubles au lointain, comme nous devions l'être pour eux. À quelques mètres devant nous, s'étendait un glacier qui gisait comme une couche de glaçage blanche et épaisse. Je me suis assise pour l'admirer et Bill a fait de même à quelques pas de moi. Nous sommes restés ainsi une bonne demi-heure en silence, avant que Bill ne dise :

– Ça fait bizarre de ne pas travailler.

– Je vois ce que tu veux dire. Et on a déjà analysé chaque strate deux fois. Ça n'a aucun sens de recommencer.

– Mais il faut bien qu'on fasse quelque chose. Sinon les Davy Crockett là-bas vont se demander ce qu'on est venu foutre ici, non ?

– Ils se le demandent déjà, ai-je répondu en riant. Je pourrais bien creuser jusqu'en Chine et en revenir qu'ils ne me considéreraient pas plus comme une des leurs.

– Vraiment ? Bill m'a regardée avec surprise. J'ai toujours pensé que j'étais le seul à ne pas me sentir à ma place.

– Oh non... Regarde ces types. Je vais faire ce travail pendant trente ans encore, je vais travailler aussi dur que n'importe lequel, je vais en faire autant si ce n'est plus, mais aucun ne me traitera jamais comme si j'avais ma place ici.

– Bon, au moins t'as tes deux mains, a répliqué Bill en remuant les doigts qu'il lui restait. C'est déjà un bon début.

Je me suis allongée sur le dos pour regarder le ciel.

– Allez, arrête. Personne ne remarque jamais rien. Honnêtement, tu es le type le plus normal que je connaisse. Je ne comprends pas que tu refuses de l'admettre.

– Ah, tu crois ça ? Tu devrais demander aux gamins ce qu'ils en pensent. Comme ceux de ma classe de primaire. Et de collège. Et de lycée – et ainsi de suite.

Je me suis redressée d'un coup.

– Quoi ? On se moquait de toi, à l'école ? À cause de ta main ?

Cette idée me mettait en colère.

– Ouaip, a dit Bill tranquillement, tout en continuant à regarder le ciel.

– Alors, c'était ça le problème ? C'est que tu as traîné ça pendant des années ? C'est ça ? Vivre dans un trou et pas de copains ?

– C'est à peu près ça.

– Tu n'as jamais été chez les scouts, fait partie d'une équipe ou toutes ces conneries ?

J'avais énuméré tous les jalons habituels que je considérais comme acquis.

– Maintenant, tu comprends.

– Et tu n'as jamais eu de copine ?

La question flottait dans l'air, il valait donc mieux que ça sorte.

Bill s'est redressé et a levé les deux bras vers le bleu pâle infini qui, en cette claire journée de juillet, semblait ne jamais pouvoir s'assombrir.

– Je n'ai jamais été au bal de promo ! a-t-il hurlé.

Quand nos rires se sont calmés, j'ai réfléchi un instant et lui ai dit :

– Et pourquoi pas maintenant ? On est au milieu de nulle part, sans personne pour te voir. Tu pourrais danser maintenant.

Il y eut une longue pause.

– Je ne sais pas danser.

– Bien sûr que si, ai-je insisté. Il n'est pas trop tard. Allez, on a fait tout ce chemin ensemble. Bon sang, c'est pour ça qu'on est là ! J'en suis persuadée. C'est ici que tu vas danser.

À ma grande surprise, Bill n'a pas pris ma suggestion à la rigolade. Il a fait quelques pas vers le glacier et l'a longuement observé, en me tournant le dos. Il a ensuite commencé à tourner sur lui-même, à taper du pied et à faire des sauts un peu brutaux. C'était un peu gênant au début, mais il a commencé à se prendre au jeu, en tournoyant, en tapant du pied et en sautant. Il s'est ensuite abandonné à ses mouvements, délibérément, sans frénésie.

Je me suis assise devant lui, en levant la tête pour le regarder. Je l'ai regardé, comme un témoin lucide de ce qu'il faisait, de ce qu'il était et de tout ça à la fois. Là, à l'autre bout du monde, il dansait sous la lumière de ce jour sans fin, et je l'acceptais tel qu'il était, et non ce qu'il aurait voulu être. La puissance de mon acceptation était telle qu'un bref instant, je me suis demandé si je n'allais en tirer profit pour m'accepter moi aussi, telle que j'étais. Je me suis promis d'y réfléchir, mais pas aujourd'hui. Aujourd'hui était déjà pris. Aujourd'hui, je regardais un homme exceptionnel danser dans la neige.

5

Le sexe sur Terre est biologiquement conçu dans un seul et unique objectif évolutif : mélanger les gènes de deux individus pour en créer un nouveau dont le profil génétique sera différent de celui des parents. Ce nouveau mélange porte en lui des possibilités inédites : la disparition d'anciennes fragilités, mais aussi l'apparition de nouvelles faiblesses qui pourraient se révéler être des atouts. C'est là le mécanisme grâce auquel tourne la roue de l'évolution.

Toute sexualité implique une rencontre : les tissus vivants de deux individus doivent entrer en contact et se lier. Ce sont là deux défis de taille pour les plantes, fixées au sol et dont la survie dépend de leur immobilité. La vaste majorité d'entre elles produit néanmoins une nouvelle floraison chaque année, remplissant ainsi la moitié de leur contrat reproducteur en dépit des maigres chances que leurs fleurs soient fécondées.

La plupart des fleurs ont un schéma anatomique simple : une plate-forme de pétales entoure des parties « mâles » et « femelles ». Les composants mâles se déploient à la périphérie du cercle, sous la forme de quelques longues tiges portant à leur extrémité des sacs de pollen sommairement attachés. Au centre, et au fond d'un goulot, se trouvent les ovaires. Parmi tout ce qui serait susceptible d'y glisser, seul un grain de pollen de la même espèce activera la fécondation. Une autofécondation a de grandes chances de se produire, ce qui signifie que les ovules entreront en contact avec le pollen de la même fleur. Il pourra en résulter une graine puis un nouvel individu, mais aucun nouveau gène n'aura été introduit. Pour que l'espèce persiste et évolue, une véritable fécondation doit avoir lieu de temps à autre : pour cela, du pollen provenant d'une autre fleur doit voyager sur un, dix ou cent mètres pour parvenir jusqu'aux ovaires.

Il existe une guêpe qui ne peut se reproduire qu'à l'intérieur de la fleur de figuier ; la fleur de figuier ne peut quant à elle être fécondée sans l'aide de cette guêpe. Lorsque la femelle pond ses œufs à l'intérieur de la fleur, elle dépose également le pollen dont elle a été recouverte lors de son éclosion dans une autre fleur de figuier. Ces deux organismes – la guêpe et la figue – partagent cet arrangement depuis près de quatre-vingt-dix millions d'années et ont évolué ensemble, tandis que les dinosaures disparaissaient et que le monde connaissait de multiples périodes glaciaires.

Une telle spécificité est très rare dans le monde végétal, si rare qu'elle mérite à peine d'être mentionnée, si ce n'est comme un exemple de symbiose parfaite entre deux âmes sœurs écologiques. Plus de 99,9% du pollen produit dans le monde se perd en cours de route et ne féconde rien. Quant au nombre infime de grains qui parviennent à bon port, peu importe le moyen utilisé : vent, insectes, oiseaux, rongeurs ou passagers clandestins d'un colis postal, la grande majorité des plantes n'a guère de préférence à ce propos.

Le magnolia, l'érable, le cornouiller, le saule, le cerisier et le pommier répandent leur pollen sans distinction sur toutes sortes de mouches et de coléoptères en les attirant avec un nectar sucré et en quantité tout juste suffisante pour une brève dégustation. La valeur d'un insecte pollinisateur réside dans la distance qu'il est susceptible de parcourir ; moins de temps passé sur un pétale signifie davantage de temps à voyager dans les airs. De nombreux arbustes en Amérique du Nord et en Europe portent des fleurs dont les pétales s'ouvrent une fois qu'ils sont lestés du poids de l'insecte, et l'imprègnent de pollen avant de le renvoyer.

L'orme, le bouleau, le chêne, le peuplier, le noyer, le pin, l'épicéa et les plantes herbacées libèrent quant à eux leur pollen dans le vent. Il vole ainsi plus loin qu'il ne le ferait sur un insecte, mais jamais aussi directement vers une autre fleur. Le pollen porté par le vent se déplace sur des kilomètres, avant de se répandre aveuglément. Il s'en trouve néanmoins suffisamment pour atteindre leur but et perpétuer les immenses forêts de conifères du Canada, les futaies de séquoias géants du Nord-Ouest Pacifique et les forêts d'épicéas scandinaves et sibériennes.

Il suffit d'un grain de pollen pour féconder un ovule et le transformer en graine. La graine deviendra peut-être un arbre. Un arbre peut produire cent mille fleurs par année. Chaque fleur peut produire cent mille grains de pollen. La sexualité végétale est rarement fructueuse, mais lorsqu'elle se réalise, elle déclenche une supernova de nouvelles possibilités.

6

À trente-deux ans, j'ai appris que la vie pouvait basculer d'un jour à l'autre.

Passé la trentaine, une femme célibataire inspire dans les milieux des gens mariés une compassion similaire à celle que suscite un bon gros chien errant. Bien que l'apparence négligée de l'animal et son indépendance trahissent l'absence de propriétaire, la façon dont il recherche avec envie le contact humain laisse penser qu'il n'en a peut-être pas toujours été ainsi. Après vous être assuré qu'il n'a pas la gale, vous êtes presque tenté de le laisser manger devant votre porte, avant de vous raviser, de crainte qu'il ne s'incruste parce qu'il n'a nulle part ailleurs où aller.

Dans les circonstances qui s'y prêtent – un pique-nique entre amis, par exemple –, un chien errant peut être une curiosité, voire un atout ; ses pitreries boueuses donnent à voir un aperçu idyllique de la vie insouciante d'un être simple. Animal à la fois de tous et de personne, c'est une bête pour le moins amicale, à défaut d'être saine, qui se montre remarquablement joyeuse compte tenu de son sort. Si le chien est l'animal auquel une femme célibataire peut être assimilée dans ce genre de situation, alors le trentenaire célibataire est le type préposé aux grillades : il peut être certain que le chien lui collera aux basques du début à la fin, qu'il aime les animaux ou non.

J'ai rencontré Clint à un barbecue, et même s'il avait essayé, il n'aurait jamais réussi à me chasser, parce qu'il était de loin l'homme le plus beau que j'aie jamais vu. Une semaine plus tard, j'ai eu le cran de demander son e-mail à notre ami commun et l'ai invité à dîner. Après qu'il eut accepté, je lui ai téléphoné pour lui donner l'adresse d'un des restaurants les plus en vue de Washington. Je n'y avais jamais mis les pieds, bien évidemment, mais je supposais que c'était le genre d'endroit où les gens se donnaient rendez-vous. Et Washington était beaucoup plus branchée que Baltimore – je le savais bien. Après lui avoir dit comment s'y rendre, j'avais précisé :

– Je ne viens que si tu acceptes de me laisser payer.

Je m'étais toujours débrouillée seule dans la vie, et pas question que ça change.

– D'accord, a-t-il dit en riant. Mais la prochaine fois, ce sera pour moi.

Je n'ai fait aucune promesse, mais j'ai considéré sa réponse comme de bon augure.

Pendant le dîner, je n'ai rien mangé parce que je ne voulais penser à rien d'autre que ce qui était en train de m'arriver. Nous avons quitté le restaurant trois heures plus tard, en nous moquant du regard noir des serveurs. Nous sommes allés dans un bar à quelques mètres de là, où nous avons encore bavardé des heures sans toucher à nos verres. Nous avons discuté des différences fondamentales entre mesure et modélisation. Nous avons discuté des mousses et des fougères. Nous avons réalisé que nous avions tous deux fréquenté Berkeley et suivi les mêmes cours au même moment. Je connaissais beaucoup de ses amis et lui les miens. On s'était même sans doute retrouvés plus d'une fois dans la même salle, à écouter le même cours magistral. Nous nous sommes demandé comment nous avions pu passer à côté l'un de l'autre pendant si longtemps. Il était évident que nous devions maintenant rattraper le temps perdu.

Quand le bar a fermé, je n'avais toujours pas envie de rentrer. Nous avons décidé d'aller chez lui, et il m'a demandé si je préférais marcher ou prendre un taxi. En voyant ma surprise, il a tout de suite arrêté un taxi. Là où j'ai grandi, il n'y avait des taxis que dans les films. Les taxis, c'était pour les gens si sophistiqués que leurs chaussures ne leur permettaient même pas de marcher. Les chauffeurs de taxi étaient pour moi des sortes de guides exotiques vers l'inconnu, qui vous dispensaient leur savoir d'un ton détaché en vous conduisant vers un endroit important et impossible à trouver par vous-même. J'ai découvert avec stupéfaction que la plus grande preuve d'amour que l'on pouvait m'offrir n'avait rien d'héroïque : elle n'était qu'un geste simple, qui n'avait pour but que de me faire sourire. L'amour que j'attendais de pouvoir donner à quelqu'un était resté enfermé pendant trop longtemps dans sa petite boîte, et il s'est déversé d'un coup et tout entier à l'ouverture.

Nous nous aimons parce que nous ne pouvons pas nous en empêcher. Notre amour ne demande aucun effort, aucun sacrifice. Il est facile et d'autant plus doux que je n'ai rien fait pour le mériter. Je découvre dans cet autre contexte que quand quelque chose ne veut pas marcher, remuer ciel et terre pour y arriver ne changera rien – et que, de même, certaines choses sont impossibles à rater. Je sais que je pourrais vivre sans lui : j'ai mon propre travail, mes propres projets et mon propre salaire. Mais je ne veux pas. Je n'en ai pas du tout envie. Nous faisons des projets : il partagera sa force avec moi, et moi mon imagination avec lui, et ensemble, nous ferons bon usage de nos indécents surplus respectifs. Nous nous envolerons pour Copenhague le week-end et nous passerons tous nos étés dans le Sud de la France ; nous nous marierons dans une langue que nous ne comprenons pas ; j'aurai un cheval (une jument brune appelée « Sugar ») ; nous irons voir des pièces de théâtre d'avant-garde et nous en discuterons avec des inconnus dans des cafés ; je donnerai naissance à des jumeaux, comme ma grand-mère, mais on gardera le chien, et on continuera à prendre des taxis et à vivre comme dans les films. Et il y a certaines de ces choses que nous faisons et d'autres non (comme le cheval), et c'est encore mieux qu'un film, parce que ça ne se termine jamais, parce qu'on ne joue pas et parce que je ne porte pas de maquillage.

***

En l'espace de quelques semaines, j'avais convaincu Clint de quitter Washington et de venir vivre avec moi à Baltimore – je savais que son talent pour les mathématiques lui permettrait de retrouver un travail n'importe où. Peu après son déménagement, on lui a en effet proposé un poste à Johns-Hopkins pour effectuer des recherches sur la Terre profonde, dans le même bâtiment que moi. Ses journées consistaient à concevoir des modèles informatiques d'une extraordinaire complexité pour prédire l'écoulement de roches pseudo-solides dans une chaleur et une pression extrêmes, à des milliers de kilomètres sous la surface terrestre, là où s'écoule la lave des volcans. Sa capacité à étudier la Terre en l'appréhendant uniquement par la pensée était – et reste – pour moi un mystère. Je me demandais comment il pouvait se représenter de tels mécanismes à travers les équations à rallonge qu'il produisait avec une facilité déconcertante, tout en mâchouillant le stylo-bille qui lui laissait toujours de l'encre au coin de la bouche.

Pour ma part, je dois voir ma science pour qu'elle soit réelle : je dois la tenir dans mes mains et la manipuler ; je dois regarder les plantes pousser et les faire mourir. J'ai besoin de réponses qui ne peuvent émerger que du contrôle que j'exerce, tandis qu'il préfère mettre le monde en mouvement et le regarder bouger. Grand, mince, vêtu de kaki, il a l'apparence et les gestes qu'on attend d'un scientifique, et il lui a toujours été facile de se faire accepter par la profession. Sa nature douce, solide et aimante était toutefois un trésor caché jusqu'à ce que je le mette au jour et décide de ne jamais, jamais m'en séparer.

Clint et moi nous sommes rencontrés au début de l'année 2001 et sommes partis en Norvège pendant l'été pour lui faire découvrir mes paysages préférés : les longues collines de granit rose parsemées de fleurs sauvages violettes, les fjords étincelants surveillés par les macareux à l'air grave, les bouleaux blancs baignés de couchers de soleil saumon qui durent toute la nuit. Notre étape à Oslo s'est transformée en fête de mariage improvisée, après que nous avons pris un ticket et fait la queue pendant vingt minutes pour être déclarés mari et femme au Rådhus (l'hôtel de ville).

De retour à Baltimore, nous sommes allés directement chez Bill pour lui annoncer la nouvelle. Il n'avait jamais fait de commentaires sur les types avec qui je sortais, sans doute parce qu'il n'y avait pas grand-chose à en dire. Mais depuis que Clint était entré dans ma vie, il se comportait de façon bizarre et nous évitait comme un criminel repenti qui évite de passer devant sa prison. Pour sa part, Clint était convaincu que Bill avait juste besoin d'un peu de temps pour s'habituer à la situation ; c'était exactement la même chose que pour moi avec ses trois jeunes sœurs, disait-il.

Un mois plus tôt, Bill avait quitté mon grenier après avoir acheté la maison délabrée en bas de la rue. Il était désormais propriétaire d'une bâtisse de trois étages qui avait dû être magnifique en son temps – il y a très longtemps. Il avait déménagé ses affaires une par une en quelques jours et les avait toutes entassées au rez-de-chaussée. Il gardait quelques objets de première nécessité (cafetière, rasoir, tournevis) à portée de main dans un coin, près de la pile de vêtements dans laquelle il piochait selon qu'il était l'heure de dormir ou de se lever. Bill avait de grands projets de rénovation, mais, cet été-là, sa maison ressemblait à un squat de toxicos – ne manquait plus que l'héroïne.

Le lendemain de notre retour de Norvège, nous avons frappé plusieurs fois à sa porte, avant de finir par sonner.

Nous avons entendu des pas traînants, puis le loquet tourner. La porte s'est ouverte sur un Bill en T-shirt déchiré et maillot de bain délavé. Il avait les cheveux en bataille et se frottait les yeux : nous l'avions apparemment réveillé. Il était trois heures de l'après-midi.

– Salut ! lui ai-je dit, le bras de Clint autour de moi. Devine quoi ? On s'est mariés !

Il y a eu un long silence pendant lequel Bill nous a regardés d'un œil vide.

– Ça veut dire que je dois vous acheter un cadeau ?

– Non ! a dit Clint, alors que je répondais « oui ! » au même moment.

Nous sommes Clint et moi restés là un moment sans rien dire, avec nos sourires béats. J'ai fini par dire à Bill :

– Allez, habille-toi, il y a une reconstitution de la guerre de Sécession à Fort McHenry et on y va.

– Je viendrais bien, sauf que c'est probablement de la guerre de 1812 qu'il s'agit. T'es vraiment une inculte et j'ai des tonnes de trucs à faire, a répondu Bill, mal à l'aise.

– Fais gaffe à ce que tu dis, espèce de hippie crasseux, lui ai-je répondu. Je ne vais pas te laisser déshonorer nos héros tombés pour la patrie comme ça. Alors comporte-toi en Américain, mets un putain de pantalon et monte dans la Toyota !

Bill restait planté là à nous regarder, et je voyais bien qu'il hésitait entre nous suivre ou rester chez lui. J'ai levé les yeux vers mon nouveau mari, l'homme le plus fort et le plus gentil que j'aie jamais rencontré, convaincue que toute personne ayant gagné mon affection avait un droit naturel à la sienne.

– Allez, Bill, tu viens avec nous, maintenant, a dit Clint en lui tendant ses clés de voiture. Tu conduis ?

Bill a saisi le trousseau et nous avons passé la journée à Fort McHenry à attraper des pommes avec les dents dans une bassine d'eau, à fabriquer des bougies et à forger un vrai fer à cheval. Nous avons mangé des hot-dogs et de la barbe à papa, regardé la course à trois jambes et caressé les animaux du zoo pour enfants. Et nous sommes tous rentrés avec un billet à tarif réduit parce qu'après tout, c'était le Jour de la famille.

7

Les agronomes et les forestiers ont modélisé la croissance de centaines d'espèces de plantes depuis 1879, date à laquelle un scientifique allemand a le premier remarqué que lorsqu'on représente l'évolution du poids d'un plant de maïs en fonction du temps sur un graphique, on obtient une curieuse courbe en S. Les chercheurs ont pesé leurs plantes quotidiennement, et pendant le premier mois, ils n'ont observé qu'une très faible augmentation. Le poids des plantes est ensuite monté en flèche pendant le mois suivant : leur taille a doublé chaque semaine, jusqu'à atteindre une hauteur maximale à l'âge de trois mois. Mais les scientifiques ont été surpris de constater que passée cette période, le poids des plantes tendait à diminuer ; lorsqu'elles ont commencé à produire des semences, elles ne pesaient plus que 80% du poids maximal qu'elles avaient atteint précédemment. L'expérience a montré les mêmes résultats à chaque fois qu'elle a été reproduite et les milliers de plants de maïs étudiés depuis ont tous présenté cette même courbe en S. Nous ignorons les véritables raisons de ce phénomène, mais le plant de maïs, lui, sait ce qu'il a à faire – même s'il serpente en cours de route.

D'autres plantes présentent des courbes de croissance très différentes. Celle du blé ressemble à votre pouls : une brève poussée de croissance qui décline ensuite rapidement. La courbe de betterave à sucre présente un aspect similaire, mais elle décrit un long arc de cercle centré autour du solstice d'été. La courbe du roseau *Phragmites* ressemble à une pyramide, naissance et croissance évoluant symétriquement au flétrissement et à la mort. Ces courbes sont très importantes pour l'agriculture et la sylviculture lorsque la période de récolte est encore lointaine. En déterminant le stade de croissance des plantes sur la base de ces courbes standards, il est possible de prévoir la date la plus appropriée pour la récolte, et par extension, celle de la prochaine rentrée d'argent.

Les courbes des arbres sont beaucoup plus diffuses que celles des plantes plus petites, car leur croissance s'étend sur des centaines d'années plutôt que sur une saison. Chaque essence présente une courbe qui lui est propre. Le pin de Monterey pousse par exemple deux fois plus vite que l'épicéa commun (ou épinette de Norvège), mais tous deux sont abattus pour la fabrication de papier lorsqu'ils atteignent la même circonférence. C'est pourquoi les papetiers norvégiens sont réputés plus solides et solvables que leurs homologues américains, et possèdent généralement davantage de surfaces de culture.

Dans la forêt, la variation de stature des arbres du même âge est beaucoup plus importante que chez n'importe quel autre organisme, y compris les animaux. Aux États-Unis, le garçon de dix ans le plus grand est environ 20% plus grand que le garçon du même âge le plus petit. La même différence s'applique aux garçons de cinq ans et aux hommes de vingt ans : le plus grand l'est environ de 20% par rapport au plus petit. Dans une forêt de pins, le tronc de dix ans le plus épais est environ quatre fois plus épais que le tronc du même âge le plus mince. Cette différence vaut aussi bien pour les arbres de vingt ans que pour ceux de cinquante : le tronc le plus épais l'est environ de quatre fois par rapport au plus mince. Il s'avère qu'il n'y a pas de « bonne » ou de « mauvaise » façon de devenir un arbre centenaire : il n'y a que celles qui marchent et celles qui ne marchent pas.

Devenir un arbre est un long voyage, et même le botaniste le plus expérimenté ne peut, à partir de la seule observation d'une tige sur un jeune arbre, prédire quel type de branche elle sera devenue dans cinquante ans. Les courbes de croissance peuvent être utiles pour établir des prédictions, mais il est important de se rappeler qu'elles ne montrent pas l'avenir, seulement le passé. Ce sont des lignes improvisées, tracées à partir de données dont les plantes qui en sont à l'origine sont pour la plupart mortes depuis longtemps. Les informations qui définissent ces courbes ne sont pas statiques : à chaque fois qu'une nouvelle plante est mesurée, ses données viennent enrichir le graphique. Chaque nouveau point de donnée modifie donc légèrement la tendance générale, et par conséquent la courbe de croissance. Il est impossible de prévoir mathématiquement la forme de ces courbes, même en s'aidant de puissants calculateurs. Rien dans celles-ci ne nous dit ce à quoi un arbre devrait ressembler, mais seulement ce à quoi les arbres ont ressemblé. Chaque plante doit trouver son propre chemin vers la maturité.

Les manuels de botanique contiennent des pages et des pages de courbes de croissance, mais ce sont toujours les mêmes, celles en forme de S, qui intriguent le plus mes étudiants. Pourquoi la masse d'une plante diminuerait-elle au moment où elle approche de son plateau de productivité maximale ? Je leur rappelle alors que cette diminution est un signal de reproduction. Quand les végétaux arrivent à maturité, certains des nutriments sont redirigés vers les fleurs et les graines. La production de la nouvelle génération a un coût important pour le parent, et on peut s'en apercevoir en observant un champ de maïs, même de loin.

8

Être enceinte est de loin la chose la plus difficile que j'aie jamais faite. Je ne peux pas respirer, je ne peux pas m'asseoir et je ne peux pas me lever, je ne peux pas abaisser la tablette dans l'avion, je ne peux pas dormir sur le ventre alors que je ne dors que sur le ventre depuis trente-quatre ans. Je me demande quel genre de dieu dans quel genre de ciel a un jour décidé qu'une femme de cinquante kilos pouvait porter plus de quinze kilos de bébé. Escortée de Reba, je parcours sans cesse le quartier parce que le bébé n'est calme que quand je bouge. Ses coups de pied n'ont rien d'un malicieux « coucou, Maman, je suis là », mais ressemblent plutôt aux contorsions torturées de quelqu'un qui essaie de se débarrasser de sa camisole de force. Je marche et je marche encore et encore, parodie solitaire d'une parade de fertilité païenne, consciente à quel point ni moi ni le bébé n'apprécions cette cohabitation suffocante.

Une femme maniaco-dépressive enceinte ne peut prendre ni Dépakote, ni Tégrétol, ni Seroquel, ni lithium, ni Risperdal, ni aucun des autres médicaments qu'elle prend tous les jours depuis des années pour ne pas entendre de voix ni se cogner la tête contre les murs. Dès que sa grossesse est confirmée, elle doit interrompre immédiatement tous ses traitements (autre facteur déclencheur) et se tenir sur les rails en attendant que la locomotive la frappe. Les statistiques parlent d'elles-mêmes : une femme bipolaire a sept fois plus de risques de vivre un épisode maniaco-dépressif majeur pendant sa grossesse qu'avant ou après. La laisser affronter cette situation pendant les deux premiers trimestres est la cruelle fatalité que doivent lui imposer les médecins.

Dès le début de ma grossesse, je me réveille et je vomis violemment jusqu'à ce que je m'écroule sur le sol de ma salle de bains et reste allongée là pendant des heures, à me plaindre et à pleurer d'épuisement et que, désespérée, je me cogne la tête contre les murs et le sol pour m'assommer. Je retrouve mes habitudes d'enfant de supplier Jésus pour qu'il m'aide, ou du moins qu'il m'accorde la miséricorde de l'oubli. Plus tard, quand je reviens à moi, je sens une fraîche pellicule de sang, de salive et de larmes entre mon visage et le carrelage, mais je suis incapable de parler et je ne sais plus qui je suis. Mon inébranlable mari, qui n'a désespérément cessé de téléphoner, vient me chercher, me prend, me lave et rappelle une fois encore un médecin. Ils m'hospitalisent et essaient tout ce qu'ils ont déjà essayé avant, mais une semaine plus tard tout recommence. Ça continue comme ça jusqu'à ce que Clint et Reba soient les seuls êtres au monde dont le nom m'évoque encore quelque chose.

Je finis par être internée pour de bon et pour plusieurs semaines à la fois, attachée quand plus rien d'autre ne fonctionne, et on me fait subir d'innombrables séances d'électroconvulsivothérapie qui me font oublier la majeure partie de 2002. Je supplie les médecins et les infirmières de me dire pourquoi, pourquoi, pourquoi cela m'arrive, mais personne ne me répond. Personne ne peut d'ailleurs faire grand-chose, à part compter les jours jusqu'à ce que je puisse avaler sans risque les médicaments dont j'ai besoin. La vingt sixième semaine est un moment magique : il marque le début du troisième trimestre, une période de développement fœtal avancé, et pour laquelle les autorités de santé autorisent l'usage, pour les besoins de la mère, de toute une série d'antipsychotiques.

Dès que c'est médicalement autorisé, on me prescrit ceci et cela et d'autres traitements, et petit à petit, mes symptômes les plus aigus s'atténuent. Je commence à me traîner au travail, la plupart du temps pour passer la journée à dormir sur le sol de mon bureau. Bien que j'essaie, je suis trop faible pour enseigner, et me mets en congé-maladie. Un matin de mon huitième mois, je passe péniblement la porte d'entrée du bâtiment et m'arrête au bureau de la réception pour me reposer, tout en me préparant mentalement à traîner mes quinze kilos supplémentaires jusqu'à mon laboratoire au sous-sol. Je ne manipule aucun produit chimique, bien sûr, mais le bourdonnement des machines m'apaise et j'aime lire les résultats d'analyse au fur et à mesure qu'ils se présentent et m'imaginer que les instruments ont besoin de mon approbation et de mes encouragements pour passer à la tâche suivante.

Pour me préparer à la difficile descente par l'ascenseur, je m'assois sur l'une des chaises visiteurs près de la photocopieuse et me penche en arrière derrière mon énorme abdomen.

– Je crois que c'est clair, maintenant. C'est le nouveau moi. Il ne sortira jamais. Dans dix-huit ans, j'aurai un homme qui vit dans mon corps, dis-je aux secrétaires, ce qui les fait bien rire, bien que je ne plaisante qu'à moitié.

Walter, le directeur du département, entre alors et je me lève par automatisme, comme un soldat au garde-à-vous en présence de son officier supérieur. Je suis sur le point d'être la première et la seule femme titularisée dans ce département prestigieux et centenaire de Johns-Hopkins et je sais d'instinct qu'il vaut mieux cacher toute forme de faiblesse physique liée à mon état.

Malheureusement, je me suis relevée trop vite, le sang me monte à la tête et je me sens faible. Je me rassois aussitôt et me penche en avant, la tête entre les jambes, sachant que ça passera dans une minute ou deux. Ces étourdissements me sont familiers parce que j'ai toujours souffert d'hypotension artérielle et que j'ai toujours tendance à résister à l'envie de manger, synonyme pour moi de corvée aussi répétitive qu'interminable. Walter regarde autour de lui, l'air perplexe, et me regarde moi, au milieu de tout ça, dans la position prostrée d'une baleine échouée. Il entre dans son bureau et ferme la porte. Quelqu'un m'offre un verre d'eau, que je refuse. Je clopine jusqu'à l'ascenseur, l'esprit occupé par un nouveau sentiment d'inquiétude que je ne parviens pas à définir.

Le lendemain, vers six heures et demie du soir, Clint entre dans mon bureau au bout du couloir, juste à côté du sien. Il fait une telle tête que je me demande si quelqu'un est mort. Il s'appuie contre l'encadrement de la porte et me dit d'un ton grave :

– Écoute, Walter est passé me voir aujourd'hui.

Il s'interrompt un instant, l'air peiné.

– Il m'a dit que tu ne peux plus venir ici tant que tu es en arrêt maladie.

– Quoi ? Comment est-ce qu'ils peuvent me faire ça ? C'est mon labo, j'ai construit cet endroit...

– Je sais, je sais, soupire mon mari. Ce sont des connards, dit-il avec douceur, comme pour m'apaiser.

– Je ne savais pas qu'ils pouvaient faire ça, dis-je, alors que je sens la douleur monter en moi. Pourquoi ? Il a dit pourquoi ?

Toutes les fois dans ma vie où j'ai posé cette question, « pourquoi ? », à ceux qui détiennent le pouvoir me reviennent à l'esprit, tout comme le fait qu'elle n'a jamais, jamais reçu de réponse satisfaisante.

– Oh, des conneries de responsabilité et d'assurance, répond Clint. Ce sont des demeurés, on le savait.

Je me mets à fulminer.

– C'est pas possible ? La moitié de ces types sont bourrés au bureau... et draguent les étudiantes... et c'est moi le problème ?

– Écoute, voilà ce qu'il en est : ils ne veulent pas voir de femme enceinte et tu es la première à mettre les pieds dans ce bâtiment. Ça les dépasse, c'est aussi simple que ça, dit-il avec douceur.

Sa colère est plus froide que la mienne. Je n'en reviens toujours pas.

– Il t'a demandé à toi de me le dire ? Pourquoi il n'est pas venu me le dire lui-même ?

– Il a peur de toi, à mon avis. Ce sont tous des lâches.

Je secoue la tête et serre les dents.

– Non, non, non !

– Hope, on ne peut rien y faire, dit Clint, d'une voix calme et malheureuse. C'est lui le chef.

Clint a le même regard triste que celui que j'ai vu un jour chez un vieil et magnifique éléphant qui venait de perdre sa compagne de trente ans. Il sait à quel point ça me fait mal d'être bannie de mon propre labo, là où je me sens heureuse et en sécurité – surtout en ce moment –, le seul endroit que je considère vraiment comme chez moi.

Par dépit, j'attrape ma tasse de café vide et la jette de toutes mes forces sur le sol. Elle rebondit sur la moquette sans se casser et roule nonchalamment sur le côté, comme pour me narguer. J'y vois une preuve de plus de mon impuissance, même sur des objets petits et insignifiants, et m'assois, la tête dans les mains, avant de fondre en larmes à mon bureau.

– Je ne veux plus de tout ça dis-je dans un souffle, tout en continuant de pleurer.

Clint est le témoin impuissant de ma douleur et son cœur est de plus en plus lourd. Quand mes pleurs cessent, nous nous asseyons ensemble en silence. À chaque jour suffit sa peine.

Deux ans plus tard, Clint m'a appris que son attachement à Johns-Hopkins avait disparu ce jour-là et qu'il ne leur avait jamais pardonné de m'avoir blessée. Nous en avons reparlé avec la distance et le recul, et nous sommes dit que des questions d'assurance avaient sans doute été à l'origine de la situation et que ce n'était finalement la faute de personne, mais quand c'est arrivé, nous avons été solidaires, nous avons uni nos efforts, rassemblé ceux qui nous étaient chers et quelques-uns de nos biens et avons déménagé à plusieurs milliers de kilomètres de là. Et j'ai, une fois encore, entièrement reconstruit mon labo, avec Bill au milieu. Mais le jour où j'ai jeté ma tasse de café, j'ai pleuré parce que je ne voyais que ce que j'étais en train de perdre et non ce que j'allais gagner, qui m'était masqué par les cinq centimètres d'épaisseur de mon utérus.

Après mon éviction, je ne sais plus quoi faire de mes journées, alors je planifie mes visites prénatales dès le matin. Je me présente et les infirmières et les techniciens me pèsent et me font passer une échographie et m'apprennent la nouvelle incroyable que je suis enceinte d'une semaine de plus que la semaine d'avant. Des inconnus me demandent à combien de mois j'en suis, et quand je réponds « onze » ils s'attendent à ce que je rie avec eux, ce dont je ne suis même pas capable.

Je sais que je suis censée être heureuse et enthousiaste. Je suis censée faire les magasins, peindre et parler tendrement à l'enfant qui est en moi. Je suis censée célébrer le fruit de l'amour et m'épanouir dans la plénitude de mon ventre. Mais je ne fais rien de tout ça. À la place, je pleure, longtemps et douloureusement, la perte de la période de ma vie qui va s'achever avec l'arrivée de l'enfant. Je devrais me réjouir de l'attente et rêver en imaginant la mystérieuse identité de l'être qui se forme en moi. Mais je ne le fais pas, parce que je le connais déjà. Dès le début, j'ai senti que ce serait un garçon et je savais qu'il aurait des cheveux blonds et des yeux bleus comme son père.

J'ai compris qu'il aurait le prénom de mon père et sa propre personnalité. Qu'il serait aussi robuste que le sont tous les Vikings, hommes et femmes, et qu'il aurait raison de me détester parce que je suis une mère inapte, cette part de moi ayant trop poussé à l'ombre et fané avant même d'avoir pu vraiment fleurir. Je fais des exercices de respiration, je bois des litres de lait, j'avale des tonnes de spaghettis et je dors plusieurs heures par jour et j'essaie de me concentrer sur le fait que je partage au moins avec lui la richesse de mon sang et que je lui donne passivement ce dont il a besoin, pour le moment au moins. J'évite de penser à mon esprit perturbé. J'évite de me demander quand je perdrai à nouveau la tête.

Je suis assise dans une salle d'attente avec des filles enceintes de quinze ans, chacune devant faire face à une montagne de problèmes tellement plus importante que la mienne, mais je n'en ressens aucune gratitude. Je suis si triste que je n'arrive pas à pleurer, si vide que je n'arrive pas à prier. La gynécologue m'appelle et je remarque qu'elle ne porte pas de boucles d'oreilles. Moi non plus. De façon totalement incongrue, je songe à la relative rareté avec laquelle je croise des femmes qui ne portent pas de boucles d'oreilles.

– Bon, vous avez pris pas mal de poids, mais autrement tout va bien, m'annonce-t-elle en regardant mes résultats. Le cœur du bébé a un bon tonus et votre glycémie est normale. Vous êtes presque à terme, ajoute-t-elle en me regardant fixement.

Elle me tend des dépliants et me demande :

– Vous avez déjà réfléchi à votre contraception après l'accouchement ? Je suppose que vous savez que vous pouvez tomber enceinte même en allaitant.

Les pensées se bousculent dans mon esprit. Cette dernière étape de la grossesse a été complètement surréaliste. Certains de mes amis me demandent quand je compte avoir mon deuxième enfant. Les médecins me poussent à la contraception. C'est tellement bizarre d'interroger une femme qui n'arrive même pas à s'imaginer avec un seul bébé sur la logistique (ou non) d'un second.

Je bredouille confusément :

– Je ne pense pas pouvoir allaiter. Je veux dire, il y a mon travail, et si j'ai besoin de prendre des médicaments ou quoi que ce soit...

– Pas de problème, m'interrompt le médecin. Il grandira très bien avec du lait en poudre, pas d'inquiétude pour ça.

Cette absolution pour mon tout premier manquement envers ce bébé est si facile et si automatique qu'elle me va droit au cœur. J'ai la sensation que mon vieux rêve d'enfant s'est d'un coup réveillé, que peut-être cette femme se soucie de moi et me comprend. Après tout, elle a mon dossier. Elle a peut-être remarqué les séances d'électrochocs, les hospitalisations et les traitements. Puis je me surprends à me demander une fois encore pour lequel de mes péchés je suis punie. J'en ai plus qu'assez de cette plaie qui ne se referme pas, de la façon dont mon cœur d'enfant confond toute marque de gentillesse de la part d'une femme avec un fil d'Ariane qui mènerait à l'amour bienveillant d'une mère ou l'approbation affectueuse d'une grand-mère. Je suis fatiguée de traîner cette douleur sourde d'orpheline, car si elle ne me surprend plus, elle m'apporte encore et toujours son lot de souffrances. Cette femme est mon médecin ; elle n'est pas ma mère, me dis-je fermement, et je me sens humiliée dans mon besoin, et plus encore envers moi-même. Mais quelque part, quelqu'un est en charge de l'emploi du temps, et a décrété qu'elle n'aurait exactement que douze minutes à me consacrer.

Après confirmation de la date de mon prochain rendez-vous, je quitte le cabinet. En sortant, je fais un détour par les toilettes, je vomis et je tremble ; je ne reconnais même plus celle que j'aperçois dans le miroir. Elle a l'air si triste, si fatiguée et si négligée que j'ai pitié d'elle, avant même de comprendre qu'il s'agit de moi.

J'attends dix-sept heures que tout le monde ait quitté le bâtiment pour me glisser dans le labo avec Reba. Je ne peux rien y faire de productif, mais c'est ma façon à moi de résister à la décision cruelle de mon chef de département, en organisant une sorte de « sit-in » solitaire de femme enceinte. Lorsque Bill me trouve prostrée dans le noir en revenant à dix-neuf heures trente de son premier repas de la journée, je m'essuie le visage à la hâte pour qu'il ne remarque pas que je n'ai cessé de pleurer. Il allume toutes les lumières et commence à me donner l'état d'avancement de chacun des projets, en un long monologue qui me réconforte et me montre que tout va bien. Il est épuisé d'avoir à travailler pour deux, mais plus le sol est rocailleux, plus il redouble d'efforts pour tirer la charrue.

Il ne sait pas exactement ce qui m'arrive ces jours-ci, ni pourquoi j'ai été tellement absente. Aucun de mes parents ou de mes amis n'est au courant. Et personne ne me pose de question. J'imagine que mes ancêtres sont si bien parvenus à cacher leur folie pendant tant de générations que j'étais moi-même génétiquement programmée pour faire de même.

Bill m'assure que je peux rester tranquillement à la maison.

– Sérieusement, personne ne va venir ici, t'as pas besoin de monter la garde la nuit.

Il jette un coup d'œil discret autour de lui et ajoute :

– Pas avec tous les couteaux et le matos que je cache ici, ajoute-t-il en faisant semblant de fouiller nerveusement dans un des tiroirs.

À chaque fois que nous nous croisons, Bill essaye de me faire rire, ou de retrouver des traces de l'ancienne Hope. Bien qu'aucun de nous deux ne sache comment s'y prendre pour se débarrasser du zombie déprimé qui s'est emparé du corps ballonné de sa meilleure amie, il persévère, sans relâche.

– Bon Dieu, t'as vraiment l'air malheureuse. Pourquoi t'irais pas égorger un cochon ou deux ? C'est pas le genre de trucs que vous aimez faire, vous autres ? dit-il exaspéré.

– C'est vrai que j'ai faim...

À grand-peine, nous allons (moi en me dandinant) chez lui, et regardons des rediffusions des *Sopranos* pendant que j'avale les beignets achetés en chemin. À vingt et une heures, quand Clint vient me chercher pour me conduire à trois pâtés de maisons de là, il ouvre la porte arrière pour me faire monter, et des larmes coulent sur mon visage alors que nous faisons comme si notre voiture était un taxi.

C'est en général de bon augure quand l'expérience que vous suivez de près, et dans l'expectative de résultats peu éloquents, donne en réalité lieu à quelque chose de clair, puissant et sans équivoque. On m'avait plusieurs fois avertie que la perte des eaux pouvait être ambiguë, mais quand plus tard dans la soirée, et alors que j'étais assise dans mon canapé, je me suis retrouvée d'un coup immergée dans trois litres de liquide, le doute n'était plus permis. Au milieu de ce déferlement, j'ai serré les dents et dit à Clint que c'était sans doute le moment d'aller à l'hôpital.

Lorsqu'il m'aide à me relever, il remarque que mes mains tremblent.

– Nous allons dans le meilleur hôpital du monde, me dit-il calmement, et sa confiance est contagieuse.

Je rassemble mon peu d'énergie, nous faisons ma valise et partons. Il est environ vingt-deux heures trente et, tandis que nous longeons les barres d'immeubles et les logements sociaux de Baltimore, je vois des gens rentrer chez eux d'un pas lourd après une longue journée de travail, dans l'attente d'un repos auquel ils ne songent pas encore.

En arrivant à l'hôpital, je me sens immédiatement rassurée par les lumières vives et l'activité bourdonnante qui y règne et, étrangement, un sentiment familier de sécurité m'envahit alors que me revient en mémoire mon job d'étudiante à la pharmacie hospitalière. Tous ceux qui s'affairent ici ont une tâche à accomplir, et s'occuper de moi fait simplement partie de la routine de leur incommensurable tâche collective et chorégraphiée. Quoi qu'il arrive, je ne serai pas seule, et quelqu'un d'autre sera la personne forte, prête, alerte et responsable. Je vois le plan pour la suite : tout le monde va rester éveillé cette nuit et on va régler cette affaire. Je commence à me détendre.

Nous partageons l'ascenseur conduisant à la maternité avec un patient âgé en fauteuil roulant, accompagné d'une jeune aide-soignante à l'air las. Elle regarde mon ventre de mammouth.

– Vous êtes prête ? me demande-t-elle.

Je la fixe bêtement, incapable d'articuler une réponse, tandis qu'elle hoche la tête avec une sorte d'amusement désabusé.

Lorsque nous arrivons au bureau des admissions, une femme énorme fond sur moi après m'avoir observée et dit à la réceptionniste :

– Je la veux, elle a de belles veines, s'autodésignant du même coup comme mon infirmière attitrée.

Je regarde le dos de mes mains, qui ressemblent à celles de mon père et sur lesquelles les vaisseaux sanguins se dessinent clairement, et je décide que c'est un bon présage. L'infirmière nous conduit jusqu'à une chambre privée et indique à Clint une chaise dans le coin ; il devra rester assis, près du pied du lit, et ne gêner personne. Il acquiesce.

– Ce n'est pas de vous qu'on va s'occuper aujourd'hui, lui dit-elle par-dessus son épaule, alors qu'elle me guide vers la salle de bains.

J'utilise les toilettes et enfile ma tenue d'hôpital à grand-peine. La sage-femme m'aide à m'installer sur le lit et tamponne mes deux poignets avec un coton imbibé d'alcool. Elle sort alors dix ou vingt aiguilles, électrodes, pinces et bandages qu'elle commence à me poser partout et de mille façons. Après en avoir terminé, elle branche chacun d'eux aux machines et moniteurs qui commencent à s'amasser autour de mon lit, comme s'ils étaient impatients de prendre part à ce qui va se passer. Une fois allumés, je me sens comme entourée de visages électroniques amicaux, chacun répétant sa litanie réconfortante en boucle, comme s'ils comprenaient qu'il n'y avait pas de limite au soutien dont j'aurai besoin pendant cette épreuve. L'assistant du gynécologue entre dans la pièce.

– Vous souhaitez un traitement pour gérer l'inconfort pendant l'accouchement ? me demande-t-il.

– Oui, oui, absolument, dis-je en adoptant le même ton neutre que le sien, alors que, de toute ma vie, je n'ai jamais été aussi passionnément sincère.

– Bon choix, marmonne mon infirmière. Pas besoin de souffrir pour ça.

Je comprends alors que je viens de lui faciliter grandement son service.

Toutes les deux heures, un médecin différent, qui est aussi professeur, entre dans ma chambre avec une horde d'étudiants et me présente comme un cas d'étude. Il résume les résultats de toutes mes visites prénatales et énumère les médicaments prescrits en un long monologue qui me donne l'impression d'un poème de E. E. Cummings qui n'aurait pas encore été revu par son éditeur.

– Que peut-on présumer du fœtus dans la situation présente ? demande-t-il à son auditoire.

Le groupe ne réagit pas davantage que si l'on avait posé la question à un troupeau de moutons.

Mon infirmière finit par intervenir :

– Eh bien, regardez-la donc ! Ce bébé n'est ni prématuré, ni en sous-poids !

Tandis qu'excédée elle lève les yeux au ciel, je vois un des internes debout au dernier rang bâiller à s'en décrocher la mâchoire, tout en me regardant droit dans les yeux, sans même prendre la peine de se cacher.

Je me sens soudain si furieuse intérieurement que cela se voit sans doute sur l'électrocardiogramme placé à ma gauche. Je me revois quinze ans en arrière, jeune étudiante voulant désespérément entrer en fac de médecine mais parfaitement consciente qu'elle n'en a ni les moyens financiers ni la possibilité pour y arriver. Je venais d'une lignée de femmes qui savaient attraper un hibou, le plumer, le faire bouillir pour le donner aux enfants et casser ses os pour donner la moelle au bébé, avant de boire l'eau du bouillon parce que c'était tout ce qui restait. J'étais la fille qui retirait elle-même les sangsues collées à sa peau et qui n'avait pas peur des araignées, des serpents, de la saleté ni de l'obscurité. Et dans cette chambre d'hôpital, je suis de nouveau l'étudiante qui, aussitôt décrochée sa bourse d'études, a filé à la librairie pour y acheter tous les livres de médecine qu'elle a pu trouver en plus de ceux dont elle avait vraiment besoin.

Et voilà ces étudiants en médecine, qui ont pu, eux, franchir la lourde porte qui m'est restée fermée, et qui, plutôt que d'être fiers de se trouver maintenant dans le saint des saints, ont l'air de gâcher leur chance. Je me demande alors comment ces imbéciles peuvent avoir la prétention de mesurer la dilatation de mon col. Ma rage réveille des bribes de l'ancien moi, et dans ma tête, j'édite le récit des événements que je ferai à Bill, avec moi hurlant à ce moment précis : « Prenez bien note de tout, bande de crétins, je serai un sujet d'examen ! »

Le professeur interrompt ma tirade intérieure :

– Elle présente un risque sévère de psychose post-partum et sera donc surveillée de très près.

Et voilà que, par ces simples mots, il a exprimé ce que nous supposions tous, mais que l'amour et l'espoir s'étaient arrangés pour passer sous silence. Je me sens soudainement ragaillardie, très intéressée par ce qu'il va dire ensuite. En entendant cette information croustillante, les internes me regardent de nouveau et mon apparence plutôt saine semble tellement les déconcerter que j'envisage un instant de simuler une crise d'hallucination pour valider les propos de leur professeur.

En regardant autour de moi avec consternation, mon regard croise celui de Clint qui est docilement assis dans son coin, les jambes croisées. Grâce à ce lien télépathique unique propre aux couples mariés, nous échangeons silencieusement notre ressenti de l'absurdité de la scène, et j'éclate de rire pour la première fois depuis des semaines. Je me rends compte que je ne me suis pas sentie aussi bien depuis des mois, maintenant que je suis en sécurité, perchée dans mon petit nid de fils et de machines qui bipent.

Apparemment tout autant immunisé contre l'hilarité que la tristesse, le médecin consulte sa montre et quitte ma chambre, les étudiants à sa suite, comme les paparazzis les plus nuls du monde aux basques de la célébrité la plus inintéressante du monde. Ma colère s'apaise quand je suppose qu'ils ont, eux aussi, une longue nuit devant eux. Maintenant que j'ai la tête un peu un peu plus froide, je veux bien admettre que rêver de devenir médecin et la réalité de la formation sont peut-être deux choses différentes. Vu mon propre comportement ces derniers mois, je suis d'ailleurs mal placée pour condamner le manque d'enthousiasme de qui que ce soit.

Un infirmier de bloc opératoire entre avec ce qui ressemble à une serviette de plage enroulée et entreprend de la dérouler sur deux plateaux en inox. Je découvre alors qu'à l'intérieur du linge stérile se trouvent des douzaines de scalpels, de ciseaux et autres, à lames diverses et étincelantes. Il revient quelques instants plus tard pour renouveler l'opération avec une deuxième serviette.

– Oh là là, ça en fait des couteaux.

L'infirmier me regarde sans s'interrompre, et m'explique :

– Oui, ce médecin aime bien avoir deux jeux d'instruments au cas où quelque chose tombe par terre.

Je ne me sens pas vraiment plus rassurée de savoir qu'il aura des doubles sous la main lorsque les lames entreront en action, mais je garde mes craintes pour moi.

J'ai alors l'heureuse surprise de voir le médecin qui n'avait pas d'*a priori* sur l'allaitement maternel entrer dans ma chambre et m'annoncer que c'est elle qui supervisera l'accouchement. On m'avait dit que ce pouvait être n'importe qui de l'« équipe soignante » qui avait suivi ma grossesse et je m'attendais donc à un quasi-étranger, étant de toute façon incapable de me souvenir de la moitié de ceux qui avaient hanté les neuf derniers mois de ma vie.

– Je suis contente que ce soit vous, lui dis-je avec la confiance et l'affection d'un enfant.

Elle regarde mon dossier.

– Comment ça va ?

– J'ai peur, lui dis-je, parce que c'était vrai.

J'ai toujours été convaincue que je mourrais pendant l'accouchement. Pas seulement parce que je n'ai jamais pu m'imaginer en tant que mère, mais aussi en raison de mes soupçons quant à la façon dont est morte ma grand-mère maternelle. Ma mère parle peu de sa propre mère et de ses frères et sœurs. Tout ce que je sais, c'est qu'ils ont été plus de dix à avoir atteint l'âge adulte. *Diskutere fortiden gir ingenting* (« Parler du passé ne le changera pas »).

Le médecin s'arrête et me regarde.

– S'il se passe quoi que ce soit, vous serez transférée en salle d'opération en moins de quarante-cinq secondes.

Je me prends un instant à rêver aux machines plus sophistiquées encore qui doivent se trouver dans la salle d'à côté.

Elle se tourne ensuite vers Clint.

– Cela dit, s'il vous arrive quelque chose, à vous – si vous vous évanouissez, par exemple –, on vous laisse vous débrouiller, le temps qu'on en termine.

La mère de Clint était une éminente obstétricienne à Philadelphie et les naissances compliquées étaient son sujet de conversation habituel le soir à table. Aucun risque donc qu'il ne s'évanouisse, mais Clint approuve le scénario proposé d'un hochement de tête.

Elle examine mon col.

– Tout a l'air parfait. Je reviens vous voir après la péridurale, à moins que vous n'ayez besoin de moi avant, dit-elle avant de sortir.

Quelques heures s'écoulent, pendant lesquelles le brassard de tension artérielle m'enserre le bras toutes les vingt minutes, comme un encouragement, ses bips enjoués me rappelant à chaque fois que je vais bien. Puis les contractions se font plus douloureuses et je ne peux m'empêcher de gémir.

– Seigneur, vous êtes plutôt du genre discrète, me dit l'infirmière en changeant ma poche de perfusion.

Prenant cela comme un compliment, je renchéris :

– Ça ne servirait de toute façon pas à grand-chose d'en rajouter, si ?

– Absolument pas, me confirme-t-elle.

Les contractions deviennent de plus en plus intenses et j'envoie bientôt à Clint des suppliques muettes et paniquées, les yeux écarquillés. Il me regarde avec le visage calme et bienveillant d'un saint-bernard qui vient de vous sortir de la neige et qui vous assure qu'une équipe de secours sera là d'une minute à l'autre, et que diriez-vous d'une glace à la neige en attendant ?

Au bout de ce qui me semble une éternité, un médecin à l'allure distinguée arrive, accompagné d'une sorte de laquais, et qui se présente comme l'anesthésiste.

– On vous a déjà traitée avec de la ropivacaïne ? me demande l'assistant d'une voix suraiguë, en examinant mes vertèbres lombaires, comme si c'était quelque chose que chaque patient était censé savoir.

Devant mon silence, l'infirmière répond à ma place :

– Probablement, son dossier médical est long comme le bras.

Je commence à me demander si ses réponses à la madame-je-sais-tout ne sont pas sa spécialité, vu la façon dont tous les membres du personnel l'ignorent systématiquement. La voix tremblante de douleur, je dis vaillamment en regardant dans sa direction :

– Bon sang, si ça se trouve, je suis sous ropivacaïne en ce moment même !

Quoi que vous disiez à l'hôpital, vos blagues ne feront pas rire les médecins. Je suppose que la position officielle des facs de médecine est que même si votre patient trouve son état hilarant, ce n'est pas à vous, en tant que médecin, de rire et d'encourager une telle situation, mais dieu que c'est épuisant de se produire devant un public aussi peu réceptif.

Fascinée par le fait qu'ils soient en train de m'insérer une aiguille dans la moelle épinière, je regrette de ne pouvoir regarder l'intervention, comme quand l'infirmière m'avait bardé le bras de cathéters quelques heures avant.

Après une pause, le médecin dit :

– Bravo, tu es sur la bonne voie.

Je suppose alors que c'est donc un interne qui a effectué l'insertion.

– Ouais, bravo.

Mes cuisses commencent à picoter et je me sens bientôt confortablement engourdie depuis la taille. La douleur n'a pas totalement disparu, mais c'est comme si quelque chose avait baissé le volume au minimum.

Mon obstétricienne réapparaît alors et m'explique comment me servir d'un des moniteurs pour lire l'arrivée d'une contraction et pousser au bon moment, en synchronisant mon effort musculaire volontaire aux crampes utérines involontaires. Et c'est ce que je fais, sous sa supervision. Pendant près de trois heures.

– OK, nouvelle approche, dit-elle. Vous avez grandi quelque part où il neigeait ?

– Oui, répond Clint pour moi.

– Parfait. Alors vous savez que quand une voiture est coincée dans un fossé, il faut créer un mouvement de va-et-vient – on balance et on pousse – pour la sortir ?

– Dans le Minnesota, ça s'appelle se garer, dis-je en haletant, et le sourire qu'elle m'adresse alors a la valeur d'un billet de cent dollars que je glisse dans la poche de mon cœur.

– OK, alors c'est ce qu'on va faire, on va faire ce balancier trois fois avant chaque poussée, dit-elle, et on essaie comme ça pendant un moment.

– Allez, bébé, tu as une belle tête mais on aimerait bien voir ton visage, glousse une sage-femme plus âgée en me tapotant le genou.

Je me synchronise avec le tracé du moniteur et pousse de toutes mes forces. Je vois alors l'obstétricienne changer de visage. Elle reste calme mais se tend sensiblement, et dit à l'infirmière qui l'assiste :

– Le cordon est autour du cou. On va faire une extraction par ventouse.

Trois personnes préparent un plateau d'instruments quelque part à mes pieds, leurs gestes sont fluides et rapides. Le médecin me regarde dans les yeux, intensément et sérieusement, et me dit :

– Ça va faire mal.

Je hoche la tête, remarque brièvement qu'elle ne porte pas de boucles d'oreilles et que je ne porte pas de boucles d'oreilles, puis tout devient blanc.

Elle a posé la cupule de la ventouse sur la tête de mon fils, s'est penchée en avant, a stabilisé son poids, et a tiré de toutes ses forces pour nous séparer l'un de l'autre. J'entends ma propre voix hurler de désarroi à la découverte de tant d'imperfections dans ce monde au potentiel illimité. Quand ma vision s'éclaircit, je me rends compte que ce cri, déjà si familier, si identifiable, est en réalité celui de mon bébé.

Mon fils et moi sommes maintenant l'un près de l'autre, et une équipe le tient et l'aide, et une autre me tient et m'aide et nous sommes tous couverts de mon sang et nous allons tous les deux bien. Il n'y a rien que j'ai besoin de faire, si ce n'est être allongée et m'émerveiller devant ce petit être collé à moi, car il semble que tous les soignants de l'hôpital sont occupés à nous essuyer, à nous nettoyer et à nous examiner encore et encore. Chaque détail est noté et consigné sur de multiples dossiers et graphiques parce que nous sommes tous d'accord que ces données sont beaucoup trop précieuses pour être perdues ou oubliées.

Une fois que mon équipe a stoppé mon saignement, on me masse pour que j'expulse un plein seau de ce placenta devenu désormais inutile, tandis que l'autre équipe m'apporte mon bébé lavé et enveloppé pour que je l'embrasse.

– Vous venez d'avoir un beau bébé de quatre kilos en parfaite santé, me dit une jeune infirmière en souriant.

Je lui souris à mon tour.

– Je dois être plus forte que j'en ai l'air.

– Toutes les femmes le sont, ajoute mon médecin en scrutant la partie la plus féminine de mon anatomie pour improviser un motif et recoudre les chairs déchirées et ourler les bordures déchiquetées.

Clint est près de moi et c'est enfin à son tour de tenir et d'embrasser le bébé. Je regarde mon fils et je reconnais juste assez de moi dans son visage pour savoir exactement ce à quoi il pense. Il est heureux d'être né pour pouvoir enfin mettre les choses en route. De retour dans mes bras, il s'endort, et je passe la première des très nombreuses heures que je vais passer pendant les mois à venir à regarder avec fascination son adorable visage. Il dort tranquillement pendant que mon médecin coud et continue à coudre, et plus de quatre-vingt-dix minutes passent ainsi. Finalement, ils me bourrent de gaze et se préparent à me laisser avec mon bébé et son père, mais pas avant que le brassard de tension artérielle ne me donne une dernière étreinte, me bipe ses félicitations et promette silencieusement de revenir me voir. Les lumières sont baissées, nous sommes tous les trois allongés côte à côte, et nous dormons pendant des heures.

Les jours suivants sont comme un long rêve éveillé pendant lequel je n'ai rien d'autre à faire que de rester au lit et d'attester régulièrement que je ne suis pas psychotique. Pour des raisons que seul le corps médical connaît, il est crucial de contrôler la lucidité du patient en l'interrogeant toutes les six heures sur le jour de la semaine et l'identité de l'élu suprême du pays. Je prends donc l'habitude d'accueillir toute nouvelle entrée de blouse blanche d'un vigoureux : « Bon mardi ! N'est-ce pas un nouveau jour merveilleux pour Bush à la Maison-Blanche ? »

Au deuxième jour de mon séjour à la maternité, le médecin qui a mis mon fils au monde examine mes points de suture et m'indique que ma guérison se passe bien. Après qu'ils ont remplacé mes compresses, m'ont aidé à me redresser et alors que je sirote mon smoothie à la fraise, j'avale de travers. Je me mets à tousser violemment, et quelque chose de gélatineux se détache de l'intérieur de moi et s'écoule, avant qu'une tache de sang de la taille d'une assiette se forme lentement entre mes jambes et à la vue de tous.

– Je ne veux pas vous déranger, mais c'est normal que je saigne autant ?

– Vous n'avez pas pris un gramme de graisse, répond le médecin. Tout le poids que vous avez pris pendant la grossesse est dû aux fluides et aux tissus dont vous n'avez plus besoin. Il va falloir un moment pour évacuer tout ça.

Tandis que les infirmières m'aident à changer une nouvelle fois ma literie, elle ajoute :

– Ne vous inquiétez pas. Tous ici, nous vous surveillons.

En la regardant s'éloigner, je dois encore résister à la tentation de croire que c'est ma grand-mère qui me parle par sa bouche.

Je reste donc alitée tandis que s'écoule ce dont mon corps n'a plus besoin. Un suintement constant de caillots sanguinolents et amorphes glisse hors de moi pendant des jours et avec lui toute la culpabilité, le regret et la peur que je portais, et pendant que je dors, des gens plus forts que moi les emportent en silence et s'en débarrassent. À mon réveil, je prends mon bébé dans mes bras et je me dis qu'il est ma deuxième opale, autour de laquelle je pourrai pour toujours tracer un cercle pour que tout le monde sache que c'est la mienne.

Pendant ma deuxième semaine d'hospitalisation, les pluies d'avril cèdent la place à un mois de mai florissant, et notre nouvelle vie prend forme petit à petit. Pendant que Clint porte notre fils, je corrige un manuscrit ou je me connecte à distance au spectromètre de masse, ou je rejette l'article de quelqu'un, ou je dessine un graphique, et nous mettons en place une routine qui rythmera les années à venir. On s'occupe du bébé à tour de rôle, en nous souriant tendrement à chaque fois qu'il change de bras, et nous apprenons à faire trois choses à la fois. Bill me fait la surprise de me rendre visite à la maternité et de me serrer dans ses bras pour la première et unique fois en onze ans et je suis fascinée par la facilité et l'enthousiasme avec lesquels il se glisse dans le rôle de l'oncle adoré.

Tous les tests et analyses complémentaires effectués pendant notre séjour prolongé à l'hôpital attestent que ma grossesse difficile s'est terminée par une naissance tout à fait normale. Lors de ma dernière nuit à la maternité, je me suis rendu compte, comme il m'arrive souvent, qu'un problème m'avait échappé non parce qu'il était insoluble, mais parce qu'il demandait obligatoirement une solution non conventionnelle. J'ai décidé que je ne serai pas la mère de cet enfant. À la place, je serai son père. C'est une figure que je connais et qui me viendra naturellement. Je ne réfléchirai pas à l'étrangeté de la situation ; je l'aimerai et il m'aimera et tout ira bien.

C'est peut-être une expérience vieille de plus d'un million d'années, et que même moi je ne pouvais pas rater. Peut-être que ce beau petit bébé que je contemple m'ancre-t-il à quelque chose de plus grand que moi. Peut-être que le regarder grandir, lui apporter ce dont il a besoin et l'assurer de mon amour seront les plus grands privilèges de ma vie. Peut-être en serai-je capable. Je ne manque ni d'aide, ni d'argent, ni d'amour ; j'ai mon travail et mes médicaments, en cas de besoin. Peut-être que ceux qui ont semé avec des larmes moissonneront dans la joie. Peut-être que ce sera aussi mon cas.

9

Chaque cellule vivante n'est essentiellement qu'un petit sac d'eau. Vu sous cet angle, la vie ne consiste guère plus qu'en la construction et la reconstruction de milliards de sacs d'eau. Mais ce qui rend cette tâche particulièrement ardue est qu'il n'y a pas assez d'eau à disposition. Il n'y aura jamais suffisamment d'eau pour toutes les cellules qui pourraient voir le jour. Chaque être vivant à la surface de la Terre est ainsi engagé dans une guerre sans fin pour s'approprier une quantité d'eau totale équivalant à moins d'un millième du pourcent des ressources hydriques de la planète.

Les arbres sont les plus désavantagés parce qu'ils ne peuvent se déplacer à la recherche de l'eau dont ils ont besoin et, parce qu'ils sont grands, ils en demandent bien davantage que les animaux. Si vous traversez les États-Unis de Miami à Los Angeles sur la I-10, en passant par la Louisiane, le Texas et l'Arizona, cela vous prendra trois longues journées, mais surtout, vous apprendrez l'une des bases de la biologie végétale : le volume de végétation présent en un endroit donné est directement proportionnel au volume de précipitations annuel qui s'y déverse.

Si l'on imagine que toute l'eau de la planète est équivalente à celle d'une piscine olympique, la quantité dans le sol à disposition des plantes remplirait à peine une bouteille de soda. Les arbres ont besoin de tellement d'eau – près de quatre litres pour l'élaboration d'une poignée de feuilles – qu'il est tentant d'imaginer que leurs racines pompent activement le sol. Mais la réalité est tout autre : les racines d'un arbre sont totalement passives. L'eau pénètre passivement dans les racines le jour et en ressort tout aussi passivement la nuit, comme les marées obéissant à la lune. Les tissus racinaires fonctionnent comme une éponge : si on les place, lorsqu'ils sont secs, sur une flaque de lait renversé, ils se dilatent automatiquement pour aspirer le liquide. Si on place ensuite cette éponge gorgée de lait sur du béton sec, le lait sera aspiré par le trottoir, où se formera peu à peu une tache humide. Où que l'on creuse, on constate que le sol est plus humide à mesure que l'on progresse vers la roche-mère.

Un arbre mature reçoit la majeure partie de son eau par le biais de sa racine pivot, qui est celle qui s'enfonce à la verticale. Les racines des arbres situées près de la surface poussent latéralement pour former une structure de support en réseau, afin d'empêcher l'arbre de tomber. Ces racines peu profondes humidifient également les sols arides, en particulier quand le soleil est couché et que les feuilles ne transpirent plus activement. Les érables matures redistribuent ainsi toute la nuit, par le biais de leurs racines superficielles, l'eau prélevée en profondeur. Il a été montré que les petites plantes qui vivent à proximité de ces grands arbres dépendent, pour plus de la moitié de leurs besoins, de cette eau recyclée.

La vie d'un jeune arbre est extrêmement difficile : 95% de ceux qui atteignent l'âge d'un an ne subsistent pas jusqu'à leur deuxième année. En général, la graine d'un arbre ne voyage pas très loin ; la plupart des graines d'érable prennent ainsi racine à moins de trois mètres du tronc qui supporte les branches dont elles sont tombées. Les jeunes érables doivent alors lutter pour l'accès à la lumière, alors qu'ils se trouvent à l'ombre d'un érable adulte qui capture à son profit tous les éléments nutritifs de ce coin de sol depuis des années.

Il existe, cependant, un acte de générosité parental fort de l'érable envers sa progéniture. Chaque nuit, sous terre, la ressource la plus précieuse de toutes – l'eau –

s'écoule du plus fort vers le plus faible, de sorte que l'arbrisseau puisse continuer à vivre pour se battre un jour de plus. Cette eau ne constitue pas tout ce dont le jeune arbre a besoin, mais elle y contribue et aucune aide ne sera de trop pour que, dans cent ans, un érable existe toujours à cet endroit. Aucun parent ne peut rendre la vie parfaite à ses enfants, mais nous essayons tous de les aider à grandir du mieux que nous pouvons.

10

Au cours des dix dernières années, nous avons découvert qu'un arbre se souvient vraiment de son enfance. En Norvège, des chercheurs ont récupéré les graines issues d'épicéas « frères » (c'est-à-dire des demi-clones) ayant poussé dans un environnement froid pour certains, et dans un climat plus chaud pour d'autres ; ils ont fait germer des milliers de ces graines dans des conditions identiques avant de planter les pousses en pleine nature pour constituer une seule et même forêt.

Chaque épicéa fait toujours la même chose à l'automne : il stoppe la croissance de ses bourgeons en prévision des premières gelées. Les scientifiques norvégiens ont constaté que, parmi les centaines d'arbres génétiquement identiques constituant cette forêt, ceux issus d'embryons ayant autrefois connu le froid formaient leurs bourgeons deux à trois semaines avant leurs homologues afin de se préparer à un hiver plus long et plus rude. Tous les arbres de l'étude coexistaient dans les mêmes conditions, mais les plus rapides à entamer ce processus étaient ceux qui avaient vécu dans un climat froid alors qu'ils n'étaient encore qu'une graine.

Nous ne savons pas exactement comment fonctionne cette mémoire. Nous pensons qu'elle est le résultat de plusieurs réactions et interactions biochimiques complexes. Les chercheurs ne savent pas non plus comment fonctionne la mémoire humaine. Ils pensent qu'elle est le résultat de plusieurs réactions et interactions biochimiques complexes.

L'année où notre fils a fait sa première rentrée, nous sommes partis vivre en Norvège pendant un an. J'avais été sélectionnée dans le cadre du programme Fulbright pour intégrer une équipe de chercheurs dont le projet était de comprendre comment se manifeste la mémoire de l'arbre chez un épicéa quand il passe son enfance sous un climat donné et qu'on le soumet à un climat différent à l'âge adulte. Déterminer la précision de la mémoire humaine est, d'un point de vue scientifique, une tâche complexe, même lorsqu'il s'agit de son propre esprit. Elle l'est d'autant plus quand l'objectif est de mesurer la mémoire d'un organisme dont l'espérance de vie est plus du double de la nôtre.

Pour mener nos recherches, nous exploitons la différence la plus fondamentale entre la plante et l'animal, à savoir que la plupart des tissus végétaux sont redondants et flexibles : une racine peut devenir une tige si nécessaire, et inversement. La fragmentation d'un seul embryon peut donner naissance à plusieurs copies d'une même plante, chacune avec un bagage génétique identique. De nouvelles techniques de culture nous permettent alors de répondre à des questions du type : « Un arbre se souvient-il de la malnutrition sévère qu'il a connue pendant son enfance ? », en affamant un plant pendant des années, tout en fournissant des nutriments en abondance à son jumeau en tout point identique. De telles expériences sont le seul moyen de trouver des réponses définitives ; elles seraient profondément répugnantes et contraires à l'éthique si elles étaient réalisées avec des sujets humains. Les plantes, en revanche, constituent des cobayes acceptables.

Pour commencer cette expérience, je commence par sélectionner une centaine de graines d'épicéa – chacune plus petite encore qu'une graine de sésame – et les mets à tremper dans de l'eau stérile pendant plusieurs heures. Je m'installe devant la hotte et ajuste mon tabouret face au flux d'air stérile qu'elle souffle dans ma direction comme une douce brise mécanique. Je repense un instant et avec émotion à la jeune fille qui, vingt ans plus tôt, s'asseyait devant un appareil similaire alors qu'elle travaillait à l'hôpital et cherchait encore sa voie à tâtons. « Tout ce qui est devant moi est propre, tout ce qui est derrière moi est contaminé », me dis-je à voix haute. J'aligne mes instruments dans l'ordre de leur utilisation et prends soin de laisser un espace vide entre eux et le mur.

Les graines que j'utilise ont été récoltées par des forestiers scandinaves il y a près d'une génération et sont issues d'un arbre manifestement quelconque, pour lequel j'ai des pages entières de description en norvégien, rédigées avec l'écriture appliquée typique de 1950. Je m'imagine de grands blonds en bottes de caoutchouc et à l'air sérieux, et me demande s'ils seraient fiers de moi. Probablement pas, me dis-je en apercevant mon reflet dans l'une des vitres de la pièce plongée dans l'obscurité : cheveux gras tirés en arrière de façon stricte et acné tenace et récalcitrante.

J'allume le bec Bunsen à ma droite et règle avec précision la hauteur de la flamme à trois centimètres. Elle vacille dans le flux d'air et participe à sa stérilisation. Je pose mon coude droit sur la paillasse et place un tampon imbibé d'alcool à ma gauche, en les tenant instinctivement l'un et l'autre éloignés de la flamme. De la main gauche, je sélectionne une graine à l'aide de ma pincette et la positionne sous le microscope. Tout en l'observant à travers l'appareil, je m'efforce de la mettre à plat, en pestant contre mes mains tremblantes et en me promettant de ne pas boire de troisième café aujourd'hui. De la main droite, je pratique une entaille suffisamment large et peu profonde avec mon scalpel afin d'ouvrir l'enveloppe de la graine et mettre au jour l'embryon.

J'appuie sur la pellicule avec le scalpel pour la faire s'ouvrir et glisse l'une des branches de ma pincette sous l'embryon. Je le dégage – il est si petit qu'il est invisible à l'œil nu – avant d'apposer le bout de ma pincette dans une boîte de Pétri remplie de gélose, et que j'ai passé la veille à préparer. Je referme le couvercle et l'attache avec un morceau de scotch violet – la couleur du mardi. Sur le couvercle, j'entoure la zone où se trouve l'embryon, afin de restreindre la zone d'observation de sa croissance ou d'une éventuelle infection. Sous le cercle, j'écris un long code au stylo noir qui indique l'année, le milieu de culture, l'arbre parent et le lot de graines. Je ne prends pas la peine de noter mes initiales : nous avons tous appris à reconnaître les écritures des uns et des autres, tout comme je suis capable de reconnaître l'écriture de chacun des forestiers norvégiens morts que je n'ai jamais rencontrés. Mes collègues de labo me taquinent en imitant mes sept « à l'américaine » – c'est-à-dire sans la barre horizontale – dans leurs propres codes. Je vérifie à deux fois l'exactitude du code que je viens d'inscrire, à voix basse, pour être sûre que je ne me suis pas trompée. L'ensemble de la manipulation me prend entre deux et trois minutes. Je la reproduis très exactement cent fois à la suite.

Parmi les milliards de graines qui tombent à la surface de la Terre chaque année, moins de cinq pour cent germeront. Et parmi ceux-ci, seuls cinq pour cent survivront jusqu'à leur premier anniversaire. Compte tenu de cette réalité, la première et principale étape de toute étude portant sur les arbres – c'est-à-dire faire pousser un arbre – est un combat dont les chances de succès sont minimes. La mise en terre des jeunes plants, lors d'une étude forestière, constitue donc déjà une véritable victoire, qui ne peut être remportée que par les chercheurs les plus stoïques et fatalistes, après une lutte harassante.

Cette torture intellectuelle sans équivalent façonne le caractère des scientifiques qui étudient les arbres et sélectionne naturellement ceux dotés d'une dévotion religieuse à la science et d'une patience à toute épreuve (et légèrement masochiste). Ils ne courent pas après la gloire, contrairement aux physiciens nucléaires qui détectent de nouvelles particules et qui fanfaronnent à propos de la vitesse de la lumière. J'apprends à me couler dans leur état d'esprit, comme j'apprends les différentes étapes du développement de l'embryon, et les deux me plaisent tout autant. Nous plantons les petits arbres pendant la nuit pour qu'ils soient baptisés par la rosée du matin, avec la foi qu'ils apporteront des réponses aux scientifiques qui les étudieront dans deux cents ans.

Je ramasse les boîtes de Pétri et les transporte au sous-sol jusqu'à l'incubateur, où je les laisserai dans l'obscurité à la température exacte de vingt-cinq degrés. L'incubateur ressemble à un mausolée humide, et je me demande toujours si la légère odeur de moisi que je perçois est réelle ou si elle n'est que le reflet de ma paranoïa. Chaque embryon repose sur une couche de gélatine extraite de milliers d'autres graines. Ce milieu va les tromper et les inciter à se développer rapidement, délivrés de leur enveloppe par mes soins.

Dans vingt jours, j'espère les retrouver indécemment étalés, beaucoup plus gros qu'ils ne l'auraient été dans des conditions naturelles, si aucun champignon contaminant ne s'est développé dans l'intervalle, bien entendu. Je sélectionnerai alors les embryons sains, les découperai lentement sous le microscope et déposerai les morceaux sur une nouvelle gélose saturée d'engrais et d'hormones de croissance. Avec un peu de chance et de dextérité, j'arriverai à diviser un seul embryon en douze morceaux. Aujourd'hui, je trie les embryons mis en culture il y a deux semaines, j'en morcelle cinquante et les laisse se vider de leur cytoplasme en espérant qu'ils s'en remettront et qu'ils se développeront bientôt en quelque chose de vert à un bout et de racineux à l'autre. Mes morceaux d'embryons passeront un mois sous une lumière artificielle pour les pousser à la photosynthèse et augmenter leurs chances de se développer plus vite que ces maudits champignons.

Comme une cuisinière sortant un soufflé de son four pour y faire cuire le suivant, je remplace sous les lampes cent embryons sains et développés par ceux que je viens de disséquer. Je place chacune des minuscules plantules dans des godets que j'ai fabriqués avec des boîtes d'œufs, en utilisant un bâtonnet de glace pour creuser un trou dans la terre et un autre pour y enfoncer la future plante. Il m'arrive, pendant ces opérations de jardinage, de tomber sur un échantillon étrange – une forme verte et bizarre en forme d'étoile, par exemple – et je m'accorde alors dix minutes pour l'observer et profiter de cette apparition exceptionnelle au milieu d'une journée, d'une semaine ou d'un mois entier de monotonie.

Je devrais consigner cette particularité anatomique dans mes relevés, mais je ne le fais pas. Il y a quelques années encore, je notais encore la moindre de ces curiosités, mais je le fais de moins en moins – j'ai trop l'impression de trahir un secret connu de moi seule. Les premiers tissus verts d'un plant de radis sont deux feuilles symétriques en forme de cœur. En vingt ans de culture de centaines de ces plantes, je n'ai vu que deux anormaux, tous deux avec une troisième feuille parfaitement formée – une triade verte étonnante alors qu'il n'aurait dû exister qu'une paire. Je pense souvent à ces deux plantes, j'en rêve même parfois la nuit, et je me demande pourquoi il m'a été donné de les voir. Être payée pour se poser des questions est parfois une bien lourde responsabilité.

À la fin de ma journée, j'ai disposé en carré mes cent petits pots d'arbres miniatures. Je les prends en photo, en m'autorisant quarante-cinq minutes coupables de pop à la radio (la musique est source d'erreurs d'étiquetage). Les plantules alignées me font penser à une armée de petits soldats en plomb. Je les imagine en jeunes recrues de dix-sept ans de la Première Guerre mondiale, partant fleur au fusil sans imaginer ce qui les attend. Nous les déplacerons dans la serre, où ils profiteront d'un bonheur relatif pendant trois ans et seront rempotés à chaque fois que leur monde aura besoin de s'agrandir.

Une sélection de survivants sera enfin plantée en pleine terre pour devenir des sujets expérimentaux. Tous les soins que nous leur apportons augmentent énormément leurs chances de survie en comparaison de ce qu'elles seraient dans des conditions naturelles : nous pouvons nous attendre à ce qu'un embryon sur mille devienne un arbre adulte. Dans trente ans, l'une de ces plantes portera peut-être des graines qui permettront de répondre aux questions que nous nous posons aujourd'hui. À moins que l'université ne décide entre-temps d'abattre notre forêt pour construire un dortoir, une garderie ou un fast-food.

À vingt-trois heures trente, j'appelle Bill. Il décroche au bout de deux sonneries.

– À l'Ouest, rien de nouveau, lui dis-je.

Là où il se trouve, c'est le matin et je viens de le réveiller.

– OK, j'arrive tout de suite. Tu as bien fait tremper les bâtonnets ? demande-t-il.

– Quoi ? dis-je en faisant semblant de ne pas bien comprendre.

– Les putains de bâtonnets, tu les as bien fait tremper dans la javel cette fois ?

Je lui affirme que oui, ce qui est faux. Je l'entends renifler, pas convaincu. J'insiste :

– Je t'assure que je les ai fait tremper. J'ai aussi fait tremper les embryons et j'en ai bu un grand verre pour bien commencer la journée.

Bill poursuit :

– Parce que dans un an, quand tout le labo sera contaminé, ça sera beaucoup moins drôle.

– Avec un peu de chance ce ne sera pas aussi long, parce qu'on n'a plus de putain de javel, dis-je, avant que nous éclations de rire tous les deux.

***

Tout ça nous a fait rire parce que ce n'était qu'une blague : Bill n'était évidemment pas en route pour me rejoindre puisqu'il était à l'autre bout du monde.

Pendant les années qui ont suivi la naissance de mon fils, tout est devenu plus facile pour la scientifique que j'étais, sans que je ne m'explique vraiment pourquoi. Cela m'a surprise, parce que si je n'avais rien changé à la façon dont je concevais mes expériences ni à celle dont je présentais mes idées, les institutions avaient changé de regard sur moi. J'ai obtenu plusieurs contrats de recherche, non seulement avec la Fondation nationale pour la science (NSF), mais aussi avec le Département de l'Énergie et de l'Institut national de la santé (NIH). Des donneurs privés comme la Fondation Mellon et la Fondation Seaver m'ont trouvée digne d'être subventionnée. Le labo n'est pas devenu très riche pour autant, mais pour la première fois, ces financements additionnels nous ont permis de construire de nouveaux instruments, de remplacer les pièces cassées et de dormir dans des hôtels corrects pendant nos déplacements ; et surtout, je pouvais planifier le salaire de Bill sur toute une année et non plus d'un mois à l'autre.

Une fois que j'ai cessé d'avoir l'esprit accaparé par la survie du labo, ma patience est revenue, tout comme mon amour de l'enseignement. La combinaison de liberté et de passion constitue un moteur puissant et celui-ci m'a rendu plus productive que jamais. J'ai présenté mes hypothèses sur le développement des plantes dans des articles plus longs et sous la forme de chapitres entiers, dans lesquels j'ai pu exposer tous les détails nécessaires. Ces idées, enfin pleinement développées, m'ont valu plusieurs récompenses : tout d'abord le prix du jeune scientifique de l'année décerné par la Société américaine de géologie, puis la médaille Macelwane de l'Union américaine de géophysique ; en 2006, ma titularisation est devenue une simple formalité. Ces encouragements m'ont poussée à prendre de plus gros risques encore : postuler pour effectuer des expériences sur l'épicéa en Norvège – je voulais apprendre à planter des semis d'arbres. Je voulais comprendre ce qu'il en était de la mémoire de l'arbre.

Pendant que j'étais là-bas, Bill est resté sur place pour s'occuper du labo. Quant à Clint, son charme et ses talents en mathématiques lui avaient valu plusieurs offres d'emploi ces dernières années. Il a accepté l'une d'elles, nous avons déménagé près d'Oslo et inscrit notre fils dans une école maternelle norvégienne.

Je me suis toujours sentie chez moi dans les fjords scintillants de l'Est du pays. Là-bas, personne ne me juge froide ou distante ; je peux être simplement qui je suis. J'aime parler norvégien, une langue concise dans laquelle chaque mot compte double et dont le sens d'une phrase peut changer selon l'intonation d'une seule voyelle. J'aime les nuits d'hiver sombres et neigeuses, et le pastel des longues journées d'été. J'aime marcher en forêt sur les tapis d'aiguilles de pins, cueillir des baies et manger du poisson et des pommes de terre sept jours sur sept.

Cette année-là, j'ai tout aimé de ma vie en Norvège, si ce n'est que Bill me manquait terriblement. Mais au fond de nous, nous savions tous deux que cette séparation nous serait bénéfique : nous vieillissions et j'avais maintenant une famille. Les conventions et les circonstances nous imposaient que nous nous comportions un peu plus comme des collègues et un peu moins comme de faux jumeaux de douze ans.

***

Vers le milieu de mon séjour en Norvège, j'ai envoyé un texto à Bill qui disait : *Je pense à toi.* Le message est aussitôt apparu dans ma boîte d'expédition comme le dernier d'une longue série restée sans réponse, envoyée à un rythme quotidien depuis trois semaines et entrecoupés de refrains du genre : *J'espère que tu vas bien.*

Cela faisait plus d'un mois que j'étais sans nouvelles de lui. Je savais qu'il n'était pas perdu – j'avais plutôt l'impression que c'était moi qui l'étais. Quatre semaines auparavant, j'avais découvert ce mail à mon réveil : *Salut, je viens d'apprendre que mon père est mort aujourd'hui. Je vais sans doute devoir aller faire un tour en Californie. J'éteins le spectromètre de masse en partant.* J'ai alors immédiatement commencé à envoyer les mantras ci-dessus par texto, plus élaborés et très fréquemment au début, pour en arriver peu à peu à un par jour. Je n'ai jamais reçu de réponse.

Pendant plusieurs semaines après la mort de son père, Bill a cessé d'envoyer des mails et ma série de textos restés sans réponse avait créé un vide dans ma vie. Je travaillais autant que d'habitude, mais je me surprenais souvent à fixer le mur, perdue dans mes pensées, à me demander pour la première fois pourquoi j'avais choisi cette spécialité et à réaliser qu'il n'y avait aucun intérêt à faire ce métier seule dans son coin. Bien qu'il ne donnât aucun signe de vie, je connaissais suffisamment bien Bill pour savoir très exactement ce qu'il faisait. Il travaillait dur chaque nuit, de sept heures du soir à sept heures du matin, sans voir ni parler à qui que ce soit. C'était son fonctionnement habituel quand il traversait une mauvaise passe, le plus souvent après une migraine, et tout le monde au labo savait qu'il fallait le laisser tranquille jusqu'à ce que ça passe.

Ça traînait toutefois depuis un moment, et je ne pouvais m'empêcher d'imaginer ce qu'avait été sa semaine de deuil en Californie. Comment le crépuscule relâche l'attelle qui vous maintient debout pendant la journée, et comment la tristesse désespérée qui lui succède ne peut être anesthésiée que par le sommeil. La difficulté à ouvrir les yeux le lendemain quand vous comprenez qu'un nouveau jour de chagrin commence, un chagrin si envahissant qu'il vous enlève jusqu'au goût de ce que vous mangez. Je savais que lorsqu'on perd un être aimé, on a l'impression de mourir avec lui. Et je savais très bien que ni moi ni qui que ce soit ne pouvions y faire quoi que ce soit.

J'ai continué à lui envoyer chaque jour un message sans jamais recevoir de réponse. J'ai fini par lui envoyer un mail : *Dis, si on allait sur le terrain, toi et moi ? En Irlande. Tu as toujours aimé l'Irlande. Je t'ai acheté un billet, le PDF est en pièce jointe. Ton père était un type bien. Il a été un homme bon avec ta mère et lui a été fidèle. Il a aimé ses enfants, et il était là chaque soir à la maison. Il ne buvait pas et ce n'était pas un homme violent. Voilà ce qu'il t'a donné. C'est ce que tu as reçu, et c'est déjà beaucoup. C'est ce que nous avons reçu. C'est plus que ce que certains reçoivent et c'est peut-être plus que ce que la plupart reçoivent. Et à partir de maintenant, c'est ce dont il va falloir se contenter. Tu atterris avant moi mais la voiture est louée à mon nom, alors attends-moi.*

Je voulais ajouter tellement plus, mais je ne l'ai pas fait. Je voulais me risquer à dire que Bill avait été chéri par son père et avait été son enfant préféré, le dernier-né arrivé tard dans sa vie, qui lui avait offert une ultime et précieuse occasion de profiter de l'enfance par procuration. Je voulais lui dire qu'il incarnait la fin heureuse de la vie de son père, qu'il était la chute optimiste de ses blagues d'humour noir sur le génocide et que sa chair même était une victoire sur l'injustice et le meurtre. Je voulais lui dire qu'il avait fait la fierté de son père, qu'il était un garçon fort et robuste que rien ne pouvait atteindre, et qu'il était aussi futé qu'agile, même sous terre. Je voulais le rassurer, lui dire que, comme son père, il survivrait, mais je ne savais comment m'y prendre. J'ai écrit ce que j'ai écrit et j'ai appuyé sur « envoyer » avant de préparer ma valise.

Je me suis envolée pour l'Irlande et à la sortie de l'avion, à l'aéroport de Shannon, Bill m'attendait, avec trois énormes sacs de voyage bourrés d'instruments et sanglés de gros scotch épais.

– Mon Dieu, mais tu t'es enfui de chez toi ou quoi ? lui ai-je demandé en souriant. Qu'est-ce que tu pensais qu'on allait faire, analyser le fond de la mer ?

– Je pouvais pas savoir à quoi m'attendre, ton mail ne disait rien. Vu que c'est le tiers-monde ici, j'allais pas prendre de risques. J'ai tout emporté.

Il avait l'air un peu abattu et fatigué mais, à part ça, il allait bien. Il va s'en remettre, me suis-je dit ; on va tous les deux s'en remettre.

J'avais bien un plan pour la suite, mais plutôt vague. Nous sommes tout d'abord passés à la boutique de l'aéroport pour acheter deux paquets de tous les bonbons qu'on a pu trouver – des « provisions », j'ai expliqué. Au guichet du loueur de voitures, l'employé nous a demandé si on était mariés.

– Peut-être, ai-je vaguement répondu. Ça change quelque chose au tarif ?

Il nous a alors expliqué que les frais pour ajouter un deuxième conducteur ne s'appliquent pas quand il s'agit d'un conjoint.

– Eh bien, oui alors, je crois me souvenir que nous sommes mariés. Pas vrai, chéri ? ai-je dit à Bill en le poussant du coude.

Je l'ai vu devenir blême, on aurait dit qu'il allait vomir. J'ai souri avec satisfaction.

L'employé nous a demandé si nous avions notre propre assurance auto. « Oui », j'ai répondu. Il m'a ensuite demandé si je voulais une assurance complémentaire et j'ai automatiquement répondu « Oui ». Il m'a demandé si nous voulions assurer aussi bien la voiture que les... et je l'ai coupé avec un autre « Oui ».

Il m'a regardé d'un air perplexe.

– C'est sacrément cher, vous savez, a-t-il dit, sans doute dérouté par le fait que quelques minutes avant, j'étais prête à mentir sur les liens sacrés du mariage pour économiser cinq dollars par jour.

– Pas aussi cher que certaines choses, ai-je répondu de façon mystérieuse avant de signer la pile de papiers.

L'employé nous a pour terminer décrit la voiture et indiqué où la trouver.

– Bon, alors, l'essence est payée, le nettoyage est payé, le véhicule est assuré, les conducteurs sont tous les deux assurés, tout dommage sur un véhicule tiers est assuré. S'il vous arrive quoi que ce soit...

– On ne s'occupe de rien, ai-je dit, en terminant sa phrase. On ne s'occupe de rien, c'est tout.

– C'est ça, a confirmé l'employé.

Il semblait décidément troublé en me tendant les clés.

– « Sacrément cher, vous savez », a fait Bill pour l'imiter, alors que nous sortions du hall de l'aéroport pour récupérer notre voiture.

J'ai pris le volant et nous nous sommes installés dans un silence confortable, en regardant ce paysage étranger défiler sous nos yeux du mauvais côté de la route. Nous étions déjà allés plusieurs fois en Irlande : les immenses falaises de charbon qui bordent la côte ouest sont un terrain idéal pour apprendre aux étudiants à identifier et cartographier les strates à fossiles. Cette fois, c'est moi qui conduisais – je serais la responsable, celle qui s'occupe de tout.

– On va passer par Limerick, pour une fois, au lieu de contourner la ville, OK ?

Bill a haussé les épaules pour m'indiquer qu'il s'en fichait. J'ai quitté la N18 au rond-point pour m'engager sur Ennis Road, puis vers le sud en direction du pont sur le Shannon.

– Beuuurk ! a soudain fait Bill, comme s'il avait la nausée, avant de cracher par la fenêtre quelque chose qui ressemblait à une énorme boulette de goudron. Je sais pas ce que c'est ce truc mais il vient de me vomir dans la bouche, a-t-il dit en désignant un paquet de bonbons noirs, qui se sont avérés être de la réglisse gélatineuse piquante et salée, et non sucrée.

– C'est un goût qui s'apprend, lui ai-je dit en riant.

Ça ne l'a pas fait rire, mais ses yeux se sont éclaircis et j'ai cru voir la tristesse le quitter un instant.

– Tu veux que je jette le reste sur ce policier, ou « bobby » ou peu importe le nom ? ai-je dit en baissant ma vitre.

– Nan, a répondu Bill en s'affalant sur son siège. Je mangerai sûrement le reste plus tard.

J'ai pris la direction nord dans O'Connell Avenue, vers le quartier de Milk Market.

– Qu'est-ce qu'on fait là ? a demandé Bill avec un certain détachement.

– On cherche des leprechauns, alors ouvre bien les yeux !

J'étais en train de me perdre, embrouillée par des noms de rues comme « Sráid Eibhlín » ou « Seansráid and Chláir », mais ça m'était égal. Je n'essayais pas de trouver quoi que ce soit, j'attendais que quelque chose arrive.

Les routes devenaient de plus en plus étroites et je continuais à avancer, en choisissant à chaque fois l'embranchement le plus étroit menant à la ruelle la plus sombre. J'ai tourné la tête vers Bill et j'étais sur le point de lui faire part de mes interrogations quant à tous ces « *arms* » qu'on venait de croiser après être passés devant le Johnsgate Arms, Palmerstown Arms et plusieurs autres pubs, quand soudain j'ai entendu un grand « Bam ! » et senti un épouvantable craquement déchirer la voiture.

J'ai écrasé la pédale de frein en me demandant pourquoi quelqu'un viendrait nous éclater une vitre à coups de batte de baseball dans un quartier aussi calme. Mes mains tremblaient encore sur le volant quand j'ai regardé à gauche et vu la silhouette de la tête de Bill éclairée par l'arrière par le halo rougeoyant de la toile d'araignée qui fissurait sa vitre. Hébétés, nous nous sommes extirpés en passant de mon côté, et Bill a contourné la voiture d'un pas lourd pour voir ce qui s'était passé. Je me suis assise sur le trottoir pour essayer de me calmer.

– Ces accidents de voiture sont beaucoup moins drôles qu'avant, ai-je dit à Bill.

Incapable de juger correctement la position du véhicule depuis la droite de la route, j'avais conduit trop près du trottoir. Ça s'est gâté quand je suis passée tellement près d'un lampadaire que celui-ci a arraché d'un coup sec le rétroviseur côté passager et l'a fracassé contre la fenêtre de Bill.

– Eh ben, vous vous êtes pas ratés sur ce coup-là ! a dit un homme en tablier en sortant du pub d'à côté, suivi de quelques clients attirés par le bruit de verre brisé.

Il a sifflé en découvrant l'état de la voiture.

– Dites donc, ça va vous coûter cher tout ça...

Bill a saisi l'occasion pour une démonstration de ce qu'était la diplomatie en action.

– On est américains, a-t-il dit. Notre plan, c'est de nous occuper de rien.

– Et qu'est-ce que vous cherchez dans le comté de Clare ? a demandé un passant, plutôt petit, jovial et à l'allure très irlandaise.

– Eh bien, je crois que c'est vous qu'on cherchait, a répondu Bill, après l'avoir regardé de la tête aux pieds.

Il s'est ensuite retourné, a ramassé le rétroviseur cassé et l'a jeté dans le coffre de la voiture. Il a fouillé dans l'un de ses sacs de voyage et en a sorti un gros rouleau de scotch transparent.

Un vieil homme du pub s'est alors adressé à Bill :

– S'il avait fait cinq degrés de plus, fenêtre baissée, et adieu la tête !

Sa remarque l'a fait rire, et toute l'assistance avec lui.

– On dirait bien qu'elle a essayé de vous tuer... a-t-il ajouté en hochant la tête vers moi.

– Je sais, a dit Bill. Et le plus triste, c'est qu'on s'est mariés pas plus tard que ce matin.

Encore secouée et embarrassée, j'ai résisté à l'insistance des spectateurs pour que nous venions boire une pinte ou deux. Bill a commencé à sécuriser la vitre cassée en la couvrant de scotch sur les deux faces et je l'ai aidé en déroulant les longueurs qu'il m'indiquait. Petit à petit, j'ai fini par retrouver mes esprits, et il me semblait que Bill était redevenu lui-même un peu plus encore. Nous ferions en sorte que ça tienne, à défaut de mieux.

– Tu veux conduire ? ai-je demandé à Bill d'un air penaud tandis que nous apportions les dernières touches.

– Non, tu t'en sors très bien. Mais tirons-nous d'ici, j'ai besoin de verdure.

En prenant la N21 en direction du sud-ouest, nous avons retrouvé notre première impression de l'Irlande, comme cinq ans auparavant : l'endroit le plus vert du monde. L'Irlande est tellement saturée de vert que c'est ce qui n'est pas vert qui attire l'attention. Les routes, les murs, le littoral et même les moutons semblent avoir été stratégiquement disposés dans le paysage pour rehausser par contraste les millions de nuances de vert bouteille, vert anis, vert-jaune, vert-bleu, vert-de-gris et vert prairie. En Irlande, vous avez l'impression de vous faire envelopper avec bienveillance par ces innombrables formes de vie primitives. Les pieds dans une tourbière de la péninsule de Dingle, on ne peut s'empêcher de se demander à quoi ressemblait l'Irlande avant que des primates comme nous arrivent sur ses rivages. Vue de l'espace, l'Irlande scintillait-elle comme une émeraude duveteuse au milieu du bleu de la mer, comme une sorte d'équivalent terrestre d'une éclosion massive de plancton marin ?

Nous sommes arrivés au Phoenix, une ferme biologique et maison d'hôtes où nous logions habituellement, et ses propriétaires, Lorna et Bill, nous ont accueillis aussi chaleureusement que d'habitude.

– Vous prendrez bien un thé? nous a demandé Lorna. Je sais que vous détestez partir en randonnée s'il ne pleut pas des cordes.

Nous nous sommes installés avant de boire une théière entière et d'avaler une miche de pain irlandais tartinée de beurre et de confiture de groseilles. Nous avons alors commencé à regarder par la fenêtre en attendant d'avoir des fourmis dans les jambes.

– Bon, a dit-Bill au bout d'un moment, mes bottes ne sont pas encore mouillées.

– On va arranger ça, ai-je dit en me levant.

Nous nous sommes équipés pour la journée. Nous avions alors déjà l'habitude de toujours débuter nos excursions en roulant vers les hauteurs, puis de nous garer avant de continuer à pied jusqu'au point le plus élevé. Une fois sur place, nous nous tenions debout en scrutant l'horizon et en attendant d'avoir une idée. Il suffit de se trouver sur le bon perchoir pour que tous les meilleurs plans du monde se trouvent remis en question ; c'est d'ailleurs pourquoi nous avons cessé de prévoir quoi que ce soit à l'avance. Ce n'est que depuis le sommet que l'on peut vraiment entrevoir le chemin.

Bill fixait l'horizon, mais pas de la manière sereine et heureuse dont il le faisait habituellement face à de grands espaces ouverts. Il semblait au contraire accablé et fatigué d'avoir traîné son chagrin jusqu'ici. Nous nous tenions côte à côte, face à l'immensité du paysage.

– Dur d'imaginer que ton père nous a quittés, ai-je dit simplement au bout d'un moment.

Cela avait été ma première réaction lorsque j'avais appris la nouvelle.

– Ouais, je sais. On ne s'y attendait pas. Je veux dire, qui aurait pu penser qu'un homme de quatre-vingt-dix-sept ans allait mourir comme ça, du jour au lendemain ?

Le père de Bill aurait eu en effet cent ans dans trois ans, s'il n'avait pas surpris tout le monde en se réveillant mort un beau matin.

– On s'en est jamais rendu compte, mais il était foutrement vieux, en fait, a ajouté Bill.

Je lui ai fait remarquer que quand un homme atteint quatre-vingt-quinze ans, son entourage commence à croire qu'il est immortel. Le père de Bill avait continué à travailler dans son studio jusqu'à la fin, à monter inlassablement les milliers d'images accumulées en soixante ans de carrière.

– Mais il lui est arrivé quoi ? Une attaque ? Une crise cardiaque ?

– On n'en sait rien. Et qu'est-ce que ça peut faire ? On ne fait pas d'autopsie sur des corps de quatre-vingt-dix-sept ans.

– Je l'imagine assez bien arriver au paradis, passer sans s'arrêter devant l'endroit où se trouvent toutes les réponses aux grandes questions, genre pourquoi il y a tellement de souffrance dans le monde, pourquoi nous sommes ici et tout ça, pour filer droit dans son coin, dérouler un morceau de grillage à poulets rouillé et le faire tenir avec des vieux cintres pour commencer à planter des tomates.

– Oh, je ne m'inquiète pas pour lui. Il est parti, c'est pas plus compliqué que ça. Pour être franc, c'est plutôt pour moi que je m'inquiète.

Il s'est éloigné et a regardé vers le sud.

– Rien de pire que la mort d'un parent pour te faire réaliser à quel point t'es seul au monde, a-t-il ajouté.

Je me suis agenouillée. À quelques mètres de moi, Bill s'était voûté, mais il était toujours debout. Il y a tant de choses que je voulais lui dire. Je voulais lui dire qu'il n'était pas seul et qu'il ne le serait jamais. Je voulais lui dire qu'il avait des amis dans ce monde, liés à lui de façon plus forte encore que par le sang, des liens qui ne pourraient jamais se distendre ni disparaître. Qu'il n'aurait jamais faim ni froid et qu'il ne se sentirait jamais orphelin aussi longtemps que je serais vivante. Qu'il n'avait pas besoin de deux mains, ni d'une adresse fixe, ni de poumons propres, ni de bonnes manières, ni d'un caractère jovial pour être précieux et irremplaçable. Et que quel que soit ce que l'avenir nous réserve, ma première préoccupation serait toujours de lui faire un trou dans ce monde, un espace où il pourrait exprimer toute son excentricité.

Et surtout, je voulais déloger la Mort et la renvoyer chez elle ; elle avait maintenant puisé suffisamment de douleur chez lui pour se satisfaire d'une reconnaissance de dette pour plus tard. Malheureusement, je ne savais pas comment dire tout ça à voix haute et je me suis donc contentée de les penser pour moi-même en essuyant la morve qui me coulait du nez.

Lorsque je me suis penchée pour m'essuyer les mains sur la mousse, j'ai été surprise de sentir à quel point son toucher doux et spongieux me réconfortait. Mes genoux s'étaient enfoncés dans les couches supérieures de la motte et l'eau qui s'en était échappée s'était accumulée au point de me tremper. Je me suis à nouveau penchée pour arracher de pleines poignées de mousse et les frotter entre mes mains pour les « nettoyer sales », comme on disait. J'ai regardé ce qu'il en restait et, en regardant de plus près, j'ai vu quelque chose qui ressemblait à des plumes minuscules, vert pomme sur le dessus et vert citron sur le dessous, avec des stries rouge pâle sur certains bords. Un pigment pour chaque rayon du soleil, aussi pâle soit-il, ai-je songé en levant les yeux vers les nuages.

La pluie s'était intensifiée, passant d'une bruine légère à une pluie drue qui tombait désormais en continu. En me relevant, j'ai senti un frisson me parcourir des pieds à la tête et me pénétrer jusqu'aux os ; l'eau ruisselait le long de mes jambes, sous ma combinaison en laine, et coulait par le haut de mes chaussettes. Je savais que je ne remettrais pas de vêtements vraiment secs tant que je serais dans ce pays. Quand vous vous retrouvez mouillée et frigorifiée, et à patauger comme ça dans la boue, les plantes aux alentours vous apparaissent dans toute leur prétentieuse supériorité : non seulement elles supportent ce mauvais temps mais elles prospèrent grâce à lui.

– T'aimes ça, toi, hein ? ai-je dit à une touffe de mousse, avant de la piétiner comme une gamine irritable, frustrée par quelque chose sans aucun rapport mais incapable de comprendre pourquoi.

La mousse s'est enfoncée et a disparu dans une flaque d'eau claire avant de réapparaître à la surface dès que j'ai retiré mon pied, sans même conserver la marque de ma botte. J'ai soupiré.

– OK, t'as gagné, saleté, ai-je dit, avant de me sentir déprimée.

Je l'ai observée de plus près et l'ai piétinée à nouveau pour constater que le même effet se produisait ; puis je l'ai frappée encore une fois, toujours sans résultat.

– C'est *Riverdance*, tu fais des claquettes ?

– Bill s'était retourné et m'observait d'un regard vide.

– T'as des flacons de vingt-cinq millilitres sur toi ?

– Seulement trois cents, dit Bill. Le gros est dans le sac de voyage gris.

– Parce que… regarde, ces choses ont l'air aussi en forme que ce qui pousse plus bas…

Je faisais allusion aux mousses, et Bill a tout de suite saisi et fini pour moi ce que je pensais :

– … alors que l'eau devrait être plus abondante en bas, près du ruisseau.

– C'est une véritable éponge vivante, ai-je dit en enfonçant mon pied de haut en bas pour lui montrer toute l'eau que la plante était capable d'accumuler.

– Mais est-ce qu'elle contient autant d'eau que si elle poussait en plaine ? a demandé Bill en regardant l'horizon.

Nous avons alors su que nous tenions le sujet du jour, et peut-être même du séjour.

On estime par convention que les plantes occupent passivement le paysage en attendant la pluie, en attendant le soleil, en attendant le printemps et en attendant la conjonction de toutes ces conditions pour se décider à pousser. Si les plantes étaient aussi passives qu'on l'imagine, l'eau s'infiltrerait à travers ce qui était manifestement ici un substrat poreux et s'accumulerait en contrebas, et nous devrions donc apercevoir une plaine beaucoup plus verte que les hauteurs. Et si c'était la mousse elle-même qui rendait ce sol si humide en retenant pour son propre compte l'eau qui aurait autrement ruisselé au pied de la montagne ?

Et si cette mousse s'était installée à cet endroit, qu'elle l'avait jugé trop peu humide à son goût et l'avait transformé en une masse détrempée, métamorphosant du même coup en quelque chose d'uniformément vert ce qui n'était auparavant qu'une étendue hétérogène ? Et si ce n'était pas le paysage qui façonnait l'habitat des plantes, mais les plantes elles-mêmes, le vert engendrant le vert engendrant le vert ? Et si cette plante ne pouvait être ni écrasée, ni refoulée, ni desséchée ? Et si nous étions en train de glisser et de trébucher sur quelque chose de plus fort et de plus stable que nous ?

– Les isotopes de carbone dans les feuilles devraient nous renseigner sur l'eau ; on pourra comparer les valeurs des mousses d'altitude avec celles des mousses de plaine, ai-je dit, pour résumer mon hypothèse.

J'ai fouillé mon sac à dos à la recherche du guide d'Atherton, *Mousses et hépatiques de Grande-Bretagne et d'Irlande*, un mastodonte de huit cents pages qui catégorise et décrit les principales caractéristiques d'environ huit cents espèces de bryophytes. Je l'ai ouvert et commencé à le lire, le dos courbé pour l'abriter le plus possible de la pluie.

L'introduction indiquait qu'il fallait grossir les feuilles, qui faisaient à peu près la taille d'une rognure d'ongle, au moins dix ou vingt fois pour découvrir les éléments caractéristiques de chaque espèce.

– On a des loupes, non ? ai-je demandé à Bill. Atherfuck dit aussi que les mousses sont plus faciles à identifier quand elles sont mouillées.

– On devrait être bon sur ce point, a-t-il dit en essorant ses mitaines. (« J'en ai tellement marre de claquer de l'argent dans des gants », m'avait-il expliqué l'année d'avant en les achetant chez REI.)

À quatre pattes, nous nous sommes donc lancés dans l'inventaire des espèces présentes autour de nous. Deux heures plus tard, nous étions à peu près sûrs d'avoir trouvé *Brachythecium*, dont les feuilles ressemblent à de longues jambes poilues (« Grossis vingt fois, la feuille ressemblent aux poils pubiens de Mordicus dans 1, rue Sésame », a écrit Bill dans ses notes de terrain, de son écriture la plus soignée). Nous n'étions que partiellement convaincus de son espèce (*rutabulum*, peut-être), mais en attendant mieux, nous nous sommes décidés pour *Brachythecium oscarpubes*.

Les membres de la famille *Sphagnaceae* étaient facilement reconnaissables, grâce au rouge pompeux de leurs jeunes feuilles, mais il nous a été impossible de déterminer leur espèce, malgré tous nos efforts. Après une longue digression sur la question de savoir si nous devions inclure les boulettes de *Polytrichum commune* (« Parce qu'elles sont si mignonnes », avais-je scientifiquement argumenté), nous avons décidé de nous limiter à *Brachythecium* et *Sphagnum*, puisqu'il y avait de fortes chances que l'on retrouve ces deux genres un peu plus bas.

Bill notait chaque détail.

– Combien de chaque ? a-t-il demandé, en calculant mentalement que le contenu de chaque flacon serait soumis à trois analyses différentes dans un spectromètre de masse pour déterminer sa composition en isotopes du carbone.

Il a répondu de lui-même à sa question en recomptant rapidement les tubes que nous avions emmenés :

– Pas plus de cent cinquante, on dirait.

– On va en ramasser le plus possible avant qu'il fasse nuit et on verra bien ce que ça donne, ai-je dit en notant notre position exacte sur la carte topographique après l'avoir vérifiée sur le GPS.

Nous nous sommes mis d'accord sur un code d'étiquetage qui incluait la date, le site, l'espèce, le numéro et le nom du préleveur, avant de sortir nos pincettes et de nous mettre au travail.

– On sait qu'il y a une grande variété individuelle, donc plus nous aurons d'échantillons à analyser, plus nous approcherons de la mesure moyenne du site, ai-je songé à haute voix.

– Pour autant qu'il existe quelque chose comme la valeur isotopique moyenne d'un site.

Bill rappelait là le point le plus délicat de notre étude.

Au vingtième échantillon de *Sphagnum*, nous avions trouvé notre rythme de croisière : je proposais un échantillon pour la collecte, Bill confirmait qu'il appartenait à un individu distinct et identifiable, je photographiais la plante à côté d'une règle graduée tandis qu'il notait tout ce qui nous paraissait intéressant, je plaçais l'échantillon dans un tube, et Bill l'étiquetait et le rangeait dans le bon ordre, à côté des autres. À la fin du processus, nous récapitulions chaque étape et je lui relisais le code pendant qu'il vérifiait avec ses notes.

Il me semblait un peu superflu de prendre une photo de chaque échantillon, mais Bill y tenait. Je bénissais l'ère numérique qui nous faisait économiser des milliers de dollars, comparé à ce que nous avions dépensé au fil des ans pour développer des rouleaux entiers de photos de plantes qui se ressemblaient toutes.

Nous étions accroupis si près l'un de l'autre que les sommets de nos têtes se touchaient parfois.

– Je veux que tu saches que je me sens beaucoup mieux, maintenant, a dit Bill, sans cesser de travailler.

Après avoir pris une grande inspiration, il a ajouté :

– Ce qui est assez étonnant, vu le nombre de plaies ouvertes que je me trimballe.

Nous avons travaillé jusqu'à ce que nos ombres s'allongent et que le crépuscule commence à tomber. Nous avons rassemblé tous les flacons que nous avions remplis et les avons mis en paquet dans des sachets zippés soigneusement étiquetés par lots. De retour à la ferme, nous nous sommes débarrassés des couches externes de nos vêtements détrempés et nous sommes installés près du feu, nos sous-vêtements dégageant de la vapeur jusque tard dans la nuit.

Nous avons répété cette procédure de prélèvement sur sept autres sites, trois en altitude et quatre en plaine. Quand est venu le moment de faire nos valises pour quitter le pays, nous avions plus d'un millier de flacons étiquetés à la main, chacun contenant une feuille de mousse préalablement identifiée, décrite, photographiée et cataloguée.

– Si c'est de la mousse que vous voulez, on va se mettre tout de suite à vous en faire plus pour que vous reveniez vite, nous a dit Billy en guise d'au revoir à quatre heures du matin et en nous serrant dans ses bras.

Nous sommes ensuite montés en voiture pour prendre notre vol du matin.

Bill a conduit et j'ai sommeillé appuyée contre la vitre, avec la culpabilité de ne pas lui faire la conversation pendant ce long voyage dans l'obscurité. Une fois arrivés au parking de location, nous avons sorti le rétroviseur cassé du coffre, scotché les clés de la voiture dessus et nous sommes débarrassés du tout dans la boîte prévue pour les retours hors ouverture. Nous avons pris la navette jusqu'au terminal, enregistré nos bagages et imprimé nos cartes d'embarquement avant de nous diriger vers le contrôle de sûreté.

Les flacons de mousse étaient dans nos sacs à dos. Nous avions depuis longtemps appris à ne jamais mettre d'échantillons en soute à moins que ce ne soit absolument indispensable : même s'il était très rare que les compagnies aériennes égarent des bagages, c'était un risque que nous ne pouvions nous permettre de prendre. Les tubes en verre ont tinté quand nous avons déposé nos sacs sur le tapis à rayons X. Nous sommes passés docilement et sans chaussures sous le portique, pour nous retrouver face à l'agent de sécurité qui nous attendait de l'autre côté.

– Vous avez un permis pour ça ?

Elle avait ouvert nos sacs à dos et manipulait nos échantillons comme des déchets qu'elle aurait retirés d'une poubelle.

Oh merde, les permis ! Nous n'en avions pas, et je n'étais pas vraiment sûre qu'il nous en fallait juste pour la Norvège. J'aurais dû vérifier avant de partir au lieu de m'inquiéter pour Bill. Je me suis creusé la tête pour trouver un mensonge crédible ou une histoire drôle qui la ferait changer d'avis.

Bill se montrait toujours direct et honnête quand il était interrogé par quelqu'un en uniforme, ce qui m'impressionnait à chaque fois.

– Pas besoin de permis parce que ce ne sont pas des espèces protégées. Nous sommes des scientifiques, c'est simplement pour notre collection, a-t-il expliqué calmement.

L'agent avait ouvert l'un des sachets et passait les flacons au crible avec sa main. Deux d'entre eux ont rebondi hors du sac et sont tombés à terre. Elle a sorti une fiole du sac, l'a levée face à la lumière, avant de la secouer; elle a dévissé le bouchon et l'a retournée. C'était comme regarder quelqu'un secouer un bébé. J'ai tendu les bras, appelant en silence à la plus simple expression de compassion féminine qui lui ferait me redonner les flacons, que je puisse les bercer avant de les recoucher pour qu'ils s'endorment.

– Désolée, mais les échantillons biologiques ne quittent pas le pays sans autorisation.

Elle a ramassé le lot et l'a jeté d'un seul geste avec les autres objets refusés. J'ai regardé la pile de tout ce qui avait été abandonné ici au dernier moment. Il y avait des bouteilles d'eau et de laque, des couteaux suisses et des allumettes, un pot de compote de pomme entamé, et un gros tas de tout petits flacons de verre, chacun comportant une étiquette méticuleusement écrite à la main et un précieux morceau de végétal. Soixante heures de notre vie gisaient dans cet amas, ainsi que peut-être la réponse à une importante question scientifique. Bill a sorti son appareil, s'est penché au-dessus du baril, et a pris une photo avant de s'éloigner.

Nous nous sommes traînés jusqu'à la porte d'embarquement, avec nos chaussures encore mal ajustées. Dans une heure, il retournerait aux États-Unis, mon vol ne décollant pour la Norvège que plus tard dans la journée. Nous nous sommes assis pour attendre et Bill a commencé à feuilleter son carnet d'adresses en griffonnant des numéros.

– J'atterris à Newark à neuf heures du matin, heure locale, a-t-il dit en regardant sa montre. J'appelle le département de l'Agriculture dès que j'arrive et je verrai ce qu'il faut pour obtenir un permis pour faire sortir des plantes d'Irlande.

Je ressassais mon échec. Les échantillons que nous avons perdus faute d'autorisation. Le temps gagné en n'en faisant pas la demande. Quand est-ce que ça me servira de leçon ? me suis-je demandé.

Bill a interrompu mon monologue intérieur en me regardant avec un air entendu :

– Ça ne sera jamais vraiment perdu, tu sais, on a tout noté. On va recommencer à zéro. Quand on y pense, on a fait beaucoup de choses pendant ce voyage.

J'ai acquiescé de la tête, et peu de temps après il a été appelé pour l'embarquement et pour la deuxième fois de la journée, on m'a arraché quelque chose dont je ne voulais pas me séparer.

J'ai regardé l'avion de Bill rouler sur la piste et décoller et je me suis dit que plus une chose avait d'importance dans ma vie, plus il y avait de chance qu'elle reste un non-dit. Puis j'ai sorti ma carte de la végétation du Sud-Ouest de l'Irlande, l'ai doublée avec ma carte topographique et j'ai systématiquement répertorié les endroits où nous pourrions trouver plus de mousses.

***

Bill a toujours fait par la suite allusion à ce voyage en parlant de « veillée funèbre », alors que pour moi il était « la nuit de noces », et nous nous sommes mis à reconstituer son apogée au moins une fois par an. À chaque fois que nous avions une nouvelle recrue au labo, sa première tâche consistait à étiqueter des fioles vides, une centaine environ. Nous lui expliquions qu'elles étaient prévues pour une collecte de terrain à grande échelle et nous lui donnions un code alphanumérique long et compliqué à base de lettres grecques et en chiffres non séquentiels, à inscrire sur chaque flacon au stylo, ainsi que l'ordre de production.

Après une journée de travail acharné, nous convoquions le petit nouveau pour faire le point et Bill ou moi jouions alternativement le rôle du Bon ou du Mauvais. Nous commencions par lui demander s'il avait aimé ce travail et s'il lui paraissait supportable. La discussion s'orientait ensuite vers la collecte à venir et ses objectifs.

Petit à petit, le Mauvais se montrait de plus en plus pessimiste quant au fait que cette collecte puisse, après tout, vérifier l'hypothèse. Le Bon s'opposait dans un premier temps à ce raisonnement, en soulignant le temps déjà investi dans la préparation. Mais le Mauvais ne se défaisait pas de l'agaçant constat que cette approche n'allait pas apporter de réponse, le Bon n'ayant d'autre choix que de se ranger à son avis et d'admettre que le mieux était de tout recommencer. Le Mauvais ramassait alors tous les flacons et les jetait à la poubelle. Il sortait ensuite de la pièce d'un air insatisfait, laissant le Bon observer la réaction du nouveau.

Si il ou elle semblait accorder une quelconque valeur à son temps, c'était mauvais signe et lui faire perdre ainsi autant d'heures de travail était en ce sens un excellent test. Mais en corollaire, admettre la futilité de la chose est sans doute pire encore. Il y a deux façons de faire face à un échec majeur : l'une est de faire une pause, respirer un grand coup, se vider l'esprit et rentrer chez soi, se distraire pendant la soirée et revenir tout frais le lendemain pour recommencer. L'autre est de replonger aussitôt dans le travail, y passer une heure de plus que la veille, aller au fond des choses et comprendre sur le moment ce qui a raté. Si la première approche produit sans doute un travail acceptable, c'est la deuxième qui mène aux grandes découvertes.

Une année, je jouais le rôle du Mauvais, mais j'avais oublié mes lunettes de vue et suis revenue un peu plus tôt que prévu dans la pièce où nous venions de nous réunir. Josh, notre nouvelle recrue, était occupé à repêcher les flacons dans la poubelle au milieu des gants usagés et des déchets du labo. Je lui ai demandé ce qu'il faisait et il m'a répondu :

– Ça m'embête d'avoir gâché tout ce matériel. Je me suis dit qu'on pourrait au moins récupérer les bouchons et les mettre de côté, au cas où.

Tandis qu'il poursuivait sa tâche, j'ai attiré l'attention de Bill, et nous avons échangé un sourire complice : nous savions que nous avions identifié là le gagnant que nous recherchions.

11

Comme la plupart des gens, mon fils a un arbre qui occupe une place importante dans sa vie d'enfant. C'est un palmier queue-de-renard (*Wodyetia bifurcata*), dont les feuilles ondulent gracieusement dans le vent des mois sans fin de l'été hawaïen. Il se trouve à quelques mètres derrière notre maison et, chaque après-midi, mon fils passe une trentaine de minutes à le frapper aussi fort qu'il peut avec une batte de baseball.

Il fait ainsi depuis des années, mais pas toujours avec une batte. La cicatrice commence en bas du tronc et se poursuit vers le haut, à mesure de la croissance de mon fils. Quand il avait quatre ans, il mettait toute sa petite force à le frapper encore et encore avec un gros marteau, en se prenant pour Thor. Il y eut ensuite une période club de golf, pendant laquelle la chienne a vite appris à éviter l'endroit. Sa récente passion pour le baseball lui a donné une bonne excuse : il frappe désormais l'arbre très exactement cent fois par jour pour « renforcer son swing ». Le côté bois contre bois de cette nouvelle approche est, de mon point de vue, une parité intéressante et j'avoue franchement ne pas avoir envie d'intervenir.

Il ne blesse pas le palmier : si on compare sa couronne à celle de son voisin, tous les deux présentent la même quantité de feuilles vertes et saines. Il fleurit et fructifie comme il l'a toujours fait, aussi bien sinon mieux que n'importe quel autre palmier du quartier. Mon fils n'a jamais manifesté d'intérêt pour brutaliser d'autres êtres vivants que celui-ci, et comme il ne s'agit pas tant de frapper que de produire une sorte de bruit rituel, le battement de ce tambour vivant est devenu le rythme de nos vies. Chaque jour, je m'assois à la table de notre cuisine pour écrire pendant qu'il travaille à son palmier.

Nous avons déménagé à Hawaï en 2008, non pas en raison de son climat exceptionnel et de sa végétation luxuriante, mais suite à la promesse (écrite!) de l'université de Hawaï d'un salaire garanti « à perpétuité » pour Bill de 8,6 mois par an. Il reste donc quatorze semaines de salaire pour lesquelles je dois continuer à mendier des subventions tous les ans – au cas où je serais devenue paresseuse ou quelque chose du genre.

Depuis que je suis à Hawaï, j'ai appris que les palmiers ne sont pas vraiment des arbres : ils sont quelque chose de différent. On ne trouve pas, à l'intérieur de leurs troncs, de bois dur poussant vers l'extérieur, ni de nouveaux tissus s'accumulant anneau après anneau. Au lieu de cela, on trouve un fatras de tissus spongieux et épars. C'est cette absence de structure conventionnelle qui donne sa flexibilité au palmier et le rend parfaitement adapté au passe-temps préféré de mon fils, tout autant qu'aux douces brises des îles qui se transforment de temps en temps en ouragans impitoyables.

Il existe des milliers d'espèces différentes de palmiers, qui appartiennent toutes à la famille des *Arecaceae.* Cette famille est importante car elle est la première à avoir évolué en « monocotylédones », il y a une centaine de millions d'années. Leur première vraie feuille est un simple brin végétal, qui se distingue de la jeune pousse à deux feuilles des « dicotylédones », qui les ont précédées. Le palmier de mon fils a beaucoup plus en commun avec l'herbe de la pelouse qui pousse à son pied qu'avec l'arbre de pluie voisin.

Les premières monocotylédones ont par la suite évolué en graminées, et les prairies ont fini par coloniser les vastes étendues terrestres un peu trop humides pour être des déserts et un peu trop sèches pour être des forêts.

Avec leur domestication par l'homme, les graminées sont devenues des céréales. Aujourd'hui, trois espèces de monocotylédones – le riz, le maïs et le blé – constituent à elles seules l'alimentation de sept milliards d'humains.

Mon fils n'est pas moi : il est quelque chose de différent. Il est naturellement joyeux et confiant, et il a hérité de la stabilité émotionnelle de son père alors que j'ai tendance à être nerveuse et à ruminer. Il voit la vie comme une course de voitures dans laquelle il n'aspire qu'à prendre le volant, quand ma priorité a toujours été de ne pas me faire écraser. En fait, il est heureux de ce qu'il est, et ne se pose pas de question – du moins pas encore – alors que je serai pour toujours coincée dans un entre-deux.

Je ne suis ni grande ni petite, ni laide ni jolie. Je n'ai jamais été vraiment blonde, ni brune, et mes cheveux sont récemment devenus d'une sorte de gris. Même mes yeux ne sont ni verts ni marron – tout, chez moi, est noisette. Bien que je sois trop impulsive et agressive pour me considérer comme une femme normale, je n'arriverai jamais à me défaire complètement de l'idée, complètement fausse, que je suis moins qu'un homme.

Parce que nous sommes si différents, je me suis longtemps demandé ce que mon fils avait en commun avec moi. Je cherche encore la réponse. J'avais travaillé tellement dur pendant tant d'années à construire ma vie que ça a été une surprise quand toutes les pièces les plus précieuses sont d'un coup tombées du ciel sans raison valable. Je priais autrefois pour devenir plus forte ; je prie aujourd'hui pour devenir reconnaissante.

Chaque baiser que je donne à mon enfant répare celui que j'aurais tant voulu recevoir – et c'est bien la seule chose capable d'accomplir cela. Avant la naissance de mon fils, je craignais de ne pas savoir l'aimer. Aujourd'hui, je crains que mon amour soit trop immense pour qu'il puisse en prendre conscience. Il a besoin de connaître l'amour d'une mère, et me voilà, impuissante à en exprimer toute la plénitude. Je me rends compte à présent que mon fils a mis fin à une attente dont je n'avais pas conscience. Qu'il était à la fois impossible et inévitable. Que l'on m'a donné la chance d'être la mère de quelqu'un. Oui, je suis sa mère – je peux le dire maintenant –, car ce n'est qu'après m'être libérée de mes propres attentes concernant la maternité que j'ai réalisé que je pouvais les combler.

La vie est tellement surprenante. Pendant que mon fils grandissait à l'intérieur de moi, je respirais pour nous deux. Aujourd'hui, j'assiste à ses petits spectacles d'école, je m'assois dans le public et, bien que la scène soit pleine d'autres enfants, je ne vois que lui. J'inspire profondément à la fin de chacun des couplets qu'il chante, convaincue de pouvoir oxygéner son corps à distance, par la seule force de mon amour. Il grandit, et je dois le laisser s'éloigner un peu plus chaque jour. J'ai appris qu'élever un enfant est principalement un long, lent et douloureux lâcher-prise. Je me rassure en me disant que l'extase maternelle que j'éprouve n'est rien de plus que ce que ressent toute mère pour son fils.

Et pour une fille ? J'aimerais penser qu'il en serait de même, mais ce n'est pas à moi de répondre à cette question. Être une fille a été si difficile pour ma mère et moi ; peut-être notre lignée a-t-elle besoin de sauter une génération pour éviter que ce cycle ne se répète. J'espère donc de tout cœur avoir une petite-fille – comme toujours, ma soif d'amour est déraisonnablement prématurée. Selon mes calculs, il y a peu de chances que je sois encore de ce monde à sa naissance, et moins encore si notre lignée de femmes saute un tour une nouvelle fois ou bifurque. Et peut-être est-ce ainsi que cela devait se passer, pour moi en tout cas.

Quoi qu'il en soit, en cette belle journée ensoleillée, je ne peux résister à la tentation de jeter une bouteille à la mer. Que quelqu'un se souvienne. Que quelqu'un trouve un jour ma petite-fille et lui dise. Parlez-lui du jour où l'une de ses grands-mères était assise dans sa cuisine, et regardait par la fenêtre, un stylo à la main. Dites-lui qu'elle ne voyait ni la vaisselle sale ni la poussière qui s'accumulait sur le rebord de la fenêtre parce qu'elle était occupée à prendre une décision. Dites-lui qu'à la fin, elle a décidé de se lancer, et d'aimer sa petite-fille des décennies trop tôt. Parlez-lui du jour où sa grand-mère était assise là, dans un rayon de soleil, et a rêvé d'elle, au son d'un arbre qui se faisait frapper.

12

En entrant dans le laboratoire, j'ai compris deux choses au regard de Bill : d'abord, qu'il était resté debout toute la nuit, et ensuite, que la journée promettait d'être bonne.

– Qu'est-ce que tu foutais ? Il est déjà sept heures et demie !

Cette façon toute personnelle de dire « bonjour » n'avait pas beaucoup changé en vingt ans. Quand il vivait dans sa voiture, c'était la chaleur étouffante d'Atlanta qui le poussait au labo à une heure aussi matinale. Maintenant, s'il y est avant dix heures, c'est qu'il s'est passé quelque chose de suffisamment extraordinaire la nuit d'avant pour qu'il ait renoncé à rentrer chez lui. Et, ce matin-là, il m'avait appelée.

– Dormir, c'est pour les faibles ! ai-je aboyé en arrivant. Qu'est-ce qui se passe ?

– C'est C-6. Il a recommencé, le petit salopard...

Il m'a précédée vers les cultures expérimentales où depuis vingt et un jours, nous faisions pousser quatre-vingts radis dans des conditions de lumière et d'humidité contrôlées. Le plus drôle concernant C-6, c'est que nous étions persuadés que nous ne verrions rien d'intéressant. D'ailleurs, l'expérience elle-même avait été conçue pour mesurer quelque chose d'impossible à voir.

La partie émergée d'une plante, quelle qu'elle soit, constitue près de la moitié de son organisme. Les racines qui s'étendent sous terre n'ont rien en commun avec les feuilles qui se déploient à la surface ; elles sont aussi différentes les unes des autres que ne l'est notre cœur de nos poumons et sont, de la même façon, conçues pour deux usages distincts. Les tissus verts captent la lumière et les gaz de l'atmosphère, qui sont ensuite convertis en sucres dans les feuilles. Les organes souterrains s'efforcent quant à eux d'absorber l'eau et les nutriments dissous afin de transformer les sucres en protéines. La tige verte devient une racine brune lorsqu'elle plonge dans le sol et, quelque part à l'intérieur de cette interface, d'importantes décisions sont prises. Si les deux extrémités de la plante accomplissent leur mission, se pose en effet la question de ce qu'elle fera de la récolte du jour. La production de sucres, d'amidons, de lipides ou de protéines sont autant de possibilités, mais que choisir ?

Lorsqu'elle acquiert de nouvelles ressources, une plante se trouve placée devant quatre choix possibles : pousser, se réparer, se défendre ou se reproduire. Elle peut aussi reporter sa décision indéfiniment en stockant ses gains pour une utilisation future et retarder d'autant l'engagement qu'implique d'opter pour l'une ou l'autre. Quels sont les facteurs qui influencent la décision d'une plante lorsqu'elle doit choisir entre ces différents scénarios ? En réalité, les mêmes facteurs qui, chez nous, gouvernent les différentes possibilités d'utiliser une ressource nouvelle : nos gènes limitent nos possibilités ; notre environnement rend certains plans d'action plus pertinents que d'autres ; certains d'entre nous sont intrinsèquement portés à faire des réserves, tandis que d'autres sont davantage de nature joueuse ; l'état de notre fertilité lui-même peut intervenir dans l'évaluation d'un nouveau plan d'investissement.

Chez les plantes, un gaz atmosphérique, le dioxyde de carbone, constitue une ressource particulièrement vitale. La combustion des énergies fossiles a entraîné une augmentation spectaculaire de sa concentration dans l'atmosphère terrestre ces cinquante dernières années et a inondé du même coup l'économie végétale de liquidités et de crédits faciles. Le dioxyde de carbone est la monnaie d'échange de la photosynthèse, et cela fait maintenant des décennies que les plantes jouissent d'un excès de leur ressource la plus fondamentale. Notre expérience sur les radis avait pour but de répondre à la question suivante : en quoi cette abondance modifie-t-elle l'équilibre entre les investissements souterrains et ceux de surface chez les cultures du monde entier ?

Des mois auparavant, Bill avait relié une caméra vidéo bon marché à son ordinateur pour filmer en continu les plantes que nous faisions pousser dans la chambre contrôlée.

– Regarde ça ! m'a-t-il dit le jour où je suis arrivée suite à son réveil matinal.

La vidéo était une compilation de photos prises toutes les vingt secondes et qui résumait la croissance de la veille en une séquence de quatre minutes. Au début, l'écran était sombre, l'éclairage automatique ne s'étant pas encore mis en marche. Soudain, l'image s'est illuminée et a révélé seize petites plantes en pot, molles et détendues. Quand la lumière s'est allumée, elles se sont toutes réveillées et ont dressé leurs feuilles vers la lumière. Mais l'une d'elles, placée près du bord, attirait l'attention : elle se tortillait et se contorsionnait, s'étirait à la fois en hauteur et en largeur, poussait les feuilles de ses voisines et déployait sans gêne les siennes au-dessus de leurs tiges. Ce radis portait l'étiquette « C-6 » et provenait d'une graine de la même taille et de la même espèce que toutes celles qui poussaient là. Pourtant, il se comportait différemment des autres, et à partir de ce moment-là, nous avons dû accepter ce que nous étions en train de voir. Depuis plusieurs nuits maintenant, nous avions déplacé C-6, lui avions adjoint d'autres voisins, l'avions mesuré, comparé et filmé à de multiples reprises, mais la seule chose qui le distinguait était la façon dont il bougeait dès le soleil levé. Tandis que les autres s'étiraient avec grâce vers la lumière, C-6 agitait fiévreusement ses plus petites feuilles, comme s'il cherchait à se libérer du sol qui le retenait.

– J'ai l'impression qu'il se déteste lui-même, a dit Bill.

– J'aime bien ce petit gars. Il a des couilles.

– Ouais, eh bien, ne t'attache pas trop.

Pendant que Bill téléchargeait l'enregistrement et reprogrammait la caméra pour l'expérience suivante, j'ai à nouveau visionné le tout, sept ou huit fois de suite, fascinée par le moment où, à la deuxième minute, C-6 projette ses feuilles au nez de ses adversaires.

– J'ai même l'impression qu'il lève le poing juste après.

– T'es dingue, a répondu Bill.

Nous avons entendu l'éclairage automatique des cultures se mettre en marche derrière nous, signe d'un nouveau jour dans la chambre, et révélant du même coup la pile de paperasse qui s'entassait sur mon bureau.

– Bon, fini la rigolade, on va l'avoir. Plus d'eau pour C-6, augmente la lumière et mets-le au milieu, à côté du plus gros. Et continue de filmer.

– Bien sûr, a acquiescé Bill, c'est vraiment la façon la plus humaine de le traiter.

Le labo s'était animé petit à petit avec l'arrivée des étudiants et des postdocs et la pièce fourmillait à présent d'activité. Dans la pièce derrière nous, nous avons entendu un grand bruit et quelqu'un s'écrier : « Et merde ! » Bill et moi nous sommes échangés un sourire complice.

– Ce labo est une machine bien huilée. Tu ferais bien de rentrer ta vieille carcasse pour aller dormir un peu.

– Nan, a dit Bill en se renversant sur sa chaise. Je veux voir ce que ce bordel va donner.

C-6 ne faisait pas partie d'un programme d'étude, mais il a tout changé. J'avais gravi une sorte de sommet intellectuel et j'apercevais maintenant des territoires inconnus. Nous nous les sommes immédiatement appropriés, en utilisant un nouveau langage qui bafouait les règles en vigueur. Nous n'avons pas limité C-6 à son matricule, nous lui avons donné un vrai nom, « Twist and Shout » (qui est ensuite devenu « TS-C-6 »). Nous avons pris l'habitude de le saluer tous les matins à la première heure, avant d'observer, avec une sorte de satisfaction perverse, sa capacité à supporter les tourments que nous lui infligions. Il n'a toutefois pas vécu très longtemps, car il a été l'une des victimes des terribles migraines de Bill. La dernière a duré dix heures, pendant lesquelles il s'est blotti en position fœtale sous son bureau, la tête entre les mains. Pendant ce temps, rien n'a été arrosé, fertilisé ni filmé, et j'ai jeté C-6 à la poubelle sans autre forme de cérémonie.

Notre fascination pour C-6 ne reposait sur aucun protocole scientifique particulier, il ne figure dans aucune de nos publications et pourtant, cette petite plante a changé ma façon de penser plus que tout ce que j'avais pu lire jusqu'à présent dans mes vieux manuels. J'ai dû admettre que C-6 faisait des choses – non seulement parce qu'il avait été programmé pour, mais aussi pour des raisons qu'il était seul à connaître. Il était capable de bouger son « bras » de part et d'autre de son « corps » – il le faisait simplement environ vingt-deux mille fois plus lentement que moi. Son horloge et la mienne étaient irrémédiablement désynchronisées, et cette simple réalité creusait entre lui et moi un fossé infranchissable. De mon point de vue, j'étais celle qui s'activait et lui, celui qui restait là, à ne rien faire. Mais peut-être lui apparaissais-je dans le même temps comme une sorte de brouillard frénétique, comme un électron tournant autour d'un atome avec beaucoup trop de mouvements aléatoires pour être considérée comme quelque chose de vivant.

J'ai reculé ma chaise et souri à Bill, et ressenti la joie qui accompagne toute nouvelle idée, alors que mes pensées prenaient de la vitesse, comme des banlieusards sortant d'un embouteillage. Mon esprit avait été nourri, et rien que pour ça, la journée de travail qui m'attendait n'en serait que plus heureuse. Peut-être était-ce déjà là une forme d'accomplissement scientifique.

Quelques heures plus tard, j'ai réussi à convaincre Bill de faire une pause déjeuner. Je lui ai dit que c'était moi qui invitais, mais que j'avais d'abord une course à faire chez Whole Foods.

– Moi aussi! Je cherche un traitement homéopathique pour ma main.

Nous sommes montés dans ma voiture et avons traversé l'île. C'était la première fois qu'il mettait les pieds dans ce supermarché bio, qui l'a captivé aussitôt entré. Il est allé droit vers un sachet en plastique à treize dollars avec six câpres dedans, chacune de la taille d'une balle de golf. Il l'a tendu vers moi :

– Les riches mangent vraiment ce genre de choses ?

– Bien sûr, ai-je répondu sans même regarder. C'est même ce qu'ils préfèrent.

J'étais occupée à passer en revue les sept marques d'extraits d'herbe de blé à disposition. Lorsque j'ai enfin repéré la plus verte, j'ai remarqué que Bill s'était éloigné, après avoir déposé ses câpres dans mon panier. Je l'ai retrouvé en pleine extase devant une sélection de fromages français, ce qui m'a donné une idée.

– Allez, on prend tout ça. Pourquoi on s'en empêcherait ?

– Attends, t'es sérieuse ?

Bill avait plissé les yeux et me jetait un regard dubitatif, mais son corps ne cachait pas une certaine excitation.

– C'est décidé. Aujourd'hui, on va manger comme si on avait des fonds d'investissement.

Je me sens souvent coupable de gagner plus que Bill, parce que notre travail me paraît être les deux moitiés d'un même tout. J'aime aussi acheter des choses au hasard, alors quand Bill est avec moi, je peux faire passer mon impulsivité pour de la générosité.

– Bon Dieu, heureusement que toutes ces conneries étaient près de la caisse, quand je pense que j'ai failli rater ça, j'en frémis, a-t-il dit la bouche pleine, tout en lisant l'emballage d'un chocolat bio aux baies d'açaï et fèves de cacao broyées à froid de République dominicaine.

Bill a tenu à charger lui-même notre déjeuner à deux cents dollars dans la voiture, refusant que je l'aide. Il avait des plans pour ces quatre sacs « en papier bien épais » et veillait sur eux avec attention. Il s'est installé sur le siège passager et quand j'ai démarré, il a marmonné un « J'espère que ce machin est bien commerce équitable », avant d'ouvrir une deuxième tablette, cette fois aromatisée au ramboutan.

Deux heures plus tard, nous étions installés au labo autour de nos « amuse-gueules à la Rockefeller », composés de tranches de jambon ibérique enroulées autour d'une cuillère de caviar d'esturgeon et passées dix secondes au micro-ondes.

– Merde ! ai-je dit en regardant ma montre, il faut que je file, mais je reviens ce soir.

Bill m'a fait au revoir en agitant son morceau de camembert.

– À plus tard, m'a-t-il dit d'une voix étouffée par un morceau de baguette.

J'ai sauté dans ma voiture et foncé récupérer mon fils à la sortie de l'école. J'ai échangé son cartable contre un maillot de bain et une serviette, et nous sommes partis directement à la plage, comme chaque jour. Je lui ai demandé comment s'était passée sa journée d'école, et il a haussé les épaules. Nous nous sommes garés à notre place habituelle, en face de Kapiolani Park.

En traversant le parc, nous sommes passés à côté d'un bosquet de ces grands figuiers, le Banian de Howrah ; j'ai attendu un moment qu'il ait terminé de se balancer à ce qui ressemble à des lianes, mais qui sont en réalité des racines aériennes qui poussent depuis les branches pour s'ancrer au sol. Arrivés à la plage, nous avons étendu nos serviettes sur nos chaussures, sommes allés nous jeter dans l'océan et avons joué pendant un moment aux phoques moines, en plongeant et en nous roulant dans les eaux peu profondes.

De retour à nos serviettes, j'ai vérifié si j'avais des bleus. Les bébés phoques sont plus turbulents que dans les livres d'histoires, me suis-je dit en massant mon cou de femme d'âge moyen. C'est quand même curieux que de si bons nageurs aient encore besoin de se déplacer sur le dos de leurs parents.

Mon fils était occupé à creuser un trou dans le sable.

– Maman, c'est vrai qu'il y a des animaux tellement petits dans le sable qu'on peut même pas les voir ? m'a-t-il demandé, en me montrant les poignées de sable humide qu'il s'amusait à jeter dans l'eau.

– Oui, c'est vrai. Il y a des animaux minuscules partout.

– Combien ?

– Beaucoup. Trop pour qu'on puisse les compter.

Il a réfléchi un moment, avant d'ajouter :

– J'ai dit à la maîtresse que les petits animaux se retrouvent entre eux avec des aimants qui sont dans leur corps, mais elle m'a dit que c'est pas vrai.

J'ai immédiatement – et excessivement – réagi, et j'ai rétorqué, sur la défensive :

– Eh bien, elle se trompe. Je connais la personne qui a fait cette découverte.

J'étais sur le point de m'énerver, mais, comme un juge sentant la plaidoirie barbante de l'avocat arriver, il a préféré changer de sujet.

– C'est pas grave de toute façon, parce que je vais être joueur de baseball.

– Je te promets de venir voir tous tes matchs.

Je lui ai alors posé ma question habituelle :

– Tu pourras m'avoir des places gratuites ?

Il s'est arrêté un moment pour réfléchir.

– Oui, pour certains, a-t-il fini par dire.

Il était presque dix-huit heures, alors je me suis levée, ai secoué les serviettes et ramassé nos affaires pour nous préparer à partir.

– Qu'est-ce qu'il y a comme dessert ?

– Tes bonbons d'Halloween. Bouh !

Il m'a souri et donné un petit coup de poing vengeur sur le bras.

J'ai préparé le dîner pendant qu'il chahutait avec notre chienne, Coco. Elle avait succédé à Reba et était, elle aussi, un retriever Chesapeake. Reba a vécu près de quinze ans et a été longuement pleurée, mais grâce à Coco, j'ai découvert que toute la race partageait ses qualités.

Serviable et indestructible, Coco n'hésite jamais à braver la pluie et essaie toujours de trouver un moyen de se rendre utile, quoi que nous fassions. Elle préfère s'allonger sur le ciment dur plutôt que dans son panier, et si elle a faim, elle ira chercher des graviers dans l'allée et les mâchouillera devant nous pour nous rappeler de la nourrir. Elle se jettera dans une vague de deux mètres si je lui jette une noix de coco et lui ordonne de la récupérer, ce que nous nous amusons à faire le week-end. Quand nous partons en voyage, elle va chez oncle Bill, où elle s'occupe avec une certaine efficacité des rats qui menacent son manguier préféré.

Clint est rentré du travail juste à temps pour que nous dînions ensemble, puis nous avons emmené Coco faire une grande balade dans le quartier. À neuf heures pile, notre fils était au lit, mais pas avant que je ne lui tende une petite fiole de jus d'herbe de blé alors qu'il s'apprêtait à se laver les dents.

– Bois ça, d'abord. Enfin, si tu oses, ai-je ajouté.

Ses yeux se sont écarquillés.

– Tu l'as fait ! a-t-il dit avec émerveillement, avant de boire la fiole et de grimacer à cause de son amertume.

Depuis des semaines, il me réclamait une potion qui le transformerait en tigre. « Fabrique-la dans ton labo, me disait-il, fabrique-la avec des plantes. »

Quand je l'ai mis au lit, j'ai vu qu'il avait ce regard qu'ont les enfants quand ils ont quelque chose d'important à vous dire.

– Bill et moi, on va ajouter un sous-sol à notre cabane dans l'arbre.

– Ah bon ? Et comment vous allez faire ? ai-je demandé, sincèrement intéressée.

– On va faire des plans. Ça va demander beaucoup de préparation. On va faire une maquette, pour commencer.

J'ai tenté ma chance :

– Je pourrai y entrer quand ce sera fini ?

– Non, a-t-il dit, avant de se raviser. Peut-être, quand ça ne sera plus neuf.

Il a fait une pause, et a fermé les yeux.

– Est-ce que je suis déjà un tigre ?

Je l'ai examiné attentivement de la tête aux pieds avant de lui répondre :

– Non.

– Pourquoi ?

– Parce que ça prend du temps.

– Pourquoi ça prend du temps ?

– Pourquoi ? Je ne sais pas. Ça prend du temps pour devenir ce qu'on est censé être.

Il m'a regardé comme s'il voulait me poser d'autres questions, mais il savait aussi que faire semblant que quelque chose est vrai est souvent plus amusant que de savoir que ça ne l'est pas.

– Mais ça va marcher, c'est sûr, hein ?

– Ça va marcher. C'est une potion qui a déjà marché avant.

– Sur qui ? a-t-il demandé, intrigué.

– Sur un petit mammifère appelé *Hadrocodium*. Il vivait sur Terre il y a près de deux cents millions d'années et il passait la plupart de son temps à se cacher des dinosaures qui lui auraient marché dessus s'il ne faisait pas attention. Tu te souviens du magnolia qui poussait devant notre maison de quand tu étais tout petit-petit ? Eh bien cet arbre était l'arrière-arrière-arrière-arrière-petit-fils de la toute première plante à fleurs, qui lui ressemblait. Elle venait tout juste d'apparaître au moment où *Hadrocodium* traînait aussi dans les parages. Un jour, il en a mangé quelques feuilles, parce que sa mère lui avait dit qu'elles le rendraient aussi fort qu'un dinosaure. Mais à la place, il s'est transformé en tigre. Ça lui a pris cent cinquante millions d'années, mais à la fin, elle s'est transformée en tigre.

Mon fils s'est redressé.

– « Elle » ? Tu avais dit « il ». Le tigre, c'est un garçon.

– Et pourquoi le tigre ne pourrait pas être une fille ?

Mon fils m'a expliqué l'évidence :

– Parce que c'est pas une fille.

Après quelques secondes, il a ajouté :

– Tu vas au labo, ce soir ?

– Oui, mais je serai de retour avant que tu te réveilles. Papa est de l'autre côté du couloir et Coco veille sur toi pendant que tu dors. Cette maison est pleine de gens qui t'aiment, lui ai-je chantonné, ce qui était notre mantra habituel à l'heure du coucher.

Il s'est tourné vers le mur, signe qu'il était maintenant trop fatigué pour continuer à parler. Je suis allée dans la cuisine et j'ai préparé deux tasses de café en poudre. D'après l'horloge, j'arriverais probablement au labo avant vingt-deux heures trente. Quand j'ai attrapé mon téléphone pour prévenir Bill que j'étais en route, j'ai vu qu'il m'avait déjà envoyé deux messages. Le premier disait : *RAMÈNE DE L'IPÉCA* et le second, envoyé environ une heure plus tard : *ET PLUS DE BOUFFE.*

– Je suis presque partie, ai-je dit à Clint, en lui apportant la deuxième tasse de café.

Nous savions tous deux que les pages d'équations qu'il était occupé à dériver m'étaient absolument incompréhensibles, il a donc ri quand je lui ai dit :

– Et n'hésite pas à m'appeler si tu as besoin d'un coup de main, OK?

– Justement, j'aimerais bien avoir ton avis sur une figure que j'ai faite aujourd'hui.

– C'est génial. J'adore, lui ai-je répondu sans lever le nez de mon sac à main dans lequel j'essayais de récupérer mes clés.

– Je viens de la faire, tu ne l'as pas encore vue.

– Alors elle est nulle, l'axe des y est complètement de travers, lui ai-je répondu en lui disant au revoir de la main.

Il a ri à nouveau.

– C'est une carte.

– Bon, ben les couleurs sont ratées alors. Chéri, je dois filer saboter ma propre science ; pas le temps de ruiner la tienne. « La Jungle des singes ne dort jamais », ai-je ajouté d'un air contrit.

– Eh bien, merci quand même pour ton avis, m'a-t-il dit alors que je l'embrassais.

Je suis retournée une dernière fois dans la chambre de notre fils pour vérifier qu'il dormait. Je l'ai embrassé sur le front et j'ai souri parce qu'il avait déjà atteint l'âge où il ne me laissait pas toujours le faire quand il était éveillé. J'ai récité un *Notre Père* et senti mon cœur se gonfler. J'ai caressé Coco, étendue au pied du lit ; quand je lui ai serré la tête dans mes bras et chuchoté : « Tu veux bien veiller sur mon bébé ? », elle m'a regardée avec les grands yeux sombres d'un Chesapeake qui a déjà répondu à cette question une bonne fois pour toutes il y a des années.

J'ai embrassé Clint une dernière fois, enfilé mon sac à dos et suis sortie pour ouvrir la remise. J'ai sorti mon vélo et j'ai levé les yeux vers le ciel chaud et tropical, à travers la froideur extrême de l'espace, et j'ai vu les lumières émises des années auparavant par des feux d'une chaleur inimaginable et qui brûlaient encore à l'autre bout de la galaxie. J'ai mis mon casque et suis allée au laboratoire, prête à passer le reste de la nuit à utiliser l'autre moitié de mon cœur.

13

Chez les végétaux, il est souvent difficile de distinguer le début de la fin. Coupez presque n'importe quelle plante en deux, et ses racines continueront à vivre pendant des années. La souche d'un arbre abattu tentera de repousser, année après année : les tissus situés sous l'écorce du tronc abritent des dizaines de bourgeons en dormance – jusqu'à deux fois plus que ceux que l'on voit sur les branches – prêts à sortir. Les bourgeons produisent alors des tiges, qui deviennent des rameaux, dont les plus chanceux deviennent des branches. Les plus robustes d'entre elles vont se développer pendant des décennies et, bientôt, la canopée redeviendra aussi verte qu'elle l'a été, peut-être même davantage encore parce qu'on a voulu la couper.

Contrairement aux animaux, qui fonctionnent comme un tout, les plantes ont un mode de construction modulaire, le tout étant strictement équivalent à la somme de ses parties. Un arbre peut perdre des morceaux entiers de lui-même puis les remplacer – il y est même souvent obligé au cours des quelques siècles de sa durée de vie moyenne. En fin de compte, les arbres ne meurent que lorsque rester en vie est devenu trop coûteux. Dès que le soleil se lève, les feuilles s'activent à casser les molécules d'eau, à ajouter de l'atmosphère et à assembler le tout sous la forme d'un sucre qui sera transporté dans la tige, où il rencontrera les nutriments laborieusement puisés depuis les racines. L'arbre peut alors associer toutes ces ressources pour produire du bois, qu'il utilisera pour renforcer son tronc ou ses branches.

Mais il a beaucoup d'autres impératifs : remplacer ses feuilles vieillissantes, fabriquer des substances destinées à le préserver des infections, alimenter la production de fleurs et de graines... Tous nécessitent les mêmes matières premières, dont il n'y a jamais assez, et il n'y a que toujours plus profond ou toujours plus haut que l'arbre peut se les procurer. Vient un jour où le maintien des branches et des racines demande davantage de nutriments que celles-ci ne sont capables de capter. Une fois qu'il a excédé les limites de son environnement, l'arbre perd tout. Et c'est pourquoi vous devez tailler un arbre de temps en temps pour le préserver. Parce que, comme la poétesse Marge Piercy l'a dit un jour, la vie et l'amour sont comme le beurre : ils ne se conservent pas et doivent être renouvelés chaque jour.

14

Il y a toujours quelque chose de profondément triste lorsqu'une expérience sur la croissance des plantes s'achève. En laboratoire, nous utilisons beaucoup *Arabidopsis thaliana*, une petite plante modeste, que l'on peut facilement arracher d'un simple geste, même lorsqu'elle a atteint sa taille adulte. C'est l'une des rares plantes dont le génome a été entièrement séquencé, ce qui veut dire que si l'on démêle l'ADN présent dans l'une de ses cellules et qu'on l'étire, il est possible de connaître l'ordre dans lequel se succèdent les cent vingt-cinq millions de molécules qui composent cette chaîne.

Si l'on déroule cette pelote, on obtient un filament de près de cinq bons centimètres. Chacune des cellules de la plante en possède au moins un, et les scientifiques ont donc réussi à déterminer la formule chimique de tout ce bazar. À vrai dire, je n'aime pas trop penser à tout ça, c'est tout simplement trop de données. Ça me bouleverse. Un scientifique est censé se sentir dépassé en début de carrière, pas en fin. Mais plus j'en sais, plus mes jambes se dérobent sous le poids de cette masse d'informations.

Pour la première fois de ma vie, je me sens fatiguée. Je repense avec nostalgie à ces longs week-ends pendant lesquels je pouvais travailler pendant quarante-huit heures d'affilée et où chaque petite découverte me revigorait et rechargeait mon esprit sous forme d'inspirations subites, qui culminaient de temps à autre en de nouvelles idées. J'ai toujours des idées, mais elles sont plus riches et plus abouties – et elles me viennent désormais quand je m'assois pour réfléchir. Elles sont aussi beaucoup plus susceptibles de fonctionner. Alors, tous les matins, je ramasse quelque chose de vert et je le regarde, et ensuite je plante d'autres graines. Je le fais parce que c'est ce que je sais faire.

Au printemps dernier, Bill et moi avons passé au crible les résultats d'une grande étude réalisée sous serre. Nous avions fait pousser des patates douces dans des concentrations de gaz à effet de serre équivalentes à celles prévues dans les prochaines centaines d'années et telles que nous les connaîtrons si nous ne faisons rien pour réduire nos émissions de carbone. Les pommes de terre étaient devenues de plus en plus grosses à mesure que la concentration en dioxyde de carbone augmentait, ce à quoi nous pouvions nous attendre. Nous avons aussi constaté qu'elles étaient moins nutritives, et beaucoup plus pauvres en protéines, quelles que soient les quantités d'engrais apportées. Ce résultat nous a surpris. C'est une mauvaise nouvelle, car les patates douces constituent une source de protéines importante pour les populations les plus pauvres de la planète. Il semble donc que les grosses pommes de terre de l'avenir nourriront davantage de bouches tout en étant moins nutritives. Je ne sais comment expliquer ce phénomène.

La récolte avait eu lieu quelques jours auparavant, grâce à une armée d'étudiants réquisitionnés trois jours pour l'occasion et dirigés par un jeune homme aussi intelligent que prometteur prénommé Matt, qui allait bientôt obtenir son diplôme. Lui aussi avait grandi pendant cette expérience, et il s'était peu à peu affirmé en leader et en expert sous notre regard admiratif. Il était désormais capable de s'imposer parmi vingt personnes au milieu d'une situation de chaos, d'assigner une tâche à chacun, de conseiller et d'assurer un suivi des opérations le temps nécessaire. C'était comme s'il était parti en guerre contre ces plantes, et les quelques feuilles et racines qui jonchaient la serre ici et là témoignaient de sa victoire. Bill et moi nous étions sentis heureux et privilégiés d'assister à la manœuvre sans que Matt n'ait besoin de notre aide, comme cela doit se passer lorsqu'un étudiant approche de l'obtention de son diplôme.

La bataille était terminée à présent, et chacun était rentré chez soi se reposer – sauf nous. C'est sans doute ce que l'on ressent lorsqu'on ouvre la porte de la chambre d'un fils parti à l'université : le désordre de ses premières années est toujours là, sans importance pour lui, mais tellement précieux pour vous. Une puissante odeur de terreau embaumait la serre ; Matt avait déterré chaque pomme de terre avant de les photographier, de les mesurer et de les décrire une à une. Tout cela me paraissait maintenant un peu flou, à la lumière crue du jour ; je sentais que j'avais besoin de rentrer chez moi et de me reposer un peu, mais je me suis dit que quelques heures supplémentaires n'allaient pas me tuer, alors je suis restée.

Mon téléphone a vibré. J'ai jeté un coup d'œil au calendrier et réalisé que j'étais sur le point de rater le rendez-vous de la mammographie que je repoussais depuis trois ans et que j'avais déjà reporté une première fois ce semestre. Oh merde, pas encore.

La porte de la serre s'est ouverte et Bill est entré.

– On peut enlever soi-même ses propres tumeurs, non ? Je veux dire, on a bien un cutter quelque part...

Il a répondu du tac au tac :

– Je te conseille plutôt la perceuse. Je dois même avoir une mèche spéciale pour ça...

Il avait la bouche pleine d'une part de pizza froide et sèche qu'il avait récupérée dans l'une des boîtes commandées pendant la nuit et abandonnées sur place. En vingt ans, il n'avait rien perdu de son énergie, me suis-je dit, mais je ne lui inspirais manifestement pas les mêmes réflexions.

– Bon Dieu, le temps que je revienne et on dirait que t'as pris cinq ans. Tu ressembles à une putain de vieille sorcière.

– OK, t'es viré. Va voir les autres sorcières aux ressources humaines, elles te donneront ce qu'il faut pour ton licenciement.

– Elles ne bossent pas le samedi. Et puis, viens, il faut que tu sortes un peu, m'a-t-il dit en se dirigeant vers la porte.

Notre serre n'est que l'une des nombreuses que compte la station de recherche de l'université, toutes nichées au cœur de la vallée au bord d'un petit ruisseau qui descend vers l'océan. Chacune est aussi grande qu'un gymnase et se résume à un énorme échafaudage d'acier inoxydable recouvert d'un voile d'ombrage transparent. Les îles hawaïennes ne sont d'ailleurs elles-mêmes qu'un vaste chapelet de serres, tant les conditions de croissance des plantes y sont excellentes toute l'année, tout juste ponctuées d'averses quotidiennes qui ressemblent davantage à des arrosages de routine qu'à des tempêtes.

J'ai regardé dans la direction que m'indiquait Bill. Un ruban d'arc-en-ciel s'étirait au-dessus de la jungle montagneuse en une arche nette et lumineuse. Il était enveloppé d'un second arc-en-ciel, plus large et plus flou, et qui, comme un halo diffus, en rehaussait encore l'éclat.

– Un double arc-en-ciel ! me suis-je extasiée.

– Un peu que c'est un double arc-en-ciel.

– Eh ben, on n'en voit pas souvent, ai-je dit pour justifier mon émerveillement.

– C'est vrai. Personne ne voit le deuxième arc-en-ciel. Mais il est toujours là, c'est simplement que personne ne le voit. Le premier arc-en-ciel croit d'ailleurs sûrement qu'il est seul.

Je l'ai regardé attentivement.

– T'es sacrément profond, aujourd'hui.

Puis j'ai ajouté :

– Les deux arcs-en-ciel ne font qu'un, en fait. Un rayon de lumière qui traverse des conditions de mauvais temps donne simplement l'impression de voir deux choses distinctes.

Bill est resté un instant silencieux, avant d'ajouter :

– Les arcs-en-ciel sont des putains d'égocentriques qui feraient bien d'arrêter de se la raconter.

Je lui ai fait remarquer que ça n'était pas près d'arriver.

En rentrant, nous avons récupéré deux chaises de jardin dans l'ancien cabanon et sommes retournés à l'intérieur de la serre. Un coin au fond avait servi de dépotoir, où s'empilaient des pots de fleurs sales dont l'un débordait de vieux mètres ruban. Il y avait un tas de terre meuble à cet endroit, et c'est lui que nous avons choisi pour déplier nos chaises et nous asseoir, pieds nus dans la terre fraîche et humide. De là où nous étions, nous pouvions apercevoir, un peu plus loin dans la serre, une autre culture expérimentale. Plus que pérenne celle-ci, car elle était là avant notre arrivée et le serait probablement encore quand je prendrais ma retraite.

– Comment ne pas aimer ça ? ai-je dit, en désignant du bras les innombrables rangées d'orchidées en fleurs. Quel parfum...

– C'est vrai que c'est pas mal, faut reconnaître. J'aurais jamais imaginé finir un jour à Hawaï.

Je me fais du souci pour Bill. Je me fais du souci quand je repense à son passé et à ce qu'il aurait pu devenir. S'il n'avait pas traîné avec moi toutes ces années, ne serait-il pas déjà marié et père de famille ? Il ne cesse de m'expliquer que vu que les Arméniens vivent en général plus de cent ans et qu'il n'a pas encore atteint la cinquantaine, il est encore trop jeune pour rencontrer quelqu'un, mais je m'inquiète pour son avenir. J'ai peur que s'il rencontre quelqu'un, elle ne soit pas assez bien pour lui. Bill balaie toujours ma crainte d'un éclat de rire : « Avant, les femmes ne voulaient pas de moi parce que je vivais dans un van. Maintenant, elles n'en veulent qu'à mon argent. »

Bill a en effet une vie plutôt confortable. Sa maison est perchée sur une colline donnant sur Honolulu, et les manguiers qu'il a fait pousser sont les joyaux de son jardin magnifique et perpétuellement en fleurs. Il s'est fait, sans le vouloir, une petite fortune en revendant sa maison à Baltimore. Il avait passé des heures à la retaper, tard le soir, sans l'aide de quiconque, et la monstruosité aux canalisations moisies, à l'électricité défectueuse et aux fondations branlantes était devenue une splendide propriété à deux pas de l'université.

Les gens se posent encore beaucoup de questions sur nous. Sommes-nous frère et sœur ? Camarades ? Complices ? Nous prenons presque tous nos repas ensemble, nos finances sont liées et nous nous disons tout. Nous voyageons ensemble, nous travaillons ensemble, nous finissons les phrases l'un de l'autre et nous avons risqué nos vies l'un pour l'autre. Je suis une femme et une mère heureuse, et Bill était une sorte de condition préalable à tout ça, un frère dont je ne me séparerai jamais et qui fait partie du lot. Mais il faut toujours qu'on cherche à nous coller une étiquette. Comme pour les patates douces, je n'ai pas d'explication. Je continue avec Bill, parce que c'est ce que je sais faire.

Je me suis baissée pour saisir un arrosoir et arroser nos pieds pour les débarrasser de leur terre. Nous avons agité nos orteils et patouillé dans la terre jusqu'à ce qu'elle devienne une belle boue onctueuse, avant de nous laisser retomber contre le dossier de nos chaises. Bill a fini par dire :

– Bon, on fait quoi maintenant ? On est tranquilles jusqu'en 2016, non ?

Nous avions effectivement plusieurs contrats en cours qui nous porteraient jusqu'à l'été 2016. Après cela, la survie du laboratoire serait à nouveau en jeu car les subventions accordées pour la recherche en sciences de l'environnement ne cessent de diminuer. Je suis titularisée, mon emploi est garanti, mais ce n'est pas le cas pour Bill – ce genre de privilèges n'est réservé qu'aux professeurs. Il est si exaspérant que le chercheur le plus talentueux et le plus travailleur que je connaisse ne puisse bénéficier d'aucune sécurité professionnelle à long terme – et ce, en grande partie à cause de moi. La seule chose que je pourrais faire si nous nous retrouvions sans financements serait de menacer de démissionner, ce qui risquerait de nous mettre tous les deux à la rue. En tant que chercheurs, nous ne serons jamais, jamais en sécurité.

– Hé, réveille-toi, a dit Bill en faisant claquer ses doigts devant mon visage. On fait quoi maintenant ? On peut faire ce qu'on veut !

Il s'est frotté les mains, les a fait claquer contre ses cuisses et s'est levé. Il avait raison, comme d'habitude. Ô, femme de peu de foi. Quelle autre équipe que la nôtre pouvait se prévaloir de davantage de confiance en l'avenir ? Nous serons comme les lys des champs, ai-je décidé, excepté que nous travaillerons et tisserons, et que nous sèmerons et récolterons*. Je me suis levée à mon tour et j'ai fait quelques pas.

– Bon, voyons ce qu'on a là

J'ai regardé autour de moi pour dresser mentalement l'inventaire de notre équipement éparpillé dans la serre.

– Je sais. On va faire un tas avec tout ça et regarder ce qu'on peut en tirer. L'inspiration finira par venir.

Bill a hoché la tête et s'est dirigé de l'autre côté de la serre. Il est revenu avec les lampes de croissance qui fonctionnaient encore et les a déposées avec précaution près du tas de rallonges électriques que je venais d'apporter. Nous avons ensuite déplacé ensemble la scie à onglet, plusieurs planches de bois et un baril de déchets de bois aggloméré. J'ai apporté nos caisses à outils et les ai placées bien en vue, l'une d'elles le couvercle ouvert,

* NdE : d'après l'Évangile selon Matthieu, 6:26-28.

comme un coffre au trésor. Bill a rajouté quelques sacs de terreau et posé un sac d'engrais à côté de chacun d'eux.

J'étais en train d'étaler nos différents sachets de graines les uns à côté des autres quand je me suis rendu compte que Bill avait récupéré un vieux rouleau de grillage qui rouillait dans son coin depuis des années.

– C'est même pas à nous, ça, ai-je dit avec dégoût.

– Maintenant si, a rétorqué Bill.

Nous avons alors tous deux très bien compris ce qui allait se passer.

Nous nous sommes faufilés à travers les orchidées de l'autre expérience, et avons commencé à ramasser tous les tuyaux non raccordés et les pinces cassées que nous avons pu trouver, à les entasser dans nos T-shirts et les transporter jusqu'à notre pile.

– Oh, putain! s'est exclamé Bill en découvrant une petite perceuse sans fil abandonnée entre deux rangées d'orchidées.

On a tous les deux fait semblant de ne rien voir quand il l'a glissée dans son T-shirt. Nous avions déjà au moins cinq perceuses sans fil et Bill savait très bien que nous pouvions en acheter autant qu'on le voulait, juste pour le plaisir. Il était même probable que nos subventions étaient plusieurs fois supérieures aux fonds dont disposait celui à qui elle appartenait. La morale et la raison auraient donc voulu que nous reposions cette perceuse là où nous l'avions trouvée, car aucun argument ne pouvait justifier ce vol. Sauf un: son propriétaire, quel qu'il soit, n'était pas là.

– Bon, tu sais ce qu'on dit de l'enfer? ai-je dit en ajoutant la perceuse à notre tas. L'ambiance est pas terrible, mais la compagnie plutôt bonne.

Bill s'est assis et a ouvert une canette de Pepsi. J'ai tourné autour de la pile, en ajoutant ici et là une fleur d'orchidée comme si je décorais un sapin de Noël.

En fait, la perceuse ne marchait pas : elle ne fonctionnait pas à cette époque, et elle n'a pas davantage fonctionné depuis. Mais elle traîne toujours quelque part au labo – Bill et moi n'avons jamais envisagé de la remettre où nous l'avions trouvée, et encore moins de la jeter. Je ne pourrai jamais admettre qu'un outil puisse être inutile ou qu'il en existe un seul dont je n'ai pas besoin. Mon appétit pour la science demeurera toujours vorace, quelle que soit la façon dont elle me nourrit.

Ce jour-là, dans la serre, Bill et moi avons commencé à discuter de nos espoirs et de nos projets, de ce que les plantes sont capables de faire et de ce que nous pourrions les pousser à faire. Inévitablement, ce brainstorming s'est appuyé sur nos réalisations passées, et c'est comme ça que nous en sommes venus à nous raconter les histoires qui composent ce livre. Il me paraît si incroyable qu'elles se déroulent maintenant sur près de vingt ans.

Pendant cette période, nous avons obtenu trois diplômes, occupé six emplois, vécu dans quatre pays et voyagé dans seize autres, fini cinq fois à l'hôpital, acheté huit vieilles voitures, avalé plus de quarante mille kilomètres de route, aidé un chien à mourir et effectué environ soixante-cinq mille mesures d'isotopes stables du carbone. Ces dernières constituant bien entendu le but premier de tout ça. Avant que nous n'effectuions ces analyses, Dieu seul connaissait ces valeurs, et j'ai tendance à penser que Lui-même ne s'en souciait guère. Aujourd'hui, elles sont consultables dans n'importe quelle bibliothèque parce que nous les avons publiées dans soixante-dix articles parus dans quarante revues différentes. Nous les considérons comme un progrès car notre tâche, aussi impossible soit-elle, est de produire de nouvelles informations à partir de rien. En cours de route, nous sommes également devenus des adultes, sans cesser d'être des enfants, comme en témoignent les histoires que nous nous sommes racontées ce jour-là.

Au bout d'un long moment de silence, Bill m'a surprise, en concluant avec sérieux :

– Fais-moi plaisir. Mets tout ça dans un bouquin, un de ces jours.

Bill sait que j'écris beaucoup. Il sait que ma boîte à gants est bourrée de pages de poésie. Il est au courant de tous ces fichiers *prochainehistoire.doc* dans mon ordinateur. Il sait que j'aime passer des heures à me perdre dans les pages du dictionnaire. Il sait que mon plus grand plaisir est de trouver le mot exact qui exprime parfaitement l'idée que j'ai en tête. Il sait que je lis la plupart des livres deux, trois fois ou plus et que j'écris de longues lettres à leurs auteurs et qu'il m'arrive même d'avoir des réponses. Il sait à quel point j'ai besoin d'écrire. Mais il ne m'avait jamais jusqu'à présent donné la permission de raconter notre histoire. J'ai hoché la tête, et me suis promis au fond de moi de faire de mon mieux.

Je suis douée pour les sciences parce que je ne sais pas écouter. On m'a dit que j'étais intelligente, on m'a dit que j'étais stupide. On m'a dit que j'essayais d'en faire trop, on m'a dit que ce que j'avais fait n'avait pas vraiment d'importance. On m'a dit que je ne pouvais pas faire ce que je voulais parce que j'étais une femme, on m'a dit qu'on ne m'avait laissé faire ce que j'avais fait seulement parce que j'étais une femme. On m'a dit que je pourrais avoir la vie éternelle, on m'a dit que j'allais me tuer au travail. On m'a reproché d'être trop féminine, on s'est méfié de mon côté viril. On m'a taxée de sensible, on m'a accusée d'être sans cœur. Mais ceux qui m'ont dit ça ne comprennent le présent ni ne connaissent l'avenir davantage que moi. Tout ce qu'on m'a dit m'a forcée à accepter le fait que, parce que je suis une femme scientifique, personne ne sait vraiment qui je suis, et cela m'a donné la délicieuse liberté de m'inventer et de me construire à mon rythme. Je n'écoute pas les conseils de mes confrères, pas plus que je ne leur en donne. Lorsqu'on m'en demande, je réponds toujours : « Tu ne devrais pas prendre ce travail trop au sérieux. Sauf quand il le mérite. »

Je ne sais pas tout ce que je devrais savoir, mais je sais ce que j'ai besoin de savoir. Je ne sais pas comment dire « je t'aime », mais je sais comment le montrer. Ceux qui m'aiment le savent aussi. La science est un travail, ni plus, ni moins. Nous continuerons donc à travailler, jour après jour, semaine après semaine, mois après mois. Je ressens la chaleur du même soleil que celui qui brille sur le monde végétal, mais je sais bien au fond de moi que je ne suis pas une plante. Je ressemble davantage à une fourmi, que son instinct pousse à rechercher, l'une après l'autre, les aiguilles de pin éparpillées au sol dans la forêt, avant de les ajouter une à une à un tas si impressionnant que je ne peux m'en représenter qu'une infime partie.

La scientifique que je suis n'est effectivement qu'une fourmi, insignifiante et anonyme, mais je suis plus forte que j'en ai l'air et je fais partie d'un tout beaucoup plus grand que moi. Ensemble, nous construisons quelque chose qui forcera le respect des petits-enfants de nos petits-enfants, et tout en bâtissant, nous nous référons aux instructions sommaires que nous ont laissées les grands-parents de nos grands-parents. En tant que simple maillon du collectif scientifique, j'ai passé d'innombrables nuits assise seule dans le noir, à regarder un monde étranger à la lumière de ma bougie, la mort dans l'âme. Comme tous ceux qui recèlent de précieux secrets, résultats d'années de recherches, j'ai attendu avec impatience de pouvoir les partager.

Épilogue

Les plantes ne sont pas comme nous. Plus je découvre ce qui les différencie fondamentalement de l'animal, plus l'horizon qui s'étend devant moi paraît hors de portée. Peut-être n'étais-je destinée à étudier les plantes pendant des décennies que pour me rendre compte qu'elles sont des êtres que nous ne comprendrons jamais vraiment. Ce n'est que lorsque nous commençons à prendre conscience de leur profonde altérité que nous cessons de projeter sur elles nos propres comportements, et qu'il nous est donné de réaliser ce qui se joue sous nos yeux.

Notre monde est en train de s'écrouler peu à peu. La civilisation humaine a réduit la plante, une forme de vie vieille de quatre cents millions d'années, à trois choses : la nourriture, la médecine et le bois. Dans notre obsession insatiable de récolter toujours plus et plus vite, nous avons dévasté des écosystèmes entiers comme aucune catastrophe naturelle ne l'avait fait auparavant au cours des derniers millions d'années. Les routes ont poussé comme des champignons et les kilomètres de fossés qui les bordent sont les fosses communes des millions d'espèces végétales décimées au nom du progrès. Depuis 1990, nous abattons chaque année plus de huit milliards d'arbres. À ce rythme, tous les arbres de la planète auront été réduits à l'état de souches d'ici moins de six cents ans. Mon travail consiste à faire en sorte que les générations futures sachent que pourtant, quelqu'un, à l'époque, se souciait de la tragédie en cours.

Dans les langues du monde entier, l'adjectif « vert » et le verbe « cultiver » appartiennent à la même famille étymologique. Pour la plupart d'entre nous, la couleur verte évoque la nature, le repos, la paix et l'optimisme. Des études ont montré qu'une rapide exposition au vert suffit pour améliorer considérablement la créativité dans l'exécution de simples tâches. Vue de l'espace, notre planète paraît chaque année de moins en moins verte. Dans mes mauvais jours, j'ai l'impression que les problèmes environnementaux n'ont fait qu'empirer au cours de mon existence et une peur me tenaille : quand nous ne serons plus là, laisserons-nous nos descendants coincés sur un tas de décombres, tout aussi malades, affamés et épuisés par la guerre que nous l'avons toujours été, mais pire encore, privés du simple réconfort d'un peu de vert ? Dans mes bons jours, j'ai le sentiment qu'il est encore temps de changer les choses.

On abat chaque année au moins un arbre en votre nom. Voici donc ce que je vous propose : si vous possédez un terrain, plantez-y un arbre cette année. Si vous louez un logement avec un jardin, plantez-y un arbre et attendez de voir si le propriétaire s'en aperçoit. Si c'est le cas, assurez-le que cet arbre a toujours été là. Félicitez-le du même coup pour son engagement en faveur de l'environnement. S'il mord à l'hameçon, plantez-en un autre. Mettez un peu de grillage autour et fixez un nichoir à oiseaux à son tronc pour donner l'impression qu'il est là pour toujours, puis déménagez en croisant les doigts pour lui.

Vous n'avez que l'embarras du choix : il existe des centaines d'espèces qui se plairont sous votre climat. Vous serez peut-être tenté par un arbre fruitier car il pousse vite et sa floraison est magnifique, mais attention, ces espèces sont fragiles et il suffit de peu de vent pour qu'elles se cassent, même une fois adultes. Des pépiniéristes peu scrupuleux vous pousseront sans doute à acheter un ou deux poiriers de Bradford parce qu'ils prennent racine facilement et qu'ils fleurissent dès la première année, mais leur ramification en fourche les rend notoirement fragiles et ils se fendront en deux à la moindre tempête. Renseignez-vous donc bien afin de faire un choix éclairé: c'est un partenaire pour la vie que vous recherchez, pas un simple ornement.

Pourquoi pas un chêne ? Il en existe plus de deux cents espèces et il y en aura forcément une adaptée à votre coin de la planète. Les chênes des marais prospèrent en Nouvelle-Angleterre, reconnaissables à leurs feuilles en pointe qui imitent celles des buissons de houx. Le chêne chevelu pousse jusque dans les marécages du Mississippi et ses feuilles sont douces comme la peau d'un bébé. Le chêne de Virginie s'accommode aux collines les plus chaudes de la Californie, son feuillage vert foncé contrastant fortement avec la couleur or des herbes. Si je voulais en avoir pour mon argent, j'opterais personnellement pour un chêne à gros fruits. Sa croissance lente ne le rend que plus robuste – même ses glands sont équipés d'une solide armure, prêts à en découdre avec le sol inhospitalier.

Une fois votre petit arbre en terre, prenez soin de lui tous les jours car les trois premières années sont critiques. Souvenez-vous que vous êtes son seul allié dans un monde hostile. Si le terrain sur lequel il pousse vous appartient, mettez cinq euros de côté chaque mois, ce qui vous permettra de le faire soigner par un spécialiste lorsqu'il tombera malade (ce qui ne manquera pas d'arriver à partir de ses vingt ans) plutôt que de le faire abattre. À chaque fois que vous viderez votre cagnotte, repartez tête baissée, tout comme le fera votre arbre grâce à vous. Les dix premières années de sa vie seront celles durant lesquelles il évoluera le plus. Comment vont-elles accompagner la vôtre? Adossez par exemple vos enfants à son tronc tous les six mois et faites une entaille dans l'écorce pour marquer leur taille. Quand ils auront quitté la maison et pris leur envol en emportant avec eux un morceau de votre cœur, vous garderez avec vous ce témoin vivant de leur transformation, tout aussi profondément marqué que vous par leur passage dans l'enfance.

Tant que vous y êtes, pourriez-vous aussi graver le nom de Bill sur votre arbre ? Il m'a répété des centaines de fois qu'il ne lirait jamais ce livre, parce que ça ne lui servirait à rien et que si l'envie lui prenait de s'intéresser à lui, il n'aurait qu'à se poser sur une chaise et se souvenir des vingt dernières années tout seul, sans qu'il n'ait besoin de moi. Je n'ai rien à redire à ça, mais j'aime à croire que tous les petits fragments de lui que j'ai laissés partir au vent ont leur place quelque part, et que le meilleur endroit pour héberger quelque chose auquel on tient est le cœur d'un arbre. Mon nom est gravé sur une bonne partie de notre équipement de laboratoire, alors pourquoi le sien ne serait-il pas gravé sur quelques troncs ?

Quand vous aurez fait cela, vous posséderez un arbre tout autant qu'il vous possède. Vous pourrez le mesurer tous les mois et tracer sa courbe de croissance. Chaque jour, vous pourrez l'apercevoir, observer ce qu'il fait et essayer de voir le monde de son point de vue. Déployez votre imagination au-delà de vos limites. Qu'est-il en train d'essayer de faire ? De quoi a-t-il besoin ? Qu'est-ce qui lui importe ? Formulez votre hypothèse. Dites-la à voix haute. Parlez de votre arbre à vos proches, à vos voisins. Demandez-vous si vous avez raison. Reposez-vous ces questions à nouveau le lendemain. Prenez-le en photo. Comptez ses feuilles. Avancez une autre hypothèse. Dites-la à voix haute. Écrivez-la. Partagez-la au café avec vos collègues ; parlez-en à votre patron.

Recommencez le lendemain, puis le jour suivant et ainsi de suite. Continuez à parler de votre arbre autour de vous et de son histoire qui se déroule, là, sous vos yeux. Quand on commencera à lever les yeux au ciel pour vous indiquer gentiment que vous devenez fou, considérez cela comme un compliment. Pour un scientifique, c'est signe que l'on est sur la bonne voie.

Remerciements

L'écriture de ce livre a été l'œuvre la plus heureuse de ma vie et je suis reconnaissante à tous ceux qui m'ont aidée et soutenue dans cette aventure. Je remercie toutes les équipes de chez Knopf et tout particulièrement mon éditrice, Robin Desser. Le soin qu'elle a apporté à ce livre l'a rendu meilleur et a fait de moi un meilleur écrivain. Tina Bennett a été davantage qu'un agent pour moi : elle m'a appris la différence fondamentale entre une poignée d'histoires mises bout à bout et un véritable livre. Ce que je lui dois est mon bien professionnel le plus précieux. Svetlana Katz a été ma bouée de sauvetage pendant des années tandis que je tâtonnais pour trouver mon style. Elle n'a jamais douté et m'a permis de garder foi en moi. Aucun mot n'est assez fort pour exprimer la profonde gratitude qu'un écrivain plein d'espoir ressent à l'égard du premier auteur reconnu qui lit son travail et l'encourage à poursuivre ses efforts. C'est ce qu'a fait pour moi Adrian Nicole LeBlanc. Rien ne m'a été plus cher que l'amitié de ceux qui me connaissent depuis toujours. Merci, Connie Luhmann, pour avoir été mes yeux quand j'ai eu besoin de toi. Je remercie également Heather Schmidt, Dan Shore et Andy Elby qui, après avoir lu quelques extraits, en ont toujours demandé plus.

Notes de l'auteure

Tout livre sur les plantes est une histoire sans fin. Pour chacun des faits connus que j'ai partagés avec vous, il existe au moins deux mystères dont je ne connais pas la réponse. Les arbres adultes reconnaissent-ils leur propre descendance ? Y a-t-il une vie végétale sur d'autres planètes ? Les premières fleurs ont-elles fait éternuer les dinosaures ? Toutes ces questions devront attendre avant d'être résolues. Pour l'heure, je ne résiste pas à l'envie de vous indiquer quelques détails supplémentaires sur la façon dont j'ai découvert certaines des informations présentées dans ces pages.

Une grande partie des données que je présente dans ce livre provient des calculs et des mesures que j'ai pris l'habitude de réaliser au fil de mes vingt années d'enseignement pour aider les étudiants à mieux visualiser certaines notions. Par exemple, lorsque j'écris qu'« en mettant bout à bout les planches de bois utilisées ces vingt dernières années aux États-Unis, on pourrait aisément jeter une passerelle entre la Terre et la planète Mars » (page 111), je me base sur une simple comparaison des statistiques officielles du département du Commerce américain (245 millions de kilomètres de bois consommés entre 1995 et 2010) et de la distance moyenne entre la Terre et Mars estimée par la Nasa (225 millions de kilomètres). J'ai recueilli d'autres données et statistiques similaires auprès du Bureau du recensement des États-Unis, de l'Office national des forêts américain, du département de l'Agriculture des États-Unis, du Centre national de statistiques médicales et de l'Organisation des Nations unies pour l'alimentation et l'agriculture.

La grande variabilité entre les différentes espèces végétales complique bien entendu certains calculs. En voici un exemple : afin d'estimer, dans le chapitre 3 de la partie I, la quantité de graines présentes sous chacun de mes pas, je me suis imaginée marchant dans une forêt de feuillus. Si j'avais choisi une prairie, j'aurais estimé qu'il y avait plus de cinq mille graines sous chacun de mes pas, car les semences de plantes herbacées sont beaucoup plus petites que celles dispersées par les arbres. La différence est donc énorme. En écrivant ce livre, je me suis tenue à la règle suivante : à chaque fois que se présentait à moi un choix de ce type, j'ai privilégié le scénario le plus modeste. J'invite ainsi le lecteur à garder à l'esprit que toutes les données avancées ici, aussi impressionnantes et extraordinaires soient-elles, ne reflètent que la partie minimale du spectre des possibles.

Pour décrire l'« arbre plutôt modeste et discret » du chapitre 5 de la partie II, je me suis inspirée d'un petit noyer des Moluques (*Aleurites moluccanus*) cher à mon cœur et très proche, dans son apparence et sa physiologie, de l'érable commun. Il pousse devant mon laboratoire, à l'université d'Hawaï. J'ai enseigné la géobiologie terrestre pendant de nombreuses années et, à la fin de chaque cours, j'emmenais les élèves à l'extérieur pour lui rendre une petite visite et illustrer à travers lui les concepts abordés en classe. En guise de travaux pratiques, nous avons mesuré ses différentes propriétés (taille, densité foliaire, teneur en carbone, etc.) qui nous ont permis de calculer sa consommation saisonnière d'eau, de sucre et de nutriments. Ce sont ces valeurs que j'ai retranscrites à la page 168.

Les montants faisant état du financement de la recherche fondamentale aux États-Unis évoqués au chapitre 5 de la partie II (pages 169-173) sont ceux de l'exercice fiscal 2013, car c'est celui pour lequel je disposais des données les plus complètes et représentatives.

L'année choisie a cependant peu d'importance car l'enveloppe allouée à la Fondation nationale pour la science (NSF) n'a plus augmenté de manière significative depuis dix ans. Lorsque j'affirme que, « hormis les travaux dédiés aux technologies militaires, cela fait plus de trente ans que les fonds annuels de la recherche sont gelés » (page 171), je m'appuie sur des données compilées par l'Association américaine pour l'avancement des sciences. Elles soulignent que, depuis 1983, les fonds attribués chaque année à la recherche scientifique ne représentent que 3% du budget total de l'État fédéral.

J'ai la chance d'appartenir à un domaine d'études qui compte des chercheurs exceptionnellement prolifiques et créatifs et je me délecte de lire les articles publiés par mes pairs. J'ai fait en sorte que mon « top trois » trouve sa place dans les pages de ce livre et j'aimerais saluer ici le travail de leurs auteurs originels respectifs : D. F. Rhoades a été le premier à mettre en évidence la communication aérienne entre les saules de Sitka décrite aux pages 231-232 dans une étude parue dès 1983. Ce n'est qu'en 2004, soit plus de vingt ans plus tard, que G. Arimura et ses coauteurs ont démontré comment des composés organiques volatils émis par une plante peuvent affecter l'expression génétique d'une autre plante qui s'y trouve exposée, mettant ainsi en évidence le mécanisme par lequel les saules de Sitka se « parlent » entre eux.

Le phénomène d'ascenseur hydraulique – les racines puisent l'eau dans le sol mais transfèrent également l'eau vers le sol, comme le fait mon arbre à la page 241 – a d'abord été étudié chez l'érable argenté (*Acer saccharum*) par Dawson, en 1993.

Kvaalen et Johnsen ont montré en 2008 que les épicéas (*Picea abies*) gardent en mémoire le froid auquel ils ont été exposés à l'état de graine ; ces deux chercheurs ont pour cela comparé l'évolution de jeunes arbres exposés à différentes températures au stade embryonnaire puis cultivés ensuite dans la même serre, comme je le raconte à la page 319.

Enfin, pour les lecteurs désireux d'en apprendre plus sur la végétation qui nous entoure, je recommande vivement le livre de P. A. Thomas, *Trees : Their Natural History*, paru en 2000. Il s'agit d'une introduction à la botanique merveilleusement bien écrite et riche en informations fascinantes. Je renvoie tous ceux qui s'intéressent plus particulièrement à la déforestation, ou au changement climatique de manière générale, aux publications de l'institut Worldwatch. Cet organisme de recherche indépendant fondé en 1974 étudie les mutations en cours, les tendances et les schémas mondiaux en analysant les données collectées chaque année auprès de l'Agence d'information sur l'énergie des États-Unis, l'Organisation mondiale de la santé, la Banque mondiale, le Programme des Nations unies pour le développement, ainsi que l'Organisation des Nations unies pour l'alimentation et l'agriculture et de nombreux autres organismes.

Bibliographie

ARIMURA G., D. P. HUBER et J. BOHLMANN, « Forest tent caterpillars (Malacosoma disstria) induce local and systemic diurnal emissions of terpenoid volatiles in hybrid poplar (Populus trichocarpa x deltoides) : cDNA cloning, functional characterization, and patterns of gene expression of (fi)-germacrene D synthase, PtdTPS1 », *Plant Journal*, vol. 37, n° 4, 2004, pp. 603-616.

DAWSON T. E., « Hydraulic lift and water use by plants : Implications for water balance, performance and plant-plant interactions », *Oecologia*, vol. 95, n° 4, 1993, p. 565-574.

KVAALEN H. et Ø. JOHNSEN, « Timing of bud set in Picea abies is regulated by a memory of temperature during zygotic and somatic embryogenesis », *New Phytologist*, vol. 177, n° 1, 2008, pp. 49-59.

RHOADES D. F., « Responses of alder and willow to attack by tent caterpillars and webworms : Evidence for pheromonal sensitivity of willows », dans *Plant resistance to insects*, Washington, D.C. : American Chemical Society, P. A. Hedin, 1983, pp. 55- 68.

THOMAS P. A., *Trees : Their Natural History*, Cambridge et New York, Cambridge University Press, 2000.

Hope Jahren

Hope Jahren est une scientifique renommée qui mène une carrière de chercheuse indépendante en paléobiologie depuis l'obtention de son doctorat, en 1996, à l'université de Californie à Berkeley. Elle a été successivement enseignante-chercheuse au *Georgia Institute of Technology* (Atlanta) et à l'université Johns-Hopkins (Baltimore). Elle a bénéficié de trois bourses Fulbright et elle est l'une des quatre scientifiques – et la seule femme – à avoir obtenu les deux *Young Investigator Medals* en sciences de la Terre. Elle a été professeure à l'université d'Hawaï à Honolulu de 2008 à 2016, où elle a créé le Laboratoire de géobiologie isotopique, avec le soutien financier de la Fondation nationale pour la science (*National Science Foundation*), du département de l'Énergie des États-Unis et des Instituts américains de la santé (*National Institutes of Health*). Elle occupe actuellement la chaire John Tuzo Wilson à l'université d'Oslo, en Norvège.

hopejahrensurecanwrite.com
jahrenlab.com

Imprimé en France par
CPI Bussière
en février 2023
N° d'impression : 2069847
Dépôt légal : février 2023